蔡东藩⊙著

慈禧演义

【插图本】

中国社会科学出版社

图书在版编目（CIP）数据

慈禧演义/蔡东藩著 . —北京：中国社会科学出版社，2008.1
ISBN 978-7-5004-6543-0

Ⅰ. 慈…　Ⅱ. 蔡…　Ⅲ. 章回小说—中国—现代　Ⅳ. I246·4

中国版本图书馆 CIP 数据核字（2007）第 175398 号

出版策划　任　明
特邀编辑　张　声　赵诚义
责任校对　李　晃
封面设计　弓禾碧
技术编辑　张汉林

出版发行　**中国社会科学出版社**
社　　址　北京鼓楼西大街甲 158 号　　　　　邮　编　100720
电　　话　010-84029450（邮购）
网　　址　http://www.csspw.cn
经　　销　新华书店
印　　刷　北京奥隆印刷厂　　　　　　　　　装　订　广增装订厂
版　　次　2008 年 1 月第 1 版　　　　　　　印　次　2008 年 1 月第 1 次印刷
开　　本　787×1092　1/16
印　　张　17.25
字　　数　350 千字
定　　价　30.00 元

自　序

　　有清一代之女后，前有孝庄，后有孝钦，皆以才色闻，而孝钦尤过之。顾孝庄能招降洪承畴，善驭多尔衮，卒令八龄幼主入主中原，开一统之盛治。孝钦则初平发捻，定回苗，知人善任，几若凌驾孝庄。乃其后误信谗构，妄任佥人，酿成数千年来未有之匪祸，而清室以墟。是何也？妇人可小知，不可大受；可暂试，不可常专。孝庄虽亦预政，卒未秉揽大权，故所试有效。孝钦三次临朝，威权莫比，由勤而逸，由逸而骄，由骄而败，则甚矣！牝鸡司晨之训，固不可违也！晚清之季，党人蜂起，保皇党笔伐于先，革命党口诛于后，孝钦之名为之大损。坊间曾有《西太后》一编，卷帙无几，第述宫闱秽亵事迹，近诬蔑毫无价值，故不崇朝而毁灭。清室已覆，复有《慈禧外纪》，及《慈禧写照记》等书流传市肆，顾或稗贩西文，未必尽确，或掇拾野乘，所见多偏，据片面之见闻，漫欲加以论定，保无有管蠡之诮者。鄙人前辑《清史通俗演义》，于孝钦一生行迹，十举四五，自谓粗得大凡，乃时论犹有未尽之憾，用特续编西太后专集，仍用演义体裁，衰录大政，遍采遗闻，得书四十回，都二十余万言。要旨在防范女权，唤醒世梦，以人为鉴，即劝即惩，阅者得是编以证之。其或足以餍目也欤！编竟志数语，以作弁言。

中华民国七年十一月古越蔡东藩氏识

目　录

第 一 回　述胜朝畅谈楔子　　溯后族顺叙耆年 ………………………（1）

第 二 回　奔父丧无意得赙仪　　幻仙宫有缘逢艳侣 ………………………（7）

第 三 回　天语传宣循章选秀　　云程发迹应旨入宫 ………………………（13）

第 四 回　列官眷供直坤闱　　近天颜仰承帝泽 ………………………（19）

第 五 回　沐慈恩贵人升位　　侍御寝皇子怀胎 ………………………（26）

第 六 回　咸丰帝喜产佳儿　　曾侍郎独邀慧鉴 ………………………（32）

第 七 回　邀旷典贵妃归省　　预邦交哲妇失谋 ………………………（38）

第 八 回　用内言严旨赐帛　　开外衅挈眷蒙尘 ………………………（45）

第 九 回　惨遭纵火淀园被焚　　望断回銮热河驰讣 ………………………（51）

第 十 回　定密谋启程返跸　　戮辅臣创制垂帘 ………………………（58）

第十一回　平粤茜特颁懋赏　　谴亲王隐饬朝纲 ………………………（65）

第十二回　奉密旨权阉出都　　惊耗问慈闱肇衅 ………………………（73）

第十三回　册立中官大婚成礼　　诏谕亲政母后撤帘 ………………………（81）

第十四回　同治帝微行纵乐　　圆明园谏阻兴工 ………………………（89）

第十五回　染痘毒穆宗宾天　　绝粒食毅后殉节 ………………………（95）

第十六回　上遗疏痛陈继统　　改俄约幸得使才 ………………………（102）

第十七回　东太后中计暴崩　　恭亲王遭逸去职 ………………………（108）

第十八回　奉慈命爵帅主和议　　随醇王总监阅兵操 ………………………（114）

第十九回　幸名园嘉谕权阉　　拟归政指婚懿戚 ………………………（121）

第二十回　神机营赴园供校阅　　祈年殿失火酿奇灾 ………………………（128）

第二十一回　祝慈嘏先期备盛典　　闻败报降旨罢隆仪 ………………………（135）

第二十二回　姊妹花遭谗被谪　骨鲠臣强谏充边…………………（144）

第二十三回　命和日宣示苦衷　主联俄遣订密约…………………（150）

第二十四回　康主事连疏请变法　光绪帝百日促维新……………（156）

第二十五回　泄秘谋三次临朝　反旧政六人毙命…………………（164）

第二十六回　大阿哥入嗣宗祧　义和团旁延畿辅…………………（172）

第二十七回　袒拳匪误信邪术　颁战谕开罪友邦…………………（179）

第二十八回　订特约江督保民　走制军津门失守…………………（185）

第二十九回　豹虎擅权燕市流血　鸳鸯折翼宫井埋魂……………（191）

第三十回　失京师出奔慈驾　开和议惩治罪魁……………………（199）

第三十一回　定北京全权议款　寓西安下诏回銮…………………（205）

第三十二回　储君被废安辇入京　新政重行临朝布敕………………（212）

第三十三回　两全权与俄订约　二慧女随母入宫…………………（220）

第三十四回　中戏迷详究声歌　讲新学兼陈政法…………………（226）

第三十五回　勃夫人入觐开盛宴　荣中堂弃世上遗言………………（232）

第三十六回　万牲园太后临幸　海晏堂西女写真…………………（239）

第三十七回　划战域中立布条规　斥台官西巡辟妄语………………（244）

第三十八回　万寿届期力辞徽号　五臣归国特降纶音………………（250）

第三十九回　纳歌姬言路起风潮　防党人政府颁宪法………………（256）

第四十回　望龙髯瀛台留恨　回鸾驭尘梦告终……………………（262）

第一回　述胜朝畅谈楔子
溯后族顺叙鬈年

　　母后临朝，自古所戒。有史以来，只宋朝一个宣仁太后，史称她作女中尧舜。此外，如汉唐时代，母后当国，外戚、内竖夤缘幸进，把一朝锦绣江山，搅乱得不可收拾。所以，史家悬为厉禁，将母后临朝的制度，视作蛇蝎一般，统说它是覆宗的祸水，误国的罪魁。揭出宗旨。

　　在下生当前清季世，往古的母后也不能一一评论。只清季母后垂帘，始自同治初元。咸丰帝驾崩热河，太子载淳嗣位，年号同治。这同治帝尚是冲龄，未能亲握政权，他的生母那拉氏英明得很，就依附历史，援母后临朝的成制，一意举行。当时，有几个王大臣与她反对，都被她一概扳倒，杀的杀，死的死，满朝文武吓得屁滚尿流，哪个还敢出来作梗！因此，那拉氏遂安安稳稳的临朝起来。妙。但同治帝尚有嫡母钮祜禄氏，素性贞娴，本没有临朝的思想，寻由那拉氏从旁怂恿，未免两可其间。那拉氏虽母以子贵，究竟不好抹煞嫡母，于是特创一个不古不今的法制，抬出两位母后，垂帘听政。这正是旷古无两。

　　这时候的国势，正忧危的了不得，洪、杨余党蟠踞长江，赖、张两捻出没大河，还有外洋各国乘乱相逼，英法联军长驱入京，城下乞盟，割地偿款，京内外的元气几乎销磨殆尽。自从两太后垂帘以后，用人行政，各适其宜，把数十万发、捻次第荡平，且乘此辑睦邦交，戡定内外，河山再奠，日月重光，俨然有中兴气象。不但海内人民盛称懿德，就是外洋各邦亦钦佩得很，慈安、慈禧两太后徽号，歌颂一时。就中慈禧太后的英名，比慈安太后更加一层。因为慈安性质冲和，事事不愿专擅，一切政务多归慈禧主持。这慈禧后福至心灵，神强力固，所言所行，无不顺手，内而宫禁，外而朝野，没一个不服她见识，没一个不奉若神明。欲擒先纵，是文中应有之笔。

　　到了同治驾崩，光绪帝以弟承兄，又是一个小皇帝，两太后仍然训政，依旧比屋无惊。一瞬数年，慈安谢世，国家大事统归慈禧掌握，自不必说。直至

1

光绪亲政，慈禧退养颐和园，名为不亲朝事，暗中恰也与闻。不料中日战起，中国的水陆军统一败涂地。邦人士未识内情，统说光绪帝所为远不及慈禧的英明，于是慈禧太后的德望，更增一倍。那时光绪帝也自愤自嫉，恨不得立刻斡旋，转败为胜；康梁新进，引为知己，戊戌变法，百日以内，维新诏旨联翩下来，把京内外的官吏弄得头绪不清，脚忙手乱。顿时怨声载道，物议沸腾。朝右的老臣顽固的多，开通的少，遂捕风捉影，谗间两宫。又把这慈禧太后请了出来，三次垂帘，驾轻就熟。总道她能保全国脉，挽回气运。谁知天意变迁，人才衰歇，一班献媚贡谀的臣子有什么大经济！免不得照例敷衍，苟且塞责；还有几个皇亲国戚，窥伺慈禧的意旨，勾结内侍，播弄宫中。端刚之肉，其足食乎。酝酿久之，竟闯出一场滔天大祸，几乎把二十二行省、四百兆生灵，尽行断送！幸亏外人相率而来，互相钳制，囫囵一个大中原，无从分起，只好我觑你、你觑我，彼此瞠目一番，舌挢而不敢下，迁延多日，没人发难，乐得卖个人情与清室，再敦和好。但寇氛虽靖，民力渐凋，四百五十兆的赔款，母子盘剥，已足刮尽中国地皮，吸尽华人膏血。嗣是慈禧太后的盛名，一落千丈。前歌谁嗣？后诵孰杀？一片诽谤声，喧腾全国；甚且肆口讥评，捏词诬蔑，说得慈禧一钱不值，且目为中国罪人。

慈禧像

其实，往时的称颂未免过情，晚来的谤毁也不无太甚。平心之论。倘使慈禧太后今日尚存，吾中华的革命恐没有这般迅速，就令推位让国，也要弄得精疲力尽，哪里肯不战而退呢。看官不信，试想慈禧自西安回銮途中，并没有出险情事；到京后依然手握大权，莫敢指斥，由辛丑至戊申，其间又经过八年，并没有损动分毫；到了光绪晏驾，宣统入嗣，宫中仍肃静无哗，直至自己病剧，犹且从容不迫，嘱咐得井井有条，自王公以下，统恪承遗训，安而行之。若非慈禧平日有强忍果毅的手段，笼络得住，难道有这样镇静么？是极。

在下早想把慈禧行状编成一书，作为稗史的先声；可奈累岁奔波，不遑着手。坊间的《慈禧外纪》，及《慈禧写照记》等书，已陆续出版，先我著成，转令在下落了人后，只好搁笔。但因夙愿未偿，于心难忍。适值丁戊二年，家居无事，借翰墨以消愁，就文字以论古，不揣冒昧，编了一部《西太后演义》。西太后，就是慈禧太后。慈安居东，慈禧居西，所以当时有东西两太后的称号。在下不敢妄撰，沿称为西太后，以便省文。全书仿演义体，语语浅近，老妪都解。令天下后世人人晓得西太后历史，有善有恶，可劝可惩，倒也不无小补。且书中内容，统系得诸遗闻，征诸故乘。于西太后三次临朝，原是备陈巅末，即清季五十年来得失，也曾衰录一斑，看官试悉心详阅。在下已将楔子说明，下文便要开手叙事了。崇论闳议，得未曾有。

却说西太后那拉氏，乃是叶赫国后裔。叶赫国系满洲最古的部落，向居长白山麓，为满洲各部盟长。自满清太祖努尔哈赤崛兴以后，居住赫图阿拉城，与叶赫国相距不远，互相嫉妒。努尔哈赤曾命工匠兴起土木，建筑一所堂殿，作为祭神的场所。正在动手的时候，忽掘起一块古碑，上面有六个大字，可惊可愕。当由工人报知努尔哈赤，努尔哈赤端详审视，乃是"灭建州者叶赫"六字。突如其来，然是可怪。这六字映入眼帘，任你努尔哈赤如何英武，倒也暗吃一惊。看官到此，恐未免模糊起来。因在下未曾说明建州原委，只好就此补叙。

原来，努尔哈赤开国的地方，明朝曾称它作建州卫，且封努尔哈赤为建州卫都督。因此"建州"二字，便是满清旧日的地名。那碑文并非新凿，偏有那"灭建州"的字样，哪得令人不惧！可巧叶赫主纳林布禄遗书努尔哈赤，自称叶赫国大贝勒，要努尔哈赤割地与他。惹得努尔哈赤性起，兴兵与抗。叶赫主纠合九部联军，浩浩荡荡的来攻图尔阿拉城。不料努尔哈赤早已出境扎营，一阵厮杀，众不敌寡，被努尔哈赤杀得七零八落。可见兵贵精不贵多。不得已，易战为和，把宗女献与努尔哈赤为妃，暂算和亲结案。赔了夫人又折兵，叶赫主安得不恨。

嗣后，努尔哈赤势力膨胀，时常忆及碑文，想把那叶赫国灭掉，免留后患。是时叶赫国逐渐衰微，料知努尔哈赤不怀好意，尝遣使进贡明廷，望他保护。可奈明朝也扰乱得很，主庸臣佞，文恬武嬉，曾出征努尔哈赤，发兵二十万；叶赫也出兵二万名，会合前进，只望旗开得胜，马到成功。哪里晓得努尔哈赤用兵如神，声东击西，避实攻虚，又把明军杀败。叶赫兵连忙逃回，三停中已少了两停。努尔哈赤乘胜进攻。叶赫贝勒金台石方承兄嗣位，

清太祖努尔哈赤像

收拾残烬，登城固守。怎奈大势已去，独力难支，等到城虚饷绝，免不得被他攻陷，这位大贝勒金台石束手成擒。努尔哈赤也不顾亲谊，竟将他推出斩首。满期斩草除根。临刑时，金台石厉声道："我生前不能存叶赫，死后有知，定不使叶赫绝种。无论传下一子一女，总要报仇雪恨！"怨愤深矣。努尔哈赤虽闻此言，恰也不以为意。叶赫灭后，竟立他妃子叶赫那拉氏为后——礼烈亲王代善，太子皇太极，均系那拉后所出。

清太宗皇太极像

努尔哈赤逝世，皇太极嗣立。因血统所关，不忍绝叶赫子孙，格外施恩，存他宗祀，所以那拉一姓，尚得一线苟延。相传康熙时代的权相明珠，就是金台石的侄儿，也不知是真是假。若实有其事，那明珠贪墨性成，也是清室的蟊贼。幸亏清室方盛，圣祖仁皇帝极顶聪明，大权不致旁落，总算太平过去。原是大幸。传到道光季年，宣宗为诸皇子选妃，满蒙大臣家的女儿，遵章应选。适有一位体态合格的佳人，颇称上意，宣宗拟指配四子。详问氏族，寻闻是"那拉"两字，不由的惊惶起来，踌躇一回，命罢指婚。满廷大臣还不晓得宣宗的用意，你猜我测，莫名其妙。后由宫中传出秘旨，方知宣宗是回溯往事，恐怕那拉入宫，异日或升为国母，适应金台石的愤言，搅乱国家，因此停选。这尚是天不亡

清，并非宣宗善防。谁意天下事防不胜防，做祖宗的杜渐防微，总想创垂久远，百世千世的传将下去，那子孙恰记不得许多，选妃时只论才貌，不问姓氏，于是这个有才有貌的西太后竟从此发迹了。春秋之旨微而显。

西太后乳名兰儿。她的父亲叫作惠徵，曾为安徽候补道员。只因时运不济，需次了好几年，竟不曾得一好缺，弄得囊底萧涩，妙手空空，几苦得不可言喻。亏得同寅中有个汉员，姓吴名棠，籍隶盱眙县，与惠徵有同僚旧谊，平时见惠徵窘状，代为惋惜，有时或解囊相助。惠徵非常感激，每语家人道："咱们如有日出头，吴同寅的大德，断断不可忘怀。"兰儿听了，牢记在心。

兰儿是时不过十龄，垂髫覆额，弱眼横波，已生就几分风韵。尚有一个妹子，面貌与兰儿仿佛，只体态骨骼，不及兰儿的娇小玲珑。兰儿遂自觉胜人一筹，大有顾影生怜的意态。而且性情生得特别，资禀更是不凡。她于针黹缝纫等项不甚注意，平时只管看书、写字、读史、吟诗，把西子、太真、飞燕、灵甄的

故事，更记得非常烂熟。少成若天性。暇时，与乃父惠徵谈论，惠徵尚被她难倒。兰儿见乃父无言，更说得天花乱坠。惠徵听得不耐烦，常怒斥道："你一个年轻女子，说什么上下古今。本朝旧例，只有须眉男子，好试博学鸿词；若巾帼女流，任你如何淹博，总用不着哩！"兰儿恰从容对父道："'贱日岂殊众，贵来方悟稀'，这不是西子的写照么？'生男勿喜女勿悲，生女也可壮门楣'，这不是杨妃的遗歌么？女儿现虽贫苦，安知后来不争胜古人。"志趣确是过人，可惜未曾醇正。惠徵听这一席话，也觉暗暗惊异，但口中还是驳斥道："我现在落拓得很，连衣食都办不端正，你还痴心妄想，望做皇后妃嫔。哼哼！这等奇遇，轮你不着。你不如到厨房内去帮你母司炊烹茶，做个灶下婢役吧。"兰儿被乃父奚落数语，忍着气，退入闺中。惠徵还是太息不住。

过了一两天，闻有友人来访，惠徵不知是谁；接阅名片，乃是"吴棠"二字，便叹道："我是一个穷道员，除了他，哪个还来看我！"门前罗雀，古今同慨。说罢，忙整衣出迎，彼此相揖，未能免俗。两下分宾主坐定，互为问答。惠徵总不免嗟卑叹老，眼眶中几流下泪来，吴棠只好从旁劝慰。好一歇，见一垂髫女子捧茶出来，虽是敝衣粗服，颇觉楚楚动人。当下注目凝睇，恰被那女子觉着，不禁把头一低，霎时间两朵红云映出面上。惠徵献茶毕，就对吴棠道："吴寅兄处不必讳言，小弟现状，连婢媪都无钱可顾。"说至此，举手指女子道："这便是小女儿，亲充婢役，真正惭愧！"吴棠道："怪不得我要动疑，若非大家闺秀，那里有这般容止！"惠徵不待说毕，便令那女子过谒吴棠。那女子不慌不忙，移步至吴棠前，请了双安，且轻轻的呼声"老伯"。莺簧初度，呖呖可听。吴棠起立，受了半礼，不由的极口赞赏。这时受她拜谒，那时受你拜谒，吴公虽是识人，恐也未必料及。惠徵又把她平时言行略述一遍。吴棠道："难得，难得。惠寅兄，不要轻视此女，她既有此丽质，兼此大志，怕不是将来一位贵人！"说她贵人，也是极口夸奖，谁知她更出人头地。惠徵道："谬承虚奖，命塞如弟，哪里来的贵女！"吴棠也不与辩论，就在衣袋中取出白银二两，作为觌仪。这时候那女子已经退入，复由惠徵唤出，叫她谢赏。那女子又拜谢如仪。吴棠问女子道："你要花粉，向我处来取；你要书籍笔墨，也好向我处来携。彼此通家，不必客气。"说罢，遂起身告辞，由惠徵率女送别。

这个女子，看官不必再问，就可晓得是兰儿了。兰儿此后，常在吴寓往来。吴公曲意体恤，兰儿亦曲意趋承。就是这位吴夫人，也是大度得很，时赠衣饰。后来做到一品夫人，想必具有大度。因此，兰儿修饰益工；文墨益娴。未到破瓜年纪，已出落得丰姿绝世，才貌双全。会吴棠调任清江县令，整顿行装，与兰儿话别。兰儿恨不得随他到任，只因父母在皖，不便远离，眼睁睁的由他自去。送行时，直到河梁。吴棠温语叮嘱，兰儿点一回头，垂一回泪，好似一枝带雨梨花、欺风杨柳。煊染得妙。吴氏夫妇也被她惹作泪人。亏得惠徵也来相送，伤女停泪，方才怏怏告别。

吴棠已去，兰儿回家，整日里无情无绪，神思恍惚。那时惠徵仍然听鼓抚辕，并没有一点喜信，典鬻度日，眼见得支撑不住，由忧成劳，由劳成病。那时已穷得没有饭吃，还有什么闲钱延医服药，只好卧床待毙。这是候补官的写照。这兰儿忍饥耐饿，勉强提起精神，日夕侍奉。无如惠徵的病势，日甚一日。昏沉时，尚口口声声叫吴寅兄。直到弥留这一夕，张目视兰儿道："苦汝，苦汝！汝等到穷极无奈时，往投吴老伯，或者能仰他周济。只是他的德惠，我生时无以为报，死后还要将寡妇孤儿贻累及他，不胜惭愧！"说到"愧"字，已是痰喘交作，两眼一翻，呜呼哀哉。看官，你想兰儿遭此大故，能不伤心？当下对着父尸大哭一场。哭罢，与母亲商量殓袭，检点了几件敝衣，胡乱包裹。只苦没钱买棺，弄得束手无策。兰儿的母亲越发号啕不止，下有一个弱妹，也陪着悲啼，毫无见识；又有一个幼弟，名叫桂祥，甫脱母怀，简直是莫名其妙，连父死也都不晓得。兰儿想了又想，只好拼着自己面目，往各旗员处哀求赙恤。各旗员见她凄楚可怜，凑集了好几两银子，畀她买棺殓父、奔丧回籍。在下走笔至此，暂作一结束。姑凑成俚句一绝以殿之。诗云：

> 不经磨练不精神，穷到无资殓父身。
> 他日尊荣无与匹，谁知当日固卑贫。

欲知后事如何，且至下回交代。

前半回总加评论，为笼罩全书之楔子，说得淋漓痛快，不激不随。后半回首叙氏族，次述寒微，既证明有清一朝之因果，复揭出西后一生之性情。看似叙事，实举全部小说之内容，隐括于本回中。开宗明义，固不可无此文。

第二回　奔父丧无意得赙仪　幻仙宫有缘逢艳侣

　　且说惠徵病殁安徽，各旗员慨助赙仪，方得棺殓回籍。当时雇定　舟，把棺移下。兰儿奉着母亲，挈着弟妹，同到舟中，身外已无长物，只有两三具老旧的箱笼，随棺下载，便即开船，一程一程的进发。这时正是晚秋天气，草木零落，景物萧森。兰儿开舱睹景，拟借此排遣悲思。谁知野旷、天孤、猿啼、雁泣，一派愁惨气象，愈足触动忧怀，泪珠儿不知流了多少。此情此景，正是难堪。

　　过了数天，船家忽就停泊。兰儿问为何事，舟子道："是地叫作清江浦，乃由南往北的要道。浦口有市，无论何种食物，都可买得。船上所备无多，不得不停船上岸，添购一点。若太太、小姐们需买何物，即嘱我等去买便了。"兰儿闻言，呆了一呆，良久，乃转禀母亲。惠太太皱眉道："我们行囊的银钱已将用罄，看来只好随便将就。"兰儿道："食物也是要紧，现在途中，势难枵腹，总不能一钱不用！"惠太太无奈，取出一锭碎银，约有四五钱重量，付与兰儿，由兰儿转给船家，令他就贱价的食物买些备用。船家去讫。

　　兰儿待了好一会，尚未见船家回来，免不得凝神悬望。遥见有一差人模样，得得而来。手中携着一包，很似有点费力。到了岸边，即朗声问道："哪一只船是由安徽奔丧来的？"兰儿听了此语，猛然记起吴大令来，不禁脱口答道："你莫非从吴老爷署中差来的？"那人答道："正是。"兰儿道："我们正是由安徽奔丧过此暂停，不知吴老爷有何见谕？"那人道："敝老爷有赙仪三百两，特着小的赍送。"兰儿道："什么又要贵老爷费心！我家在安徽时，累叨贵老爷厚惠，今又蒙赐，如何敢当！"说至此，即着船家引来人下船。那人走入船中，向惠太太请过了安，即奉上赙仪三百两。惠太太见这重赙，不由的转悲为喜，老老实实的令兰儿收了。兰儿收了赙银，即向惠太太附耳密言，惠太太点了点头。当由兰儿启箧取银，检出三四块，共计有二三两，用了素纸包好，给与来人，并语来人道："为我上复贵老爷，本拟踵署叩谢，因有孝服在身，不敢造次。烦你代为致意，

7

慈禧便服像

多多辞谢。"那人道："这个自当遵嘱。但须请给回片，方可复命。"兰儿复返寻谢片，检了一会，已是一纸不留。只得取出笔墨，并裁了一张素笺，就笺纸上面，端端正正的写一"谢"字，下文又写着"孤子桂祥泣血稽颡"八字，交给来人。来人看了谢片，迟疑许久，方才上岸回去。这段文字似无甚意趣，及看到下文方见兰儿才识，已是不凡。

兰儿遣去县差，正值买物的舟子回舟，收了食物，详禀惠太太。惠太太因得了重赙，复思添买另物数件，又令舟子上船续购，所以逗留多时。待到舟子转来，正拟起碇，忽岸上大呼："留船！"兰儿瞧将过去，乃是方才来过的差人，便叫船家暂停，导差人下船。差人已走得满头是汗，作牛喘声，良久乃道："我们的老爷说我送错了赙仪，如何是好？"令人一惊。兰儿忙道："如何说是送错？"差人道："我老爷发怒的了不得，亏得某师爷从旁解劝，方令我再到你船，查问来历。"兰儿道："贵老爷是否姓吴，官印可是一'棠'字？"差人道："不错。"兰儿笑道："你不要着急，待我给你一条，包管无碍。"差人似信非信，便道："你等不要立刻开船。"兰儿道："我等不是骗子，请你放心。你若不信，我叫舟子与你同去如何？"差人道："好，好。"当由兰儿写就一条，给与差人，并令舟子偕行。看官阅到此处，未免动疑：吴棠本是惠徵故友，此次惠徵病殁，家属奔丧回籍，道过清江，也应送点赙仪，为什么说是送错呢？原来此中有个缘故，待在下补叙出来。阅者正待说明。

这吴棠出宰清江，距安徽省城也有好几百里，惠徵的死耗，他还未曾确闻。适有一安徽副将殁在任上，丧船过清江浦，吴棠闻知，忙差人厚致赙仪。因为副将在日，与吴棠格外莫逆，吴棠本没有异能，全赖副将替他说项，所以要差繁缺，陆续不断。这次调任清江，也是副将暗中为力。感德生前，图报死后，这也是人情同然，三百两厚赙，为此慨与。不料差人误送兰儿舟中，取回谢片，返署复命。吴棠不瞧犹可，瞧了"桂祥"二字，急问差人道："什么'桂祥'，你把这赙仪送到哪里去了？"差人道："小的也曾问明，她说是由安徽奔回的丧船。"吴棠道："你也曾识几个字，难道丧主的姓名都不细看么？"差人道："丧主的姓名小的未曾晓得，老爷也未曾吩咐。"吴棠不禁气愤，把谢片一掷道："你瞧，你瞧，为什么有名无姓？名不晓得，姓应记着！"差人道："这个谢片是一个小姑娘写的，小的接到谢片，也疑他有名无姓。转思谢片上面恐怕是应这样写的，因此取了就来。"吴棠叱道："混帐的东西！谢片何能无姓？你快去取回赙仪，否则要你赔偿。"

这一语吓得差人魂飞天外，正思转身外走，巧遇一幕友进来，问明仔细，并拾起谢片，对差人道："我方才听你复禀，说此片是一姑娘儿写的，这姑娘约有多少年纪？"差人道："不过十多岁。"幕友道："她舟中尚有何人？"差人道："除这姑娘儿外，还有一个中年的妇人，及一个女孩、一个幼儿。"幕友道："是否旗装？"这四字提醒差人，便答道："小的真是糊涂。师爷如何晓得？"幕友道："我看谢片上面有名无姓，这明明是一个旗人。毕竟幕宾有识。只你说是一小姑娘写的，我尚不信。"差人道："小的亲眼瞧见，不敢有欺。"幕友便指示吴棠道："小小的姑娘儿，书法如此秀媚，定是满洲闺秀，将来未始非一位贵人。今已送给赙仪，何妨将错便错，塞翁失马，安知非福？还请东翁酌夺。"吴大令得此幕宾，也是后半生的福命。吴棠被这幕宾劝解，不觉忿气渐平，便向差人道："你且去查问来历，叫她说明氏族便了。"差人唯唯连声，从门外走出，直跑到浦口。幸亏船尚未开，当与兰儿说明，取了复条，同舟子返署，把来条呈与吴棠。

吴棠阅毕，自语道："他是惠徵的孤儿。我与他握别时，这孤儿尚在怀抱。他曾与我说过名字，我因多事，遂致失记。他的丧船过了此地，我也应送他赙仪，不过多费了些。现已如此，好人做到底，我且去探看兰儿，就便吊唁。至如副将那边，另备一份送去，便好了结。"主意已定，随问差人道："她的丧船尚在么？"差人答了一个"是"字。吴棠道："你去传齐皂役，待本县亲到浦口。"差人应声而出。不一时舆仗俱备，吴大令乘舆出门，径到浦口停舆。当由差人报知兰儿丧船，兰儿随着母亲，上岸迎接。

吴棠下了舆，登舟行吊，惠太太举哀，兰儿挈弟桂祥稽颡。吊毕，姊弟二人复至吴棠前叩谒。吴棠扶起两人道："相别未久，不料令尊竟已作古，真是可叹！你如何不发一讣闻通知我处？我因某副将丧船过此，赍送赙仪。寻接回片，方知差人投入汝舟。我一时失记桂儿，还不知是谁人，等到家人查复，才识是你们奔丧经此，所以特来吊唁。"委婉说来，恐非全然由衷。兰儿垂着泪道："老伯大人的厚恩，不啻重生父母，欲报之德，昊天罔极！可怜先父去世，身后萧条，老伯面前不必讳言，连棺殓等费，统是亲戚故旧凑集而成。老伯处本应禀报，实因曩时已叨盛惠，不敢再行惊动。此次奔丧过此，乃蒙尊价前来，猝颁厚赐；正在惊疑交集，乃复劳老伯大驾惠临敝舟。此情此德，永世勿忘，先父有灵，亦衔感不置。"吴棠闻言，不禁暗想道："好一个伶俐女子！"正默念间，听兰儿又接下道："老伯厚赐，真是却之不恭，受之有愧！家母刚拟壁谢，适蒙老伯驾到，正好交尊价奉还。侄女等守制在身，恕不登堂回叩。"说到此处，转身欲去取出原赙。明知吴棠将错便错，所以作此举动。十余龄的小女儿，便已解此，然是过人。吴棠忙举手拦住道："你莫非嫌我仪薄，所以有心却还？"兰儿忙道："这却怎敢？

只不好受此盛情。"吴棠道:"算了,算了,你不要再说这种话头。"兰儿方挈了幼弟,再行叩谢。吴棠道:"你又这般多礼。相隔不到数年,你越加聪慧,不知从何处学来!"兰儿至此方破涕为笑。吴棠复从靴统内取出数金,给与桂祥,作果饵资。兰儿复令桂祥拜谢。吴棠答了礼,又嘱咐了数语,并劝慰惠太太一番,然后起身辞去。兰儿复随母送至岸上。吴棠待她回入舟中,复命差役觅副将丧船,谁知遍觅不得。旁问邻船,才知该丧船于昨夜经过,未曾停泊,早已远远的驶去了。差人之投错赙仪,不为无因。吴棠回署,另备赙仪交与驿递,送达副将家中,自不必说。

单说兰儿送别吴棠,立即开船。沿途无事可述。约过了两三旬,方才到京。就把吴大令赙仪,取出开销,安排丧葬,忙碌了好几天,始行就绪。兰儿尝语弟妹道:"他日吾三人中,有一得志,断不可忘吴公大德。"这也是她的厚处。那妹子年已十龄,略解语中意味;乃弟桂祥,全然是孩稚气,晓得什么恩德不恩德。

光阴易过,寒暑迭更,吴公所赠的厚赙,又已用尽。兰儿家无人赡养,只好学些针黹,掉换几文工钱,将就度日。可怜吃一口愁一口,有了早餐没晚餐,有了晚餐又没有早餐。

一日,兰儿对镜梳妆,顾影自叹道:"我的姿容,亦自谓不弱,怎么遭此苦况?难道红颜果真薄命么!"正嗟叹间,忽闻惠太太已迭呼己名,叫她出买油盐,

储秀宫东间内景(储秀宫是慈禧居住过的地方)

并责她晏眠慵起。兰儿也无心答辩，草草妆裹，便遵着母命，携筐出市。京城地近寒带，除夏季外，整日间朔风猎猎，冷气逼人。兰儿只着了几件敝衣，瘦怯怯的娇躯，禁不住这般凛冽，一步懒一步，一程挨一程，好几刻才走入油盐店中，付钱购物。店主某甲，素好诙谐，见了兰儿形状，不免调笑道："像你这般芳容，只好在闺中静养，如何抛头露面，出来购物？"兰儿道："我没有这般福气。"某甲道："我恰有一个法儿，令你安稳坐食。"兰儿问他何法，某甲涎着脸道："我正要娶个小妻，你肯屈就，保你享福。"兰儿"啐"了一声，顿时红霞晕颊，烜染梨涡。某甲不禁生爱，骤伸出粗笨的手指，去挟兰儿鼻准。兰儿连忙闪开，已被他挟了几挟，不由的变羞为嗔。某甲知他含怒，急将油盐取出，随道："你不要生嗔，我界你的油盐，比人家加增一倍，何如？"兰儿为油盐起见，也只好忍心耐气，取了油盐，悒然而返。何物某甲敢如此搪突西施，我为兰儿亦应怅怅！这时惠太太已倚门待着，见了兰儿，还要埋怨几声。兰儿不敢多言，只含着两眶珠泪，匆匆入门。看官试想：兰儿受这委屈，能不由愤生病么？兰儿苦况，作书人虽善形容，然亦信而有征，并非无端捏造。

是夕，身体不快，就有些憎寒恶热。过了数日，病势渐加，有时如冷水浇身，有时如热汤沃体。惠太太虽也顾惜女儿，怎奈囊底空空，医药等项，非钱不行，只好由她生病，听天由命。兰儿委顿床间，恹恹独卧，万般凄楚，诉与谁知！看看日色西沉，那母亲也不来劝餐，自己亦不想吃什么，恨不得立刻就死，随父地下；转思吴棠厚德，无以为报，店主挟鼻，未有雪恨，而且父亲只传下一脉，数龄弱弟，尚须提挈，不幸身死，只剩了老母、小妹，恐不能照管到底，似乎自身又颇有关系，不好作短命的念头。体贴入微，刻画尽致。怎奈求死不得，求生不能，左思右想，无自为计。身上又是寒一阵，热一阵，愈觉得不耐烦，到了无可奈何的时候，只好向隅暗泣，滴了几行伤心泪。好一歇，见母亲携灯进来，略略问了几句，她方拭了泪痕，低声作答。

未几，母已出外，勉强镇定精神，闭目静睡。正在朦朦胧胧的睡去，瞥见灯光一闪，有个青衣侍儿，冉冉而入，眉目间隐含秀气，装束亦比众不同，走近炕旁，向她招手。兰儿正思诘问，那侍儿偏上前扶起自身，恰不知不觉的随了她去。甫出家门，即见一片大平原，两旁都列着古木丛林，浓翠欲滴，还有翠生生的瑶草，红灼灼的琪花，掩映林间，格外秀艳。兰儿暗想道："怎的家门外有这般胜境，我没病时往来多次，如何并没有见到？"想念未已，那青衣侍儿走得很速，已与兰儿隔了一程。兰儿急行而前，疾走了数百步，方才赶上。这所在又别具一番景致：左有银河，右有蓬岛，山风飒爽，水石清幽，空中复有白鹤飞舞，羽衣翩跹，非常皎洁，见了兰儿，仿佛如相识一般，故意低翔在兰儿头上盘旋不住。写得闪烁，恰有仙气无鬼气。

兰儿心爽神怡，也不管它是什么名地，只是随行随赏，目不胜接。又行了里许，前面的侍儿忽已不知去向，但见有一座高旷的楼阁挡住途中，上面悬着匾额，仰望似有三个大字，既不是汉文，又不是满、蒙文，并不是篆文、隶文。兰儿一想："我此番被他难倒了，如何此处的字儿我都不识一个？"普通说部叙入幻境，往往向壁虚造什么楼、什么阁，还要空撰几副楹联，自鸣才学，其实虚无缥缈之间，有何字迹可凭，浪费笔墨，殊属无谓。故本书独不落俗套。再从门内探望，复道琳廊，回栏曲榭，都是见所未见。暗想："这里莫非是琼楼玉宇？我何幸到此一游？"可惜导引无人，不能擅入，看来只好作个门外汉吧？正想着，那侍儿从门右出来，含笑相迎。兰儿喜甚，不暇详问，立即随入。穿过回廊，绕出曲槛，方到里面的大厅。白玉作梁，黄金作柱，碧云为牖，皎月为灯，说不尽的华丽，描不尽的精工。所陈几案桌椅等件，并非竹木制就，统是天然的宝石雕砌而成。还有极大的珊瑚树，极高的琥珀台，陈设两楹。真是满目琳琅，令人目眩。

那兰儿几疑身入广寒，弄得神思恍惚，心不由主。俄闻珠帘响处，香风一阵一阵的吹将过来，接连有环珮声、履舄声，杂沓而出。当先的是两名侍女，轻裾长袖，飘飘欲仙。随后又有五六个艳姝，身材不相上下，个个似宝月祥云、明珠仙露。这许多色彩，射入兰儿眼帘，不由的因羡生惭，自觉形秽。蓦听得一声珠喉，度入兰儿耳中，道："贵客到了，如何不请她进来？"兰儿一怔，不知谁是贵客，忽由前导的侍儿将她扶入。她进了厅，见各丽姝统站着左首，风环雾鬓，秀逸不群。顿时目迷心折，拟向前屈膝请安。但听各丽姝齐声道："不敢，不敢。你是将来的国母，休要客气。"奇极。言毕，统向兰儿握手问好。兰儿至此，也好像自身已列尊荣，竟放着胆，与她酬答。寒暄数语，渐渐投机，各丽姝就邀她坐在客位。兰儿不及谦让，竟至东首坐定。侍女献上一杯，这杯系碧玉镂成，异常玲珑，杯中盛着清水，并无一颗茶叶，偏是芳气袭人。各丽姝俱执杯劝饮，兰儿遂一吸告干，味清而甘，沁入心脾，顿觉精神增倍。饮毕，各丽姝与谈故事，有说的是五湖游兴，有说的是六朝韵事，有说的是汉宫歌舞，有说的是天宝风流。实者虚之，虚者实之，此为岐黄家言，小说家亦应尔尔。兰儿不识玄妙，只随声附和数语。忽一丽姝太息道："我辈昔投尘网，多半有始无终，倒不如今日的贵客，后福无穷。"旁坐一姝道："这也不可一例论。"随举手指上座二人道："她两人在汉唐时，非为天子母、操生杀权么？"弦外有音，阅者莫轻轻滑过。言未毕，厅外忽有人狂呼，惹得兰儿吃一大惊，此恶声也，胡为乎来哉！转眼间，连各位丽姝及一座大厅都不见了。这正是前人所说的：

　　　　色即是空空即色，无还生有有还无。

毕竟是何缘故，且看下回分解。

　　　本回从西后才貌，叙出命数来。西后之才，在误受赙仪时，举止谈吐，已见一斑。西后之貌，定是动人，店主某甲，戏挟其鼻，虽未免搪突西施，然其妖媚之态，自不可掩。著书人复添入一段幻境，写得奇诡谲漾，光怪陆离。运实于虚，寓规于讽，不得徒以小说目之。

第三回　天语传宣循章选秀　云程发迹应旨入宫

　　却说兰儿身入幻境，猛听得一声狂呼，连忙张目外瞧，并不见有什么仙境，只剩了半榻孤衾、虚帷灯火，方觉是南柯一梦。至此始点出梦字，文笔不平。正拟回溯梦境，适惠太太走近炕床，唠唠叨叨的问个不休。兰儿想道："这声狂呼，莫非就是我母所叫？她还道我已入黄泉，谁知我却魂游仙境。这老人家真是多事，打断我的好梦，不然我还在仙境与仙侣谈今说古呢！"想到这里，听母亲还是叫她乳名，不禁失声道："兰儿尚生，不烦母亲系念。"惠太太道："你总是这般性情，我已探视好几回，见你一味睡着，不免心焦，因此唤你醒来，你还要派我不是么？"兰儿闻言，也觉得自己性急，句中有眼。便答道："我睡了不多时，母亲何必焦劳！"惠太太道："你不听见街上的梆声已敲过三下了，停歇儿便要敲四鼓哩！"兰儿道："儿不曾听见。夜深如许，母亲何尚未寝？"惠太太道："为你有病，所以不暇睡着。"兰儿道："儿已好了许多，请母亲安睡便是。"那时惠太太方转身出去。

　　兰儿跃然起床，剔亮灯光，自觉病势减去大半。回思梦境，历历如昨，口内的津液尚是甘香，不禁自念道："这个幻梦，若全然是假，如何余味尚在口中？但不知所遇丽姝果是谁人？且称我是将来的国母，难道我的穷骨也配做后妃么？"转念道："人无貌相，水无斗量，西子向业浣纱，飞燕曾充婢役，我虽一贫家女，将来或得幸遇，也未可知。"踌躇一会，忽猛省道："是了，是了。一位是吕后雉，一位是武后曌，所以旁坐的丽人称她为天子母，操生杀权。其余就是西子、飞燕一流人物。想她们都是上界仙姝，偶遭尘谪，殁世以后，仍返原座，所以一班儿的站着。但我得与她相会，蒙她以客礼相待，莫非我前生亦与她有缘？"揭破宗旨，乃从兰儿口中叙出，文笔仍不直率。想至此，不觉转悲为喜。远远听得更鼓频催，细数鼓声，已是五下，转自讶道："为什么未敲四鼓，先敲五鼓呢？"心中怀着鬼胎，连四更都未听见，是所谓心不在焉，听而不闻。然亦亏著书人描蓁。寻闻鸡声已唱，料是时候不早，将要天明。便吹灭了灯，上了炕，把一切思虑暂行搁起，就也安安稳稳的睡去。

睡到红日三竿，方才醒来，起床盥栉，不消细说。只从是日开始，病体一天好一天，饭量且比前加倍，不到数旬，娇小的身躯居然壮盛起来。她的母亲惠太太，也视为奇异，只口中未曾说明。她日间做些针线，夜间看点诗书，朝夕不疲，且愈觉丰颐广额，焕采生姿；而且性情也改了好些，就使家内外的人待她有委屈处，她都付之一笑，绝不似当年愁眉泪眼的情形。确是一位有福有寿的女子。旁人见了，也都纳罕，统说她病了一场，容体越丰美了，情态越温柔了；谁知她恰别寓厚望呢。看官记着，这时候兰儿已十四岁了。点醒年龄，后文可就此计算。

咸丰帝——爱新觉罗·奕詝

是年道光帝已是晏驾，咸丰帝奕詝嗣位。相传是一个少年天子，文采风流，京都各官吏起了他一个美号，叫做"小尧舜"。要引出英皇来了。翌年改元，自春至冬，也没有什么奇闻。只广西金田村的洪秀全，已于去年起事，渐渐猖獗起来。好在京师偏居东北，广西僻处西南，路隔一二万里，任他如何紧急，与京师全不相干，辇毂以下，歌颂升平，毫不见有慌乱景象。独兰儿伏处寒门，静待佳报，竟不闻有什么好消息。

转瞬间又是新年，兰儿正十六岁了。二八佳人已生得纤秾合度，修短得中。元旦起来，免不得装饰一番，拜过天地，谒过祖先，再到邻家贺喜。邻家看她这般丽质，交口称赞，都说："这位好姑娘，将来不知哪一个郎君有福消受。"兰儿听了，粉脸上不禁晕的绯红，心中恰恰忐忑不定。是夕，即在灯前暗暗卜祝。蓦见灯光晕成五色，结成一个大蕊，似为兰儿预报喜事。隐伏下文。兰儿看了这个灯花，也不禁惊喜交集。她家本住在京城里面，地名锡拉胡同，上文点兰儿年龄，此处点兰儿住址，总为不肯直叙起见。若经俗手，必在前文一概叙出，便不见文中筋节。距大内不过数里。兰儿因这喜兆，便时常托人探听朝事。有时节省余钱，买几张宫门钞，留心细阅。惠太太常对她道："你父在日，曾说现今时代，没有女博学鸿词。回应首回。你把正经事情做了便是，何苦白费铜钱，去买这等纸张呢？"兰儿全然不睬，任她母亲嘱咐再三，她总照旧行事。

一日过一日，春光渐老，红雨纷飞，兰儿睹景生情，免不得一番叹息。不止怀春。到了孟夏时间，忽由宫中传出消息：咸丰帝将选立皇后。自是兰儿格外注意。看官阅此，恐又未免动疑：咸丰帝登位的时光，差不多有二十岁上下，寻常小康人家，十七八岁的儿子便要授室，难道皇帝家内的太子，年当弱冠尚没有正室吗？正室已定，就是现成的皇后；不过太子嗣位后，稍稍费点册立的手续，便可了事，何用那兰儿费心？如此说来，看官岂不要动疑么？故作疑问，令人刮目。哪里晓得兰儿的思想，恰是别有原因。

原来道光二十八年，曾赐皇四子奕詝大婚，立妃萨克达氏。到二十九年冬季，萨克达氏病逝。越年正月，道光帝又复宾天。皇四子虽已嗣位，究在居丧时候，不能违制续婚，因此改元两载，中宫尚虚。至咸丰二年夏月，丧服已阕，选后事自应赶办。清制：凡四品以上的满蒙官儿所有女子，年在十四以上、二十以下，统可选作宫娥。就中有才色较优的，福气较好的，得了皇上宠幸，便好升作妃嫔；或乘此得做皇后，也是习见的事情。*熟于掌故，故言之了了。* 兰儿的父亲本是一个道员，例得与选；且自觉才貌不群，又经那幻游的梦兆，灯花的喜信，自然暗中盼望，希图幸遇，并不是无端妄想。*解释明了。*

等到五月内，宫门钞上竟登出立妃的谕旨，乃是"晋封贞嫔钮祜禄氏为贞贵妃"十二字。兰儿瞧着，料得皇后的位置，定然是这位贞贵妃，万万轮不到自身了。*一急。* 隔了数日，又是一道上谕，关系立后大典，载入宫门钞中。兰儿忙取读道：

朕惟易著咸恒，首重人伦之本；诗歌雍肃，用端风化之原。绥万福以咸宜，统六官而作则。或稽令典，乃举隆仪。贞贵妃钮祜禄氏

兰儿看到"钮祜禄氏"四字，禁不住心头乱跳。*再急。* 后接读道：

质本柔嘉，行符律度，自天作合，聿征文定之祥；应地无疆，斯叶顺承之吉。惟克懋修夫内治，允宜正位乎中宫，其立为皇后，以宣壶教。所有应行典礼，着该部察例具奏。

读毕，将宫门钞掷案道："这遭完了，我早料着这钮祜禄氏要正位中宫了。只是我……"说到"我"字，竟咽住了喉，扑簌簌垂下泪来。*至此是三急了。但兰儿尚未入宫，便已觊觎后位，也太觉性急了些。* 又默念道："时来神默佑，运退鬼揶揄。像我这样穷命，那里来的贵显！前年的幻梦，明明是着了鬼迷。咳，兰儿，兰儿！今生今世休再作痴想了！"

正沉吟着，忽见她妹子趋入道："皇帝要选秀女了，阿姐可晓得么？"兰儿道："你又来瞎说了。"她妹子道："什么瞎说，我母亲正与一个来人说话哩。"兰儿知是真情，便移步出房，闻她母亲哝哝唧唧，方说个不休；仔细一听，乃是推说"女儿年轻，尚难与选"等语。她不觉心下一怔，竟三脚两步的走了出去。只见一个部吏模样立在门右，巧与自己打个照面。他竟嚷道："这……这不是你家闺女么？不但年龄及格，就是这般美貌，也是寡二少双，看来定中圣意。他日得着荣封，咱们还要叨赏哩！"惠太太尚未答说，兰儿即向前道："尊驾说的什么？"来人道："圣上要册立皇后，另须选秀女数十人，作为差遣。这数十人内，但教

福命生得好，怕不是排着妃嫔。没有官职的人家有了女儿，一生世都想不着，你家老太太遭此际遇，偏要左推右诿，真正不解！"兰儿道："圣旨已颁下么？"来人道："已颁下两日了。"说至此，便在怀中取出一纸，递与兰儿。

兰儿见纸上录着谕旨，略谓："凡满洲秀女，至当选之年，容貌端正者，着内务府报名候选。"此外不过普通话头。阅毕，将纸条递还，并问道："既然圣上要选秀女，我就去。"成竹在胸。惠太太听了一怔，扯着兰儿衣，向她耳旁密谈了好几句。兰儿摇头道："母亲亦太多虑，儿自有处置。"面向来人道："尊驾想是内务府承值，请少坐赐教。"来人应声称"是"，便在炕上坐定。兰儿道："要去应选，是否先要报名？"来人道："这个自然，现请书就，交我便是。只籍贯、名字、三代、住址、年龄，统须开列，不可缺一。"兰儿答了"是"字，便转身进房，一一写就，复出去交与来人。来人细阅一遍，起身告别道："日后恭喜，再来领赏。"言毕径去。

惠太太却沉着脸道："兰儿，这是你自家情愿的，将来不要怨我。"兰儿道："母亲何出此言？"惠太太道："你年纪尚轻，全不晓得秀女入宫的苦处。你父亲在日，我是听他说过的，秀女选入宫中，永远不能出来，连父母都成永诀。所以我们旗员遇着点选秀女的日子，有钱的出钱买免，没钱的也要设法隐瞒。你为什么大胆出来，敢去报名，自投死路！"从惠太太口中叙述原因，方将上文的寓意说明。兰儿笑道："福兮祸所倚，祸兮福所伏。人家看得这般困苦，我偏要亲去一行。若照母亲说来，是本朝点选秀女，简直是没人应命呢，恐怕没有此事。"惠太太道："那是没法儿的人，只好拼着一个女儿，令她应选。"兰儿道："我家穷苦得很，正是没法儿的时候。儿愿拼生出去，不愁中选，但愁不中选，中选了，或尚可寻条出路，他日弟妹两人也好从中援手；不中选了，那便一生不出头呢！"人弃我取，这正是冒险精神。惠太太听了，倒觉有理，就也不与计较。兰儿略略办些衣饰，准备入宫。已有把握。

转瞬间，选期已到，内务府的差人先来报知。届期这一日，兰儿凌晨起床，加意梳洗，轻匀粉靥，淡扫蛾眉。妆罢，添着了几件新衣，复对着镜子，整理了一会，然后缓步出房。

这时惠太太已起，在堂前焚香爇烛，令兰儿拜别祖先。兰儿恭恭敬敬的行了全礼，转身向母亲跪将下去。惠太太含着泪道："此去若不中选，不必说了；若中了选，得蒙恩宠，休要忘了我。""我"字未曾说完，那喉咙已哽咽不住，眼泪亦垂将下来。兰儿看这情形，也是心中一酸，偏强颜为笑道："养育深恩，宁敢忘怀？得蒙中选，好歹要出来省视，请母亲勿忧。"说得到，做得到，预为下文伏笔。惠太太点了头，令她起立。但闻一声娇呼道："阿姐少待，我与你同去。"兰儿视之，乃是幼弟桂祥，偕妹子携手同来。当即握着桂祥手道："我不到别处去。"桂祥瞧着兰儿道："姐今日着了新衣，妆扮得这般齐整，莫非去见皇帝不成？"活肖童话。兰儿道："你倒有点聪明，我去皇帝殿上，取个顶戴给你可好么？"踌躇满志之言。桂祥道："好，好！"兰儿复语妹道："妹子，你今年也十多岁了。我去后，今日若不回家，须要住在宫内。上奉老母，下顾弱弟，全靠你一人了，愚姐倒要重托。"言罢，即向她一揖，慌得她妹子还礼不迭，忙道："阿姐今日敢是在家演戏，怎么拜起妹子来？"兰儿正色道："我是真话，愿你无忘。若能得志，我也决不忘你。"都为后文伏案。她妹子见她认真，不禁泪随声下，道："妹无才能，恐不胜所托。但愿姐姐此去，遇着顺风，遥为照顾方好。"此女吐属也是大方，将来不愧为福晋。

言未已，听舆声已辘辘到来。复有人在门外嚷道："舆已到了，请姑娘即刻上舆，免误时刻。"惠太太听着，忙取出馎馎，令兰儿吃着。兰儿勉勉强强的吃了数枚，就向母亲告辞，复与弟妹话别。两下里不免有点酸楚，还是兰儿忍着泪道："我去了！"一声何满子！匆匆出门，上舆径去。惠太太送出门外，直至舆已不见，方转身而入。这时桂祥被舆夫一嚷，好似钳住了口，呆如木鸡一般。惠太太又淌了无数眼泪。

闲文少表。单说兰儿自上舆后，由舆夫趱程前往，不到数刻，已达紫禁城。绕墙而行，至东华门，舆夫停住，由前导的部吏，令兰儿下舆，引入门内。两旁有卫兵站列，都执着亮晃晃的宝刀，门侧设有公案，案右坐着一位蓝顶的官儿，旁立衙役数人。有几个进去的官员，统在案前验照。那时部吏也取出一纸，由守门官验毕，即递向兰儿道："这是一张出入的凭据，你须好好携着，休要失去。"兰儿点头会意。部吏又引入二门，内有宫监接着，由部吏报明兰儿姓名，即转身自去，兰儿随了宫监走入紫禁城。城内有一条甬道，用白石砌成，很是平坦。前行有几个官员，想是去上朝的；又有几个旗女，也有宫监带着，想是去应选的。

宏伟壮丽的紫禁城

沿途有石凳好几座，南北各有阶级。拾级而上，又随级而下，行了好一程，又过了几重禁门，才见有宫殿在前，建筑壮丽，气象巍峨。著书人定必到过禁城，所以叙述周到。

宫监停住了脚，兰儿也随他站住，左顾右眺，已立着好几十名旗女，多是脂粉盈盈，未能免俗，天然美丽的不过数人。兰儿暗想道："我的姿色难道不及她们么！"正思念间，前面来了一员总监，叫各秀女站立两旁，一一点验执照。验毕，教她御前仪注。待诸女各已领会，方从一殿旁导入。经过好几条复道，始到宫门。兰儿举目仰望，门额有"寿康宫"三字，满汉合璧。大众齐到门前排班候驾。

约过了两小时，驾尚未至。各旗女都不免有些困倦，懊丧声、愁怨声，杂沓并作。惹得总监怒目道："圣驾将到，不得叹息！"于是诸女皆屏息不敢出声。俄顷间，有一簇侍卫，拥着一乘黄缎绣龙的御辇，四平八稳的抬将过来。总监命诸女俯伏两旁，自己亦俯伏在地，候御辇过去，已入宫门，方才起立，令诸女亦一律立起，鱼贯而入，静候阶下。俄听里面传出姓名，一个一个的召入。

兰儿排在后列，又待了好多时，置兰儿于后列，也是总监的私弊，谁知她竟后来居上呢。才听得一语传宣，令她见驾。兰儿镇摄心神，款款轻轻的走将进去。在下有诗咏兰儿道：

> 敛笑低鬟上玉墀，九重春色正迟迟。
> 牝鸡莫道长雌伏，振采尧阶比凤仪。

未知兰儿中选与否？待到下回说明。

此回为承上起下之文。以兰儿为主，以惠太太及桂祥诸人为宾，信手写来，都成妙谛。兰儿近于痴，非真痴也；惠太太近于呆，非真呆也。若兰儿之弟妹，亦自有过人处。作者处处顾着上下文，手挥五弦，目送飞鸿，故有含蓄不尽之妙。若第曰"当时口吻固应尔尔"，则犹一皮相之见也。

第四回　列宫眷供直坤闱
　　　　近天颜仰承帝泽

　　却说兰儿移步上阶，趋入禁中，见地上铺着红毡，料是拜跪的地方，当即遵着总监的谆嘱，恭恭敬敬的跪下，口称"兰儿叩见"，并照例叩了几个头。但闻上面谕，着令她抬起头来。她遵了旨，偷眼一瞧，见上面坐着一位老年旗妇，和颜悦色，仿佛如西池王母一般，料想定是皇太后。稍差了些。再从右首旁瞩，巧与咸丰帝的龙目觑个正着。咸丰帝目不转睛的注视着她。她不禁又惊又喜，暗忖这少年天子，莫非已看中了我么？情肠一转，羞态横生，又不好垂头，只好微掩秋波，由他谛视。谁知她梨颊娇姿，越形妩媚，红中带白，白里含红，又经那两鬓乌云笼住春色，'酒不醉人人自醉，色不迷人人自迷'，弄得咸丰帝越看越爱，好一歇没有声响。旁立的宫监们、侍女们，也觉纳罕得很，若非宫禁森严，几乎要喝起采来。极力摹写。那上座的旗妇道："此女颇有福相。"这一句话，传到咸丰帝耳中，方回视道："慈鉴定然不错！"遂握着朱笔，把名单上圈了两圈，遂谕贴身宫监，令他引去。未几罢选。

　　后来，由兰儿探听，方知这番点选秀女，报名的共六十人，中选的只二十八名，有三十二人不中选，一律送回。上座的乃是皇太妃博尔济吉特氏，咸丰元年，尊封为康慈皇贵太妃，至正年间，始上尊号为康慈皇太后。原来咸丰帝系孝全成皇后所生，道光二十年春月，孝全成皇后崩逝，咸丰帝尚在童年，全赖这位皇太妃抚育，所以咸丰帝非常感激。道光帝续立孝和睿皇后，至道光二十九年间，睿皇后又复谢世。因此咸丰改元，只剩这位皇太妃，算是宫闱里面的领袖。咸丰帝先奉她居永春宫，复移居寿康宫，问安视膳，习以为常，差不多与亲生母一般。此次拣选秀女，特地到寿康宫，也是尊重皇太妃的意思。元元本本，不稍模糊。这且休表。

　　且说兰儿中选后，由宫监领入别宫，当由总监奉了上命，派往坤宁宫当差。这坤宁宫系皇后所居，自孝和睿皇后梓宫奉移昌陵后，坤宁宫已阒寂二年。这时

坤宁宫东暖阁（清帝大婚的洞房）

预备立后，又要热闹起来，一切布置，随处需人，所以此番中选的秀女，多派往坤宁宫承值。兰儿也得了这差，自晨至晚，奉职维勤，暇时与各选女晤谈琐事，倒也不嫌寂寞。且兰儿足智多才，又用出一番温和手段对待别人，大众都与她亲近，没一个挟怨生嫌。因此，兰儿在宫充役，尚觉惬意。但久别思亲，人情同然，兰儿自入宫后，把家中消息隔断，一些儿没有闻知，未免心中悬念老母是否平安，弱妹幼弟是否驯扰，饥饱若何，寒暖若何，都一一挂肚牵肠。更有一种说不出的心事，在下也不能不摹拟出来。体贴入微。奉诏应选时，曾蒙咸丰帝格外端详，垂着青眼，满拟一入宫中，即邀宠幸。谁知过了数旬，杳无喜信。皇上又整日不来，就使来了一两次，也是足迹不停，无从见面。若长此过去，哪里有出头日子，恐怕要应那母亲的前言，如何是好？转又自解自劝道："'吃得苦中苦，方为人上人。'我入宫不到数月，何能骤沐皇恩？只好静俟机缘，再作计较。目下立后的吉期，日近一日，皇后一到，皇上必时常临幸。我在这地当差，不怕不觐见天颜，那时凭我这般才色，对着皇上总有机会可乘。"就此一想，万种幽愁，不知不觉地消了一半。

看官，上文说的兰儿见驾，咸丰帝很是爱她，如何中选多日，并未召幸，难道真贵人善忘么？这正是一大疑团，看官试一猜之。说来又是话长，在下又不能不叙。当咸丰帝挑选秀女时，他因旗女的颜色多是平常，曾想选几个汉女入侍宫闱，作为妃嫔。可奈神武门内，悬有厉禁。在昔，顺治初年奉皇太后懿旨，有以缠足女子入宫者，斩。祖训煌煌，不能违背，未免愁烦得很。谁料那先意承旨的宫监，探得咸丰帝口风，竟向外省民间采了绝色汉女好几名，送入圆明园中。逢君之恶，统

圆明园长春园中的谐奇趣（西洋楼）、方壶胜境图

由若辈。这圆明园是清室第一个灵囿，由雍正时开手建筑，至乾隆朝方才告成。宏敞壮丽，旷古无两，连园门都有十八座，就中龙楼凤阁，桂殿兰宫，瑶草琼葩，珍禽异兽，实是数不胜数，赏不胜赏。就使左思的《三都赋》，司马相如的《上林赋》，摘藻扬华，尚不能仿佛二三。是夸张语，亦是讽刺语。雍、乾以后的嗣君，每值朝政余闲，在园中游幸，作为消遣。此次汉女入值，乃是破题儿第一遭。汉女的装束比旗女秀媚得多，旗女是天足圆跗，纵有三分姿色，终未能婀娜动人。汉女素来缠足，于体育上原是有碍，于姿态上实属增娇，裙下双弯，真个销魂。作者殆亦喜缠足女子耶，一笑！而且咸丰帝生长禁中，从小儿跟旗女厮混，定然数见不鲜，骤遇汉女入园，哪得不刮目相看。当下天颜大悦，厚赏宫监，赞他变通古制，易宫至园，无违祖训，克慰朕心，真是敏干得很！遂派各汉女分居亭馆，自己做个花国蜂王，任情恣采，今夕是这个当御，明夕是那个侍寝。得宠最甚的，计有四人，都各赐她芳名，叫作牡丹春、海棠春、杏花春、武陵春。四春佳丽，闻名天下。看官试想，这咸丰帝恋着四春，已是应接不暇，还有什么心肠，忆着兰儿！所以兰儿入宫，竟落得长门寂寂的样子。原来如此。

转瞬是小春时光，立后的佳期已到。咸丰帝先遣官，祭告天地、宗庙、社稷，随后命大学士裕诚为正使，礼部尚书奕湘为副使，持节赍册，立贵妃钮祜禄氏为皇后。乾德当阳，坤仪正位，这是极大的典礼，宫里面忙碌得很。咸丰帝出御乾清官，受皇后礼；皇后入御坤宁宫，受妃嫔以下各人的朝贺。兰儿也列入末班，一同拜谒。礼成后，宫内外供差的人，都沐恩赐，连兰儿也得了厚赍。自是兰儿手头颇有些宽绰起来。起初入宫，因家况艰难，只置了几件布衣粗服，至此蒙恩受赏，把衣饰尽行掉换，越显得玉质金相。俗语说得好，"佛要金装，人要衣装"，确是阅历有得的话头。打扮得身子儿乍，准备着神女会襄王。

自皇后册定后，坤宁宫内，御驾颇常往来。只皇后的品貌虽也齐整，性情儿却很是幽娴，一切行动举止，统是大大方方，半点儿不露轻狂。这番由妃升后，暗中是康慈皇太妃主张，咸丰帝奉命而行，面上颇还相敬，心中不甚加爱。这兰儿聆音察理，鉴貌辨色，已觉得窥透三分。本想搭渡过桥，先从皇后身上用些揣摩迎合的工夫，令皇后欢喜了她，随时入侍，好借此亲近天颜。怎奈皇后秉性诚朴，不喜逢迎，任你如何巴结，她总淡淡儿的对付。惯作顿挫之笔。兰儿无从入手，颇觉忧烦。

过了一月有余，御驾且不甚临幸。皇后还未曾注意，兰儿却很是萦愁。她从各宫监处探问底细。宫监因与她莫逆，稍稍得着外面的风声，就私自报闻，甚么海棠牡丹的名号，说得天花乱坠。那兰儿不听犹可，听了这种消息，耐不住心头撞鹿。统是对头。外面虽强作欢笑，意中是着实焦劳。有几个狡黠的宫监，从她一颦一笑中觑着愁肠，也猜不透有什么心事。各选女或与她同情，暗自希望，总不及兰儿的着急。只选女中有一位钮祜禄氏，乃是皇后的妹子，承恩侯穆扬阿次女。穆扬阿得陇望蜀，又把次女应选，选入后，也在坤宁宫承值。皇后谊笃同胞，自然另眼相待，朝夕不离。兰儿背地里常叫她作西宫娘娘，及见了面，恰是备极谦和，异常亲昵。她道兰儿是真心要好，因在皇后前代为揄扬。皇后本没有成见，闻妹子时常说项，也便惦记在胸，略略优待。本是一个大对头，恰成一条大引线。兰儿得步进步，就向皇后寝室间时去侍奉。

无巧不成话。这日，皇后正赴寿康宫请皇太妃早安，许久不回，偏偏圣驾趋至。各侍女统随皇后出去，只有兰儿一人独自接驾。机缘到了。咸丰帝一入寝门，兰儿即款步上前，折腰屈膝，俯伏地下，口称："婢子兰儿，谒见万岁爷。"这九个字本是寻常例语，偏经那兰儿口中道出，恰似呖呖莺声，清脆的了不得。咸丰帝听这娇喉，已是可爱；又闻着"兰儿"两字，不由的兜上心来，便道："你且起来，皇后到哪里去了？"兰儿谢过恩，禀过皇后请安的事情，方亭亭起立，站着一旁。咸丰帝留心一瞧，但见她丰容盛鬋，皓齿明眸，身量苗条，肌肤莹洁，濯濯如春月杨柳，滟滟似出水芙蓉。写得极艳。不禁暗忖道："这个俏面庞，我曾在那里瞧过，只今日比着往时，又觉得娇艳多了。"左思右想，一时记忆不出，上林春色迷离甚，莫怪东皇记不清。便拣一座儿坐下，问兰儿道："你到此有多少日子了？"兰儿又要跪禀，经咸丰帝赐她特恩，令她立对。兰儿此时独运慧心，轻启绣口，道："沐恩承值已阅半年。"咸丰帝道："照你说来，敢是本年入宫的？"兰儿道："本年五月内，奉诏应选。"咸丰帝不待说毕，就爽然道："不错，不错。你是从秀女选进来的，我因政务匆忙，竟至失记。"朝政耶？园政耶？我却想替兰儿一问。

兰儿听了，恰微带笑容，别具一种嫣然态度。好做作。咸丰帝又问道："你今年有若干岁数？"兰儿道："已一十六岁了。"咸丰帝道："你的父母尚在么？"

圆明园观水法遗址

兰儿道："婢子的父亲，去世已经三年，家中只一老母，及弟妹两人。"咸丰帝道："你父亲名什么？"兰儿道："名叫惠徵，曾蒙先皇帝特恩，赏给道员，分发安徽。"咸丰帝道："想你也随任有年？"兰儿答一"是"字。咸丰帝道："怪不得你有南音，连身材儿都像南人。"兰儿闻这两语，摸不着头脑，不识这位圣天子是褒她，抑是贬她。俄听咸丰帝自语道："北地胭脂不及南朝金粉，无怪这莫愁天子哩。"这数语恰有来历，圆明园中的四春，多从南方采入，得了圣眷，咸丰帝借彼例此，因此脱口而出。兰儿本熟谙史事，料是咸丰帝有意称扬，自然化愁为喜。又听得咸丰帝道："兰儿，你拿杯茶来！"

兰儿得着这旨，喜得心花怒放，忙取着玉杯，就御炉上面的壶中，倒了一杯香茗，双手持奉，殷勤中带着三分羞怯。咸丰帝一面接茶，一面觑着她粉脸，娇滴滴越显红白，愈觉撩人。但因尊为天子，不好妄为，只得暂时忍住。兰儿觉着，不由的把头一低。待咸丰帝喝过了茶，去接玉杯，这双天生的柔荑，映入咸丰帝目中，丰若有余，柔若无骨，咸丰帝竟按不住情肠，突伸手捻她玉腕。那兰儿猝不及防，险些儿把玉杯掷下，亏得神明保佑，还是捧住。只面上的红云，更一阵一阵的红晕起来。好似一出游龙戏凤。

忽闻寝门外面，蹴舄传声，佩环递响。她料得皇后返宫，未免有些惊惶。幸皇帝也颇知趣，已将御手缩回，兰儿才得持了玉杯，搁置一旁。说时迟、那时快，皇后已跰入寝宫，见皇帝上坐，即向前行礼，并声明接驾过迟的缘由。咸丰帝只是点头，不加详问。随后与皇后闲谈数语，便起身出门。临行时，兰儿尚在旁站着，御目又将她一瞧，兰儿为避嫌起见，不敢抬头，秋波中恰已映着。那咸丰帝已龙骧虎步的走了出去。兰儿怀着鬼胎，恐被皇后察觉，向她盘诘。好在皇

23

后度量宽洪，并没有一点醋意，只问了一声道："御驾何时到来？"兰儿答是不过片刻，轻轻的掩过前情。此后待了半日，皇后不曾再问，兰儿方觉放怀。此外的侍女、宫监，与兰儿向无嫌隙，自然不去干涉。

冬日昼短，倏忽天昏。晚膳毕，收拾明白，就没有什么事情。等到更鼓初催，也不见御跸前来。又过了一时，各侍女奉皇后命，陆续退归安歇。兰儿也返了寝处，正在挑灯展衾，默忆那日间幸事。猛见一宫监跑入道："圣旨到，召你前去。"天外飞来。兰儿还疑他是戏言，粲然道："休来取笑。"宫监道："那里说来，现有别宫的干役，待在门外，乃是圣上的心腹人叫你，快快遵旨，随他过去。"兰儿还抿着嘴道："可真么？"宫监顿足道："自然真的，圣旨岂容捏造！"兰儿才信为实事，即就镜匣等，草草的把鬓发一拢，花容一整，已被宫监催逼得慌，当即转身随他出门。及到门外，果有两人执灯候着。见兰儿出来，一导一送的推挽前行。出了坤宁宫，就向间壁的宫中拥将进去。

这宫比坤宁宫似觉较小，倒也精雅绝伦。兰儿由两宫监引入耳室，便把召幸的故例，与她密谈了几句，再把一件氅衣交与兰儿，然后退出门外。这时的兰儿也顾不得什么，只好遵着密嘱，卸去了妆，复将内外衣裳一律脱去，赤条条一丝不挂，然后把氅衣穿上。结束停当，方口称"领旨"二字。宫监闻声进来，竟将兰儿负在肩上，匆匆驰入。看官，你可晓得这个故事么？相传雍正帝临终，是被一侠女所刺。后来的嗣皇帝，格外加防，每日召幸妃嫔，必命宫监传知，令妃嫔尽弛衵衣，免得怀挟匕首；临时送上氅衣，暂界裹束。当由宫监负入御寝，再将氅衣卸去，方入御衾，以便当夕。

兰儿由宫监负入后，自然照办，脱去氅衣，光着身子，战战兢兢的钻入御衾中。这一夜的风情，非笔墨所能尽宣，真个是万种缠绵，千般恩爱。直到次日辰刻，日上三竿，咸丰帝才起身视朝。朝上的大臣，还道是皇帝眷恋皇后哩。不到几天，就有一道恩旨颁入宫来，封选女钮祜禄氏为嫔，那拉氏为贵人。后人有宫词一首，咏那拉贵人道：

> 纳兰一部首歼除，婚媾仇雠筮脱孤。
> 二百年来成倚伏，两朝妃后侄从姑。

这回结束，已说到那拉贵人初承恩泽了。欲知后事，且看下回。

此回所述，仍述那拉氏乎？曰唯唯，否否。那拉氏入宫，其心目中之所注者，惟咸丰帝。彼固挟一希望而来，无足怪也。设令咸丰帝远色亲贤，虽百那拉亦何伤？况钮祜禄氏正位中宫，德性贞静，固明明一贤内助也！否则四春争宠，正兆祸胎，即神武门祖训昭垂，不能入宫专政，而蛊惑人主之心志，已属有余。蛾眉伐性，"哲妇倾城"，古训煌煌，云胡不戒？咸丰帝于此不察，嬖四春，兼宠那拉，咎有攸归，于那拉何尤焉！项庄舞剑，意在沛公，吾于此回亦云。

那拉氏初次承恩

第五回　沐慈恩贵人升位　侍御寝皇子怀胎

却说兰儿受封贵人，心中很是感激。但尚有一些不满意的地方：皇后妹子钮祜禄氏，也蒙皇上宠幸，竟得受封为嫔。清制：皇后以下，一贵妃，二妃，三嫔，四贵人。兰儿虽沐贵人封号，与皇后妹子相较，究竟尚差一层。天下哪有知足的人，得了这般，又想那般，因此还生觖望。暗想："钮祜禄氏系椒房贵戚，自己如何赶得上她！现在别无希望，只望将来得生一子，更增帝宠。或者依次升位，与她并驾齐驱，不负所望才好。"自是遇咸丰帝召幸时候，百般献媚，百般效劳。床笫之间，鞠躬尽瘁，把一个咸丰帝笼络得绵绵贴贴。"后宫佳丽三千人，三千宠爱在一身"，差不多有这般情况。引用白乐天《长恨歌》，语中带刺。

一声爆竹，又是新年。咸丰帝谒过太妃，再御太和殿，受朝作乐，宣表如仪。礼成后，入御乾清宫，赐近支亲藩等筵宴。宴罢回宫，皇后钮祜禄氏带领妃嫔以下一班宫眷，已早自寿康宫行礼回来，接着御驾，排班觐贺。这位那拉贵人打扮得齐齐整整，随班叩谒。咸丰帝瞧将过去，觉得她的姿色比众不同：眉不画而黛，唇不染而朱，发不涂而黑，面不饰而白，别有一种丰韵，默默赏鉴了一回。情人眼里出西施。随令皇后先起身旁坐，然后谕大众一齐起来。各妃嫔等又向皇后行过了礼，当由咸丰帝特沛恩纶，一一赐坐。未几开宴，琼筵坐花，羽觞醉月，乐得咸丰帝目眩神迷，大有愿老温柔的思想。可惜四春娘娘不能入宫，总未免有些缺憾。酒半酣，咸丰帝左右顾盼，看到末座的那拉贵人醉颜半晕，秀色可餐，一双剪水秋波，微微荡漾，似觑非觑，尤足令人油然生爱。等到酒阑席散，大众都谢了恩，奉旨还宫。是夕，咸丰帝宿在皇后宫中。他是循例的规矩，且不必说。到了次夕，圣驾即召幸那拉贵人。

春风一度，暗结珠胎。不到数日，那拉贵人即怀酸作呕，患起病来。咸丰帝命太医诊视。奏称熊罴叶梦，龙凤呈祥。这时候咸丰帝尚无冢嗣，闻到这语，喜得什么相似，向那拉贵人道："如果生一皇子，朕定封你为妃。"那拉贵人忙跪地

太 和 殿

谢恩。煞是灵警。咸丰帝笑道:"现尚未封,如何谢恩。朕没有见过这样性急的人!"那拉贵人跪奏道:"天子无戏言,桐叶分封,乃是古时的佳话。像万岁爷这般圣明,难道不及周成王?所以婢子便好谢恩了。"咸丰帝道:"看你不出,你胸中颇有些学问,好算得才貌兼全。但你怎么晓得定生皇子?"那拉贵人含羞道:"万岁爷龙马精神,自然麟趾振振,怕不是产下皇子吗!"真善应对。咸丰帝喜甚,从此越加宠眷。看官记着,自这回起,在下把"兰儿"二字的芳名只好搁起,改称"那拉贵人"。此后加一级、易一名,无非是随时论时呢。那拉氏屡易名号,所以特地提出,下文仿此。

　　且说那拉贵人满望产儿,好博个皇妃位置。眼睁睁的过了十月,尚是不曾分娩。待到十月满足,腹中始觉震动。宫中早预备托生的稳婆,闻贵人将要临盆,预来伺候。不多时产期已届,那拉贵人腹痛几阵,便产下一个婴儿。急问稳婆:"是男?是女?"待了半晌,未见回答;又催问了一声,方听了稳婆道:"恭喜!一位公主。"那拉贵人听说,不禁说出"阿哟"两字。文笔又要顿挫。当下心灰意懒,又卧病了好几日,方渐渐回转心来。愁肠一释,病体自痊。只瞧着这个女婴,尚是把她埋怨。有时虽由侍女抱着,她还要大声指斥,吓得这女婴啼哭不

太和殿前丹陛上的铜鹤

已。不到一月，竟尔玉殒香消，回到鬼门关去了。仿佛是武后心思。那拉贵人也没甚么伤心，但愁着自己命蹇，无从加封。

帝眷虽尚未衰，究不能天长地久，绵绵无尽。有时且望断羊车，整月间不来召幸。重门寂寂，孤帐沉沉，任你如何惆怅，哪个前来慰问！她到无可奈何的时候，穷思极想，又被她想出一个妙法来。她想前日应选，由康慈皇太妃赞了一语，方得中彀。这位皇太妃系咸丰帝养母，平时很是孝敬，若得她从中提拔，加封也容易得紧。只虑着康寿宫中，无故不能进谒，纵有这条线索，也是枉费心思。想了又想，毕竟灵敏过人，比不得甚么笨伯。她自己不好擅去，她偏从宫婢宫监上着想。踌躇一会，就先调查本宫。凑巧有一个侍婢，与康寿宫的总监有点亲戚关系。她不觉喜上眉梢，便叫那侍婢进去，与她密谈多时，令她到该总监处，暗地关照，代为运动。天下无难事，总教现银子。那拉贵人有此重委，自然不惜金银。那侍婢既受了密嘱，复赏了银两，即到该总监处传达主命。该总监早探悉那拉贵人深得帝宠，乐得卖个情面，把银两现成收用；只嘱宫婢复禀，请贵人不要心焦，当留心机会，替她进言。那拉贵人遂耐住了心，静候消息。

是年京师内外，风霾屡作，日色无光，钦天监等屡报天变。咸丰帝下诏罪己，并屡诣天坛祀天，祈福禳灾。天何言哉，天何言哉！可奈天未悔祸，警信迭闻，东南一班的红巾，猖獗的了不得，自粤西冲出湖南，越洞庭，掠武汉，顺江而下，势如破竹，一座龙盘虎踞的南京城，不消几日，被红巾长毛攻陷，江督陆建瀛等自尽。那长毛头儿洪秀全，居然自称天王，悬起太平天国的大旗，与清朝南北对峙。洪秀全在永平县中已自称天王，僭号太平天国。本回随笔带叙，故不另述年、月、时、地，且是书以那拉氏为主，详内略外，阅者当勿苛求。闹得这位咸丰帝神色仓皇，日日在军机处与各王大臣筹画机宜，调遣将帅，抚恤殉难的官吏，几乎食不甘、寝不安，还有什么工夫临幸宫闱，寻那云雨高唐的好梦！那拉贵人还疑是椒房雨露不到蓬莱，一面饬宫监密往坤宁宫，侦伺圣驾；一面嘱宫婢密往寿康宫，探听慈音。旋闻得红巾骚扰，朝政纷纭，一位绮年玉貌的天子，忙到憔悴不堪，又恨不得亲去劝慰。

一日一日的蹉跎，又是长至节到了。一阳应律，六琯飞灰，闻咸丰帝偶患腿疾，把南郊大祀的典礼，都遣恭亲王奕䜣恭代，正是焦急异常。叫你少去引诱，皇上的腿疾也自少减了。到十二月间，复探得明年元旦，有停止朝贺的上谕，益觉惊惶不定。眼巴巴的等到新年，外廷的朝贺虽遵旨停止，宫阁中总还是照常元旦天明，皇后妃嫔等人，照例至寿康宫行礼；那拉贵人自然相随，叩过了康慈皇太妃，但觉和蔼的慈颜，瞧着自己面目，格外注意的样子。有心人遇着有心人，乃尔乖觉，不足为外人道也。迨出了寿康宫，转至坤宁宫，等了一歇，咸丰帝驾到，免不得站班迎驾。当下瞻仰御容，似乎清减了许多。这日礼毕，咸丰帝没甚情绪，与皇后略谈数语，便令各妃嫔等退去。自在坤宁宫静卧一天，次日便晨起临朝，批阅章奏去了。

转瞬间又值元宵，金吾不禁，皓魄初圆。那拉贵人正倚栏观月，忽由宫监前来，宣旨特召。那拉贵人默念道："今夕何夕，见此良人。"便移动娇躯，随至御寝。是夕进御，那拉贵人却装出一种半推半就的模样。又要作怪。咸丰帝怪着道："朕为这长发贼闹得心慌，多日不来召幸，累你寒衾冷落，辜负良宵。你莫非有些怨朕么？"那拉贵人道："婢子怎敢！惟婢子恰有几句话儿，不好不奏，又不好直奏，还求万岁爷恕罪，方敢奏明。"咸丰帝道："你尽管讲来，朕不罪你。"那拉贵人道："自去年起，闻长发贼盗乔潢池，致圣躬忧劳宵旰，一日万几，都要万岁爷一人办理，就使有甚么精力，到了休息的时光，也须加意珍摄。万岁爷的龙体上承列皇，下系万民，何等郑重，但能格外保卫，婢子比永夜承恩，还要快慰哩。"欲取姑与，绝妙好辞。咸丰帝笑道："你甘居寂寞，不愿欢娱么？"那拉贵人道："欢娱事小，国家事大。就是别宫妃嫔，也应知圣躬近日加倍焦劳，不好因一夕欢娱，有碍圣体。婢子愚昧，所以竭诚奏闻，总教万岁爷俯鉴愚忱，康强逢吉，婢子还有何说。"咸丰帝听罢，不由的偎她娇脸道："瞧你这样说话，真是一个贤德女子，朕心亦为感动。怪不得康慈皇太妃也说你贤淑哩。"暗应上文。那拉贵人至此，才晓得运动有效，非常欣慰。这一夕间，芳情脉脉，软语喁喁，惹得咸丰帝格外怜爱，拥着这娇娇滴滴的玉体，倍施雨露，因此那拉贵人又受了孕。咸丰帝知她有孕，就立降纶音，封那拉贵人为懿嫔。在下又要把她易名作"那拉懿嫔"了。

那拉懿嫔有了孕，总道此番得采，定产麟儿。谁知天不做美，偏偏到了十月间，变雄为雌，又产下一位公主。这正叫作谋事在人，成事在天呢！那拉懿嫔两次失败，懊丧的了不得。自此强抑痴情，把前时的聪明才智暂且搁起，只听那自己的命运随便过去。闲着时，令宫监到朝房内索了几张月钞，披阅一周，觉得长江一带，乱得一团糟，不免也有些担忧。闲中着笔，隐伏下文。

一日，忽有一宫监奔入道："娘娘，不好了！不好了！"那拉懿嫔愕然道："你为什么事这般大惊小怪？"宫监道："今日从朝上传来，有无数长毛攻入京中来了！"那拉懿嫔道："你不要瞎说，我曾见月钞上载明京内外军报：江南提督向荣，江北钦差琦善，两下扎住大营，围攻南京，颇获胜仗。就是北犯的长毛头儿，有叫作林凤祥，有叫作李开芳，也由惠亲王绵愉、科尔沁郡王僧格林沁、钦差大臣胜保等，迎头截击，想也不至有危急情事。"叙入此段，以见那拉氏之留心外政。宫监道："难道是谣言么？今日圣上颁谕，严责僧王爷，斥他剿匪不力。什么深州，什么献县，什么杨柳青、独流镇，都被长毛陷入。现着僧王爷克日恢复，迅扫贼氛，将功赎罪哩。"那拉懿嫔道："我恰未信。京城原戒严多日，近已略路放松，哪里有这般紧急？你去取张宫门钞来，定有上谕录着，待我瞧着便知。"宫监领命去讫。过了一二时，将宫门抄取呈，那拉懿嫔看毕，便向宫监道："我说不至有意外情事。申饬僧王爷的上谕，原是有的。但深州、献县等地方，早已克复，只有独流镇的长毛，现窜连州，僧王爷围攻多日，未曾荡平。所以圣上动怒，责他养痈贻患，若有疏虞，致扰京畿，要惟该王爷是问哩。"十八岁的妇女，便有这般见解，真是天生尤物。说得宫监哑口无言。那拉懿嫔道："你此后来报消息，须先探听明白，休要这般张皇。我不来罪你，你去罢！"宫监且愧且感，称谢而退。

是冬天冷，宫闱里面，大都围炉度岁，无事可述。到咸丰五年元旦，筵宴仍照前停止。惟各处军务，颇还得手：长江上游，侍郎曾国藩屡报胜仗；长江下游，江浙巡抚吉尔杭阿克复上海。到正月十九日，僧郡王复红旗报捷，生擒伪丞相林凤祥。咸丰帝转忧为喜，忙至寿康宫向皇太妃前谒贺。宫内后妃人等，没一个不乘势趋承，俟御驾至坤宁宫时，都各来前贺喜，那拉懿嫔自然不落人后。只当时仰邀天宠的宫眷，除那拉氏外，还有丽嫔他他拉氏、婉嫔索绰罗氏，于上年残腊受封，叩贺时正与那拉氏同班。那拉氏瞧着了她，心中很不自在，外貌不得不强作欢容，敷衍一番。返宫后，快快了好几日，且不必说。祸心总还未化。

一瞬数月，春去夏来，僧郡王又来捷报，把长毛头目李开芳也生生擒住，所有党羽一并扫荡，河北肃清。咸丰帝览奏，异常欣慰，饬即凯旋。五月间，僧王凯撤回京，由咸丰帝御养心殿，与僧王行抱见礼。越数日，复御乾清宫，行凯撤

富丽堂皇的乾清宫

典礼。饮至策赏，喜气盈廷，连宫中也热闹数天。江南的向军门荣，湖南的曾侍郎国藩，荆州的官将军文，又陆续报称得手。咸丰帝越觉欢欣。

到六月间，拟尊康慈皇太妃为皇太后，令惠亲王绵愉，饬宗人府及礼部预备盛典，择日举行。届期这一日，自寿康宫以下，统铺设的辉煌灿烂，光怪陆离，说不尽的繁华，写不完的精巧。辰刻，请康慈皇太后升座，先由皇帝率王公大臣等，行叩贺礼；继由皇后率妃嫔贵人等，行朝参礼。礼成后，大开筵宴。爱日承欢，长春集祜，仙乐悠扬之夕，瑶觞醉舞之辰，确是清宫中一大盛典。人逢喜事精神爽，从黎明闹到初更，足足一整日，这位咸丰帝还是兴致勃勃，全然不觉疲乏，外而王公，内而后妃，已统是谢宴退归，独咸丰帝尚徘徊月下。趁着一番余兴，竟踱到那拉懿嫔处来。特开创例。

这位那拉懿嫔正返宫卸妆，整备安寝。忽有宫监来报，圣驾到了，弄得那拉懿嫔莫名其妙，只得仓猝迎驾，伏地跪接。咸丰帝亲手扶起，偕入寝室。从前召幸的时候，都是皇帝睡着，由宫监掀入玉体，立就御衾，鸾凤常隐帐中，云雨只施暗地，在上文已经交代明白。此次御驾亲临，适遇着那拉懿嫔晚妆才卸，星眼微饧，乌云似的芳发，远山似的秀眉，又因那天气未凉，只穿着一件妃色罗衫，越显得玉骨玲珑，柔躯娇嫩。越是本色美人，越是好看。当下咸丰帝入座，由那拉懿嫔奉上香茗，咸丰帝就她手里喝了两口，却目不转瞬的打量着她。良久，方道："你今朝觉得劳乏么？"那拉懿嫔奏对道："叨圣母及圣天子洪福，只觉酣畅，毫不疲倦。"咸丰帝笑道："朕也这般，今宵同你作长夜欢何如？"那拉懿嫔脉脉含羞，尚未及答，已被咸丰帝拥入床中。这一夕的倒凤颠鸾，比往时倍加欢娱。帝德乾坤大，皇恩雨露深，这遭要天赐怀胎，产育麟儿了。无心插柳柳成阴。

谁知祸福相倚，悲乐相因，那拉氏初结珠胎，皇太后竟缠病榻，不到数日，遽尔大渐。临危时，恰有两语嘱咐咸丰帝：一语是优待恭王奕䜣，一语是善视那拉懿嫔。后来两人倚为臂助，就是从这里埋根。仕下恰有一绝句，道：

　　产麟已足保天恩，况复慈闱有密言。
　　他日热河成大计，好从此处溯渊源。

欲知后事如何，且看下回分解。

本回就宫廷内外事情，拉杂写来，命意仍是一贯。叙内事时，层层不离那拉氏；叙外事时，亦处处不脱那拉氏。如贯钱然，无论大钱小钱，概贯以绳钱，虽多而目不乱。文法亦犹是也。惟内事易于关照，外事颇难销纳，作者或顺叙，或旁叙，俱为绾合起见；至借那拉氏口中，叙出南北军事，尤为妙笔。既有以证那拉氏之慧心，尤有以见那拉氏之大志，确是双管齐下之文。若详宫闱，而略变乱，则已具见纲评，故不赘及云。

第六回　咸丰帝喜产佳儿
　　　　曾侍郎独邀慧鉴

　　却说康慈皇太后临终，把两件大事嘱咐咸丰帝，咸丰帝自唯唯遵谕。不一日，太后即驾返瑶池，大行去了。当下由咸丰帝奉着灵驾，至慈宁宫。随即剪发成服，号哭擗踊了一回。皇后以下，亦都成服。那拉懿嫔因回忆旧日慈眷，格外悲戚，哭得一佛升天、二佛出世，几乎有痛不欲生的形状。咸丰帝瞧着，暗想道："看不出她有这般孝心，怪不得太后病剧，有嘱我善视的遗言。可见前次乃是密谕。只她现方怀妊，倘或哭坏身体，有碍胎气，如何是好？"想了一会，便密嘱总监，叫他传谕那拉懿嫔，不必过伤，须保养身子为要。那拉懿嫔得了密谕，收着泪，暗暗感激天恩。咸丰帝又命惠亲王绵愉、恭亲王奕䜣、怡亲王载垣，及大学士裕诚，尚书麟魁、全庆等，恭理丧仪。一切礼节，概从旧典。到了十月间，奉移太后梓宫，葬慕东陵。返葬以后，复令恭亲王奕䜣，恭捧太后神牌，升祔奉先殿，并上尊谥，称为"孝静康慈弼天抚圣皇后"。

　　在下叙述至此，又不能不补叙一笔。恭亲王奕䜣，乃是道光帝生前最是钟爱的皇子，只因排行第六，弟不先兄，第一第二第三的皇子，统早年殇逝，要算是四子奕詝居长，所以遗旨立奕詝为嗣，不立奕䜣。康慈太后推爱施仁，病到大渐，犹留遗嘱。咸丰帝令他协力理丧、捧牌、升祔，好算是曲体慈心。只那拉懿嫔，也得与亲王同蒙慈眷。若非她平时结宠，那里能得此盛遇呢？补释明晰，笔无渗漏。这且不必细表。

　　且说丧葬事毕，宫中又没甚大事。倏忽间，就是咸丰六年。是年春月，内外还统是无恙，一到暮春，那拉懿嫔产期又届。咸丰帝每夕祷天，默祈眷佑，早赐麟儿。果然至诚感神，竟送下一位金童，轮回转世，在那拉懿嫔腹中产出，呱呱的一声破寂，不问而知，是麟儿了。这场喜事，在那拉懿嫔原是愉快得很，至咸丰帝闻报，更乐得不可言喻。原来咸丰帝嗣位六年，已到二十六岁，宫内的后妃人等，虽也产过几次，无奈统是女孩，不得一男。独那拉懿嫔，这一遭竟产一

兰儿晋封为懿妃的册文

子。觉罗绵祚，英物挺生，自然有一番庆贺。惹得阖宫内外，又忙碌了好几天，就是有争权夺宠的妃嫔，怀着满怀妒意，怎奈自己的肚皮生得不争气，也只好忍着性子，前去贺喜。咸丰帝喜不自胜，即于次日传谕内阁，晋封那拉懿嫔为懿妃。天子毕竟无戏言。鸿毛遇顺，连级上升，要算是有志竟成，天从人愿了。

接连又是弥月，筵开汤饼，褥设芙蓉，咸丰帝预命各宫妃嫔，都到育麟宫中，饮麟儿宴。又下特旨，令各妃嫔团座欢饮，不必拘牵礼节。此旨下后，除皇后外，六院、三宫，妃嫔、贵人不敢不至。御驾亦朝罢到来。大家接过了驾，统要玩这小皇儿，见他头角峥嵘，状貌魁梧，都交口称羡。恐是随声附和，未必众志咸孚。当下各取出金珠宝贝，持赠皇儿，五光六色的堆了一大床，由那拉懿妃代为道谢。入席时，首座是咸丰帝，不消说得。只那拉懿妃，究是本宫主人，应退居末座，她本熟谙礼节，早就主位相陪。其余奉旨序座。酒初上斝，各妃嫔先敬至尊，继贺懿妃，挨次轮流，各献一卮。咸丰帝随喝随语，以目视懿妃道：“朕与你今日要醉倒了。”懿妃道：“圣天子且普及隆恩，婢子怎敢不领受客情？”咸丰道：“朕自有生以来，今日算是极乐。尽情一醉，也属无妨。皇太妃尊位太后时，想还无此乐趣。但乐极生悲，盛筵不再，此后宫中不获重逢了，满意语，亦谶兆语。但各妃嫔们亦须各饮一觞，何如？”大家都称“领旨”，于是你一杯、我一杯，各各告干。然后浅斟低酌，慢慢儿的畅饮。这一席自午前饮起，直至黄昏，方才兴阑席散。咸丰帝便宿在懿妃宫。看官，前称懿嫔，今称懿妃，上文已说过，随时论时，所以称谓又殊。不漏一笔。

只这皇子自称月以后，由咸丰帝亲赐嘉名，叫作“载淳”。“载”字是从排行上命名。乾隆时皇六子永瑢绘《岁朝图》，进呈孝圣皇后，由乾隆帝御笔亲题，有“永绵奕载奉慈娱”一句，嗣后，遂取“永绵奕载”四字作为宗室命名的排行。咸丰帝是“奕”辈，咸丰帝的儿子自然轮到“载”字了。下一字命一“淳”

字，乃是化行俗美的意义，已隐隐含有立储思想。懿妃心领神会，早已猜透三分，暗地里异常欢喜。又因咸丰帝顾视载淳，时常临幸，越发提足精神，卖弄材艺，所有朝纲国政，居然效力赞襄。妇人预政的风气，从此开了。夹叙夹议，竟是一段煌煌大文。

一日，咸丰帝退朝，入懿妃宫，由懿妃接着，献上茶来。默窥御容，很有些忧虑样子，便探问外边消息。咸丰帝道："更闹得不堪，连江南大营都溃散了。"懿妃道："江南大营的统帅，乃是提督向荣。闻他素来忠勇，围攻南京长毛已三年有余，为什么一旦溃散呢？"咸丰帝道："据他的奏报，说是分兵四出，援应各地，被长毛贼伺虚袭营，寡不敌众，遂致溃散，现在退保丹阳。恐怕这南京长毛，要越加猖獗了。"懿妃道："江北也立着一个大营，何故坐视不救？"咸丰帝愤愤道："你不要说起江北大营，朕前时派琦善督师，专攻扬州，一年内只得一个空城。朕把他革职留营，他竟死了。换了一个托明阿，越不中用，反失扬州。再掉一个德兴阿，算把扬州夺还。长发贼分窜镇江，江苏抚臣吉尔杭阿率兵驰救，战败身死。向荣闻了这耗，忙差部下张国梁赴援，国梁方在江北得了胜仗，谁知向营已被击溃。这都是江北的将士没有一个效力，反带累江南大营。你平日也侍阅章奏，难道不曾瞧着么？"江南大营溃散，是一大军警，所以随笔带出。懿妃道："长江上游，怎么样了？"咸丰帝道："长江一带，派去将官已是很多。闻他们畏贼如虎，只有官文、骆秉章、曾国藩、胡林翼诸人，还算靠得住。怎奈上年丧了塔齐布，曾营中失一员猛将。近日罗泽南去攻武昌，又因伤殒命。泽南也是曾营中人，他部下还有几个敢死的将吏，此外多是没用哩！"

太平军与清军作战图

太平军与英军在长江上作战

懿妃道："万岁爷天禀聪明，何不将有用的将帅，畀他重权，专心剿贼。总教得了几个人才，不患长毛不灭，免得宸衷烦闷，岂不是好？"咸丰帝道："朕也这般想，但急切求不出人才，奈何！"懿妃道："万岁爷阅过的章奏，有许多搁在这里，婢子暇时也去展览。内中倒有个大才，好请万岁爷重用哩。"咸丰帝问道："是谁？"懿妃道："就是侍郎曾国藩。"独具慧鉴。咸丰帝道："你从何处看出？"懿妃道："像他一个在籍人员，能创办水师，锐意经营，自三年间起，大小数百战，虽是胜负不常，他总始终未懈。且所上章奏，有语皆真，无言不切；遇着紧要关头，也有一篇大大的筹画。不像这班庸臣猾吏，专说几句圆滑话儿，探试上意。想万岁爷总也知道的。"叙曾帅之才，即懿妃之识。咸丰帝微笑道："爱妃所见，倒是与朕相同。可怪这班汉大臣，有了几个同他反对，令朕不解。"懿妃问何人，咸丰帝道："曾国藩初发衡州，大学士祁隽藻已说他白面书生，不知军事，恐是靠不住的。"懿妃道："北宋的张齐贤，南宋的虞允文，不是个书生么，何以能建大功？祁隽藻官至大学士，怕不读过《宋史》吗？"见笑妇人。咸丰帝道："还不止一次哩。去年武汉告捷，朕在朝上赞了国藩几句，那祁隽藻又来多嘴，说他是在籍侍郎，差不多是个匹夫，匹夫在闾里，一呼得万余人，恐非朝廷的福气。还有侍郎彭蕴章，与祁隽藻同样见识，也奏称湘军太多，将来要尾大不掉，煞是可怪。"

懿妃闻言，不觉柳眉微竖道："祁隽藻、彭蕴章这班人，既说曾国藩如此可虑，他何不别举人才？"咸丰帝道："你不要这么性急，朕不愿听他胡言。"懿妃道："婢子与国藩绝不相识，何必硬要帮他。但详察章奏，惟此人可付重任。贼气早一日扫平，国家早一日安靖，万岁爷亦早一日舒泰。所以婢子奏陈过激，求万岁爷宽宥。"娓娓动听，我亦爱之。咸丰帝道："朕怪你什么？似你这般留心国

曾国藩像

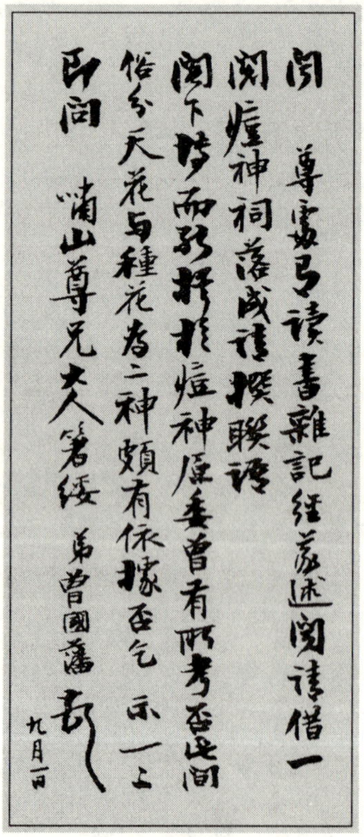

閱
尊處弓讀書雜記經蒙述閱請借一
閱
瘟神祠落成請撰聯語
閣下博而能精於瘟神原委曾有所考否此間
俗分天花與種花為二神頗有依據否乞示一二
即問
浦山尊兄大人箸綏　弟曾國藩頓首
九月一日

曾国藩手迹

事，注意人才，恐宫中没有第二人!”懿妃忙跪谢道：“天语褒奖，婢子怎当得起!”又要用笼络手段了。咸丰帝即将她掖起道：“不要多礼，寝室里面何拘礼节。朕非无端誉你，那大学士文庆、尚书肃顺，也称曾国藩精忠纯正，可保无他。连你，要算是第三人了。”懿妃即随口谢恩，站将起来。咸丰帝复记念皇儿，令她抱至，抚弄一番。皇儿恰也聪明，一声儿不啼哭，只是嬉笑，引得咸丰帝笑逐颜开，渐渐的把忧怀放下。点染有致。少顷，令懿妃抱去，交与保姆。然后与懿妃一同就寝。在下若再加艳语，乃是味同嚼蜡，因此不敢赘述了。艳语必有为而作，若不顾事情，只砌艳词，非特重床架屋，抑且诲淫导奸，吾知作者必不出此。

翌日，咸丰帝视朝如故。军报亦杂沓而至，没有什么胜仗。又过数天，由德兴阿奏报，向荣在营病故。忙与王大臣商定，调江南提督和春，驰赴丹阳，接办军务。寻闻南京各贼自相残杀，杨秀清要想篡位，洪秀全密召韦昌辉计杀秀清，秀清的余党又把昌辉杀死。同室操戈，无心出扰，因此江南北的清帅，都还支撑得住。洪氏致败之由，亦就此叙入，可为后人殷鉴。接连报到楚军大捷，官文、胡林翼等，克复武昌、汉阳城，还有曾国藩的旧部，李续宾、杨载福各军，沿江东下，夹攻九江，曾国藩亲去劳师，奏称九江指日可复。咸丰帝又略略放心。

午后无事，咸丰帝又踱至懿妃宫中，与懿妃谈了一回，颇有兴会。懿妃忽然触起心事，要想趁这机缘，奏闻驾前。看官，道是何事?原来道光帝第七子奕譞，尚未得偶，年龄正与懿妃的妹子相当；她想从中撮合，把妹子指配奕譞，做个王爷的福晋。满人称王妃为福晋。恰是亲上加亲，越加显耀。筹画已定，便谈起皇室情事。凑巧道光帝的七公主，与副都统熙拉布子瑞林指婚，九公主与诚勇公裕恒子德徽指婚，皇室正喜事重重。

懿妃便婉问吉期，咸丰帝便答道，"八公主的吉期将到，九公主还迟吉哩。"懿妃道："闻得七王爷亦将指婚，曾否由圣衷择定？"从公主转到亲王，也是移花接木之法。咸丰帝道："尚未。"懿妃道："婢子有一愚诚，早思奏闻，只是不敢率渎。"咸丰帝道："这又何妨！"懿妃复嗫嚅道："婢子上沐天恩，已是非分的荣幸，此外再思邀泽，恐怕得陇望蜀，要受万岁爷斥责哩！"故作一扬。咸丰帝着急道："有事尽管直讲，如何专作此态。朕若可从，没有不照准的。"心许久矣。懿妃道："婢子有一妹子，颇还伶俐。现在年将及笄，正是择配的时候。若蒙圣上推恩，许为撮合，婢子不胜感幸了！"咸丰帝道："是否要配与七王爷？朕与你作主如何？"懿妃又扑翻娇躯，叩谢圣恩。咸丰帝道："你又这般多礼，快快起来。"

懿妃遵旨起立，咸丰帝又启口问道："你入宫将四载了，朕对你母家情形还未熟悉，也是朕的误处。多半因军务倥偬，不遑顾及，你不要多心哩！"懿妃连称"不敢"。咸丰帝道："你前说过上有老母，下有弟妹，现与你相别四年，你曾否着人探视？"懿妃道："宫禁森严，婢子何敢违例！"咸丰帝道："你难道不记挂么？"懿妃闻言，不觉眼圈一红，竟低下头去。虽是人情应尔，怡未免三分做作。咸丰帝瞧这形谷，不禁垂怜起来，便叹道："你在宫中做了妃子，也好算作士女班头。奈宫闱里面，比不得寻常人家，一别四年，竟连母家消息一些儿不通风，也是可怜。朕倒要开一特例呢。"懿妃便接口道："万岁爷肯特沛宏恩，令婢子得见母面，宠荣奚似。"说至此，又要屈膝下去，被咸丰帝御手拦住，道："朕便准你省亲，你现在不必行礼，等到省亲后谢恩未迟。"懿妃才遵旨称谢，将身立定。

看官看到此，还道懿妃入宫四年，真个是与家隔绝。其实她受封贵人后，便已密嘱宫监们暗通音问，私馈金钱。否则惠太太已一贫如洗，恐怕禁不过四年呢。是极。咸丰帝在懿妃宫中一宿，次日临朝，便颁特旨，准懿妃回家省亲。正是：

> 宸衷宠眷恩无限，旷典昭垂世少闻。

欲知省亲时如何情状，待至下回说明。

那拉氏邀宠之隆，于本回尽述之。那拉氏揽权之渐，于本回始及之。咸丰帝未曾得嗣，有那拉氏特产麟儿，物以稀为贵，况皇子乎！宜其宠眷特隆，晋封赐宴也。惟国家大事，得由那拉氏参赞，实开妇人预政之风。虽劝咸丰帝重任曾侍郎，卒平粤寇，不为无功，然骄恣之习，因此而开，履霜坚冰，其象兆矣。《礼》曰："内言不出于阃，外言不入于阃。"有以哉！

第七回　邀旷典贵妃归省　预邦交哲妇失谋

　　上回说到咸丰帝特旨，准懿妃回家省亲。这正是清史上第一旷典。只省亲日期，上回未曾表明，在下要从本回叙出。咸丰帝恩准省亲，已是咸丰六年的冬季。懿妃因残腊将尽，不如到新正时节，奉旨归宁，一来是冠冕堂皇的省亲，二来是乘便贺年，恰是一举两得的美名。当下奏定日期，咸丰帝自然照准。到了七年正月，元旦已过，庆贺事毕，又降下一道谕旨，晋封那拉懿妃为懿贵妃。贵妃与皇后，只隔一级，差不多与皇后相似。清宫内受封贵妃，每代不过两三人。这是咸丰帝因懿妃归省，特地将她加封，令她格外尊荣，方不虚此一行。懿妃得邀省亲的旷典，已是欣幸得很；不意咸丰帝替她着想，比她自己还要周到，真是喜出望外。当下谢了天恩，即准备归省的事情，密令宫监赍送金银，叫母家预为打叠。

　　这惠太太自闻知特旨，早拟把锡拉胡同的住宅，酌量扩充。左右邻家闻她女儿叠邀恩宠，逐级晋封，贵显得什么相似，已艳羡的了不得，这番恩准归省，锦上添花，哪个不前来趋奉。炎凉世态，如是如是。因惠太太住宅狭小，各愿将自己住室迁让与她。惠太太也过意不去，一时不便应允。那邻家恰先自移徙，不由惠太太不从。只得估给银钱，作为津贴。当下赶紧加筑，自有一班巴结的亲朋出来帮忙。不到两月，居然把一椽矮屋，改换作前堂、后厅，深院重檐，屋右且添置一园，栽花种竹，堆山凿池，构亭筑榭，编篱围垣。中间列着一座客厅，以备游宴。虽然仓促告成，也觉玲珑剔透。由冬至春，足足忙了几十天，已将室中一切，布置妥当，然后安心涤虑，专等凤舆到来。在下因懿妃已升贵妃，自然照着前例，加称一"贵"字。百忙中插此闲笔，文法可谓周到。

　　懿贵妃临行时，辞过皇帝，别了皇后，带着宫娥宫监等，乘舆出宫。早有小太监至惠太太家，报知某时驾到。这时惠太太的亲戚故旧统已到齐，把行礼、入座、退省、开宴、更衣、盥洗的场所，筹备的一丝不漏，一面设垫、铺毡，焚香、蒸麝，堂开百福，室迓千祥，静悄悄的待着。闹中带静。外面已有工部官员并五城兵马司，清尘洒道，辟除行人。只有锡拉胡同内，人山人海，拥挤得不堪言状，就使有吏役出来拦阻，兀自禁止不住。

俄听有一片鼓乐声，隐隐前来，料是凤舆将至，惠太太率家属亲族等出门迎接。等了半歇，方见有十来个太监，导着一个总管，骑马而来。到了门首，由总管下马，至惠太太前问安。小

清代贵妃凤冠

人监立将马牵过一旁，随了总管，面西站立。少时便来了全副仪仗，一对对的龙旌凤翣，一排排的羽扇宫灯，御炉飘百和之香，宝盖障三霄之日，又有彩亭数座，内陈备赐诸物，白玉如意一柄，沉香拐杖一枝，彩缎百端，白银千两。随后方是八个太监，抬着一乘黄缎绣凤的銮舆，缓缓行来。两边的侍卫群从、宫娥彩女，不计其数。贱日岂殊众，贵来方悟稀。惠太太方思跪接，早有宫监过来，扶住了她，令她免礼。并传谕亲族尊长，概免跪迎。仙乐过处，凤舆已抬入大门。惠太太等随至院落，当由太监停下凤舆，宫娥卷起杏黄缎帘，才见一位珠围翠绕、玉质金相的贵人，降舆出来。回忆携筐卖物时，真如隔世。各女侍簇拥上堂，升了座，两阶乐起，惠太太又带着家族，排班谒见。总管即行传谕，仍不免"尊长免礼"四字。惠太太及亲族长辈，乃退就左侧，其余皆叩头行礼。礼毕，茶三献，乐止，贵妃降座，退入侧室更衣。然后至内厅，行归省礼。

是时，惠太太等已在内厅候着，见了贵妃，就与她握手。贵妃欲以母女礼相见，惠太太自然不从。两下里别了五年，心中似含着无数说话，及到见面，反一句儿说不出。呆看了好一歇，方由懿贵妃开口道："五年不见母亲，系念无似。"说了这两语，不禁哽咽起来。惠太太已忍不住泪，只把手去拭眼眶，还有贵妃的妹子也在旁陪泪。贵妃转忍悲为笑道："难得今日奉旨省亲，得仰慈颜，实为万幸。今反触动慈母悲怀，转滋不孝的罪戾了。"惠太太才收泪，答道："苦尽回甘，得邀旷典，正要大家庆贺，不知为什么触动离情，大约是喜极转悲的缘故。快请坐下，好便谈叙。"

贵妃一面就座，一面顾着亲属，令他们一一归坐。坐定，顾着妹子道："数年不见你的姿容，比前时秀润得多了。为姊的不忘前言，已请过圣恩，替你得一佳偶，将来好时常相见哩。"那妹子闻了此言，不觉又喜又羞，垂下头

去。贵妃道："女大须嫁，人情一例。但你近日曾否读书？为姊的很是挂念。"惠太太从旁细问，贵妃即将指婚事述了一遍，并说："要做福晋，必须有些才学。女儿得有今日，统是书籍所赐。愿妹子留意才好。"随又顾幼弟桂祥道："你也长了好些，不要像从前这么傻，念书识字也是要紧。"说毕，复与亲族人等，亦略略谈了数语。

清代凤舆

是时筵宴已备，设在园中。当由执事人进报。请贵妃临园入席。贵妃起身，命桂祥导引，偕诸人徐步至园。过了曲榭，绕遍游栏，但见翠柏迎春，红梅舒艳，池光映碧，幻石萦青，点染时景，且回应上文。倒也有一番雅景。从贵妃眼中叙出。闲览一周，方转入客厅。外面排着一字儿花墙，向南辟门，门内有砖砌甬道，甬道旁也栽着数株花木，微微含着春意。至甬道尽处，便是层阶。贵妃拾级而上，步入厅中，见所有陈设，繁华中寓着雅净，颇觉宜人。上面横着一匾，中书"鸣凤朝阳"四字，四字典丽。贵妃点头称善，便问妹子道："这是何人所撰？"那妹子道："是小妹胡诌成文。"贵妃笑道："'鸣'字何不改作'双'字！"为指婚醇王着笔。那妹子又红晕两腮。贵妃道："这是戏言，'鸣'字恰好哩。但正屋内的正厅，何故没有匾额？"那妹子轻轻答道："不敢僭拟，当求赐名。"贵妃道："竟是'承恩堂'三字吧。"为后文桂祥袭封伏笔。

未几入席，由贵妃上坐，惠太太等皆在下相陪。席间，谈些宫闱琐事，及惠太太家中情况。欢叙时，仍不免有感慨意。归省只此一次，自应言下生感。贵妃恐又生伤感，忙环顾亲族，讲论别事。有说有笑，不伐不矜，各亲族被她融化，渐渐脱略形迹，因得尽兴。

宴毕，天色将晚，复出园入宅。随命宫监拿来赐物：如意拐杖，送与惠太太；彩缎等分赐亲族，白银等分赏役夫；又有两函文房四宝、两对黄金锞子，分给弟妹。至众人谢赐毕，时已暮色沉沉，阖室都悬灯火。总管太监入启道："已交酉牌，请驾回宫。"贵妃不由的垂下泪来，相见时犹只哽咽，临别时至垂下泪来，是作者善于体贴处。却又勉强笑着，握了惠太太的手道："当日入宫时候，已是拼着生离，好容易得邀恩旨，归宁一次，不意春昼又这般短，霎时即暮，未便多聚。这是地位使然，无可如何。但望圣恩高厚，再许归省，自然重见有期。即或宫闱特例不许再开，那时亦当相机奏闻，准吾母入宫相见，千万不要伤心。"惠太太虽是应着，泪珠儿已不知滴了多少。越是老年，越会伤心。贵妃又回视弟妹道："我的说话，你两人休要忘记。"弟妹唯唯遵命。复另嘱妹子道："今日姊妹，他日姒娣。彼此相聚一生，总算你我的幸遇。你须赶紧读书，转眼间即要成婚哩。"说毕还是依依不舍，总管又来催逼，方与惠太太释手道："皇家规例，不宜稍违，只好去了。"与前日赴选话别，情状又是不同。

当由众人送出大门，恭请贵妃登舆。宫灯如炬，侍从如飞。前文列入"宫灯"二字，几疑白昼之间，何需及此？至此方知为紧要字眼。片刻间已去得净尽，不留一人。看客亦顿时尽散。惠太太尚痴立门外，经亲族劝回家中，尚是呜咽不已。亲族都赞着贵妃道："量大福大，这是一定的道理。如贵妃入宫数年，叠沐皇恩，毫无骄倨气象，见了咱们亲族，依然谈笑如常，这不是量大福大么！并非大量，实是大材。大众评赞了一回，有留着的，有告别的，这且按下不提。

单说贵妃回宫，次日见驾谢恩，并回奏归省情状。龙颜甚悦，并赐惠太太一品诰封，兼发内帑、彩缎、金银等物，令内监赍去作为赏品。那时惠太太家又高搭彩棚，接旨谢赏，忙个不了。亏得亲族众多，协力相助，免得临事张皇。贵为椒戚，自然人人趋附。嗣又招集亲朋，大开筵宴，庆贺数天。随后又蒙特旨，准惠太太入宫省视。正是帝德如天，有求必遂。这都是后话。

只懿贵妃得了这么天恩，自然格外尽力，把咸丰帝的一举一动时常注意，遇喜则谀，遇忧则劝，咸丰帝视为第一个内助，竟当她如太姒重生、邑姜复出，一日都不能少她。

某日视朝，接到湖南巡抚骆秉章奏报，乃是兵部侍郎曾国藩适丁父忧，请准他奔丧回籍等情。咸丰帝不觉惊惶，忙问各王大臣如何定夺。王大臣等奏议纷纷，莫衷一是：有说是江西军务正在吃紧，只可另简大员接办；有说是国藩领兵多年，长江一带亏他支持，现在不宜另易生手，只好给假数天，仍令夺情任事。咸丰帝道："另简大员，确是不容易的。只是要曾国藩夺情任事，他精研理学，恐怕不肯遵谕，如何是好？"王大臣奏复道："圣上有旨，哪敢稍违！"这语恰是专制国的恒情。但咸丰帝重视国藩，便是为他理学工夫，墨守君父大义，不致有意外变端；此次若命他夺情，未免于理不当。心中这般想，口中恰不便说明。朝罢回宫，便来与懿贵妃熟商。懿贵妃道："承平之世宜守经，多难之时宜从权。

古人墨经从戎，史册上亦多见过。万岁爷这么下谕乃是情理兼到，不但该侍郎无可答辩，就是千秋万世，也称圣谕是至理名言呢！"正大光明之论，我亦佩服。

这番话提醒了咸丰帝，尽释疑窦，即提起朱笔，照本誊录。后文方写入给假三个月，赏银四百两，俾经理丧事；所带湘勇，着暂交伊弟曾国华统带，俟国藩销假，再令国华回籍。次日即将朱谕颁发出去。谁知王大臣却是不服，复奏称曾国华职分较卑，恐不能悉协舆情。于是咸丰帝又旨派提督衔杨载福，就近统带，道员彭玉麟协同调度。并饬曾国藩于假满后，迅赴江西督办军务云云。

旨下后，两广总督叶名琛又有奏报到来，开列英国交涉事情，请旨办理。这件事说来甚长，追究祸根，乃起自道光十九年鸦片之役。

鸦片由英国商人，从印度运来，贩与华民，流毒甚盛。道光十九年，粤督林则徐迫英商缴出鸦片二万多箱，尽行烧毁。英政府兴师来华，图粤不遂，改犯江浙，连陷海疆。适权相穆彰阿素嫉则徐，遂奏陈则徐开衅，请即褫职。道光帝居然照准，把则徐革职充戍，别遣琦善、耆英、伊里布等人妥行交涉。这一班饭桶有什么好计策，只有见了洋人唯唯听命的法子。江宁订约，英人说一条，耆英、伊里布依他一条；英人说十条，耆英、伊里布依他十条，偿烟价、赔兵费，还割香港，又将广州、福州、厦门、宁波、上海五口准他通商，并设领事，方才了结。是为辱国损威之始。

琦善与英国人谈判

到道光二十六年，英人援约入城，被粤东绅民集团拦阻，英领事遂贻书诘责。凑巧，这和事老耆英驻节粤东，与法、美两国公使互订通商条约，那时接到英领事照会，无法可施，不得已，设词延宕，期以两年。两年过后，耆英内用，署督是徐广缙，署抚乃是叶名琛。香港英总督文翰要求履约，各乡团勇十余万坚执不允，几乎又要开战。亏得徐广缙单舸前往，告以众怒难犯，文翰始稍稍夺气，不敢入城。至洪、杨变起，广缙移督湖广，便将名琛升任。

英国东印度公司的鸦片仓库

　　名琛素性顽固，尤好大言，向来轻视洋人，洋人有照会到来，时常搁置不复，因此洋人与他结怨。是年，适平东莞县党匪，咸丰帝念他有功，加他大学士衔，留任粤督。名琛越趾高气扬，目空一切。致败之由。谁知党首关钜、梁楫等人尚在漏网，遁居海岛，投入英籍，怂恿英领事巴夏礼请攻粤东。冤冤相凑，海外来了洋船一艘，悬着英国旗帜，闯入粤河。巡河兵弁疑是汉奸伪托，拔去英旗，并将舟子十三人一概拿住，械系入省。巴夏礼即致书诘问，名琛乃释放舟子，送还英领事衙门。偏偏巴夏礼不肯收受，要名琛先去谢罪。看官，你想这大言不惭的叶中堂，肯甘心依他么？谢罪原有关体面，但平时办事亦须和慎，方可无虞。巴夏礼闻名琛不允，遂率英舰攻黄埔炮台。名琛莫名其妙，饬蒋知府音印去见巴夏礼，询明缘由。复禀"巴夏礼要人城面详"，名琛不答。巴夏礼又照会名琛："如不便人城面议，请至城外相见。"名琛仍然照着老法儿，谢绝来使，无一复语。恼得巴夏礼性起，令洋兵入攻省城，炮声隆隆，火光烛天，名琛只令军士阖城固守，自己却静坐署中，念念有词，不知说些什么。奇极。嗣由卫役传出，方知名琛专信吕祖，所念的就是吕祖宝训。我道是退兵咒，原来是吕祖宝训。当下洋兵攻了两日，竟敛旗退去。想是吕祖宝训的功效。粤民素来好动，也道是洋兵无能，竟放起火来，不论英、法、美各国的洋行，统行焚毁。名琛毫不在意，反奏称"英船退出省河，经官军连日接剿，迭次焚烧，该夷知难而退，闻将另派妥人来粤定议"等语。尚是大言。

咸丰帝因粤事尚宽，未开会议，只入宫时，与懿贵妃恰也谈起。懿贵妃道："去年恭贺大喜，是否即该督叶名琛？"咸丰帝道："便是他。皇儿载淳生后，他曾恭上一篇骈文，对仗很是工整，连贵妃亦称颂在内。"善拍马屁。懿贵妃道："万岁爷有此洪福，奴才恐消受不起。"看似谦抑，实是欣幸。咸丰帝笑道："你后福正长哩。"懿贵妃道："这却全仗皇上福庇。只该督办理交涉，能否使洋人就绪，尚未可知！"咸丰帝道："洋人居心叵测，恰是难料。"懿贵妃道："我朝驭外过宽，所以得步进步。此后对待洋人，还须强硬一点，方免轻视。"咸丰帝道："先皇帝时为了鸦片事情，弄得丧师失地，又偿他无数银两，说来正是可恨。"懿贵妃道："当日议和的大臣，多是庸弱得很，至今还是受人唾骂。现在粤东又起交涉，总要该督善于镇定，遇着英使到来，看他好讲情理，然后以礼相待，不要似前此的畏缩，自失体面方好。""体面"两字误尽中朝。咸丰帝点头称"是"。

谁知这一席话，有分教：

妖雾陡从天外降，寇氛竟逼禁中来。

后文的变故很多，且至下回再叙。

省亲系第一旷典，故叙述较详。然著书人恰寓有深意。为贵妃故，特开前代未有之旷典，则祖制可以不遵，而后文之垂帘听政亦不妨特创矣。且惟其邀此帝眷，而种种预政之渐，亦自此益进。内政可预，外交亦可预，重任曾侍郎可也，重任叶制军不可也。不宁惟是，那拉氏自尊自大之心因之酿成。日后酿成拳匪之祸，未始不于此开之。故本回亦有匣剑帷灯之妙。

第八回　用内言严旨赐帛
开外衅挈眷蒙尘

却说咸丰帝闻懿贵妃言，就依样葫芦，拟定旨意，寄与叶名琛。名琛奉谕后，格外意得心安。除寻常办公外，整日里在署诵经。到九月间，忽接到一角照会，乃是英国伯爵额尔金，诘责粤民焚毁洋行，要名琛赔价损失，另立约章。名琛见他出言无礼，搁置不理。嗣接法、美领事照会，也来要索赔款；只后文却有"英使额尔金伯爵已决计攻城，愿居间排解"等语。名琛仍旧不理。

忽忽间又过两月，额尔金调到英兵，竟致名琛哀的美敦书，"哀的美敦"四字译音，即是"宣战"。限四十八小时答复偿款、换约二事，否则攻城。名琛稍觉着急，至吕祖像间扶乩。乩语是："十五日听消息，事已定，毋着急。"乩语未尝不灵，看后便知。名琛屈指一算，只有四五天便没事，遂遵着咸丰帝谕旨，从容坐镇，毫不筹备。这是懿贵妃害他。将军穆克德讷、巡抚柏贵，都来请令定夺。名琛反责他畏葸，一味冷笑，将军、巡抚等懊丧而去。英兵即占据海珠炮台，乘势攻城。越日，法兵亦到，炮弹齐发，射入城中，把总督衙门也击得七洞八穿。名琛才要保命，捏了吕祖像，逃入抚辕。又越日，千总邓安邦血战身亡。柏抚知事不妙，忙遣绅士伍崇曜议和，名琛还咬定洋人不得入城。倔强可笑。崇曜方奉命前去，洋兵已破城追来，拥入各署，把将军、巡抚等都劫至观音山，迫他们出示安民，并要与英、法诸官一同列衔。此时的将军、巡抚还有什么主意，只好事事依着，方得脱回。只有这个叶名琛，竟被他拥出城外，拉赴英船，押解到印度去了。这日正是咸丰七年十一月十五日。应了乩语，可惜名琛不解。名琛不久即死，由英人用铁棺松榇，把他殓入，送回粤东。还亏吕祖保护。粤东几成为清、英、法三国公共地。

英人尚不肯干休，牵诱法、美、俄三国鼓轮北行。先至上海，继逼天津。咸丰帝既遭内忧，后遭外患，免不得日夕忧闷。那足智多谋的懿贵妃，也只好从旁解劝，无术分忧。亏得皇帝贴身的太监，导帝游幸圆明园，苦中作乐。园内的四

清缂丝凤凰牡丹挂屏

春娘娘正是望断羊车、紧蹙蛾眉的时候，一闻驾至，都打扮得天仙相似，前来恭迓。这一个艳影凌波，那一个纤腰抱月，这一个柔情似水，那一个罗袜生云，惹得咸丰帝眼花缭乱，只觉得无人不俏，无貌不媚。当下左拥右抱，暮乐朝欢，把一副忧国心肠都抛至九霄云外。自咸丰七年冬月，至八年春季，简直是在宫时少，在园时多。每遇辍朝，即带宫监入园，有时且一住数日。天子无愁，佳人倾国，一缕情丝绾缚得异常牢固。那四春娘娘还疑是上天雨露未必均沾，醋雾酸风，闹个不了。近之则不逊。

谁知鲸波骇浪卷海而来，英、法、俄、美四国军舰云集白河口，驰书直督谭廷襄，要满首相裕诚前去与他讲和。裕诚哪里肯去。适值咸丰帝幸圆明园，他即入园谒见，请旨发落。咸丰帝茫然道："该怎么办，你去办吧！"裕诚急急回朝，派了户部侍郎崇纶、内阁学士乌尔焜泰，驰赴天津，会同直督，照会各国使臣，约期开议。不意英、法两使复称"崇、乌两人非中国首相，不便议和"，严词拒绝。崇、乌两人只好怏怏回来。英法使臣煞是利害，竟从白河口驶入小轮，悬起红旗，开炮击大沽炮台。守台的将弁吃粮不管事，一闻炮响，茫无头绪，"三十六着，走为上着"，霎时间逃得精光。眼见得大沽炮台，被英、法两军占去。强盗已到门首，主人漫无防备，一任毁门而入，正是可笑。

警报飞达圆明园，那时咸丰帝只好回宫，特命亲王僧格林沁，率兵赴天津防守；又命亲王惠愉，总管京师团防事务，严行巡逻。僧王抵津后奏称"俄、美使臣，愿作调人，只乞改派相臣议款"等语。咸丰帝不得已，命大学士桂良、尚书花沙纳，再赴天津议和。惠亲王绵愉、尚书端华、大学士彭蕴章等，关心和议，记起和事老耆大臣来，说他熟悉夷情，联衔保奏。此时耆英已因罪被谴，由咸丰帝赏他侍郎衔，即命陛见。耆英造膝密陈，似乎有绝大经济，不由咸丰帝不信，立委重任，令他自由交涉，毋庸事事会同桂良等办理。那时耆钦差欢跃得很，夤夜去讫，要断送老命了。咸丰帝略略安心。

过了两天，忽接到桂良飞折，奏称"耆英为英、法所拒，请饬回京"。弄得咸丰帝愕然不解，竟提起朱笔，写着："耆英系原定和约之人，外情素所熟悉，所以朕弃瑕录用，畀以钦差重任。何以忽有代奏回京之请，且耆英并未列衔。是何意见，着即明白复奏。"其实这场祸根，开自广州，耆英曾有二年入城的预约，后来他运动内用，撒了一堆烂屎，贻与后任，致开外衅。这时洋人已鸥张得很，哪里还肯接见耆英。去了两次，都被他闭门谢客，撞了一鼻子灰。只好请桂良代奏，他竟一溜风跑回京中。快去快来，确是干练。廷寄朝发，耆英夕至。惠亲王得知消息，恐坐保举失察罪，立刻奏闻。咸丰帝见了此折，命将惠亲王议处，并饬僧亲王速解耆英听审。

此旨下后，咸丰帝怏怏入内，踱至懿贵妃宫中。懿贵妃因咸丰帝多日不至，已密令宫监探听确音。正在妒忌得很，暗伏后文。一闻御驾到来，外貌仍佯若无事，接驾入座。咸丰帝与他谈论外交情事，懿贵妃微笑道："外交易与，内蠹难除。"暗指四春。咸丰帝道："你哪里知道，朕因内乱未定，不得不注重邦交，已派桂良、花沙纳两人前去议和。嗣因惠亲王等保举耆英，说他熟悉夷情，朕即破格重用。谁知他去了一趟，毫不办理，擅自回京。耆英原是混帐，洋人想也利害哩。"懿贵妃道："万岁爷为何专信庸材？闻他已革职还乡，冷落多时，何故今日又去重用？他是专知蛊惑，不顾圣恩的。万岁爷若长此纵容，恐怕他们越加玩法，后事恰不易处置呢。"语带双敲。咸丰帝道："依你说来，要狠狠的办他一下么！"懿贵妃勃然道："将他正法便了！"决绝得很，与从前奏对时，已大相径庭。咸丰帝道："这也罪不至此。"懿贵妃道："圣上原是宽洪。然姑息适足养奸，杀一警百，他人方不敢蒙蔽圣聪。"以之处四春何如。咸丰帝踌躇不答。懿贵妃道："就使皇上加恩，免他正法，亦应赐他自尽。这班狐媚子，留一日，坏一日，有什么好处。"居然说他"狐媚子"，情愈可见。咸丰帝点了点头。于是这位和事老，要就此收拾了。

次日升朝，适值耆英解到。即饬恭亲王奕䜣等严讯。奕䜣等曲承意旨，拟为绞监候。咸丰帝尚以为未足，竟饬令自尽。立派左宗正仁筹、左宗人绵勋、刑部尚书麟魁监视，于宗人府空室内送他归天，还说是"饬纪加恩"的至意。谋及妇人，宜其死也。

可奈耆英虽死，寇氛愈紧。桂良、花沙纳仍仿着耆英的秘诀，英人要约五十六条，法人要约四十二条，都一一照奏。最关紧要的计有数条：第一，是各派公使驻京；第二，是准洋人持照至内地游历通商；第二，是增开牛庄、登州、台湾、潮州、琼州等处为商埠；第四，是偿英国商耗银二百万两，军费亦二百万两，法国减半。这奏一上，廷臣鼓噪，都主张驳斥。还是咸丰帝了明大局，料知无人能战，无地可守，不得已忍痛许和。俄、美使臣亦思利益均沾，要求订约，由桂良等再行奏请。咸丰帝便批了"准奏钦此"四字。这叫作《天津和约》。各国舰队方次第退出天津，一番战事暂作烟消。京师里面又是粉饰承平，铺张盛事。

咸丰九年正月朔，颁下一道上谕，内称："翌年乃朕三旬万寿期，宜特开庆

中英《天津条约》签订

榜，嘉惠士林。着于本年八月内，举行恩科乡试；明年三月，举行恩科会试，以副朕简拔人材至意。"各省士子见了此诏，都异常欣幸，期夺锦标。这且搁过不提。还想偃武修文，歌功颂德，正是痴心。

且说东南军事，于咸丰七八年间，互有胜负。和春、张国梁自丹阳合兵进攻，屡克江宁属县，再复镇江，又到江宁城下，江南大营复振。德兴阿在江北，亦进拔瓜洲。两军把南京围住。九江由李续宾攻入，长毛悍酋林启荣战死。杨载福等又进捣安徽，拔舒城、桐城各县，直逼安庆。长毛愤激得很，四处乱扑，忽入皖，忽赴赣，忽窜江浙，牵掣官军。且勾结一班捻匪，作为声援。捻匪详后。那时官军疲于奔命，顾了这边，失掉那边。江南的六合县，死守六年，被长毛攻破，死了道员温绍原。安徽的庐州府，又被长毛陷入，死了总兵萧开甲、知府武成功。还有，李续宾转战而前，兵锋甚锐，无人可挡。谁知到了三河镇，被长毛头目陈玉成、李世贤等，带领党羽十多万，将他围住。续宾兵只有四五千，哪怕三头六臂，也是不能脱免，眼见得是力竭捐躯了。咸丰帝照例优恤，且加他总督衔，并有"忠灵不昧，还望再生"等谕，言下甚是慨然。

但因外人已退，忧愁已消了一半。在宫中过了新年，一到元宵，便至圆明园寻乐去了。从此车驾常驻园中，竟把这圆明园作了宫殿。王大臣等上朝启事，都要移入园内。皇后素性恬澹，就是一年不见皇帝，也没有什么介意；只这位懿贵妃，很是懊恨。料知咸丰帝耽恋四春，暗地里骂个不住，恨不将四春娘娘一个个拿到面前，把她撕作几段。入宫见嫉，蛾眉不肯让人。咸丰帝管不得许多，索性图个尽欢，整日取乐。岂亦自知不永年耶？

忽由军机处呈上江南军报。取过一阅，乃是和春所奏，弹劾都统德兴阿屯兵江北、迁延观望等情。随即批谕"德兴阿着革职来京，所有江北军营，统归和春节制"。为江南大营再溃张本。批毕，即交与军机。并嘱"此后奏报到来，着军机先行拟旨，一并呈入，免朕事事动笔，休得忘记"。下文懿贵妃拟旨，已兆于此。军机领旨去讫。未几，前署安徽抚事李孟群殉难庐州，淮阳道郭沛霖死事定远，一切抚恤事宜，都由军机处拟定，咸丰帝略略一瞧，便令照行。

一入初夏，突闻英、法各国又遣来兵舰四艘，竟到大沽口，要与中国开战。看官，上文说过，《天津和约》已经双方允妥，各国舰队统已退去，为何此时又来，且要开战呢？原来去年定约，因要钤用国宝，彼此须费手续，定期翌年互换。此次正来换约，适值大沽设防，由僧亲王遣人拦阻，令各国船只卸去军械，改由北塘驶入。各使臣多半听命；独英舰长卜鲁士抗不遵行，竟驶入大沽，毁去防具，立刻竖起红旗来。僧王也下令戒严，炮台上一律筹备。俄闻炮声突发，料是英船开炮，即饬炮台还击。"扑通、扑通"的一阵响，把英舰轰伤了两艘，余船逸去。只羡使华若翰改道行走，才得换约。这一场的小胜，宫廷上下争相庆贺。丑态如绘。咸丰帝忙下谕旨，格外褒奖；并准于捐输项下，提银五千两，分别赏赍。嗣是龙心快慰，总道洋人败退、不敢再来，连《天津和约》都可废去，便安安稳稳的在园度冬。想是交桃花运。看看残腊将尽，方才还宫。

英法联军攻击大沽口炮台

十年元旦，临朝受贺。因是年三旬万寿，颁诏天下，特封赏各亲王、贝子有差。转瞬春暮，万寿节届。咸丰帝御正大光明殿，一址王大臣及蒙古王、贝勒、贝子、公等，齐集殿前，行祝嘏礼。只外省督抚、将军、提镇等，已预发谕旨，令他注重军事，不必来京。因此热闹之中，尚带三分寂静。祝嘏礼毕，至同乐园赐食。大众醉酒饱德，不消细叙。宫中亦照例庆贺，一律赐宴。懿贵妃与宴后，满拟咸丰帝到来，眼睁睁的候着，许久不闻影响，只由总监缴到一纸，乃是咸丰帝亲笔，上写着："明日上午，自贵妃以下，统至圆明园领宴。"懿贵妃不觉大愤，顿时怒形于色。忽又嗤然一笑，道："圣上弘慈，不问满汉，一体相待。奈我没福消受，怎好？"读此言已见才具，不似寻常妇女，一味乱骂。想了一会，便令宫女展寝而睡。

次日，咸丰帝一早到园，由四春娘娘迎入，叩贺圣寿。不多时，见宫中妃嫔，统似花枝招展，翩翩前来，谒过圣驾，并与四春见礼。满汉同席，内外一堂，乃是旷古罕逢，真个皇恩普遍。只有懿贵妃那拉氏待久不至，等到午牌，方有宫监来报："懿贵妃略染小恙，不能遵旨领宴。"咸丰帝听着，便道："由她罢！"当下肆筵设席，列坐开樽，酒落欢肠，目迷春色。这一边是北部胭脂，那一边是南朝粉黛，花为四壁香为国，锦作屏风玉作堆。到了兴酣席散，妃嫔等才谢宴回宫。独咸丰帝留住园中，与四春娘娘作长夜欢。宝帐春深，鸾帏露重，几乎把这个咸丰帝溶化在安乐窝中。色上有刀，其能久乎！

可奈乐极则悲，泰极则否，霓裳之舞未终，鼙鼓之声又起。英使额尔金、法使噶罗，又率舰队来犯天津。咸丰帝狃于前胜，不以为虑，只饬令僧格林沁加意严防，自己仍在园中享受温柔滋味。要享完了，奈何！过了数日，忽接僧王加紧军报："大沽口北岸炮台已被英、法各军占去，提督乐善阵亡。"咸丰帝尚不甚着急，只郑亲王端华、尚书肃顺入园谒帝，力主抚议。咸丰帝道："抚议也好。"端华、肃顺又请召回僧郡王，免延战祸。咸丰帝复准了他奏。僧王一退，英、法军即入陷天津，军报一日紧一日，咸丰帝也焦急起来。一面派大学士桂良赴津议和，一面令大学士瑞麟统京旗兵九千出防。谁知议和无效，筹防不足，英、法联军竟从天津入犯，扰及河西务。僧、瑞两营连战失利。咸丰帝再遣怡亲王载垣与桂良协商和议，复飞召南军入京勤王。副都统胜保奉旨驰到，与洋兵战了一仗，又遭败衄。于是北狩之议遂起。

懿贵妃在宫闻这消息，密令恭亲王奕䜣率领满朝文武，到圆明园中吁请咸丰帝还宫，坚守京师。咸丰帝只是不从，待奕䜣出园后，暗令四春娘娘整顿行装，准备北狩；另派端华入宫，密接后妃等出来，至圆明园会齐。箭在弦上，不得不发，任你那拉贵妃如何能耐，也只好挈着皇子，随了端华，一同赴园。到园后，见车辆马匹已预备停当，料知无可挽回，遂陪着乘舆，仓皇出狩去了。懿贵妃亏得随扈，否则从此休了。这时怡亲王因和议不成，先日驰回，随扈北去。还有端华、肃顺，及军机大臣穆荫、景寿、匡源、焦枯瀛、杜翰等八九人，相率扈从。在下有诗叹道：

> 翠华北狩出京城，宫眷廷臣一例行。
> 回首御园何处是，四春从此别蓬瀛。

欲知北狩以后如何情形，且至下回再阅。

女无美恶，入宫见妒，不特一那拉氏为然，无足怪也。惟那拉氏柔中寓刚，刚中寓柔，寻常妇女断不可与同日语。阅者于本回中求之，蛛丝马迹，显然可见。故是回虽纯是过渡文字，而旁敲侧击，左萦右拂，仍不离那拉氏，与喧宾夺主者不同。

第九回　惨遭纵火淀园被焚
望断回銮热河驰讣

　　却说咸丰帝挈眷启程，顾不得途次狼狈，匆匆北走，至百里外才停住御跸，留宿行宫。至是懿贵妃始得进言，劝帝不必远行。大旨言"皇上北狩，宗庙无主，恐遭夷人践毁。从前周室东迁，一蹶不振，可为殷鉴。还望圣衷俯纳"等语。言似有理，然试问后日拳乱，何以仓皇出走？请那拉氏语我来。咸丰帝此时已觉疲惫得很，默不一答，只令总监取出纸笔，即潦草写着："着恭亲王奕䜣留守，仍督僧、瑞二军，驻师海淀。钦此！"写毕，就饬总监交与怡亲王，着人飞速赍去。

　　忽由京中递到奏折。咸丰帝大略一瞧，便掷置案上，倚枕躺着。懿贵妃取折细阅，署名乃是副都统胜保，便向咸丰帝道："看这奏折未始非是，圣意以为何如？"咸丰帝道："且到明日再说。"懿贵妃道："据胜保奏，系促南兵入拨。火速催趱，尚恐南北道远，缓不济急，哪里还好延迟？"咸丰帝道："既如此，可饬载垣等拟旨进来。"懿贵妃道："这也不必，奴才虽是女流，也能摹拟一二。"技已痒乎？咸丰帝道："你且拟来，待我瞧过。"于是，懿贵妃遂蘸墨舒毫，立就数百言。其文道：

　　据胜保奏称"用兵之道，全贵以长击短。洋人专以火器见长，若我军能奋身扑进，兵刃相接，敌之枪炮，近无可施，必能大捷。蒙古京旗兵丁，不能奋身击刺。惟川楚健勇，能俯身猱进，与敌相搏，洋人必受惩创。请饬下袁甲三等，于川楚勇中，挑选得力若干名，派员管带，即日起程赴京，以解危急"等语。洋人犯顺，夺我大沽炮台，占据天津。抚议未成，现已带兵至通州以西，距京咫尺。僧格林沁等兵屡失利，都城情形，万分危急。现在外军营，川楚各勇均甚得力，着曾国藩、袁甲三各挑川楚精勇二三千名，即令鲍超、张得胜管带；并着庆廉于新募彝男及各川楚勇中，挑选得力数千名，即派副将黄得魁、游击赵喜义管带；安徽苗练向称勇敢，着翁同书、傅振邦

慈禧手书"福禄寿"立轴

饬令苗沛霖遴选练丁数千名，派委妥员管带，均着兼程前进，克日赴京，交胜保调遣。勿得藉词延宕，坐视君国之急。惟有殷盼大兵云集，迅扫逆氛，同膺懋赏，是为至要。将此由六百里加紧，各谕令知之。钦此！

写讫，便捧呈御览。咸丰帝瞧毕，不由的嘉奖道："很好，就照此颁发吧。"诚如皇言，可惜政由内出。懿贵妃忙颁将出去，任你怡、郑各王如何权大，究竟不敢阻挠，便由六百里驰驿分递。怡、郑两王之危机，已兆于此。次日，御驾又饬启行，懿贵妃谏阻不住，仍随驾前往。临行时，咸丰帝复亲颁朱谕，着恭亲王奕䜣为全权大臣，自己却带领扈从人等，即向滦阳进发。

这时京城里面扰乱得很，文官主和，武官还要主战。僧格林沁因英参赞巴夏礼出言不逊，竟将他诱缚解京。英人越发猖狂，摇旗放炮，节节进攻。清兵的器械，不及洋兵的快利，遇着弹子飞来，统跑得不知去向。那洋兵如入无人之境，竟驰到京师，把禁城三面围住。恭王急极，与大学士周祖培、尚书陈孚等商议，统是面面相觑，不发一言。至接奉全权大臣的谕旨，方决计主和。嗣又闻行在飞召南军，又弄得疑惑不定。忽由桂良交来照会一角，乃是索还巴夏礼，否则开炮轰城。恭王见照会上有三日期限，还略略放心。挨一日过一日，等到三日期满，尚是犹豫不决。胜保等要杀巴夏礼，桂良等要放巴夏礼，两下正在相持。

忽报英兵绕出城西，攻打海淀。海淀就是圆明园，上文已有明谕，令恭王督着僧、瑞二军，驻守该地。恭王得了此警，忙至海淀督防。甫入园，内务府大臣文丰已慌忙驰至，报称僧、瑞两军不战先溃，洋兵要杀进园里来了。这句话吓得恭王回头就跑，一口气跑至长新店方才停足。大学士瑞麟、军机大臣文祥等亦陆续奔到，大家会议了一回，只有释放巴夏礼或可转圜。忽擒忽纵，好似儿戏。这边照会尚未发出，那留守京师的王大臣，已将巴夏礼开释，派海关监督恒祺送往英营。恭王闻这消息，总道外愤渐平，慢慢儿可以议抚，一心一意的候着。不料过了两天，军探报称圆明园被焚，火尚未熄。恭王嗟叹不已。又过两日，闻报圆明园全座毁去，都是英参赞巴夏礼主张，一直烧了三日三夜。恭王不禁顿足道："百年心力，一旦成灰，何以对列祖列宗于地下？"你也晓得对不住祖宗么！

　　言未已，门上送进公文，乃是从京中发来。拆开瞧时，乃是法使噶罗，愿居间排解，只请王爷入城议约。恭王还是畏怯，复示称："抚议定，当即进城。"留京王大臣得复，料知恭王尚有戒心，遂与洋人自行交涉，开城接商。巴夏礼带百余人入城，法使噶罗亦入，先索恤款五十万两。王大臣搜括御库，如数付给。然后两下议款。磋磨许久，才拟定于八年原约外，更辟天津为商埠，增派领事驻中国；偿英国银一千二百万两，法国银六百万两。议定，再报知恭王。恭王除照允外，没有别法。

　　到九月十一日，在京城礼部衙门换约，恭王奕䜣方率同属官，带着护卫入城，到礼部大堂伺候。等了一歇，英使额罗金、参赞巴夏礼，也到署中。左右列座，安排筵宴。席间就换了和约，两造尽欢而散。次日，又与法使照样换约。只俄使圆滑得很，此次未曾与战，反在旁代作调人。后来与恭王另订北洋条约，除通商纳税统照英、法办理外，又把乌苏里河东岸地圈划了去，算来是他最占便宜呢。上文一段不得不叙，好教阅者接洽时事。

　　且说咸丰帝驾幸滦阳，直至热河。热河在京师东北，旧属承德府管辖。向设围场，为历代清帝秋狝之所。地名木兰，筑有避暑山庄。自道光以后，此制久废。这次咸丰帝避难至此，清史上称作北狩。其实是蒙尘出走，托名盖羞。这也是有史以来，遇着天子出奔，往往是这般说法的。解释明晰。咸丰帝既到热河，就借避暑山庄，作为行在。章奏仍陆续往来，起初接着各种军报，还是一一瞧

承德避暑山庄内皇帝的寝宫——烟波致爽殿

阅，所有批谕，简单的都是亲笔，此外由军机拟旨，亦必亲自过目，酌量增损。及闻海淀被焚，不觉吃一大惊，弄得目瞪口呆，险些儿将身晕倒。四春休了，文宗休了。独有那拉贵妃反易忧为喜，和颜悦色的在旁劝慰。咸丰帝虽勉强答应，目中已瞧透三分。自此心灰意懒，渐渐的染起病来。

和议告成，在京各王大臣联衔奏请回銮。咸丰帝只下一道谕旨："饬南军不必北来。"至于回銮事情，简直搁起。嗣经在京王大臣一再遥奏，才颁出上谕道：

本年天气渐届严寒，朕拟暂缓回京。俟明春再降谕旨。钦此！

在京的王大臣接奉上谕后，议论纷纷，多说京中不可无主，回銮最是要紧，总须设法奏准才好。于是联合直省各疆吏，恭请即日回跸。那拉贵妃也日日怂恿，惹得咸丰帝懊恼，检出南中奏折一大叠，掷与贵妃道："你瞧，你瞧，朕在京时，已闻得江南大营又复溃陷，和春、张国梁统已阵亡；嗣后苏、常一带，相继失守；近日徽州又报被陷，还有捻匪窜扰山东。这般时势还要回京什么？"东南军事借咸丰帝口中叙入，免与上文重复。看官，这懿贵妃自邀宠以来，从不见有这样御容，此番碰了一个大钉子，不知她心中如何难过。她却不露声色，婉言答道："日前两江总督，已着曾国藩补授，山东的捻匪，昨已见过谕旨，命僧格林沁往剿。他两人统老成得很，将来必能告捷，万岁爷何庸过虑。惟京中无主，未免可忧，还请回銮为是！"咸丰帝并不回言，竟歪在炕上，好似睡着去了。懿贵妃不便再劝，只好随着御驾在热河过年。

是年冬季，咸丰帝已精神恍惚，坐卧不宁，咯血、梦遗诸症，次第发作。到十一年元旦，勉强起床，御澹泊诚敬殿受贺。转至勤政殿，赐近支亲藩筵宴。六宫妃嫔也遵着京中旧例，庆赏一天。只咸丰帝终怏怏不乐，午牌后便入内高卧，咨嗟不已。京内外各大臣统着人赴行在上表，贺喜以外，并请回銮吉期。咸丰帝尚想延挨，经懿贵妃联合皇后，彼此互劝，乃谕于二月十三日回銮。

扈从各员因回銮期近，各自预备。独怡亲王载垣、郑亲王端华，及宗室尚书肃顺，一些儿没有举动。大众怀疑得很，私下去问肃顺。我亦欲问之。肃顺笑道："据我看来，回銮的日子，恐没有这般迅速。"大众道："谕旨煌煌，哪里还可更变！"肃顺道："诸公不信，到期自知。"大众不便续问，只一日一日的待着。到了二月初旬，并没有安排銮驾的消息，大众才觉惊疑。至二月十一日，颁发上谕："改期二月二十五日。"过了十天，由怡亲王载垣，奉旨宣召各大臣会议。大众应召毕集，由怡王迎入。行过了礼，怡王才启口道："今晨奉到面谕，乃系圣躬违和，未便启程。因令各王大臣从长计较，究应回銮与否，详实奏闻。"大众听说，各钳住了口，不赞一辞。忽见肃顺开言道："圣上意思，是不愿回銮。但皇言不便反汗，所以令群下会议。现在只可曲体圣衷，联衔复奏，缓日回銮罢！"怡亲王道："我亦这么想。"当下此唱彼和，无不赞成。一班马屁鬼。遂由怡王领衔，谏阻回銮。奉批："着照所请。"竟将前时颁下的成命，化作乌有了。

大众服肃顺先见，相晤时很是赞扬。肃顺道："诸公但知其一，未知其二。

试想圣上在京时，整日住在圆明园，现在成为焦土，回銮后见了故址，宁不伤心？况皇上所宠的四春娘娘，遵着祖制，不能入宫，将来当安插何处？目下圣体违和，也是为着这事忧劳所致。咱们不能为皇上分忧，已自抱愧，难道还要皇上添忧么？"一口道破，确是明见，奈不逮一哲妇何。大众才各自了然。

这番话传入宫中，懿贵妃很是不悦，即密遣心腹宫监安得海贪夜入京，叫恭王奕䜣前来。奕䜣胆小，不敢遽允，只会同军机大臣文祥，酌缮奏折，愿赴行在祗问起居。安得海同至行在，奏折亦即赍到。咸丰帝阅奏毕，即召载垣入，拟定旨意，叫他不必前来。谕云：

慈禧像

> 朕与恭亲王奕䜣，自去秋别后，倐经半载有余。时思握

手而谈，稍慰厘念。惟朕近日身体违和，咳嗽未止，红痰尚有时而见，总宜静摄，庶期火不上炎。朕与尔棣萼情联，见面时回思往事，岂能无感于怀！实于病体未宜，况诸事妥协，尚无面谕之处。统俟今岁回銮后，再行详细面陈。着不必赴行在，文祥亦不必前来，特谕。

这谕发出，懿贵妃的计策全然无效，一腔热愤都喷在载垣、端华、肃顺身上，专待机会到来，把三人立刻处死。可怜怡、郑两亲王尚蒙在鼓里，未曾防着。死了。只肃顺有些乖觉，尝密语怡、郑两王，叫他先事预防，毋堕彼手。怡、郑二王威尊势盛，哪里放在心上。可巧侍卫荣禄与懿贵妃有亲戚关系，贵妃与他暗中联络，作为外援。这事被肃顺闻知，遂至怡、郑二王处，令他密奏帝前，废去贵妃。怡、郑二王还疑肃顺多事，但心中恰也记着。

是年夏季，天气酷暑，热河一带也是炎热得很。咸丰帝病体加剧，日夕卧着，有时记着四春娘娘，令她入侍。偏这懿贵妃从中阻挠，不许近前。就使见了一面，也是不便多谈。因此咸丰帝怀恨贵妃。怡、郑二王微窥上意，问疾时，请屏去左右，密陈贵妃、荣禄内外勾结事。木朽虫生。咸丰帝半信半疑，拟俟病体少痊，调查确证。无如心越烦闷，病越沉重。到六月初九日诞辰，扈从各王大臣统至福寿园朝贺。咸丰帝尚勉力支撑，莅园受礼，并即赐宴。欢宴未终，咸丰帝已挣扎不住，令两太监扶掖还寝。妃嫔人等还待着行礼，由宫监宣诏赐免。自是，咸丰帝终日卧着，不能临御如常了。

看官听着，这咸丰帝即位初年，颇思振作有为，干一番旋乾转坤的事业。可奈内有发、捻，外有英、法等国，哗乱不休，扰得心尽力疲，仍归无效，反丧失了许多土地，许多金钱。郁极思解，忙里偷闲，就把那绝色女子选了几个，作为消遣的玩物。谁知女色蛊人，容易伐性，以一御十，不耗亦枵；又况仓皇出狩，饱历风霜，怅皇路之多艰，痛名园之不复；又复谗间交作，谣诼多端，任你如何强壮，也要变成痨瘵。一挨两挨，竟致不起。总束数行，可作当头棒喝。皇后、贵妃急得什么相似，日日到京中催趱御医。来了几个岐黄妙手，能医病不能医命。

至七月中壬寅这一日，病已大渐。咸丰帝密嘱皇后，取出一张遗旨，交付了她，叫她不要遗失。皇后瞧了一瞧，便藏在怀中。暗伏下文。凑巧懿贵妃也踱将进来，还道是交代御宝，忙向皇后婉问。咸丰帝已闻着，道："御宝么……"就从枕边检出，交与皇后。随命召载垣、端华、肃顺、景寿、穆荫、匡源、杜翰、焦枯瀛等八人，入草遗诏："立皇长子载淳为皇太子。"又嘱咐了数语，无非是托孤寄命的话头。八人退出，又阅一宵，到癸卯日寅刻，咸丰帝竟崩逝去了，享寿三十一岁，庙号文宗。

咸丰帝皇后——孝贞显皇后（慈安）

载垣、端华、肃顺等，入内哭临。至大殓后，即扶出六岁的皇太子，在枢前即皇帝位。越日，尊皇后钮祜禄氏及皇太子生母皇贵妃那拉氏，均为皇太后。并后匹嫡，乱之本也。旋复上皇太后徽号曰"慈安"，上生母皇太后徽号曰"慈禧"。并拟定新皇帝年号，是"祺祥"二字。新皇帝年只六岁，所有一切政务，自然由载垣、端华等独断独行；且因咸丰帝遗命有"赞襄"一语，他八人遂自称"赞襄政务王大臣"。先颁喜诏，复颁哀诏。

过了数天，即接到恭王奕䜣等来折，请准至热河奔丧。载垣、端华、肃顺等私议道："奕䜣此来，不怀好意，须阻住他方好。"当下由肃顺拟旨，略说"京师重地，留守要紧，毋庸来此奔丧"等语。

这道旨才颁发出去，忽由两宫太后发下御史董元醇一折。载垣取来瞧着，不禁连声叱道："混帐，放屁！"正是：

贵胄挟权方蓄意，台官拜折忽翻新。

毕竟折内有何言语，待小子下回表明。

那拉贵妃之始阻出狩，继劝回銮，名正言顺，一若关心大计，毫无私见者。然迨文宗弥留，第一着即索御玺，揽权之私心已见，厥后生杀予夺，唯所欲为，先后判若两人。人皆疑之，吾谓无庸疑也，小忠小信正所以固结主意，笼络人心耳。他人不敢阻，而彼独阻之；他人不敢劝，而彼独劝之，惟其敢也，所以成后此种种之辣手。明眼人阅到此回，尤见著书人深心。

惨遭纵火淀园被焚　望断回銮热河驰讣

第十回　定密谋启程返跸
戮辅臣创制垂帘

却说董御史所陈奏折，由怡亲王载垣取阅，顿时痛詈不休。端华、肃顺从旁瞧着，端华道："我朝祖制，从来没有见过。哪个胆大的御史，敢倡此议？"肃顺道："这是明明有人主使，咱们须要力争哩！"

正说着，忽有懿旨下来，立召赞襄王大臣入议。载垣等便即趋入，见两太后东西分坐，当即行礼。礼毕，先开口的是西太后，就是咸丰帝在日的懿贵妃。在下又要改称了。特补一笔。西太后谕道："御史董元醇，奏请两宫垂帘听政，这件事果可照行么？"奏中要旨从此叙出。载垣道："这是祖制所没有的，请两宫太后明察。"西太后道："祖制虽是未有，但也不曾禁止。况如原奏所言，应派近支亲王一二人辅政，内外相维，很觉妥当。看来可以照办。"端华就接口道："祖制究不可违。祖制所有，不好妄废；祖制所无，亦不好妄作。奴才等只知谨守祖训的。"西太后面有愠色，东太后恰恰然道："这是重大的题目，你等须静心参酌才是。"西太后道："他们的意思，简直是不肯奉旨哩。"一句紧一句。肃顺至此忍耐不住，竟直说道："奴才等赞襄皇上，不能听命太后。况是有违祖制，教奴才如何奉诏？"西太后陡睁凤目，怒视肃顺。大有扑杀此獠之态。东太后瞧这形容，便道："且从缓议，教他们暂退罢！"亏她解围。载垣等便碰头而退。肃顺出外，复语载垣道："董元醇那张奏折，倒要严加驳斥，免得他人希旨承颜，再来效尤。"料事颇明，奈偏不从汝愿，奈何！载垣、端华连声称"善"。随叫军机拟旨，抬出"祖制"两字，把董御史严斥一番，方觉安然。

过了数日，忽报恭王奕䜣已到行在。载垣等很是惊疑，正拟遣人探问，恭王已投刺请见。载垣等只好迎入。相见毕，便问奕䜣来意。奕䜣道："此来不过是叩谒梓宫，慰问太后便了。"载垣道："六王爷未曾奉召，竟自离京，京内何人负责？"奕䜣道："在京王大臣，多得很呢！况目下安靖如常，没甚可虑。俟谒过梓宫，并请过两宫太后安，即拟返京。此间政务，有诸公在，自问年轻望浅，不敢预闻。"肃顺笑道："梓宫可谒，惟两宫太后处不应入觐。"奕䜣问是何故。忽从肃顺背后转出一人，朗声道："两宫太后与六王爷有嫂叔之嫌，古礼嫂叔不通问，所以不应入觐。"孝庄后且下嫁摄政王，祖制如斯，何故失记？反要援引古礼呢！奕䜣视之，乃是军机大臣杜翰；刚思辩驳，听载垣等已同声附和，料知口众我寡，不便争执，反婉词答道："有这嫌疑，只好托诸位代为请安了。"随即起身辞出，回到寓所，心下很是踌躇。巧值太监安得海到来，便与密商许久，想出一个离奇的法子，安太监方才别去。

这日晚间，灯光黯淡，月色朦胧，避暑山庄门外有一男一女联翩趋入。侍卫忙去检视，当先的乃是安太监得海，随后的好像宫娥模样，便不加盘诘，由他入内。翌日黎明，侍卫尚未上班，安太监已将宫娥导引出去。看官，你道这宫娥是谁？就是皇叔恭亲王奕䜣。郑重言之。原来恭王此来，实奉西太后密召，商议秘谋；偏偏被八个赞襄大臣从旁拦阻，不许入宫请安。那时由安太监想一妙法，令恭王乔扮宫娥，混入行宫，密密切切的谈了一夜，商量妥帖，清晨即辞。侍卫等不知就里，

慈禧《富贵图》

总道是宫眷出入，没甚关系，哪里晓得已暗度陈仓，中了他嫂叔密商的妙计。说明就里，令人醒目。

恭王出宫后，即赴梓宫前哭临。是夕，即至载垣、端华等处辞行，翌晨就启程回京。忽来忽去，明眼人便要动疑，载垣等茫乎若迷，安得不死？载垣、端华、肃顺等还道恭王索然而返，料无他虞。不意懿旨又下，着行在人员预备车驾，恭奉大行皇帝梓宫回京。载垣不觉惊讶道："有这么迅速，正是出入意外！"当下与端华、肃顺等入见两宫太后，请少从缓办。西太后沉着脸道："大行皇帝在日，时思回銮，只因圣躬抱恙，未便登程。不幸赍志崩逝，在天有灵，早一日回京，即早一日告慰。如何还好缓办！"载垣碰头道："恐怕京中未安，所以恳请展缓。"西太后道："京中早已平静了。你等是赞襄嗣皇的大臣，应该导嗣皇勉尽孝思，趁此天气未寒，沿途安静，正好奉丧回去，仰可以安先灵，俯可以慰物望。这才叫作赞襄尽职哩！"这番话说得载垣哑然无言，就是能言善辩的肃顺，

59

也变作反舌无声。没奈何只好遵着旨，退出宫门。第一着失败了。载垣还怨着端华、肃顺道："你们这两人，今日为何半句不说？"肃顺道："西后最恨的是我，我还要说什么？且至住所再商。"

数人徐步回来，同至怡王住所。肃顺才献计道："回銮时候，咱们八人分做两起走罢！"载垣道："这是何意？"肃顺道："扈驾的扈驾，护送梓宫的护送梓宫。"载垣尚莫名其妙，肃顺附载垣耳道："我不害人，人将害我。为今日计，莫如由王爷带着侍卫兵丁，扈送两宫，由间道先回。途次如可下手，便好除掉那拉氏，以免后患。"计太毒了。载垣不由的伸舌道："这……这事可使得么？"肃顺道："此计不行，死在目前了。"载垣道："你与我同去否？"肃顺道："我在后护送梓宫，接应王爷，先后声援，不怕他们谋我。"叫别人去使毒计，自己恰安居后面，真是良策。载垣还有些胆怯，再与端华商量，请他同去作一帮手。端华应允。

议既定，即奏拟回銮日期，并请两宫太后及嗣皇帝，于恭送梓宫登舆后，先行启跸回京，以节劳勚。又将"赞襄王大臣派定，某某扈驾，某某护送梓宫"等语奏明。西太后得了此奏，很中下怀，她正想先日到京，好与恭王密商一切，计除三人。当即下谕"准于九月二十三日恭送梓宫登舆，先从间道返跸，祗候梓宫到京，在德胜门外恭迓。着王大臣敬谨将事，毋稍陨越"云云。启行前一日，西太后先密召侍卫荣禄，叮嘱再三，方命退出。强中更有强中手，怡王奈何？肃顺奈何？

次日天明，两宫太后挈着幼主，并六宫妃嫔等，以及扈从文武各大员，出丽正门，跪送梓宫登舆。然后把随从分作两路。太后、皇帝妃嫔等人，由怡、郑两

承德避暑山庄的正门——丽正门

王拥护，从间道进发。途次遇着大雨，道路泥泞，很是难行。西太后下旨：着随从等催趱前进，毋惮勤劳，到京自有重赏。于是冒雨登程，除夜间驻跸外，片刻不停。行到古北口，四面都是旷野，猿啼鹤啸，凄寂异常。怡、郑二王正思动手，猛见侍卫荣禄带兵一队从后赶来，怡王觉得有异，急忙启问。荣禄答称奉两宫太后密旨，特来保护。怡王还思阻拦，不意荣禄不再理睬，直至两太后辇旁请安。自此晨夕不离，就是途中供奉，也由荣禄严密检查，一些儿没有遗漏。怡、郑两王不敢发难，只好瞪着两眼由他前去。第二着又失败了。

九月二十九日，两宫以下安抵都门。留京王大臣等，由恭王带领出城，排班跪迓。两宫太后宣旨平身，大众谢恩起来，站立两旁。这冠冕堂皇的銮驾，竟由侍卫、宫监等，安安稳稳抬入京城。想从怡、郑两王眼中看出。迎送各员统同随入。怡、郑两王一时也没有摆布，暂回原邸安息。

越宿，即由大学士贾桢领衔，会集朝臣，奏恳两宫太后垂帘听政。一折甫上，两折又来，乃是钦差大臣、副都统胜保奏请皇太后亲理大政，并另简近支亲王辅政。两宫太后瞧过后，把垂帘事交议，即授恭亲王奕䜣为议政王。

慈禧执政的"同道堂"、"御赏"印

十月初二日，梓宫到京。两宫太后又挈着嗣皇，及各王大臣等，孝服出迎。怡、郑两王也随班行礼，但见两宫左右统是禁军拥卫，此外又有大营驻扎，料是恭王奕䜣所使，又惊又恨。惊固不必，恨亦无益。及梓宫入城奉安，即颁下一道谕旨：令载垣、端华、肃顺着即解任，景寿、穆荫、匡源、杜翰、焦祐瀛退出军机。迅雷来了。

载垣等闻这上谕，已知祸事临头；只因肃顺尚留次密云，未曾到京，眼前少了一位智多星，正是焦急万分。这个智多星徒知趋避，也不中用。忽由恭王奕䜣，大学士桂良、周祖培，军机大臣、户部左侍郎文祥，率领侍卫数十人，不待通报，竟大着步走入门来。载垣愕然道："诸位到此，有何公干？"奕䜣道："有旨饬王爷解任。"载垣笑道："我已早闻知了。解任乃是小事，为何烦劳诸位同来？"奕䜣道："还有旨。"载垣道："你们大惊小怪，都是糊涂得很。你想，我等是赞襄大臣，面受先皇顾命，无论大小政务，统由我辈裁决。我辈未入，旨从何来?"奕䜣笑道："你敢不遵旨么!"正争论间,郑亲王端华也昂然直入。他闻恭王等到怡邸中,未识何因,故此前来探问。自来送死。奕䜣见他进来,便道:"郑王爷也来了,巧得很,好与咱们同行。"端华道："到那里去?"奕䜣道:"到宗人府去!"端华尚未回答,载垣忙向端华道:"你不要听他,他们是假传圣旨哩!"奕䜣厉声道:"圣旨岂可假传?你不肯接旨,咱们也顾不得了。"便喝令侍卫动手。侍卫等便一齐上前,狐假虎威,不由两人分说,将他俩捆缚定当,像扛猪般扛了出去。妙语解颐。扛到宗人府,交给宗令看管,随即入宫复奏。

载垣、端华两人方才拿下,那诡计多端的肃顺,也由睿亲王仁寿、醇郡王奕譞押解前来。原来西太后最恨肃顺,亦最忌肃顺,闻他留次密云,先密令仁寿、奕譞二人带了禁旅,夤夜去拿问肃顺。肃顺因密谋失败,正恐着了道儿,故意的逗留不进。这夕正闭门高卧,忽闻兽环大震,正思起床出问,不意豁喇一声,门已大开,一班如虎似狼的卫队,导着两位红顶花翎的大员,飞速入内,把他揿住床上,套入脚镣、手铐,似凤阳女子牵猢狲,随手扯去。上文说像扛猪,此处说似牵猢狲,绝妙映照。肃顺瞧那钦差,认得是仁寿、奕譞,便问何罪被逮,仁寿只答称"奉旨拿问"四字。肃顺道:"未曾革职,先要拿问,恰是奇闻!"奕譞笑道:"既要拿问,自然革职,你不必多言,且至宗人府再说。"肃顺无可奈何,只得由他牵住,跟同入京。一到宗人府,见载垣、端华两人先已被囚,不由得叹息道:"那拉氏真好辣手!我辈没命也罢,只灭清朝者叶赫,那话儿也应验了。"

次日,即在宗人府听审。坐堂的大员,除宗正外,无非是大学士贾桢、桂良等一班人物。审讯的事件也无非是营私舞弊、罔上揽权等几条案子。载垣、端华还要答辩,肃顺道:"辩什么,那拉氏总要葬死我们的。但我恰要问明一声:"新皇未曾登极,革职拿问的谕旨,何人钤印?"宗正道,"是两宫太后钤印,所用的乃是先皇遗宝。"肃顺道:"可是'同道堂'印么?"宗正答一"是"字。肃顺道:"罢、罢,好一位西太后,你们趋奉着她,总是吃着不尽!"又顾载垣、端华道:"不听吾言,致有今日。"原来肃顺当日曾要载垣、端华预索御宝,载垣落了人后,故有此语。宗正还要索供,肃顺道:"随你如何定谳,我总承认。"宗正即递与一纸,令他签字。肃顺立即签就。宗正又令载垣、端华两人照签,两人尚是狐疑,肃顺道:"承认也死,不承认也死。武曌重生,顾命大臣还想逃死么?"两人亦即签讫,仍牵禁暗室。

当由听审诸大员谳定罪名,当日奏闻。次日即颁谕道:

> 宗人府会同大学士九卿翰詹科道等,定拟载垣等罪名,请将载垣、端华、肃顺照大逆律,凌迟处死一折。

载垣、端华、肃顺于七月十七日皇考升遐,即以赞襄政务王大臣自居。实则我皇考弥留之际,但面谕载垣等立朕为皇太子,并无令其赞襄政务之语。载垣等乃造作赞襄名目,诸事并不请旨,擅自主持;即两宫皇太后面谕之事,亦敢违阻不行。御史董元醇条奏皇太后垂帘事宜,载垣等独擅改谕旨,并于召对时,有"伊等系赞襄朕躬,不能听命于皇太后"之语,当面咆哮，目无君上。且每言亲王等不可召见，意存离间。此载垣、端华、肃顺之罪状也。肃顺擅坐御位，于进内廷当差时，出入自由，目无法纪，擅用行宫内御用器物，于传取应用物件，抗违不遵；并自请分见两宫皇太后，于召对时，词气之间，互有抑扬，意在构衅。此又肃顺之罪状也。一切罪状，均经母后皇太后、圣母皇太后，面谕议政王、军机大臣，逐款开列，传知会议王大臣等知悉。

兹据该王大臣等按律拟罪：请将载垣、端华、肃顺凌迟处死。当即召见议政王、军机大臣等，面询以载垣等罪名，有无一线可原。据该王大臣等佥称：载垣、端华、肃顺跋扈不臣，均属罪大恶极，于国法无可宽宥。朕念载垣等均属宗人，遽以身罹重罪，悉应弃市，能无泪下！惟载垣等前后一切专擅跋扈情形，实属谋危社稷，是皆列祖列宗之罪人，非独欺凌朕躬为有罪也；在载垣等，未尝不自恃为顾命大臣，纵使作恶多端，定邀宽宥。岂知赞襄政务，皇考并无此谕，若不重治其罪，何以仰副皇考付托之重，亦何以饬法纪而示万世。即照该王大臣所拟，均即凌迟处死，实属情真罪当！惟国家本有议亲议贵之条，尚可量从末减，姑于万无可贷之中，免其骈市。载垣、端华均着加恩，赐令自尽。肃顺悖逆狂谬，较载垣等尤甚，本应凌迟处死，现着加恩改为斩立决。

至景寿身为国戚，缄默不言；穆荫、匡源、杜翰、焦祐瀛于载垣等窃夺政柄，不能力争，均属辜恩溺职。穆荫在军机大臣上行走最久，班次在前，情节尤重。该王大臣等拟请将景寿、穆荫、匡源、杜翰、焦祐瀛革职，发往新疆，效力赎罪，均属咎有应得。惟以载垣等凶焰方张，受其箝制，均有难于争衡之势，其不能振作，尚有可原。御前大臣景寿着即革职，加恩仍留公爵，并额驸品级，免其发遣；兵部尚书穆荫，着即革职，加恩改为发往军台效力赎罪；吏部左侍郎匡源、署礼部右侍郎杜翰、太仆寺卿焦祐瀛，均着即行革职，加恩免其发遣。钦此！

谕下后，即派肃亲王华丰、刑部尚书绵森，往宗人府逼令载垣、端华

同治帝——爱新觉罗·载淳

自尽。又派睿亲王仁寿、刑部右侍郎载龄，监斩肃顺。

三人已死，一班王大臣已知西太后手段，哪个敢去虎头上搔痒！垂帘听政的局面当即大定。十月初九日，皇太子载淳即位于太和殿，以明年为同治元年。"同治"两字，含有"两宫同治"的意思。本由载垣等拟定"祺祥"，嗣因载垣等犯法，遂易号"同治"。这是大学士贾桢揣摩迎合想出来的。十一月朔日，帝奉两宫皇太后御养心殿，垂帘听政，批发谕旨，统盖"同道堂"印。后人有诗咏道：

> 北狩经年眕路长，鼎湖弓剑望滦阳。
> 两宫夜半披书事，玉玺亲铃同道堂。

未知垂帘后如何情形，且待下回分解。

西太后一耳，载垣、端华、肃顺则有三焉，益以景寿、穆荫、匡源、杜翰、焦祐瀛，且合而为八矣。以一服八，谁曰不难？乃西太后出之以秘密，行之以沉静，成之以果毅，卒玩八人于股掌之上，或杀或逐，任所欲为，方诸吕、武，不是过也。本回纯为西太后着笔，举西太后之心术、之手段，备揭无遗。于此可以见妇人之足畏，于此可以见清室之无人。

交泰殿（位于乾清宫之后，清帝放置玉玺的地方）

第十一回　平粤酋特颁懋赏
谴亲王隐饬朝纲

却说两宫皇太后垂帘听政，所有国家政务，东太后素性沉静，不愿多言；西太后仗着才能，凡召对臣工、取决万几，统是由她作主，东太后拱手受成而已。西太后既除了载垣、端华、肃顺三人，复将他平日党羽罢黜治罪。然后下一懿旨，略谓"首恶已除，余党概免株连。尔大小臣工，此后宜争自濯磨，守正不阿，毋得再蹈恶习，自取罪戾"云云。欲要守正不阿，除非请两宫撤帘。于是王大臣及侍御等，又交颂西后仁慈，不为已甚。其实与西后反对的人物，已是一扫而空了。

西太后又想起圆明四春当日争宠，早拟除灭了她；只因回銮训政，忙个不了，一时无暇下手。此时三凶已去，朝右肃清，便抬出"祖制"二字，说"宫内不准容留汉女"，把四春一一驱逐。又密嘱宠监安得海，叫他即日发落。安太监狐假虎威，立刻到四春娘娘处宣旨撵出，并不准她携带物件。四春娘娘还想哀求，怎禁得安太监的凶悍，一声吆喝，手下宫监一齐动手，把四春娘娘穿着的宫衣、戴着的宫妆，尽行脱卸，牵扯出宫。可怜这四春娘娘花容狼藉，涕泗横流，首似飞蓬，面如黄蜡，比前时圆明争宠情景何如？令人有无限沧桑之感。出宫时尚有宫人瞧着，代为欷歔，后来竟不知下落。或说是被鸩死，或说是杖毙。当时守着秘密，不好妄测。遇着这位狠心辣手的西太后，就使杀几个工大臣，也是没甚纳罕；何况那无权无势的四春娘娘，到这地步，还有什么不死！不过较汉朝人彘，唐室醉妪，稍差一点，便算是西太后的仁德。人彘、醉妪，贻痛千古；独四春身后，未闻如何死法。吾知西太后手段，且比吕、武为优。

只是西太后恰也英明，处置宫禁原是一丝不漏，对付外省也觉井井有条。听政后，即命两江总督曾国藩，统辖江苏、安徽、江西三省，并及浙江全省军务，所有四省巡抚、提镇以下，概归节制，旋复加协办大学土衔。又拔沈葆桢为江西巡抚，李鸿章为江苏巡抚，左宗棠为浙江巡抚。东南一带，长毛以次荡平，悍酋

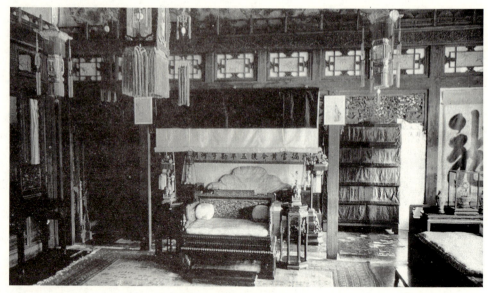

养心殿东暖阁（慈禧太后"垂帘听政"之处）

四处纵逸，复被各省大吏搜杀擒戮，无一漏网。如太平英王陈玉成，被苗沛霖擒送胜保军营，枭首河南；太平翼王石达开，被川边土司擒解骆秉章军营，正法成都；还有亲王僧格林沁，擒斩捻首张洛行，云南藩司岑毓英擒斩回匪马荣……随处告捷，懋赏有差。到同治三年六月，曾国藩弟国荃攻克南京，闭城搜杀三日夜，尸横遍地，血流成渠。太平酋目三千及兵十余万皆被戮，生擒洪仁达、李秀成等。天王洪秀全已服毒自尽，由官军发掘，锉尸扬灰。积年巨寇，一旦扫除。只秀全子福瑱突围出走，尚在逃中。捷报到京，朝廷动色相庆。两宫太后更欢慰的了不得，当用同治帝名义，下一谕旨，道：

> 本日据官文、曾国藩由六百里加紧红旗告捷，克复江宁省城，逆首自焚，贼党悉数殄灭，并生擒李秀成、洪仁达等一折，览奏之余，实与天下臣民，同深喜悦。
>
> 发逆洪秀全，自道光三十年倡乱以来，由广西窜两湖、三江，并分股扰及直隶、山东等省，逆踪几遍天下。咸丰三年，占据江宁省城，僭称伪号。东南百姓遭其荼毒，惨不忍言。我皇考文宗显皇帝，赫然震怒，恭行天讨，特命两湖总督官文为钦差大臣，与前任湖北巡抚胡林翼，肃清楚北上游。胡林翼驻扎宿松一带，筹办东征事务。复特授曾国藩为两江总督，并命为钦差大臣，东征江皖贼匪。号令既专，功绩日著。十一年七月，我皇考龙驭上宾。其时江浙郡县，半就沦陷，遗诏谆切，以未能迅殄逆氛为憾。
>
> 朕以冲幼，寅绍丕基，祗承先烈，恭奉两宫皇太后垂帘听政，指示机宜。授曾国藩协办大学士，节制四省军务，以一事权。该大臣受任以来，即建议由上游分路剿办。饬彭玉麟、杨岳斌、曾国荃等，水陆并进，迭克沿江城邑百余处，斩戮外援逆匪十余万人，合围江宁，断其接济。兹据官文、曾

国藩奏克复江宁详细情形等语，此皆仰赖昊苍眷佑，列圣垂庥，两宫皇太后孜孜求治，识拔人才，用能内外一心，将士用命，成此大功。上慰皇考在天之灵，下孚薄海民臣之望，自维菲躬凉德，何以堪此！追思先皇未竟之志，不克亲见成功，悲怆之怀，何能自已！

此次洪逆倡乱粤西，于今十有五年；窃踞江宁，亦十二年。蹂躏十数省，沦陷数百城。卒能次第荡平，殄除元恶，该领兵大臣等，栉风沐雨，艰苦备尝，允宜特沛殊恩，用酬劳勚。钦差大臣、协办大学士、两江总督曾国藩，筹策无遗，谋勇兼备，知人善任，调度得

李鸿章

宜，着加恩赏加太子太保衔，锡封一等侯爵，世袭罔替，并赏戴双眼花翎。浙江巡抚曾国荃，坚忍耐劳，公忠体国，着赏加太子少保衔，袭封一等伯爵，并赏戴双眼花翎。钦此！

随又下旨锡封有功诸臣，并颁发银牌四百面，赏给曾营将士；一面令各路官军，搜剿长毛余孽。长毛嗣主洪福瑱，随着堵王黄文金出逃，先至浙江湖州府，被官军截回；继至安徽宁国府，又遇着官军；没奈何，再窜至浙江淳安县地方。巧值浙将黄少春率兵截住，杀了一阵，黄文金陨命，洪福瑱拼命逃去，随带酋目已寥寥无几。潜至江西，偏被清吏席宝田闻知，发兵掩袭，可怜这日暮途穷的洪幼主，逃入石城附近的荒谷中，总道山僻人稀，或可苟延残喘。谁知席军利害得很，穷山入谷的搜寻，不到数日，已将洪福瑱生生获住，解到南昌，由巡抚沈葆桢飞章奏闻，奉谕就地正法。长毛穷凶极恶，宜乎无后，不足为洪氏惜。太平天国遂成为过去的历史，剪灭无遗了。

只有捻首张洛行虽已受擒，他的从子张总愚还是猖獗得很，纠合党羽任柱、赖文洗，东驰西突，蔓延为患。"捻"者"捏"也，亡命各徒，聚捏成队，四出劫掠，故谓之"捻"，俗语叫他"捻子"。道、咸以前，就有这种捻匪，至洪、杨乱起，捻匪趁势横行。先由给事中袁甲三等带兵往剿，日久无功。后命亲王僧格林沁继剿，方将捻首张洛行擒住，攻破他雉河集的老巢。随即追袭捻众，从安徽至河南，从河南入山东，沿途屡中敌伏，丧失将士颇多。僧王大愤，恨不得灭此朝食，自率亲兵数千，先大军行。遇着捻匪，不管什么得失，只有追杀一法。捻

左宗棠

匪张总愚、赖文洸等，勾集党羽数万众，窜迹曹州，用了四面埋伏的计策，专等僧军到来。僧军昼夜穷追，赶到曹西，已是人困马乏，军士俱望休息，偏偏僧王不肯，催趱前进。到了日暮，已入伏中，一声炮响，前山后岭，左泽右陂，杀出无数捻匪，把僧王困在垓心，凭你僧王勇悍过人，也是冲突不出。可见徒勇无益。被围半夜，降卒复叛，捻匪乘时杀入，霎时间全军覆没，僧格林沁及总兵何建鳌、内阁学士全顺皆战死。

恶耗到京，两宫太后统是震悼得很，降旨议恤予谥，自不消说。只继任讨捻的人，朝中无一良帅，仍由西太后主张，命曾国藩督办直隶、河南、山东三省军务，专力讨捻。两江总督的职任，改委了李鸿章。这位老成持重的曾国藩，与僧王性情大不相同。他却图个万全计策，想出一个圈地制捻的法子来。奏称"捻匪已成流寇，官兵不能与之俱流，现惟分设四镇重兵，防剿兼施。安徽以临淮为老营，山东以济宁为老营，河南以周家口为老营，江苏以徐州为老营，一处有急，三处往援，首尾相应，方可以拙补迟，徐图功效"等语。两宫太后览奏，也不好驳他，只得批了"准照所请"四字，由他缓缓的布置。

惟西太后听政四年，所有夙仇报复殆尽，又把那同胞的妹子配与醇王，已经成婚，正是夙愿尽偿，非常欣慰。一日临朝，部臣呈上交议案件，乃是两广总督毛鸿宾降级调用。西太后览毕，便向东太后道："毛鸿宾照例降级，两广总督的缺分，不如着吴棠去吧。"东太后尚未答言，左边站立的一位亲王已先跪奏道："吴棠现职不过是个漕督，资格上似乎太浅呢！"西后微睁凤目，见是恭亲王奕訢，便沉着脸道："叫他署理，也属无妨！"恭王道："署理与实授，相去不多。"西太后不待言毕，便道："从前粤匪扰乱，所有立功的大臣，多是不次超迁，才得他感恩知奋，成此巨绩。难道这漕督吴棠，独不便升任粤督么？"恭王道："粤督系重要职任，吴棠资望太轻，恐怕不能服众。奴才并非与吴棠有隙，不过蒙慈恩宠眷，曾许议政，所以不得不参一末议呢！"西太后道："谁不知你是议政王？只用人大权，究不是操在你手。我要简任一个吴棠，你便硬要与我争执；过此以往，凡事都可由你专擅，这要用我等垂帘听政做什么？"一语紧一语，西太后确是很辣。

恭王闻到这语，不由的勃然怒发，竟昂头道："奴才自知无才，所以请两宫太后垂帘听政。太后既知奴才庸驽，还请赐恩撤去各差，俾奴才做个盛世散人，不胜感激！"说毕，就竖起左足，作欲立状。这一着乃是恭王大失着。清制：遇臣工召对，不许无故起立，所以防变未然。此次恭王骤欲起立，偏被这灵心慧眼的西太后瞧入目中，立叱侍卫纠仪。侍卫奉旨入内，即将恭王引下。西太后便语东太后道："奕䜣自恃懿亲，敢违祖制，若非立加惩戒，将来臣下效尤，还成什么体统！"东太后徐答道："惩戒他一次，也是应该的事情。"西太后即唤军机大臣上前，随命道："奕䜣侵朝廷大权，滥举妄动，应褫去议政王职任，并撤去一切要差，以示惩儆。你等可拟旨下颁吧！"军机大臣唯唯听命，两宫太后当即退朝。

是日即颁出上谕，略如西太后言，又加上"辜恩溺职"四字。次日，即命吴棠署理两广总督。原来吴棠系西太后恩人，小子曾于二回中表明。咸丰时已由西太后暗中保荐，历级上升。至垂帘听政后，吴棠官至漕督。西太后尚以为未足，因乘粤督开缺，即将吴棠调补。恭亲王未识原由，偏偏要循资任用，遂碰了一个大钉子。叙出原因，令阅者醒目。但恭王是当时第一位勋戚，忽然罢职，未免人人自危。惇亲王奕誴等先后陈请，统把议亲议功的典例，援引入告，恳两宫太后开恩起复。给事中广诚上了一折，尤说得痛切异常，大致谓"庙堂之上，先启猜嫌，根本之间，未能和协。骇中外之观听，增宵旰之勤劳"云云。广诚颇有胆量。东太后览到此折，心中有所感动，就与西太后商量，意欲把恭王开复原职。西太后未以为是，因碍于面子，不得已将惇王等折，发交王大臣复议。过了两日，由礼亲王世铎领衔，复奏"奕䜣咎由自取，惟系懿亲重臣，尚可酌量录用"等语。西太后至此，不能尽违众议，因与东太后联名下旨，冠以上谕，道：

> 朕奉慈安皇太后、慈禧皇太后懿旨，恭亲王谊属懿亲，职兼辅弼，在诸王中倚任最隆，恩眷最渥。特因其信任亲戚，不能破除情面，平时于内廷召对，多有不检之处；朝廷杜渐防微，若复隐忍含容，恐因小节之不慎，致误军国重事，所关实非浅鲜；且历观史册所载，往往亲贵重臣，有因遇事优容、不加责备，率至骄盈矜夸、鲜克有终者，可为前鉴。日前将恭亲王过失严旨宣示，原冀其经此次惩儆之后，自必痛自敛抑，不至再蹈愆尤。此正小惩大戒、曲为保全之意。如果稍有猜嫌，则惇亲王等折均可留中，又何必交廷臣会议耶！兹览王公大学士等所奏，佥以恭亲王咎虽自取，尚可录用，与朝廷之意正相吻合。既明白宣示，恭亲王着即加恩，仍在内廷行走，并仍管理总理各国事务。此后惟当益矢慎勤，力图报称，用副训诲成全至意。钦此！

这旨一下，恭亲王奕䜣免不得入朝谢恩。各亲王等又劝恭亲王卑以自牧，不应倚老卖老。恭亲王也觉自悔。在人檐下过，不敢不低头。无非热中而已。既奉了谕旨，当即于次日入朝，伏地痛哭，深自引咎。这副急泪从何处得来？两宫太后许其自新，便命退朝。复颁一上谕，道：

朕奉慈安皇太后、慈禧皇太后懿旨，本日恭亲王因谢恩召见，伏地痛哭，无以自容。当经面加训诫，该王深自引咎，颇知愧悔。衷怀良用恻然。自垂帘以来，恭亲王在军机处议政已历数年，受恩既渥，委任亦专，其与朝廷休戚相关，非在廷诸臣可比。特因位高速谤，稍不自检，即蹈愆尤。所期望于该王者甚厚，斯责备该王者，不得不严。今恭亲王既能领悟此意，改过自新，朝廷于内外臣工，用舍进退，本皆廓然大公，毫无成见；况恭亲王为亲信重臣，才堪佐理，朝廷相待，岂肯初终易辙，转令其自耽安逸耶！恭亲王着仍在军机大臣上行走，毋庸复议政名目，以示裁抑。其勿忘此日愧悔之心，益矢靖共，力图报称；仍不得意存疑畏，稍涉推诿，以副厚望。钦此！

恭亲王经此挫折，遂不敢与西太后反抗，办理一切政务，自然奉命惟谨。一个謇謇谔谔的王公，化作唯唯诺诺的奴才了。也被西太后扳倒。是年秋间，举行文宗葬礼，以孝德皇后从葬。孝德皇后就是文宗的元妃萨克达氏，文宗未即位时，元妃已薨，此次同葬定陵。所有典礼，均由恭王奕訢承办；且因军务浩繁，筹款维艰，由恭王发起，捐俸助集葬费。凡内务府及各部官员，无不孝敬捐纳，遂得凑成巨款。临葬时，辒辌首辙，辇辂盈途。两宫太后及幼帝以下，一律从行。至定陵，礼官读祝，喇嘛唪经，然后将皇棺告窆，置金圭、玉笏、珠串等于棺上，其余一切珍宝陈设，一一安置陵内，乃封门。既返，复由两宫太后下谕，嘉奖恭王，说他尽敬尽诚，有条有理。从前谴责的谕旨，着毋庸编入起居注，以示眷念勋劳、保全令名至意。于是恭王复渐得宠眷，所失权柄依次恢复。为下文

紫禁城内的戏台——畅音阁
（每逢节日及帝后的生辰、册封、登基等吉日，宫中都要在此演戏庆祝）

谋去安得海伏线。这是后话慢提。

　　转瞬间已是同治五年。元旦庆贺，循行大典，连接数日筵宴。正是醉赏升平，一派中兴气象。句中有刺。西太后最爱听戏，饬安总监得海，传入有名戏子，在宫中演了好几天。戏装不甚华美，竟将库中所存的贡缎裁作戏衣。每演一日，赏费至千金。这个消息传入御史耳中，免不得有几个忠臣硬来出头，奏折中不敢指斥太后，只好参劾太监。西太后以帝名批答，略说："所奏甚是。本朝从不许太监预政，并不许其乘间进言。二百余年，纲纪明肃。自两宫皇太后垂帘听政以来，恪遵家法，从不许太监稍有干政之端。如太监中有肆其狐媚之术，巧为尝试者，须立即惩治不贷。"批语似甚详切，其实统是纸上画刀，无关痛痒。安太监的权势日盛一日，宫中称他"小安子"。除两宫太后外，要算小安子说话最灵，没一个敢违背他。西太后因他侍奉有功，更兼人物漂亮，异常宠幸，有时竟把御用的龙衣及玉如意赏给与他。龙衣可赐，如意可给，西太后之情不言而喻。小子曾有俚句一首，道：

　　　　到底中官是祸胎，兴衰莫谓数应该。
　　　　慈禧虽是英明甚，炀蔽都从嗜好来。

　　欲知后事如何，且至下回再叙。

　　粤寇之平，全赖曾国藩。西太后特别重任，不可谓非慧鉴。厥后肃清捻众，虽非曾氏所手定，然其圈地制捻之策，实足制捻众之死命。李鸿章遵其遗算，卒以平捻，故谓其功由曾氏，未始不可。即谓曾氏之功，由西太后造成之，亦无不可也。至于恭王被谴，因升迁吴棠而致。西太后为酬恩故，不惜去一勋戚，未免以私害公；不知此正所以见西太后之才，玩一亲王于股掌之上：谴责之，以示威；开复之，以示恩。能使王公大臣以下敬畏有加，何其善于操纵也。且升任吴棠以报德，亦无非西太后厚处，不足为病。至宠幸小安子，而骄侈之心始渐萌矣！阅者于夹缝中求之，自有分晓。

左宗棠

李鴻章

林則徐

曾國藩

第十二回　奉密旨权阉出都
　　　　　惊耗问慈闱肇衅

却说西太后重任曾国藩，令他督师剿捻。自同治四年夏季起，至五年秋季，相距一年有余，捻众驰突如故。国藩沿运河筑墙，为圈捻计。捻酋张总愚、任柱、赖文洸等，分路冲突，竟把防墙毁去，由山东窜河南。台官以国藩师久无功，交章弹劾。国藩本是个忧谗畏讥的人物，遂上疏告病，自称精力已衰，不堪任重，愿即降为散员，留营效力。两宫太后先尚慰留，经国藩再三固请，乃令他推贤自代。想都是西太后主张。国藩遂疏荐李鸿章，视师徐州；并荐他胞弟曾国荃，由湖北巡抚任内，移驻襄阳。奉旨准奏，唯仍令国藩回督两江，筹济饷械。国藩固辞不获，方返至江宁，与李鸿章替换职任。

鸿章接着办捻，萧规曹随，仍用曾国藩的老法儿，随堵随剿。捻酋任柱、赖文洸窜逐东方，叫作"东捻"；张总愚拥众西行，叫作"西捻"。鸿章督师河南，先将东捻驱至山东，圈入胶州、莱州间，四面聚攻。任、赖二酋恰也狡猾得很，竟被兔脱。只是势焰已衰，部众零落。任柱走至日照县，被官军大杀一阵，身中枪伤，其下潘贵升生了异心，刺杀任柱，函首乞降。赖文洸南走扬州，也被官军前后夹攻，束手成擒。眼见得东捻告平，红旗报捷了。李鸿章以下诸将，俱受厚赍；连曾国藩也升任体仁阁大学士，赏加一等云骑尉世职。大众无不喜悦，争颂两太后鸿恩。西太后实居大半。

独西捻张总愚甚是猖獗，既窜入陕西，复自陕西入山西、直隶，直逼畿南。是时，陕甘总督左宗棠正尾追西捻，入直隶境。朝旨遂命他总统直隶诸军；又命李鸿章驰军会剿；京畿一带由恭亲王奕䜣，会同神机营王大臣设防。恭王奏饬诸帅，一月平捻。期满，捻尚未平，左、李俱受谴。李鸿章复建蹙捻海东之计，迫张总愚于茌平，圈入黄河、运河间。总愚进退无路，投水死，西捻又平，免不得又有一番懋赏。恭亲王奕䜣，暨文祥、宝鋆、沈桂芬诸军机大臣，均因赞襄出力，得邀特赏；李鸿章升任协办大学士；左宗棠亦得加赏世职。

73

慈禧《花卉图》

自两宫太后训政以来，至此七年，把连年扰乱的发、捻一并荡平。东太后固是喜慰，西太后尤觉愉快。内外诸臣工统晓得朝廷行政全由西太后主持，越发歌颂不止了。好算得福如东海。只陕、甘尚有回匪蠢动，未尽告靖。左宗棠乘便入觐，召对时，由西太后殷殷垂询，宗棠奏称限期五年，定可报绩。西太后商诸东太后，命他即日去陕。宗棠受命，风驰电掣而去。是冬，左宗棠即收服回匪董福祥，越年春，又大破回酋白彦虎，逐出陕境，进军甘肃，露布日驰。

西太后因诸事顺手，朝政清闲，免不得居安思逸，因乐寻欢。这个小安子希旨承颜，素知西太后最爱戏剧，索性就西苑中造了一座戏园，招集梨园子弟，整日演戏。西太后看到出神，有时也扮着戏装，闲游消遣。徐娘半老，丰韵犹存，仿佛是月里素娥，图中大士。寓贬于褒。小安子日夕随着，寸步不离。岂亦张昌宗、张易之之流亚耶？语中用"日夕"二字，得毋唐突西施！

此时同治帝年已成童，颇喜冶游。虽有倭仁、徐桐、李鸿藻等，在弘德殿授读，究竟教授皇帝不比那民间私塾，可以任情威吓，鞭笞交施。所以，这位同治帝每日读书听讲，不过两三时间。除此以外，常与那亲王子弟击球蹴踘，或令随身太监导游都市，微服往来。小安子常密报西太后。西太后爱子情深，总不免多言劝导。同治帝听得不耐烦，当面不好违忤母后，暗中恰深恨小安子。平时尝取一泥人，用小刀斫断首级，并怒指道："你还敢摇唇鼓舌，播弄是非么？"皇帝固不宜微行，只小安子何不当面谏阻，偏要密报西太后？这便是大奸似忠，大诈似信。旁侍的小太监尚未明同治帝的意思；只恭王儿子载澄，与同治帝最是莫逆，因此传将出来，方晓得他怀恨在心，乃有这般举动。

偏这小安子巴结宫闱，尝语西太后道："皇帝圣龄渐长，聪明的了不得。现闻性爱微行，都城中有花有酒，易动圣心，不如赶办大婚，防微杜渐为是。"西太后道："我也这般想，但急切无此淑女，颇费踌躇。"小安子道："员外郎凤秀有一女儿，听说德容俱备，若选立中宫，定能母仪天下。"想是暗得贿托。西太后道："年龄如何？"小安子道："比皇上约差一二岁。"西太后道："且与东太后商议，再作计较。"小安子道："民间婚嫁，也须先时筹备；况皇上大婚，理应于数年前筹办起来。如督制龙衣、采织缎匹等事，均应提早赶办。"西太后道："近来苏、杭两处的织造，统是照例敷衍，所进呈的衣服，并没有什么出色。"厌故喜新。小安子忙接口道："闻得粤东绣工异常精致，何不派人采办？"西太后道："派谁去？"正要你说此语。小安子道："总要派一个精细的人去干这事，方能配合身材，适中程度。不但皇上大婚的龙衣，要格外仔细，就是太后平日服用，亦须精办几件方好。"西太后素爱时装，听着这语，愈觉中意，便道："派别人去，恐没一人像你精细；派你去，又是不便。奈何！"要西太后自己道出，小安子真乖刁。小安子道："奴才虽是粗鲁，此事还能办得。未知何故不便？"西太后道："你不闻本朝祖制么？祖制是宫监不得离都。"小安子道："太后便是老祖宗，要怎么办便这么办。若事事受着牵制，还办得什么事情？"这句话若从别人道出，定要受西太后严斥；独小安子说一是一，说二是二。西太后偏与他有缘，竟慨然俯允说："你要去也是不妨，唯须秘密才是，休得沿途罗唆。"这是受激而来，不要看作俯允。小安子忙跪倒谢恩。西太后又嘱咐他快去快来。

小安子连声遵旨，拜辞太后，即日整装出宫。都门里面尚守着西太后的密谕，不敢声扬，一出都便是天高皇帝远，由他作福作威。他乘着两艘太平船，船上悬着大旗，中绘一日，日中又绘着三足乌。何不绘独角兽！两旁列着许多旗帜，不是画龙，就是画凤。船内随从多人，一半是妙年的妖童，一半是绝色的少女。既是太监，需此何为？调丝品竹，音韵悠扬，所过地方，两岸观者如堵。地方官差人探问，答称奉旨南下，督织龙衣。看官，你想这位声势煊赫的安钦差，哪个不前来趋奉呢？小安子不待勒索，已是金帛满前，腰缠十万。好一个美差！自直隶至山东，正是新秋时候，天高气爽，水净山明。小安子骋目舒怀，格外高兴。到了七月廿一日，适值小安子生日，在船中大开筵宴。上座设着西太后所赐的龙衣，阖舟男女，依次拜祝。要拜死了。拜毕，小安子高踞上座，左男右女，侍坐承欢，玉软香温，纸醉金迷，足足的乐了一整日，方才撤肴。

一帆风顺，又隔数天。这日到了泰安县地方，夕阳在山，方拟停泊，忽后面来了好几只快船，船头立着一个军装打扮的武官，高声喝道："前面是否安钦差的坐船？"这边水手即叱道："不是安大人坐船，是那一个！你们大惊小怪，做什么？"语未毕，但听武官答道："既是安钦差，有事要见。"水手不知他是什么来头，还想呵叱，乃船内小安子已经听见，便道："外面何故喧哗？"当由侍从查明，据实回报。小安子暗想道："难道此处地方官，送赆仪来么？"休再妄想。便道："船且少住，容他进来。"

不一时，那武官带领兵弁数十名入舱，向着小安子拱手道："你就是安钦差么？"小安子不禁发怒道："何物武夫，毫不知礼！"武官道："我是山东总兵王正廷，奉抚宪命邀你同去。"小安子益怒道："什么抚宪不抚宪，就是当今皇上也不好得罪咱们。你去回报你混帐的抚宪，要老子去，除非奉皇太后的特旨！"王正

太监李莲英像

廷正色道:"正是奉旨到此!"小安子道:"放屁,咱们奉懿旨南下,与你抚宪何涉?"王正廷道:"你到了抚宪处,自能分晓。"小安子道:"咱们不去,你敢如何?"王正廷道:"你不去,休怪得罪!"便命兵弁,将安监、侍从拿下。小安子道:"你拿咱们船内人一个,将来拿你们一百个!"兵弁听他大言,一时恰不敢动手。恼得王正廷双眉倒竖,怒目圆睁,厉声道:"抚宪奉有密旨,你等畏惧何为!"兵弁见总兵动恼,方仗着胆,将安监、侍从反剪起来。舟中人虽不少,究竟文不敌武,除若干歌女外,统被捆缚停当。大约这位王总兵亦好女色耳,不然何以另眼相待耶!随喝令水手们,向济南进发。水手仰着军威,自然不敢违拗。倏硬倏软,便见炎凉世态。

不到几日,便至济南。小安子在途中还是乱吵乱骂,王正廷绝不理他。等到舟已泊岸,令兵弁牵率男女人等,一齐登陆。然后向小安子道:"安大人安钦差,你也闹得够了,我与你同见抚宪去。"说时迟、那时快,已一手将小安子扯出舱外,登了岸,踉踉跄跄的走到抚辕。即令兵弁管着,飞步而入。小安子被他扯得头脑发昏,才定了一回神,见王正廷又出来,带他上堂。

小安子身不由主,只得随他进去。一入仪门,便见两旁列着许多官吏,又有雄起起的一班兵队,上面坐着一位冠冕堂皇、铁面无私的山东抚台丁宝桢。出丁抚台名,格外郑重。小安子毫不在意,慢腾腾的走至案前,朗声道:"丁抚台,你何故劳动咱们?"丁宝桢喝道:"你是太监安得海,为什么擅自出都?"小安子听到"擅"字,便冷笑道:"你说咱们擅自出都,你为何擅做抚台,你莫非做梦不成!"丁宝桢说:"胡说!太监不准出都,乃本朝列祖、列宗的成制,你敢违背么?"小安子嗤鼻道:"你去问皇太后来。"丁宝桢道:"我早已奏闻朝廷了,朝旨令将你就地正法!"小安子闻言,也不觉股栗起来,便道:"你敢是弄错了?"丁宝桢道:"我不与你多争,你且跪听圣旨!"言罢随即离座,令巡捕官向北设案,自己蹲至案旁,饬小安子跪听圣旨。小安子不得已跪下,然后由丁抚宣诏道:

安太监擅自远出,并有种种不法情事,若不从严惩办,何以肃宫禁而儆效尤!着东南各省督抚,迅速派委干员,于所属地方,将六品蓝翎安姓太监严密查拿，令随从人等指证确实，不准任其狡饰。毋庸审讯，即行就地正法。倘有疏纵，惟该督、抚等是问！其随从人等，有迹近匪类者，并着严拿，分别惩办，毋庸再行请旨。将此由六百里，各密谕知之。钦此！

读毕，便嘱王命司及巡捕官，捆缚钦犯，推出正法。这时候的小安子方才着急，泪下两行，吁求丁抚道："这是皇上旨意，并不是皇太后旨意。皇上与安某原是死对头，现请你老人家飞奏太后，太后如不赦，安某愿受死罪。"丁宝桢道："朝命毋庸审讯，即行就地正法，还要复奏何为？"小安子还是丁抚台丁大人的哀求，迟了。怎奈丁宝桢毫不徇情，立命绑出。辕门号炮一声，小安子的吃饭家伙已应刃而落。其余一干人犯暂羁狱中，候再奏请定夺。

看官，这小安子是受西太后差遣南下办公，所以有这般煊赫，为何山东巡抚丁宝桢敢令王总兵拿捕，一到抚辕，即请出王命，把他枭首呢？说来话长，小子不得不略叙原委。

原来，小安子南下，东太后及同治帝并未与闻。首先奏报的，就是东抚丁宝桢。巧值西太后小疾，只东太后一人临朝。览了奏，便递与恭亲王奕䜣。奕䜣瞧毕，即奏道："安姓太监是哪一个？莫非就是安得海？"此时同治帝正在宝座，就随口答道："想总是安得海，朕有好几日不见他了。"奕䜣道："安得海何故南下？"东太后答称未知，同治帝也这般说。奕䜣迟疑一会，想亦有些瞧科。随奏道："安得海擅自出都，显系违背祖制，应该严惩。又要与西太后反对。同治帝道："严惩还是不够，可饬东抚就地正法。"也是借公济私。奕䜣当即赞成。东太后道："此事还须通知慈禧太后。"同治帝道："母后违和，不必禀报。安监违背祖制，咎有应得，立杀无赦。皇叔就饬军机拟旨吧！"言毕退朝。奕䜣遵旨而出，就命军机处拟定上谕，火速颁发。丁宝桢果断有为，即照旨施行。到了安监伏法，复旨到京，西太后尚睡在梦里。又由东太后及同治帝作主，令将随从太监陈玉麟、李平安等，一并绞决，余犯分别惩办。丁抚复如命定罪，除陈、李等绞决外，男犯多半充戍，女犯多半释放。又是女子有幸。

这案已了，又下一道严饬宫监的谕旨，其文云：

> 本月初三日，丁宝桢奏，据德州知州赵新禀称：有安姓太监，乘坐大船，捏称钦差，织办龙衣。船旁插有龙凤旗帜，携带男女多人，沿途招摇煽惑，居民惊骇等情。当经谕令直隶、山东、江苏各督抚，派员查拿，即行正法。兹据丁宝桢奏，已于泰安县地方将该犯安得海拿获，遵旨正法；其随从人等，亦已谕令丁宝桢，分别严行惩办。我朝家法相承，整饬宦寺，有犯必惩，纲纪至严。每遇有在外招摇生事者，无不立治其罪。乃该太监安得海，竟敢如此胆大妄为，种种不法，实属罪有应得。经此次严惩后，各太监自当益知儆惧。仍着总管内务府大臣，严饬总管太监等，嗣后务将所管太监，严加约束，俾各勤慎当差。如有不安本分、出外滋事者，除将本犯照例治罪外，定将该管太监一并惩办。并通饬直省各督抚，严饬所属，遇有太监冒称

奉差等事，无论已未犯法，立即锁拿，奏明惩治，毋稍宽纵。钦此！

为这一诏，又惹出一个小安子第二来。看官道是谁人？就是后来赫赫有名的李莲英。死了一个，又出一个，清宫可谓有人。莲英自十六岁入宫，人极秀媚，态度不亚小安子，宫中号他"皮硝李"，西太后亦甚爱宠。不过小安子资格较高一筹，因此安为总管，李居散列。安太监被杀，莲英亦已闻知，心中恰极喜慰，暗想："总管一缺，小安子外，舍我其谁！"瑜、亮原不能并生。只恐西太后多心，若闻风即报，转疑是从旁欣幸，所以隐忍不言。及上谕严饬宫监，未免动了一片兔死狐悲的念头，随即报知西太后。西太后病正告痊，陡闻此耗，不觉花容惨淡，含泪盈眶。所为何来？便问莲英道："这事是何人主张？"莲英道："想总是东太后的意思。"西太后道："东太后素性和平，断不出此，必是有人从中播弄！"莲英道："这也难料。"西太后突然起立道："随我来！"莲英遵着随去。

出门数步，便至东太后宫中，不待太监报闻，就大着步进去。东太后蓦见西太后到来，忙起身相迎，叙过寒暄，两下分坐。东太后贺他病痊，西太后道："仰托洪福，只今日得一新闻，不知真否，特来请教！"东太后忙问何事，西太后道："便是安得海南下，闻被东抚丁宝桢拿斩，这事可确么？"东太后道："事是

李莲英旧宅

有的。"西太后蹙着眉道："如何我全未得知？"东太后道："正因贵体违和，所以不及商议。"西太后道："安监出都，未始无罪。但立即斩决，也未免处罚太重了。"东太后道："恭王奕訢说是显背祖训，不便轻恕，所以命东抚就地正法。"全推在恭王身上，可见东太后畏事。西太后柳眉直竖，道："奕訢么，他又来干预赏罚，太没臣节。难道国家大政，都好由他专擅么？"东太后道："皇儿也说是可杀呢。"又推到同治帝身上去，东太后何其支吾。西太后道："童稚无知，奈何信他？"东太后默然不答。还是李莲英从旁解围道："安总管也太招摇，闻他出都南下，旌旗耀日，男女盈舟，沿途盛索

供张，因此惹人属目，闹出这桩案情。"西太后瞧了莲英一瞧，便悻悻告别。既回宫，叱莲英道："你们统是一鼻孔出气。"莲英忙跪下道："奴才并不与安总管有隙，只安总管敢违慈训，亦觉不情。外人未明底细，或疑是慈躬纵庇，反累圣德，岂不是红日掩明么！"西太后冷笑道："你算为我分谤么？"莲英连忙磕头。好一种做作。西太后道："起来。"莲英方谢恩而起。

西太后命召同治帝。同治帝方在乾清宫唱戏，形容得意。见莲英奉旨宣召，随即至西太后处。请过慈安，西太后怒目道："你瞒得我好！"同治帝摸不着头脑，便答道："臣儿并没有什么隐瞒，何事触动慈怒？"西太后道："你为何擅杀安得海？"同治帝笑吟吟道："安得海是东抚杀的，不是臣儿杀的。"倒也会辩。西太后道："东抚何敢擅自杀人。你不分皂白，竟传命出去，叫他杀却。你既有这般能耐，何庸我等垂帘听政！"同治帝仍嬉笑道："宫监甚多，死了一个安得海，也没甚要紧。"语带双敲，看似稚语，与西太后颇有关系。西太后益怒道："你是读过四子书的，你不闻杀一不辜而得天下，圣者不为么？"同治帝又道："安得海违背祖制，僭拟无度，明明有辜，杀之正当，圣母何必怜惜？"西太后道："你何故瞒我？"同治帝道："适因圣母染恙，恐致触怒，所以不敢禀白。"西太后以手指同治帝道："数日不教训你，你敢同我斗嘴。捶你数下方好哩！"无语可说，只得摆出母后架子。同治帝急忙倒退，莲英又从旁婉劝，且对着同治帝，以目视地。同治帝喻意谢罪。面面顾到，正会趋承。西太后道："滚出去吧！"同治帝如逢恩赦，转身急走，掉臂而去了；莲英复替西太后捶背。

西太后尚恨恨不绝，次日升殿，严责恭亲王奕䜣，并有"如此专擅，应革职黜爵"等语。奕䜣又吓了一身冷汗，退朝回邸，忙与大公主商量。有分教：

　　懿旨重申几落职，佳人一语竟回天。

未知大公主为谁，容待下回说明。

　　孰杀安太监？西太后杀之也。西太后为嬖幸故，竟从安太监之请，密令出都。试思安太监之有此请者胡为？其有不沿途招摇，任情勒索乎？一遇刚正无私之丁宝桢，有磨刀一试而已。故吾谓杀安太监者，非他，西太后也。虽然此其间，亦有天焉。天娭阉寺之弄权，偏使丁抚举发在西太后小病之时。否则西太后必特旨恩赦，有虽欲杀之而不能者。天假手于丁抚，令杀安太监，而又借以儆西太后。西太后不悟，徒衔恨他人，又用李莲英以代之，于是天怒速，而清祚将倾矣。本回寓意，是叙西太后明昧之转关，至贬刺安监，褒扬丁抚处，犹为衬笔。

慈安后

清文宗

慈禧后

李連英

第十三回　册立中宫大婚成礼
诏谕亲政母后撤帘

　　却说恭亲王回邸，与大公主密商。这人公主乃是恭王的女儿，为何得称公主？因她系咸丰帝所钟爱，至咸丰帝崩，西太后竟认为义女，封她为荣寿公主，宫中遂以大公主称之。大公主颇得西太后欢心，所以恭王令她入宫，挽回慈眷。大公主奉了父命，即于是日谒见西太后。恭王眼巴巴的等待回音，至晚方见大公主回来，忙问西太后旨意如何。大公主答言不妨，已经吁恩宽免了。于大公主入宫乞恩处，恰从虚写，以免重复。恭王才把一日的忧虑，到此放宽。

　　话分两头。且说西太后失了小安子，懊怅了好几日。幸亏李莲英秀慧过人，好作小安子替身，小安子会干的事情，李莲英无一不能，且有特别技艺，高出小安子。遂益蒙慈眷，擢为总管。这位置想到手了。看官，你道莲英有何妙技？他有两种手术：一种是善能抚摩，西太后平居稍有不适，经莲英捶敲一番，便觉身体安泰，魂梦俱恬。一种是独工梳妆。西太后丰容盛鬌，天生成一头美发，鬓黑可鉴，如乌云相似。平时饬宫女梳髻，尝牵掣致痛，有时或掠断数茎；独经莲英手，毫无此患。且髻中梳髻，平分两把，谓之"叉子头"；垂后的余发，叫作"燕尾"。莲英为西太后梳成新式，较往时髻样尤高，髻云上拥，鬓凤低垂，越显出几分妩媚。因此，西太后越加垂爱，所有言谈多半听信。不脱女流习惯，遂令犿竖复乘。僵桃代李，情过景迁，把记念小安了的思想，渐渐撇在脑后。

　　嗣时左宗棠进讨甘回，岑毓英穷剿滇回，次第得手，陆续奏闻。只天津百姓闹了一场教案，殴毙法国领事丰大业，并有好几个天主教堂亦被毁去。法人鼓轮到津，声势汹汹，硬要府县官抵命，险些儿又开战衅。亏得曾国藩、李鸿章等一面设防，一面议款，费了无数周折，总算把教案了结。究竟是中国官民晦气，杀了一个法领事，偿抵他民命十五条，知府张光藻、知县刘杰也革职充戍，还要给他抚恤银两若干，法人始满欲而退。

　　曾、李两大员因外国日强、中国日弱，早已奏请创办新政，练习洋务。两宫

1806年，曾国藩创建的江南制造局成立，图为江南制造局造炮厂

太后颇也采用几条。北京立同文馆，江南设制造局，福建置船政局；遣同知容闳出洋采办机器，派钦差大臣志刚、孙家榖偕美人蒲安臣赴美，商订互派领事、优待游历等约；又命直隶、江宁两总督，分充北洋、南洋大臣。看似新机勃发，政局昌明，其实是徒袭皮毛，未得精髓，羊质虎形，济什么事？中国至今犹且如此，无怪当年。况且大学土倭仁、御史张盛藻等，统是顽固老朽，平时守着用夏变夷的古训，把新政新学批驳得一钱不值，彼要奏阻，此要撤销，暗中作梗，谣诼纷腾，就使有锐意求新的大人物，也惹得心懒意灰。西太后虽然刚断，意中恰也狐疑。只因曾、李是中兴名臣，也只好勉从一二，粉饰局面。否则，后来拳匪何至扰乱？

悠悠忽忽，又是一两年，同治帝已是十七岁了。西太后想起，大婚典礼筹备有年，乘此时光，正应赶紧举行。随与东太后商议，并提起凤秀的女儿。先入为主。东太后道："凤女也好。但闻得崇绮有个女儿，贤明婉淑，颇与皇儿相配。且崇绮曾中状元，乃是本朝罕有的盛事。国初时候，满、汉分榜，只有旗人麻勒吉，得赐状头。至满、汉同榜后，崇绮算是第一个发迹。若选他女儿为后，岂不是格外喜庆么？"西太后踌躇半晌，方说道："恐怕年龄太大些，闻崇女现年已十九了。"原来你亦知道了。东太后道："比皇儿只差两岁，也不算什么年长。凤女的年龄，是否与皇儿相当？"西太后道："论起年纪来，凤女尚只十四，但德性恰是很好哩。此外还有前任都统赛尚阿的女儿，旧任知府崇龄的女儿，才貌统是过得去，前已各派宫眷验视过了。"又见西太后早有成心。东太后道："且去召皇儿进来，令他参酌何如？"西太后道："这也不妨。"便饬宫监，召皇上入见。

不一时，同治帝已到，谒过两太后。西太后道："我两人与你择后，你喜欢年轻的，抑年长的？"同治帝不禁腼腆起来，呆立一旁。东太后道："得一贤后，也是要紧，但说何妨？"同治帝道："这凭圣母定夺。"西太后就把上文所叙的四女，略述一遍，并说凤女年纪虽轻，恰是贤慧得很。东太后又插口道："我是主张年长的。年长的女子，究竟多些阅历。"同治帝即答道："崇女年纪最长，应较合选。"东太后便笑道："你倒也这般说么！"西太后暗暗纳闷，面上隐露不悦状。东太后瞧着道："且与恭王奕訢商议，再作计较。"到了恭王入见，也以立长为是。西太后不便违众，只得选立崇女为后。已伏嘉顺不终案。命钦天监拣择吉期，定于同治十一年九月举行大婚典礼。

即于同治十一年春间，预降懿旨"选翰林院侍讲崇绮女阿鲁特氏为后。所有纳采、大征及一切事宜，看派恭亲王奕訢、户部尚书宝鋆，会同各该衙门，详核典章，敬谨办理"等语。诏甫下，两江总督曾国藩，由江宁藩司奏报出缺。两宫太后很是痛悼，辍朝三日，赐恤特优。

转眼间，暑往寒来，大婚期迩。先期备行六礼，加恩封崇绮为三等承恩公，崇妻瓜尔佳氏为一品夫人。至九月十二日，遣官祭告天地宗庙。越日，同治帝御太和殿。遣惇亲王奕誴为正使，贝勒奕劻为副使，特奉皇后册宝，诣承恩公崇绮第，册封崇女阿鲁特氏为皇后。又因西太后属意凤女，由恭王奕訢先日调停，册封为妃。另命大学士文祥，及礼部尚书灵桂，赍册印至员外郎凤秀第，封凤女富察氏为慧妃。

是夕，即命惇亲王奕誴及贝子载容，行奉迎皇后礼。前导的是太和殿侍卫，后随的是坤宁宫彩娥，还有无数宫监，拥着一乘全顶金黄蟠龙绣凤的宝舆，所有仪仗，目不胜睹，笔不胜述。与第七回贵妃归省叙笔不同，前文详叙仪仗，本文详述侍从，以免重复。一片笙箫鼓乐的声音，环绕皇城，真个是世上罕闻，人间少有。偏偏天公不做美，疾风凄雨，彻夜飘零，把这般普天同庆的大喜事，未免减色三分。预兆不祥。奕、载两使既至承恩公第，遵着仪注，恭迎凤驾。承恩公崇绮先令女儿拜辞祖庙，然后导引登舆。仙乐三宣，香烟四袅，但见这位花团锦簇、珠围翠绕的皇后娘娘，由宫女等拥入舆中，随即启行。

不多时已入宫门，至玉阶降舆，这时候百官鹄立，群从雁排。数位懿亲勋戚，奉着这位富贵风流、蕴藉秀逸的少年天子出来。为同治帝写照，恰合身分。登了宝座，宣皇后入殿，面北而立。那时阖廷王大臣，都潜窥皇后芳容：面如满月，眉似春山，凤目轻盈，龙准圆润，珠光映鬓，黑白愈明，梨颊娇姿，丹青难绘，增之则太长，减之则太短，娉婷绝俗，举止大方；仿佛是天女下凡，嫦娥再世，各人都暗暗喝采。正凝视间，但听礼部尚书灵桂手捧金册，朗读册文，由皇后俯伏帝前，静听玉旨。至册文读毕，方娇滴滴微露清声，说是"臣妾阿鲁特氏谢恩"。礼部复宣诏令起，恭奉皇后印绶，交与坤宁宫总管，再由总管授与宫眷，

1865年李鸿章创办的军工厂

佩着皇后身上。皇后再跪地谢恩毕，同治帝退入坤宁宫，皇后亦徐徐随至。顿时钟鼓齐鸣，瑟琴迭奏，宫中行起合卺礼来。皇后奉觞，皇帝赐盏，醉劝醍醐之酒，春融琥珀之杯。既而帝卸龙袍，后弛象服，金缸影里，浅逗双蛾；绛蜡台前，斜倾四目。撒龙凤帐，展翡翠衾，安乐窝回避闲人，温柔乡试尝滋味。一宵恩爱，莫可言喻。

次日黎明，帝后俱早起，帝率后诣寿皇殿行礼，又至两宫皇太后前行礼。礼毕，帝复御乾清宫。适慧妃亦已送至，由后带领朝贺。贺讫，帝临朝，受王大臣朝贺。后返坤宁宫。慧妃以下亦请后正位，向后朝贺。越三日，慧妃当夕，又是一番佳趣，说不尽的绸缪。此处不多填艳词，恰是详略得宜。

惟这皇后德性贞淑，人品端庄，在两宫太后前，盥馈醴飨，一切如仪。东太后颇爱她端方，西太后偏嫌她率直。两姑之间难为妇。况这西太后预有成心，偏憎偏爱，就使皇后如何承顺，总不能邀她欢愉。处处为下文伏笔。只面上强作喜容，宫中一切料理，多由西太后专主。

足足忙了十多天，于是恭上两宫皇太后徽号，东太后加了"端裕"二字，西太后加了"端佑"二字。喜气重重，宫廷内外，无不欢跃称庆。西太后踵事增华，多多益善，索性将赛尚阿女阿鲁特氏、崇龄女赫舍哩氏，也替同治帝纳入宫中。赛女受封珣嫔，崇女受封瑜嫔。想都是孤鸾命。女三成粲，合后为四，那时少年天子花朝拥，月夜偎，占尽人间艳福，真个是帝德乾坤大，皇恩雨露深。这两语，用在此处范围最合。

西太后暗里调查，将同治帝待遇后、妃情形，常令宫监密报。煞是多事。过了数月，闻同治帝的恩爱多眷注在皇后身上，其他妃嫔三人，虽然不甚冷落，总觉厚薄悬殊。西太后大为不悦，遇同治帝请安时，面谕道："中宫不应过恋，我看她礼节疏略，福气淡薄，不如慧妃诸人，较为婉淑哩！""福气淡薄"四字品评，恰是不错。同治帝勉强应命，暗想："母后如何令我疏淡中宫？真正不解！"嗣后辗转思维，方悟道："是了，是了！偏不明说，语有含蓄。母后未免多心，我恰偏越要多加爱哩。"自此与皇后益增缱绻，枕边衾里，免不得漏泄慈言，惹得皇后珠泪双垂，哽咽不已。同治帝颇解温存，极力劝慰，皇后又感又恨：感着的是同治帝，恨着的是西太后。伉俪之情益笃，姑妇之隙愈深。

东太后莫名其妙，偏又生了归政的念头，与西太后熟商。西太后道："恐怕皇帝年轻，未能亲政，如何？"东太后道："人的智识，也要从磨炼得来，有经验乃有识见。若长令置身闲散，恐一年一年的蹉跎过去，到了壮岁，还同傀儡相似。这也不可不防。"恰是至言。西太后道："经验原可少的。但国家政务，上关宗社，下系民生，倘被他年少无知，闯出什么祸乱来，如何是好？"东太后道："皇帝虽尚少年，究竟不是什么小孩子。寻常人家为儿授室，做翁姑的也要把家事交代，何况我皇帝家呢！俗语说得好：'家有长子，国有大臣。'要咱们垂帘听政，不过是个从权办法。屈指已是十二年，正好乘此交卸，你我安居宫内，优游岁月，免得日日操心，岂不是好么？"西太后沉吟良久，方道："既这般说，不妨撤帘，让皇帝自去主持。但必须托付几个重臣，叫他匡过格非，免得贻误国家，方可无虞。"东太后道："恭王奕䜣是皇室勋亲，想总靠得住的。倭相已是去世，还有徐、李诸大臣，向曾教读皇帝，位居师保，应也不致溺职。咱们归政时，重托他们一番，谅他们具有天良，必肯竭忠效力哩。"语语持正，不由西太后不从。西太后道："但愿如此，我等方得享清闲福了。"议既定，遂授意内阁，命拟宣谕旨道：

> 钦奉慈安端裕皇太后、慈禧端佑皇太后懿旨，前因皇帝冲龄践阼，时事多艰，诸王大臣等不能无所禀承，姑允廷臣垂帘之请，权宜办理。皇帝典学有成，当春秋鼎盛之时，正宜亲统万几，与中外大臣共求治理，宏济艰难，以仰副文宗显皇帝付托之重。着钦天监于明年正月内选择吉期，举行皇帝亲政典礼。一切应行事宜，及应复旧制之处，着军机大臣、大学士会同六部九卿，敬谨妥议具奏。特谕。

钦天监奉到此谕，监正、监副等，自然格外小心。避凶趋吉，谍定一个良辰，乃是同治十二年正月二十六日。随即奏闻。一班王公大臣因吉日已定，不便迁延，遂援古斟今，酌定若干条文，作为亲政典礼。这是中国官员善干的事件。奏入报可，礼部衙门遂即筹备起来。

凑巧日本遣使副岛种臣前来议约，与各国使臣联络入觐，微示要求。原来英、法、俄、美四国立约通商以后，外洋各国如德意志，如奥斯马加，如意大利，如荷兰，如丹麦，如瑞典、挪威等，俱援请互市，陆续订约。东洋日本由国王睦仁嗣统，尊王覆幕，变法维新，国势日盛一日。于同治十年间，曾命使臣柳原前光至天津，与李鸿章议定草约，未得清廷批准交换。至是复遣使到京。清廷

福建船政局制造的"扬武号"兵船（模型）

把立约利害却看似无足重轻，不加研究，只将觐见礼节饬恭王奕䜣详谕日使。徒摆一空架子，于国事何益？中国之败，实由于此，日使不肯遵行拜跪礼。略称"中国皇帝与敝国皇帝相等，敝国自明治维新，废去拜跪旧制；今来觐见中国皇帝，也应彼此从同"。恭王答以"上国礼仪，理应如是，不得变更"。日使又谓"西国使臣也行鞠躬礼，如何独歧视我国"？恭王又说是"中西体制，向来不同，未便援例"。两下争论数日，由各国使臣调停，议定行三揖礼。于明年皇帝亲政后，方许觐见。惟中日商约，准于月内互换，争案才寝。是谓不揣其本，而齐其末。

会滇中又来捷音，云南巡抚岑毓英攻克大理，斩积年回酋杜文秀，坑死叛回数万人，滇边一律肃清。疆臣叙绩，朝旨赏功，又是一场大庆幸。转眼间腊尽春来，新年易过，渐近撤帘，内阁复颁下朱谕道：

> 顷奉两宫皇太后谕旨，皇帝寅绍丕基，于今十有二载，春秋鼎盛，典学有成，兹于本月二十六日，躬亲大政。欣慰之余，倍深兢惕。因念我朝列圣相承，无不以敬天法祖之心，为勤政爱民之治。况数年来东南各省，虽经底定，民生尚未乂安，滇陇边境及西北路军用未蒇，国用不足，时事方艰。皇帝日理万几，敬念惟天惟祖宗所以托付一人者，至重且巨，祗承家法，夕惕朝乾，于一切用人行政，孳孳讲求，不可稍涉怠忽。视朝之暇，仍当讨论经史，深求古今治乱之源，克俭克勤，励精图治。此则垂帘听政之初心，所夙夜歧望而不能或释者也！在廷王大臣等，允宜公忠共矢，勿避怨嫌。本日召见时，业已谆谆面谕。其余中外大小臣工，亦当恪恭尽职，痛戒因循，弘济艰难，弼成上理，有厚望焉。钦此！

届期，两宫太后撤帘，同治帝亲政。典制崇隆，仪制繁重，无庸细表。且至下回，再述撤帘以后的情形。

　　本回为两宫皇太后合传。册后之时，慈安主年长，慈禧主年幼，一持正
道，一具私心，两太后之心术于此可见。至慈安倡议撤帘，慈禧尚有迟疑之
意，亦一正而一私耳。或谓慈安所言，卒得照行，慈禧虽怀私意，终不能独
违正议，是慈安未尝无权，慈禧亦未尝自专，何以都下人士犹多颂慈安，而
訾慈禧耶？吾谓此正所以见慈安之长，慈禧之短。慈安于小事不计较，一任
慈禧所为，唯册后、亲政两大端，所关重大，不得不以全力争之。至于同治
不永，嘉顺不终，乃命数使然，非人力所能主。子舆所谓顺受其正者，慈安
有焉。读此回，而两太后之品谊分矣。

第十四回　同治帝微行纵乐
　　　　圆明园谏阻兴工

　　却说同治帝亲政后，复加上两宫皇太后徽号：东太后加号"康庆"，西太后加号"康颐"。两太后颐养深宫，比前日垂帘听政时，劳逸似乎不同。东太后很是畅适，独西太后尚有雄心，仍不免侦察朝政，监督嗣皇。所以同治帝往来两宫，于嫡母前尝依依不舍，于本生母前恰是阳奉阴违。西太后察言观色，料知同治帝隐衷，时常衔恨。好在风调雨顺，国泰民安。陕甘总督左宗棠复奏报"关陇大定，甘回叛酋马化龙受擒，陕西叛酋白彦虎虽仍被逃脱，也不过残喘苟延。现正进军西域，设法缉拿"等语。朝旨一一俞允，并论功行赏有差。西太后以时局升平，也暂把懊恼心肠搁过一边，整日里在宫中寻乐，借诗酒以陶情，借声歌以寄兴，有时或挥毫作书，有时或临池学画，倒也清闲自在，不愁不烦。

　　只同治帝旷达性成，不喜羁绊，临朝以外，虽有后妃等作伴，尤奈每日相见，不过尔尔。多情还是无情好，真花不及野花香。因此乐极生厌，不免有些憎烦怕腻起来。随从有近侍两人，最为狡黠，一名文喜，一名桂宝，私下窥透圣意，怂恿同治帝微行。同治帝道："微行原是有趣，朕所最喜欢的。但从前朕尚童稚，两宫太后及满朝王大臣待朕尚宽，所以朕好微行。现在朕已亲政，比不得从前时候了。"文喜道："万岁爷的圣旨，奴才恰是不解。据奴才愚见，越是亲政，越好微行。"同治帝愕然道："你怎么说？"文喜道："'亲政'二字，便是万岁爷独揽大权的意思。万岁爷要怎么行，旁人不能说句不得行，这乃叫作亲政。"亏他解释。同治帝道："'政'是政治的政，微行不好算政治。"桂宝道："从前唐太宗、宋太祖等，统是旷代明君，也是时常微行。本朝圣祖、高宗南巡、西狩，何尝不是微行的变相！就是世宗睿皇帝，最称明察，也是从微行得来。万岁爷缵承祖武，为什么不好微行呢？"同治帝道："你的说话，恰也有理。今夕便出去逛一会子，也好散一散闷。你等须紧紧随着，不得有误。"同治帝尚有一隙之明，偏被若辈朦词诳蔽，可见小人是万不可近的。文喜、桂宝齐声道："谨遵圣旨。"

这夕月色微明，宫中混出三个人物来：前后两人统是戴着瓜皮帽，穿着黑背心，没甚装潢，就是文喜、桂宝；当中这一位，衣帽与两人差不多，只帽上缀着一粒绝大的明珠，光芒闪闪，背心独是玄色，有精致的龙团，就贡缎中织出，鲜明无匹，便是统一江山的同治帝。三人迤逦前行，到了东华门，有门官守着。由文喜与他附耳数语，即放令出去。信步间已入市中，转弯抹角，走进一条胡同，恰有几处娼寮妓馆。文喜道："万岁爷要进去一逛否？"同治帝道："此处不要照旧称呼，须隐姓埋名方可。"文喜便恭请特旨，同治帝道："你等呼我为少爷，我便叫你作阿喜，桂宝易名阿宝，可好么？"两人唯唯应命。

文喜拣了一个清静的妓寮，导同治帝踱入门中。即有鸨奴等欢迎，引进内厅。献茗后，文喜向鸨奴道："咱们大少爷来此闲逛你家，所有姑娘儿不妨一概出来。"鸨奴应声出去，霎时间有妙妓三四人，打扮的粉白黛绿，联翩趋入，见了同治帝，俱屈膝请安。同治帝叫她免礼，诸妓站立两旁，任同治帝默默品评。同治帝瞧了这一个，又瞧那一个，统是从头至足的审视，面庞儿有方的，有圆的，有长的，与宫中妃嫔相比，倒也相去不多。独有一副汉装打扮，迥乎不同，厌故喜新，人情同然。妖艳之中另具一副袅娜态度。还有一对对的小小金莲，掩映石榴裙下，瞧将过去，统不过三寸左右。这乃是诸妓特色，惹得那少年天子目荡神迷。

文喜等料知皇上中意，便嘱鸨奴设席，所来妓女，俱令侍宴。绿酒红灯之夕，眉挑目语之辰，软语绵绵，柔情脉脉。迨至酒意半酣，歌声继起，幽韵如娇莺啭谷，清声如雏燕寻巢，杂以铜琶铁板，按节合音，几疑是身入广寒，神游仙府。已而歌场寂寂，玉漏迟迟，陈王留洛浦之踪，神女叶高唐之梦。莲钩半握，觉控送之皆宜；脂泽微醺，触芬芳而欲醉。一夜的倒鸾颠凤，曲尽欢娱，似乎宫中妃嫔没一个如她柔媚，没一回有此风流。写尽色荒。只恨良宵乍短，曙色忽明。同治帝略睡片刻，便由文喜、桂宝催他回踪。没奈何辞却香巢，返归帝阙。朦朦胧胧的临了一回朝，即至别宫小睡。

到了傍晚，又去寻那文喜、桂宝两人，追述昨晚乐趣。文喜道："这种粉头，尚是颜色平常，不足为奇。万岁爷若令人采选，西子、太真，可重致哩！"同治帝道："宫中不能采纳汉女。从前先考崩逝，梓宫回京，什么牡丹春、海棠春，都被母后撵逐。朕若再要采选，那活祖宗肯准我么？"也是回顾之笔。文喜想了一会，随道："先皇帝在日，曾因祖制难违，想了一个变通法子，把四春娘娘住居圆明园内。可惜园已被焚，否则仍好照办哩。"桂宝道："目今四海承平，八方无事，这园子不好重建么？"同治帝只是摇头。文喜道："万岁爷尚有何疑？"一鼓一吹，煞是好看。同治帝道："无端兴起土木，无论母后不允，就是王大臣等，也要谏阻。"文喜道："这且不妨。"便与同治帝附耳道"如此如此、这般这般"，乐得同治帝心花怒开，便赞道："亏你想得周到，朕明日下旨便了。"次日即谕饬总管内务府大臣，重筑圆明园。略称"两宫皇太后保祐朕躬，亲裁大政，十有余年，尚无休憩游息之所，以承慈欢，朕心实为悚仄。着总管内务府大臣，设法捐修圆明园，以备圣慈燕憩，用资颐养"等语。

这旨下后，内阁御史沈淮仗着赤胆忠心，就来奏阻，无非说是"帑藏支绌，请暂展缓"等因。同治帝未曾细览，便提笔批斥，抬出"尊亲养亲"四字，当头一驳，题目恰是正大。即刻发出。台官等因

"慈禧端佑皇太后之宝"，是慈禧在正式场合使用的玺印

沈淮被斥，不敢续奏，只得去劳动恭王奕䜣，要他出场谏阻。奕䜣道："这事不知是太后主见，抑是皇上主见？待我探听的确，以便进言。"台官等闻了此语，自然散去。

同治帝既下谕修园，恨不得即日造成，作为藏娇的金屋。可奈内务府筹无的款，一时不好兴工。恼得同治帝每日呵叱，痛詈内务府大臣，限他克日兴办，约期告蒇。内务府大臣被他骂昏，巧妇难为无米炊，只得寻出一条路子，托西太后的心腹李莲英，面奏西太后，从中展缓。莲英所喜欢的是金钱，徒将口嘴请托，就使舌上生莲也是没效；况且西太后最爱游玩，平时常提起圆明园被洋人烧掉，饮恨不休，此番重行建造，西太后也暗地赞成，如何转好拦阻？因此内务府托了几回，他只密奏一次，还算承情。由西太后嘱咐皇上，叫他一切从俭，不得过费，亦不必过急。同治帝无可如何，只得遵嘱下谕，先将供奉列代圣容的安佑宫，暨两宫太后驻跸的殿宇，并自己办事住居的宫室，提早修葺，此外姑从缓办，以昭节俭云云。内务府不得已，才东移西凑的腾出款项，估工兴筑。同治帝常去监视，基址虽是现成，垣墙都要重造，里面的建筑更是工程浩大，才知非一时所能构成。缓不济急，只好与文喜、桂宝等人再出微行，借作消遣，厌厌夜饮，无不醉归。甚至日上三竿，军机大臣等统在朝房候久，才见圣驾临朝。

会日本使臣副岛种臣，遵约来觐。恭王奕䜣恐同治帝又误时刻，只得先日密陈，请同治帝格外注意，休使外臣轻渎。于是同治帝方休息数日，静养精神，准备受觐。届期这一日，亲御紫光阁，觐见日使。副岛种臣登殿三揖，赍送国书，同治帝慰劳如仪。回应上回，故载入之。又有俄使倭良夏里、美使镂斐迪、英使威妥玛、法使热福理、荷使费果荪，皆于是日入觐，鞠躬致敬，济济跄跄，总算中外一堂，周旋中节。

自此恭王奕䜣随时进谏，常说要如何勤、如何俭，如何本身作则，如何率履无怠。堂皇正大的奏议，送入同治帝耳中，反觉得言言迂腐，语语唠叨。忠言逆

耳。会贝勒载澄进来，见同治帝有愠色，便问道："皇上何故不乐？"同治帝道："都是你家老头子，长篇大套的常来絮聒，惹人懊恼！"载澄道："老朽迂谈，理他什么！"虎父生犬子，奈何！同治帝转愠为喜，道："你可谓干父之蛊，不枉与朕同学一番。"奇语，难道徐、李诸师傅叫他狎邪么？原来，载澄即恭王长子，曾在弘德殿伴读，从小相狎，脾气很是相同。当下谈笑尽欢，至讲到冶游情况，载澄的见识远过同治帝。同治帝道："楚馆秦楼，你到过多少，可为朕一述否？"载澄屈指计算，差不多有数十处。同治帝又问道："何处最佳？"载澄道："要算南城最佳了。奴才曾物色了好几个。"同治帝道："可导朕一逛否？"载澄笑道："皇上屈驾旁求，奴才敢不汲引！"不愧荐贤。

是夕，同治帝遂命载澄易服同游。连文喜、桂宝都不带了。到了南城，各娼寮中统晓得载澄是著名公子，与他同来的人物，定是差不多的爵位，自然格外巴结。嗣见载澄还要趋奉那人，料得那人位置还在载澄以上，越发献媚承欢。更兼同治帝面白唇红，颧平额广，生得漂亮异常。月里嫦娥爱少年，况这水性杨花的姊儿，哪有不爱俏的道理！数宵欢会，把同治帝的贪花癖，几乎融成一片。同治帝愉快异常，感念载澄不止。到了冬月，因越年为西太后四旬大庆，加恩近支宗亲，预颁赏赉，自恭亲王以下，均从优给；载澄亦得列在内，竟蒙加郡王衔，并给头品顶戴。何不封他花王！这是同治帝特别酬庸，借公报私的至意。

翌年元旦节，恰停止筵宴。小省大用，终属无益。春季无事，只祈谷、朝日、祭祀社稷等典礼，照例举行。一入夏季，台湾生番把日本避风船内的难民杀了几名，日本派中将西乡从道率兵登岸进攻番社。嗣由福建船政大臣沈葆桢及藩司潘霨，往台查办，逐渐设防。日本见台防渐固，遂又遣大久保利通到京，与总理各国事务衙门交涉，索得偿款五十万两，方将台湾兵撤回。同治帝因中日修和，太平依旧，龙心为之欣慰。只圆明园修造一年，并没有什么造好，又不觉焦躁起来。当下宣召内务府总管，训斥一顿，限他年内告成，否则严惩不贷。

看官，你想这座圆明园阔大得很，从前经雍、乾两朝逐年增筑，才得成功，哪里有一两年工夫便好完工呢？总管大臣当面不好违拗，只好遵旨退下。外面忙运动台官，设法谏净。各御史道："前时曾托恭王爷奏阻，如何不见成效？想是贵人善忘哩，我等不如再见恭王吧！"

当下至恭邸探问情由，恭王答道："我亦曾谏过数次，怎奈上头固执成见，不肯停办，如何是好？"各御史道："这件事总要仗王爷挽回，别个哪里能够呢！"恭王被大众逼着，只得毅然自任，又去进见同治帝，不到三言两语，已碰着钉子，被斥出来。随即通知各御史。各御史多面面相觑，只有一位姚御史百川，颇有智识，想出一个移花接木的法子，拟把三海去抵圆明园。三海就是西苑，为明朝郭守敬所浚，有南、北、中三水通流，故号三海。主见已定，便向恭王道："三海风景倒也很佳，若将圆明园工程移至三海，岂不是事半功倍么！"恭王道："三海未曾被毁，稍稍修葺，便复壮观。若与圆明园相较，所省工程相去约数十倍，何止一半。只恐上头不从呢！"百川道："皇上的旨意，无非为颐养太后起见，总教太后通融这事，就可办得。看来仍须王爷出力，入见两宫，恳请移办呢。"恭王道："慈安太后无可无不可，慈禧太后处，恐怕不易进词。"百川微笑道："有李总管在，托他先容，事无不成。"李莲英势力，此时已见一斑。恭王眉头一皱，便道："李总管莲英么……"百川不待说完，已是会意，即接口道："内务府总管焦急的了不得，叫他先着叠若干银子，做运动费，也是很愿的。"恭王道："既如此，做我勿着，且再去办一下吧！"百川等才作揖告别。

过了数日，竟颁谕内阁，道：

> 前降旨谕令总管内务府大臣，将圆明园工程择要兴工，原以备两宫皇太后燕憩，用资颐养，而遂孝思。本年开工后，朕亲往阅看数次，见工程浩大，非克期所能蒇工。现在物力艰难，经费支绌，军务未甚平安，各省时有偏灾。朕仰体慈怀，甚不欲以土木之工，重劳民力。所有圆明园一切工程，均着即行停止。俟将来库款充裕，再行兴修。因念三海近在宫掖，殿宇完固，量加修理，工作不致过繁。着该管大臣，查勘三海地方，酌度情形，将如何修葺之处，奏请办理。钦此！

越日，内阁又奉朱谕，道：

> 朕自去岁正月二十六日亲政以来，每逢召对恭亲王时，语言之间，诸多失仪。着革去亲王世袭罔替，降为郡王，仍在军机大臣上行走；并载澂革去

皇帝召见大臣的地方——养心殿正间

贝勒郡王衔，以示微惩。特谕！

又越日，复谕内阁，道：

朕奉两宫皇太后懿旨，皇帝昨经降旨，将恭亲王革去亲王世袭罔替，降
为郡王，并载澄革去贝勒郡王衔。在恭亲王于召对时，言语失仪，原属咎有
应得。惟念该亲王自辅政以来，不无劳勚足录。着加恩赏还亲王世袭罔替；
载澄贝勒郡王衔，一并赏还。该亲王当仰体朝廷训诫之意，嗣后益加勤慎，
宏济艰难，用副委任。钦此！

这三道谕旨联翩而下，盈廷王大臣俱错愕不知所为。嗣经探听确凿，方晓得
此中原委。第一道谕旨，乃是恭王从姚百川言，贿托李莲英先容，然后入宫面
请，果得西太后照允，即命恭王拟旨，硬要同治帝盖玺。同治帝迫于母命，无奈
强从，心中却暗恨恭王，足足的气了一夜，翌晨即亲书朱谕，将恭亲王降为郡
王，并及其子载澄，也把他贝勒郡王衔革去，所以有第二道谕旨。至第三道谕
旨，分明是恭王受谴，入诉两宫，由西太后立命赏还，即饬军机缮旨颁下。

同治帝虽然亲政，究竟拗不过太后，只得忍气吞声，敷衍过去。仿佛以卵敌
石。但郁极思通，闷极思动，索性连日微行，图个尽情的快乐。内务府中有个旗
员，名叫桂庆，操守纯正，闻同治帝一意寻花，竟有些耐不下去，就切切实实的
上了一个奏折。内称"皇上少年好色，恐不永年。请将蛊惑的内监一律驱逐，其
有情罪重大者，应立加诛戮，杀一儆百。两宫皇太后亦须保护圣躬，俾慎起居，
以免沉溺"等语。同治帝瞧了此奏，头脑都痛将起来，不觉愤愤道："混帐忘八，
敢诅咒朕躬么？不严办他一下子，还当了得！"正是：

忠言不用如充耳，苦口难医已死心。

毕竟桂庆曾否受谴，且至下回说明。

是回纯叙同治帝，暗中恰刺西太后。同治帝系西太后所生，教养之责，
惟西太后是赖。西太后既留意时政，宁于同治帝微行独不闻之？斥蛊主之内
竖，进格君之正人，则同治帝尚在少年，不难潜移默化。此而不行，任其冶
游无忌，是明明纵子以不肖也！至圆明园之议筑，尤为无益有损之举。国帑
空虚，时局未定，筑园奚为者？同治帝为藏娇而筑园，西太后为娱老而筑
园，其寻欢取乐之心，二而一，一而二也。文喜、桂宝及李莲英等，皆误国
小人，母子俱嬖幸之，是可见母子之惑，相去殆无几耳。桂庆之奏，实中肯
綮；是回作为结尾，亦含有深意，阅者不得以寻常叙述文目之。

第十五回　染疮毒穆宗宾天
绝粒食毅后殉节

却说同治帝阅桂庆奏折，正拟下旨严谴，忽由长春宫太监奉太后命，米取此奏。长春宫系西太后所居。同治帝见他奉命前来，只好将原奏交给，乘着怒意，掷与宫监。宫监即赍呈西太后。西太后仔细展览，前半篇是指陈衮阙，倒也不甚介意；后半篇乃严惩内监，责成慈闱，未免心中怏怏，便道："这也太言过其实呢！"袒己耶？抑袒李莲英耶？遂留中不发。桂庆于呈奏时，料知同治帝不从，曾暗通内线，要西太后过目；隔了数天，并无批答，才识西太后也不见用，竟辞职而去。自桂庆去后，王大臣们统做了仗马寒蝉，他总教禄位稳固，官爵保全，便算侥幸，管什么天子风流，国家兴替！庸奴如绘。

是年五月，钦天监奏彗星见。天象告警。西天后及同治帝，全不在意。略去东太后，为贤者讳。一个是预备万寿典礼，忙碌得很；一个是常到南城，寻欢冶游要紧。

光阴如箭，倏忽孟冬，西太后的万寿期已渐近了。一切礼仪，遵照乾隆六年皇太后万寿成例，办理妥当。盛衰已是不同，仪制恐还较备。即加赏八旗年老官民，及京内外实任一二品大员老亲。锡类推仁，鸿恩广被，也好算作一朝盛事。语中带讽。先期三日，同治帝率近支亲藩，恭迎慈禧端佑康颐皇太后，御慈宁宫，上文说西太后住长春宫，便为此处注脚。升座侍宴。帝奉觞上寿，并效老莱子舞彩状，恭承色笑。亏他支撑。亲王、郡王、贝勒、贝子、公等，依次进舞，欢忭有加。礼成，又至钟粹宫迎东太后，东太后住处，亦随笔带叙。与西太后同幸漱芳斋。同治帝旁坐侍膳，近支亲藩等皆蒙赐食。次日，复奉两太后幸宁寿宫，侍膳赐食如昨例。又越日，亦如之。及期慈禧端佑康颐皇太后御慈宁宫，受庆祝礼。两称西太后徽号，含有微意。内如六宫九院，外如王公、世职、大学士、六部、九卿，及蒙古外藩等，统依次晋祝，分班磕头。开八荒之寿域，率土皆春；听万众之欢呼，同声称庆。祝嘏毕，大开筵宴，盛沐慈恩。是晚广选名

长春宫（慈禧太后及末代皇帝溥仪的妃子先后居住于此）

优，入宫酣舞，演几出西池王母，唱几阕萱室长春，慈颜为之尽欢，臣心无不称颂。书中独叙西太后万寿，不及东太后，顾本旨也。

只同治帝趋跄奔走，时觉蹒跚难行，暗地皱眉，偷闲呼痛。旁人还道他是疲乏，谁知他乐极悲生，有一种说不出的苦楚。哑子吃黄连。看官你道为何？乃是染了淫毒，下身生着杨梅疮。起初不过稍觉痛痒，尚无大碍。到西太后万寿期内，已发现疮毒，不便行走；只因礼节难违，没奈何撑着双足，来往宫中，周旋了好几日，把娘肚皮里气力，统已用尽，遂奄奄一息，卧倒龙床。后妃等问他病源，总说是逐日劳苦，以致疲惫。及两宫太后亲来探问，越发不好明言，只得讳莫如深的过去。就是御医诊视，也总不料他是淫毒缠身。模糊拟方，无非是银花、夏枯草等类，饮了下去，如饮水一般，有什么功效！挨到十一月间，龙准两旁也居然现出斑点来。得毋所谓晬然现面耶！已而毒水溃流，浸淫满面，一位丰姿潇洒的英主，弄得像混世魔王。自两宫太后以下，都不晓得是什么病症。详问御医，竟称是天花之喜。瞎话。这时候的内外章奏，已命军机大臣李鸿藻代为批答。西太后恐大权旁落，遂召集近支亲王会商，酌定政见。先由醇亲王奕譞领衔奏请，继乃颁谕内阁，道：

> 朕于本月遇有天花之喜，经醇亲王等合词吁恳，静心调摄。朕思万几至重，何敢稍耽安逸。惟朕躬现在尚难耐劳，自应俯从所请。但恐诸臣无所禀承，深虑贻误，再三吁恳两宫皇太后，俯念朕躬正资调养，所有内外各衙门陈奏事件，呈情披览裁定。仰荷慈怀曲体，俯允权宜办理。朕心实深欣感。兹此通谕中外知之。钦此！

翌日又由同治帝名义，降一谕旨，说是奉两宫太后懿旨，封慧妃为皇贵妃，瑜嫔为瑜妃，殉嫔为殉妃。这谕下来，阖廷臣工又是摸不着头脑。都说皇上方在不豫，医治尚恐不及，如何记念妃嫔加封起来。这正是咄咄怪事！

一天过一天，到了十二月五日，由内廷传出懿旨，立召惇亲王奕誴、恭亲王奕䜣、醇亲王奕譞、孚郡王奕譓、惠郡王奕详、贝勒载治、载澄，一等公奕谟、御前大臣伯彦讷、谟祜、军机大臣宝鋆、沈桂芬、李鸿藻，总管内务府大臣英桂、崇纶、魁龄、荣禄、明善、贵宝、文锡，弘德殿行走徐桐、翁同龢、王庆祺，南书房行走黄钰、潘祖荫、孙贻经、徐郙、张家骧等，入见养心殿。各王大臣等陆续趋至。但见宫中一带，统是宫监排列；所有各重门禁，都驻着赳赳武夫，大概是荣禄手下的旗兵。此处复两现荣禄。王大臣等不知何故，但既奉召前来，只好屏着气、垂着手，齐集殿门。殿外已有宫监立着，见大众到齐，即宣旨召入，直进西暖阁内。

恭亲王奕䜣像

两宫太后分席列坐，面上都带着惨容。众人觐见毕，西太后先开口道："皇上疾已大渐，将来继统问题，须预先议定为是。"众人听了这语，都惊得目瞪口呆，不发一言。西太后又道："这是眼前要政，你等何须惊疑。"众人又不敢遽答，眼光都注到恭王身上。恭王此时不便缄默，乃跪奏道："皇上年力方强，即有不豫，亦不致有意外之变呢！"西太后不待奏毕，便摇首道："不济事了。你是皇室懿亲，此后嗣承大统的，应该是谁？"恭王嗫嚅道："闻得皇后……"说到"后"字，好似有骨鲠在喉，不说下去。西太后已知其意，便道："皇后怀胎的消息，也是靠不住的；就使有胎，亦不知何日诞生，生了亦未必是男。国不可一日无君，理应先日议定。"恭王道："皇后既已有娠，这是最好的了。现在大

醇亲王奕譞像

小事件，统恳两太后裁定，一经皇后分娩，是男是女再行定夺。"西太后旁瞧汉员道："这话太悬宕了。现在西南尚未大定，如知朝廷无主，难道不要生变么?"西南或不致如此，倒是你要生变。军机大臣沈桂芬、李鸿藻，弘德殿行走徐桐，同跪下道："圣慈明烛千里，臣等莫名钦佩。"大拍马屁。东太后至此也耐不住，便道："据我意见，恭王的儿子，恰可入承大统。"恭王忙磕头道："奴才不敢!如果要立皇嗣，也应轮着溥伦。"西太后道："溥伦是宣宗成皇帝的继长孙，血统太远，不应嗣立。"说至此，复顾东太后道："倒不如立了醇王子载湉，时候已迟，应即决定。"醇王奕譞忙叩头固辞。恭王又磕头道："事尚从宽，且至明日再议。"西太后声凄而厉道："实告你，皇上已大行了!"

这声懿旨，仿佛如霹雳一般，王大臣的泪珠儿，好似雨随雷下，点滴不住。这副急泪，也亏王大臣预备。当下把储议暂搁，都请至御寝哭临。西太后道："且慢，皇嗣一层，我意已决定载湉了。"诸王大臣也无暇争论，有说是遵旨的，有说是请慈衷裁定的。支吾了一会，即由西太后命，令内监导王大臣等至东暖阁。东暖阁就是御寝所在，与西暖阁相距无几。王大臣等甫至阁门，但听里面有一片号啕声，哭得非常凄惨，众人都不知不觉的流下泪来。这恰是真泪。须臾，已鱼贯入阁，见龙床上面直挺挺的卧着帝尸，身上亦罩着龙袍，预备入殓。旁侍后妃人等，统是悲泣；独皇后已晕过几次，还是抚尸大恸。大众陪哭一场，天色已是黄昏。恭王见皇后恸哭不已，正思出言劝慰，适西太后徐步进来，众人又上前请安。皇后越发号啕，西太后戟指道："你这狐媚子，媚死你的皇上，还装出这副形容。迟了，迟了!"姑恶，姑恶。复对众王大臣道："你等须安排嗣皇即位，不必在此侍着。"王大臣遵旨而退。恭王亦抽身欲出，西太后道："你且在此。"不是留他，实是禁他。恭王不好违慢，只得在东暖阁中静悄悄的候着。西太后独返入东暖阁，围炉休息去了。

时已起更，灯昏尘黯，外面风声刮耳，差不多似天崩地塌，海啸山号，皇帝大行，应有此景。恭王身着狐裘，尚是暗中发抖。挨过了两三小时，才见有数人搴帷而入。第一位仍是西太后，第二位系醇王奕譞的福晋，乃是西太后的同胞妹子。随后有乳媪数人，抱着一个三岁有奇的小孩子，尚是朦胧睡着。看官不必细猜，便应晓得是嗣皇帝载湉。大书特书。当下与恭王相见。除西太后外，还是行着家礼。西太后语恭王道："嗣皇已到，应先在御寝旁行即位礼，以便明日颁诏。"

恭王闻言，心中很不愿赞成，但木已成舟，无可挽回，不得已唯唯听命。于是复宣召众王大臣，入养心殿，两旁序立，静候幼主登基。这幼主尚睡在梦里，被那本生母唤醒，恼了性子，乱啼乱叫。西太后过去抚摩，温词诱导，偏这幼主不肯顺从，越加啼叫不休。为后来母子不和之兆。嗣经醇王奕譞进去保抱，哄骗了好一歇，方有些转悲为喜。如此立主，真同儿戏。乃命向大行皇帝前磕了头，然后抱出殿中，扶登御座。王大臣等序班朝见，跪叩如仪。那幼主因少见多怪，几乎吓倒御座，又哇哇的啼哭起来。都是预伏后文之笔。仓猝礼成，草草了事，

光绪帝的生父与生母

恭王方得脱然回邸；诸王大臣等，亦各归息。翌晨，复入宫承值。午后，大行皇帝大殁，十有九龄的天子至此永终。真所谓一棺附身，万事都已了。昔日风流，而今安在？

是日即颁遗诏，略称"本年十一月适出天花，以致弥留不起。第念统绪至重，亟宜传付得人。兹钦奉两宫皇太后懿旨，醇亲王子载湉，着承继文宗显皇帝为子，入承大统，为嗣皇帝。嗣皇帝仁孝聪明，必能钦承付托"等语。四岁小孩聪明或有之，仁孝何能预料，明是欺人之谈！同治皇后闻到此诏，暗想："大行皇帝临终时，那有这等遗言？分明是捏词粉饰，满盘播弄。更兼嗣皇载湉入继文宗，置大行皇帝于何地！自己更不必说了。"想到此处，毫无生人之趣，只自祈死而已。可悯。诸王大臣明知此举无名，难为皇后，只因西太后独揽政权，不好违忤，没奈何拟了"嘉顺"二字，作为同治皇后的封号。总算蒙西太后俞允。又尊谥同治帝为"穆宗"。翌年改元"光绪"，即为光绪元年。光绪帝年幼无知，自然援着老例，重请两宫皇太后临朝，再行垂帘训政。不到数日，又下了一道懿旨，谓："俟皇帝生有皇子，即承继大行皇帝为嗣。"相传这道懿旨，还是东太后及恭王奕䜣商议出来，西太后勉强赞同，未知确否。忍于子妇，他事可知。

转瞬新年，光绪帝登极受朝，还算欢欢喜喜的坐了一歇。有三十四年的挂名，总有一点福泽。各王大臣等排班跪叩，毋庸细表。独醇亲王奕譞，先期告病辞职，由懿旨批准，开去各项差使，凡朝贺等典礼，概免参预；遇太后万寿，在便殿行礼，不随众朝贺；所有亲王爵秩，准其世袭罔替。因此新皇登极，醇王不

99

光绪帝——爱新觉罗·载湉

与朝贺，这也是父不拜子的礼仪。

过了元日，宫中筵宴，虽较前略减，总不能一例蠲除。西太后听戏饮酒，依然如故。内阁侍读学士广安得了这种信息，不觉懊恼道："先皇帝的梓宫尚未奉安，善后事宜亦未办妥，难道好乐以忘忧么？我倒要批鳞一奏了。"遂拟定奏稿，缮好奏折，立即赍呈。其文道：

> 窃维立继之大权操之君主，非臣下所得妄预。若事已完善，而理当稍为变通者，又非臣下所可缄默也。大行皇帝冲龄御极，蒙两宫皇太后垂帘励治十有三年，天下底定，海内臣民，方将享太平之福。讵意大行皇帝，皇嗣未举，一旦龙驭上宾。凡食毛践土者，莫不吁天呼地。幸赖两宫太后，坤维正位，择继咸直，以我皇上承继文宗显皇帝为子。并钦奉懿旨，俟皇帝生有皇子，即承继大行皇帝为嗣。仰见两宫皇太后宸衷经营，承家原为承国，圣算悠远，立子即是立孙。不惟大行皇帝得有皇子，即大行皇帝统绪，亦得相承勿替，计之万全，无过于此。
>
> 惟是奴才尝读宋史，不能无感焉。宋太祖遵杜太后之命，传弟而不传子。厥后太宗偶因赵普一言，传子竟未传侄。是废母后成命，遂起无穷斥驳。使当日后有诏命，铸成铁券，如九鼎泰山，万无转移之理，赵普安得一言间之？然则立继大计，成于一时，尤贵定于一代。况我朝仁让开基，家风未远，圣圣相承，夫复何虑？我皇上将来生有皇子，自必承继大行皇帝为嗣，接承统绪。第恐事久年湮，或有以普言引用，岂不负两宫太后贻厥孙谋之至意！奴才受恩深重，不敢不言。请饬下王公大学士六部九卿会议，颁立铁券，用作奕世良谟。伏乞两宫太后暨皇上圣鉴！谨奏。

奏入，于翌日即颁下懿旨道：

> 前降旨俟嗣皇帝生有皇子，即承继大行皇帝为嗣，业经明白宣示，中外咸知。兹据内阁侍读学士广安，奏请饬廷臣会议，颁立铁券等语，冒昧渎陈，殊堪诧异。广安着传旨申饬。钦此！

懿旨下后，小惩大诫，竟没有第二人续上奏折。宫廷内外，依然是幸遇清时，朝无阙事了。

谁知到了二月，嘉顺皇后的噩耗，又自宫中传出，都说是缘绝食而崩。忆前此欢谐凤卜，未及三秋；痛此时攀及龙髯，不过百日。后人有诗咏嘉顺皇后道：

开国科名几状头，璇闺女诚近无俦。

昭阳自古谁身殉，彤史应居第一流。

欲知嘉顺皇后死状，且看下回分解。

同治以前，清未有兄终弟及之制。始之者，为光绪帝。光绪帝之母，西
太后之妹也。光绪帝即为西太后之甥，亦即西太后之侄，侄且兼甥。西太后
意中以为有两重关系，他日当惟言是从；且可因幼主登极，仍得垂帘训政，
手握大权，其自为计固得矣。如家法何？如祖制何？夫家法与祖制，固不足
以怵西太后之心！但同治帝本所自出，犹且未尽听命，岂光绪帝长成后，必
将顺无违耶？人谓西太后智，吾谓西太后亦智而愚者。至嘉顺皇后之殉节，
无非为西太后偏憎而起。嘉顺未册封时，已有明德和熹之誉，乃受制于恶
姑，竟致绝粒而死，忍心害理之讥，不得为西太后讳焉。或谓慈安尚在，何
以未申一词？不知杀安太监，立嘉顺后，皆慈安所为。西太后嫉之已深，防
之益密，至同治帝崩，不令慈安干涉，盖已处心积虑，布满网罗。今日之事
我为政，非他人所得与闻。恭王可羁住东暖阁，慈安不亦可羁住西暖阁耶！
是回与上文第十回可以参看，益识西太后之手腕矣。

第十六回　上遗疏痛陈继统
　　　　　　改俄约幸得使才

　　却说嘉顺皇后因同治帝驾崩，本已恸极；嗣复立载湉为帝，连继子都没有着落；西太后又视她如眼中钉，每日痛詈，不假词色，广安上奏复被申饬，遂断绝各种希望，并腹中怀妊，亦置诸不顾，竟自行绝食。饿到腹枯肠竭，竟尔逝世。临崩时眼眶犹含泪两行，面色恰如生人一般。内监禀报钟粹宫，东太后尚亲自过视，哭了一场。至禀报长春宫，西太后恰悍然道："死得好，死得好！早死一年，我的皇儿也不致短命了！"冤哉枉也！当下令内务府治丧。呈上礼节，被西太后抹去好几条，草草塞责。王大臣拟了一个"孝哲毅皇后"的谥号，还幸不遭驳斥。有一个不识趣的御史姓潘名敦俨，竟奏请表扬先后，借光潜德。宫中便严驳下来，谕称"孝哲毅皇后已加谥号，岂可轻议更张。该御史率行奏请，已属糊涂；并敢以无据之辞，登诸奏牍，尤为谬妄。着交部严议"等语。潘敦俨撞了一鼻子灰，同寅中还说他自寻苦恼，真正懊悔不迭。何苦！这且按下不提。

　　单说两宫皇太后二次垂帘，寰宇澄清，万民乐业。西太后又振刷精神，创行了几条新政：一是派遣外使——出使英国，派了郭嵩焘；出使日本，派了许钤身；出使德国，派了刘锡鸿。一是准借洋款——陕甘总督左宗棠，出关剿回，因军饷无着，准借洋款一千万两。一是赎回铁路——从前英人擅筑铁路于上海直达吴淞口，适沈葆桢调督两江，照会英领事阻止，不获允；嗣由李鸿章与英使威妥玛熟商，以银二十八万五千两买收。后来，未成的路线，原是停工；已成的铁路，亦一律毁去。一是选派学生出洋游学——从闽厂前后学堂，选派学生三十名，分赴英、法两国，学习制造驾驶，由道员李凤苞、洋员日意格为监督。这都是下请上行的政策，好算西太后刻意求治了。侧重西太后，语有分寸。

　　会云南腾越厅蛮允地方，戕杀英翻译官马嘉理，英人指为署督岑毓英主使，要挟多端。朝旨特派李鸿章，赴滇查办。复奏："马嘉理由缅入滇，未曾知照地方官，以致匪徒劫杀，并无督署指使情事。"总理衙门照复英使威妥玛，威妥玛犹坚执前议。及鸿章北还，全烟台，与英使会议，相持不下。俄、德、美、法四国公使适俱在烟台，亦以英使为非；乃得磋磨就绪，订定烟台条约。无非是昭雪滇案，偿银抚恤；还有中外官员往来礼节，及中外商人互市条件；另附专款，乃是次年英人拟赴西藏，请给护照等语。这种交涉，在英人视作极有关系；在清廷恰以为无足轻重，得过且过，全然不放在心上。左宗棠进军新疆，又一路顺风。略定天山北路，进剿天山南路，杀得白彦虎南奔西窜，遁入俄境。还有安集延酋阿古柏，正入踞新疆，僭号毕调勒特汗；也被左公麾下将弁几仗杀败，进退无路，仰药而亡。这捷报传达清廷，两宫太后喜欢的了不得，立封左宗棠为二等侯，随征将士统邀特赏。时已光绪四年二月了。点醒年月，可知是部小说除褒贬外，实可作一部编年史读。

　　五年，葬同治帝、后于惠陵，又有一番热闹。两宫皇太后也亲往视葬。宫眷、廷臣等更不必说。既告窆，送葬等人一律言旋。正在休息，忽由吏部尚书呈上一折，乃是吏部主事吴可读遗疏，由堂官代奏，洋洋洒洒，差不多有一二千字。两宫太后瞧毕，由西太后发言道："数年前，广安曾有奏折，也是为着此事。今吴可读遗疏，又说要明降懿旨，预定将来大统之归。难道我等苦心，臣下尚难共喻么！"你全是私心，有什么苦心。东太后道："他自称罪臣愿效尸谏，倒也是一片忠心呢！"西太后道："究不知他是什么死法，还要问明吏部，再行定夺。"当下召见吏部尚书，便垂询吴可读死状。当由吏部复奏道："吴可读实服毒自尽的。他本奉陵工差使，卸事后，即在蓟州马神桥三义庙内自尽，有庙内周道士作证，州臣亦确查无误。所以可读遗疏，奴才不敢不代奏。"吴侍御死状由吏部口中叙明。东太后道："他不是奏参乌鲁木齐提督成禄么？"西太后道："就是他。他是个书呆子，稍有所闻，便不管真伪，一味乱奏，所以前时曾将他降职的。"东太后又问吏部道："他是何处人氏，从前做过何官？"吏部奏称："可读籍贯，系甘肃皋兰县，前时职任御史。"东太后道："关陇之间，有此烈士，也算是难得了。"莫谓秦无人。复顾西太后道："这应如何办法？"西太后道："且命廷臣妥议具奏，再行裁定。"随命军机拟旨，将吴可读原折，发交王大臣议奏。王大臣们会议了好几日，想不出什么善法来。

　　看官，你道这种议奏，如何有这般难处？自从康熙帝建储不定，把太子允礽废了又立，立了又废，后来终被雍正帝夺去。雍正帝惩前毖后，立密建皇储法——潜书储君名字，置匣缄封，藏诸乾清宫正大光明殿匾额后面；至新旧交替时，方将缄匣取下，启视密旨，乃得定嗣。自雍正至咸丰朝，一律遵行。及同治、光绪两帝承袭大统，虽没有什么密旨，然同治帝是随驾热河，当咸丰帝大渐时方命嗣立；光绪帝乃是西太后主张，入宫即位，已在同治帝大行之后——从没有先正青宫，后践帝位。若照吴可读原折，是"嗣皇帝生有皇子，过继同治帝，就应立为皇太子，岂不是迹类建储，有违祖训么？"祖制不行久矣，多方顾忌何为。因此王大臣等不敢定议，只模糊影响的复奏上去。

　　独有学识优长的张之洞，职居洗马，独奏称"继嗣即是继统，惟将来皇子众

慈禧像

多，不必遽指定何人承继，待至继统得人，即承继穆宗为嗣，庶几情法两尽"等语。王大臣等会议数日，连此意都未想到，正是一班饭桶。两宫太后览到此奏，很是嘉许，便照张之洞奏折，令军机拟就懿旨，颁发出去。大旨说是：吴可读所请，实与本朝家法不合。皇帝受穆宗毅皇帝付托之重，将来诞生皇子，自能慎选元良，缵承统绪。其继大统者，即为穆宗毅皇帝嗣子。守祖宗之成宪，示天下以无私，皇帝必能善体此意。所有吴可读原奏，及王大臣等会议折，并张之洞等奏折，暨前后关于继嗣的谕旨，均着另录一份，存毓庆宫。吴可读以死建言，孤忠可悯，着交部照五品官例议恤。这旨一下，才算是铁案铸成，群喙屏息，吴侍御可读死也瞑目了。

越数日，总理各国事务衙门得着一个琉球国被灭消息。琉球国系东洋大岛，在日本西南，道光前曾入贡清廷，后竟废止。清廷因国家多难，不遑诘责。至此被日本并吞，夷为冲绳县。总署方与日使交涉，日使置诸不理。正拟再发照会，忽由西域寄到紧急奏章，乃是陕甘总督左宗棠署名，欲与俄罗斯国开战。总署诸公闻得"开战"二字，都吓了一大跳，忙把原奏呈入。为此一吓，把琉球国事情竟置诸高阁了。银样镴枪头。越日，有上谕下来，命侍郎崇厚充出使俄国大臣，索还伊犁。

这伊犁地方，便是天山北路的疆域，前时回匪扰乱陕甘、关陇一带，几乎陆沉，还有什么工夫去管西域？所以安集延酋阿古柏得乘间而入，俄罗斯也思染指，便发兵南下，把伊犁占去，阳称为中国防守，阴实怀一久假不归的意思。至左宗棠进兵西域，逐去了白彦虎，困死了阿古柏，天山南北两路一律平定；只有伊犁一带被俄人所占，向索不理。顺风顺势的左爵帅，哪里就肯罢手，因此要与俄人宣战。左文襄好大喜功，笔下亦随带出。两宫太后因饷需支绌，征剿回匪的兵费，正是从外国挪借而来，此次不便轻举妄动。只好令一位崇侍郎出使俄国，和平交涉。满望他折冲樽俎，仗着三寸不烂的舌头，把伊犁好好索回。

谁知这崇侍郎胆小如鼠，到了俄国，被俄外部数语恫吓，弄得低首下心，毫无威势。他想是奉了朝命来索伊犁，总教伊犁索还，别样权利，都可拱让。俄人要索偿银五百万卢布，崇厚照允；俄人要索伊犁西境的霍尔果斯河左岸，及南境帖克斯河上流地，崇厚亦照允；俄人要在嘉峪关及吐鲁番等地方添设领事，蒙古各地及天山两路通商，概许免税，还有行轮运货，勘界立碑等条件，统是益彼损我，崇厚无不照允。共约十有八条。崇老可谓慷慨！

这条约咨报总署，就是麻木不仁的王大臣，也要惊骇起来。其时，有一班清流党，如李端棻、张之洞、张佩纶、宝廷、王仁堪、盛昱等人，或居台院，或列词林，统是纸上谈兵，直言敢谏。抑扬得妙。闻了这次约章，人人气愤，个个眉扬，大家都仗着这个管城子，做成几篇好奏折，呈将上去。内容的词意，无非是立诛崇使，硬抗俄人。词源倒流三峡水，笔阵横扫千人军，把两位垂帘听政的皇太后，也有些跃跃欲动的情形。当下将崇厚革职逮问，并遥询左宗棠和战事宜。左公本是主战，一篇复奏约有数千言，驳得十八条约款十七条都不可许；只有第一条归还伊犁，乃是应分的事情，不加一语。惟结末有"先申议，后决战"两语，比内臣较为慎重。因此两太后依议将崇厚逮还，换了一个曾袭侯纪泽。

纪泽系曾国藩长子，官居大理寺少卿，曾出使英、法两国，专对称长，不辱君命。这是名实足副的考语。此次奉使改约，实是一个极难题目。看官试想，已成条约，还想翻它转来，难不难呢？况俄人得步进步，正是蚕食鲸吞的时候，若要他虚心下气来从中国，除非中国有几个伟人，能压倒俄国君臣，方能达到目的。曾袭侯已仰承帝简，不好推辞，只得勉为其难，跋涉烟波，赴俄都圣彼得堡去了。清廷主战的奏折，还是纷至沓来。独恭亲王老成持重，奏明两宫，把各员奏折暂且留中，俟曾袭侯到俄理论后，或战或和，才好定夺。两宫太后颇从谏如流。只俄国闻得逮回崇厚，改任使臣，不待曾袭侯到俄，便派遣军舰来华游弋，并令占据伊犁的俄人，戒严以待。于是清廷又防个不了，急令北洋大臣李鸿章筹备舰队，完固海防；巡阅长江水帅彭玉麟操练水军，整顿江防；山西巡抚曾国荃调守辽东，三品卿衔吴大澂赴吉林督防；并命刘锦棠帮办西域军务，与左宗棠相机而行。

两下里正在相持，曾袭侯到俄，与俄外部开议。适值原议俄使布策简放来华，总理衙门防他来京饶舌，飞电令曾袭侯截回布策，在俄定议，免得一番纠缠。人为其难，己为其易，都是好良心。曾袭侯接电后，忙往俄外部商议，令其追回布策。俄署外部尚书热梅尼，遇事圆融，允将布策追回，辩论了好几日，布策不从，险些儿双方决裂。左宗棠却要舁榇以行，与俄国决一死战。俄国闻到此信，却也有些胆怯。俄皇自黑海还都，谕令外部略从退让，另派大臣吉尔斯，与曾袭侯妥商。吉尔斯貌似和平，胸中颇有成竹，虽允让数端，大旨仍不肯放松。亏得皇天有眼，看曾袭侯一片苦心，要成全他一生的令名。偌大的俄国皇帝被虚无党刺伤，竟尔长逝，俄国几酿成内乱。到了新皇嗣统，国事暂定，曾袭侯乘机续议，方才有些眉目，将崇厚所定之前约，改换了好几条——伊犁南境悉还中国；西北界务，不据崇厚所定之界，俄国领事仅在吐鲁番添设一员；天山南北路

上遗疏痛陈继统　改俄约幸得使才

互市，改均不纳税为暂不纳税；余如行轮勘界等件，亦各有变更。议定奏闻，盈廷大悦。丑语。电发谕旨，有"该大臣握要力争，顾全大体，深为不负委任，即着照此定约、画押"等语。曾袭侯依旨奉行。易玉帛为冠裳，化疆场为坛坫，依旧是承平岁月，浩荡乾坤。

到了光绪十年，改新疆为行省。二十二省中，又增了一省。臣下歌功颂德，都说是两宫太后的洪福。只曾袭侯思深虑远，于签约时申奏清廷，大要谓"俄为强国，今遣一介使，驰一纸书，取已成条约，多半更改，将来看作寻常，以为中西交涉，无难了事，后必有承敝的一日。臣意为兵端将开复息，有关气数，气数不可预知；条约已定复更，应视邦交，邦交不可常恃。所以臣到俄以来，将办事艰难情状，先后直陈，不敢稍隐。此后应请旨密饬海疆暨边界诸臣，慎重交际"等语。朝野叹为至论。确是名言，中国能奉为箴铭，何至一败涂地。无如中国的人情，多是虎头蛇尾，临急时似乎要立刻整顿；到了事后，仍然因循玩忽，毫不见一点精神。外人谓我国人热心，只有五分钟，乃是的确公评。我国人听着！

话休叙烦。且说西域交涉，正要蒇事，京内外臣民都额手相庆；不料宫中颁降谕旨，竟将步军统领荣禄革职，驱逐回籍。廷臣大半惊疑，统说荣禄是西太后幸臣，从前由热河扈跸回京，全仗他保护慈躬，途中得以无事；至穆宗驾崩，入宫定策，他亦与闻，应上文。如何今日遭此重谴？后来细细探问，方知他事涉秽亵，触怒西太后，因有此不测的罪名。原来荣禄得宠以后，兼管内务，得随时出入宫廷。宫中所有妃嫔，统是青年守媚，春宵寂寂，良夜迢迢，未免有些耐不住的情况。这荣统领宇深沉，英姿飒爽，在宫中往来，又是一团和气，日久面熟，不顾嫌疑，遂有些不尴不尬的蜚议，传到西太后耳中。西太后亲自调查，果见荣禄与某妃有送寒偷暖的事情，不由的心中大怒，立命将他撵出。荣禄去后，西太后失一臂助，又不免日后思念；只因他犯罪太重，不好骤行起复，以致荣禄沉沦原籍，落魄了六七年。大约先交桃花运，继交墓库运。

是年祭文宗陵，两宫太后都亲去拜奠。东太后以文宗曾有元妃，虚左以处，自己列于右次，令西太后随立下首，西太后拂然不乐。东太后见她色变，便道："礼应如此。"旁人还惊愕不解，究竟西太后心性聪明，料知东太后意见，无非因文宗在日，与东太后尚有后、妃之别，所以不容并列。当下忍着气，耐着性，不与争论，匆匆祭毕，即行还宫，后来越想越恨。还有这个刁钻阴狡的李莲英，从旁媒孽，离间两宫，反说荣禄被谴，也是由东太后设法陷害，阴折西太后的右臂。莲英想自居左臂矣。西太后怒上加怒，复忆起小安子一案，统由东太后主持。新旧生嫌，百感交集，遂与李莲英定计，要报仇雪恨了。

俗语说得好："明枪容易躲，暗箭最难防。"好好一位贤太后，要收拾在她手中哩！俗语有云：

画虎画龙难画骨，知人知面不知心。

毕竟东太后后来如何，看小子下回交代。

　　本回叙吴可读尸谏，及曾纪泽改约事，似与西太后无关，实则皆自西太后致之。西太后不立光绪帝，则承穆宗后者，必为穆宗之犹子，继嗣即继统，何容拟议，吴侍御自不必轻生矣。至若曾袭侯之赴俄改约，实由崇厚辱命所致。当时国家政令，多由西太后主张，遣使时早为审慎，则后来之种种手续亦可无庸。吾故曰：此皆西太后致之也。世有以吾言为周内者，请寻绎本回自知。

上遗疏痛陈继统　改俄约幸得使才

第十七回　东太后中计暴崩
　　　　　恭亲王遭谗去职

却说东太后秉性坦白，素无城府，遇事又退让居多，争执甚少，所以与西太后训政数年，形式上似尚联络；因安得海被戮，李莲英构谗，方成嫌隙。其实西太后暗中生心，东太后仍毫无成见，所以全不预防。谁知这西太后实是利害，怀恨愈深，韬晦益甚，外面阳作欢容，与东太后格外亲昵。会东太后罹小疾，宣御医入宫诊治，服药数剂，并无效验。西太后恰常往问视，曲示殷勤；又拣了上好人参两支，为东太后亲自煎汁，服后少愈。

越宿，东太后起床梳洗。时方八句余钟，由宫监入报，长春宫太后来了，东太后忙起身要迎。只见西太后已经进来，笑吟吟道："今日慈躬可痊愈否？"东太后道："今日已好了不少。累承顾视，深抱不安！"西太后道："这有什么要紧。但愿慈躬早日复原，朝政一切，也可公同商决。"东太后道："今日退朝为什么这般早？"西太后道："今日没有什么要政。因为惦念慈躬，所以立命退朝。"正说话间，东太后梳洗已毕。两下里奉茗递烟，西太后微露左臂，恰有寸帛缠住，映入东太后眼帘，便问她："何故缠帛？"西太后忙把衣袖垂下，似恐东太后窥见，做出一副遮遮掩掩的情形，口中又故作嗫嚅状。好计策。偏偏动了东太后疑心，越要详问底细。中她计了。西太后又说道："此刻不便明告，且待慈躬康健，再当渎陈。"东太后发急道："我已没有什么病患，今日与我说明，我心越加爽快，病体越加安适了！"西太后闻言，故意的把凤目一睐，复将左右一瞧。东太后会意，便命宫侍退出，迫令西太后详告。西太后道："昨日参汁中，曾割臂肉一片同煎。"东太后听到"臂肉"二字，不禁起立道："臂肉可割么？"西太后道："平时读史，尝见有刲股疗亲事。仿着一行，果蒙上苍鉴悯，安及慈躬，总算不虚此割了。"东太后道："我病渐瘳，你臂忍痛，我心如何放得下！"说至此，便去携西太后左腕。西太后连忙让开，微掣道："不妨，不妨！我已用良药敷上，昨晚已止痛呢！"说得很像。东太后不觉感极而泣，且道："如此存心，先皇帝尚有疑虑，真是好人难做了！"言已，即转身向卧室中去了。好一歇，又出来相见，手中执着一笺，递与西太后。西太后接过瞧毕，手腕都颤动起来。想是左腕觉痛之故！

看官，你道是何笺？乃是文宗显皇帝亲书的朱谕，内写着："那拉贵妃如恃子为蛮，骄纵不法，可按祖宗家法治之，毋得宽贷。特此留谕。"西太后往时，曾闻东太后口风，有这密旨，所以时常留意，处处防着。此次诈言割臂，实是为此而来。及见了这道密旨，愈觉惊心，默念神明庇佑，秘计得行。意欲将密旨取去，奈东太后未曾允给，不好擅取。沉吟少顷，竟交还东太后，面上仍不动声色，只眼睁睁的望着。但见东太后取了此纸，放入炉中，霎时间被火所爇，化作白灰。西太后到此，只觉由顶至踵，没一处不畅快，便向东太后敛衽鸣谢。东太后慌忙答礼，转申谢悃。续谈数语，西太后便欢天喜地的去了。

过了数日，东太后病已痊愈，与西太后一同视朝。朝罢，各自回宫。午膳后，东太后带着宫监，静悄悄至长春宫，拟去道谢盛意。冤冤相凑，宫监们多去午餐，只有一小太监站立门首，见东太后到来，请安毕，欲入内禀报。东太后已扬长入内，搴帷进去。见西太后与李莲英并坐，西太后跷着左足，置莲英膝上，莲英用手搦着，两人唧唧哝哝，不知说着甚么。春色撩人。忽闻帷钩声响，珠玉玢琤，方觉有人进来；瞧将过去，乃是东太后。西太后缩足不迭，待至放下，东太后已走近身前，连忙起身相迎。李莲英也吓了一大跳，起立一旁，把请安的礼节，竟致失记。

东太后本怀着敬意，竭诚而来，瞧着这般情形，不觉变了懊恼，竟向李莲英道："你也太不成体统了！为什么与太后并坐？"莲英尚未答言，西太后便代答道："我近日双足见痛，所以叫他捶着，他立捶不便，因此从权给坐。"东太后道："我朝定制，防范中官，很是严密。为恐中官擅权，要蹈前明覆辙，近之不逊，远之则怨。这是不使轻纵的！"西太后想出言辩驳，一时又无词可说，只得怒向莲英道："承值的宫监到何处去了？你是本宫总管，为什么不去查问？"莲英唯唯趋出。东太后又语西太后道："李监权势太大，宫监们都称他九千岁，这也不可不防。"此言实是好意。西太后嘿然不答。东太后见她不悦，就匆匆告辞，连初意都未声明，一直回宫去了。

次日，西太后竟不视朝，只称有疾。自光绪六年冬季，直至七年仲春，简直是杜门不出，终日深居。亏地忍耐。就是元旦、元宵，宫中这么热闹，她也推说有病，未曾出来。东太后常去探望，只说是腰足酸痛，不能行动。何不说是左臂痛。御医日日进诊，吃了许多杜仲、牛膝，毫不见效。未知她曾饮下否？光绪七年二月，诏各省督抚进良医。直隶总督李鸿章、两江总督刘坤一、湖广总督李瀚章，皆奉诏征医，给资入都。各名医入宫诊脉，也不识是何病源，开了几个不痛不痒的方子，呈将进去。也不知西太后服了谁方。

东太后独自视朝，已经数月。到了三月初十日辰刻，召见军机大臣。恭亲王奕䜣、大学士左宗棠、尚书王文韶、协办大学士李鸿藻等，联翩入见，东太后垂询数语，慈颜和怡。恭王以下，据事奏明，即行退朝。到了午后，忽内廷有旨传出，立召枢府诸人速进。各王大臣等不知何因，急忙趋入。至朝房，方有太监传说，东太后驾崩了。恭王惊讶道："退值不过五小时，为何有此暴变？"此时左宗棠亦奉命驰至，闻恭王言，便道："辰刻觐见太后慈容，并无疾色，不过两颊微赤，难道数小时间就致大行么？况向例太后不豫，必传御医，医方药剂，悉命军机检视，为什么全然未闻？"恭王道："且至宫中看明，自然知道。"于是鱼贯而入。

到了钟粹宫，见西太后坐矮凳上，形容并未憔悴，态度不见仓皇。明系假病。各王大臣向她行过了礼，分立两旁。但闻西太后道："东太后向无大病，日来也不闻动静，忽然遭此变故，真是令人难测！"各王大臣相率顿首，统把虚言劝慰。只恭王奏请道："东太后大行，想尚未曾小殓，例应传她戚属，入宫瞻视。"西太后道："已小殓了，你等可去瞻视一番。"恭王奉命，率各大臣进内寝，只见东太后面色如土，目未全瞑；穗帐凄清，孤帏惨淡。各王大臣睹这情形，不知不觉的流下泪来。当下举哀齐哭，寝侧妃嫔人等亦一律号啕。约数刻，西太后也进来道："已死不能复生，哭亦无益。你等不如出议丧礼，教办理周到一点，便算对得住东太后了。"语带蹊跷。左宗棠满腔不悦，只是不便开口，没奈何随着大众怏怏出宫，到了军机办事处，还思与恭王追究病源。恭王道："也不必说了，现拟遗诏要紧。"便由李鸿藻起草，拟定数行，恭王等统共瞧过，随着宫监进呈西太后。有顷，宫监复捧遗诏出来，约已易过数字，当即抄发出去。其文道：

> 予以薄德，祗承文宗显皇帝册命，备位宫壶。迨穆宗毅皇帝寅绍丕基，孝思纯笃，承欢奉养，必敬必诚。今皇帝入缵大统，视膳问安，秉性诚孝；且自御极以来，典学维勤，克懋敬德。予心弥深欣慰！虽当时事多艰，昕宵勤政，然幸气体素深强健，或冀克享遐龄，得资颐养。本月初九日，偶染微疴。皇帝侍药问安，祈予速痊。不意初十日病势陡重，延至戌时，神思渐散，遂至弥留。年四十有五。母仪尊养，垂二十年。屡逢庆典，迭晋徽称，夫复何憾！第念皇帝遭兹大故，自极哀伤。惟人主一身，关系天下，务当勉节哀思，一以国事为重，以仰慰慈禧端佑康颐昭豫庄诚皇太后教育之心。中外文武，恪供厥职，共襄郅治，予灵爽实与嘉之。其丧服酌遵旧典：皇帝持服二十七日而除。大祀固不可疏，群祀亦不可辍。再，予向以俭约朴素为宫闱先，一切事关典礼，固不容矫从抑损；至于饰终遗物，有可稍从俭约者，务惜物力，即所以副予之素愿也。故兹诏谕，其各遵行。

这道遗诏经西太后窜改过的，也不知是那几个字眼，小子无从证实，不敢妄谈。只西太后徽号，上文叙过的尚只六字，此诏内加入四字，小子前未叙明，不得不于此补入。"昭豫"二字，乃四十万寿时加添的；"庄诚"二字，乃光绪帝即位时加添的。东太后崩后，谥法拟定"孝贞"二字，西太后并不持服。或说是西太后密令进鸩；或说是暗嘱御医用药不对病的方剂，药死东太后。小子不好妄断，只人云亦云罢了。叙述清楚。

丧葬既毕，西太后处置国政独断独行，任所欲为。只嫌左宗棠自仗老成，常多建白，竟命他出督两江，把刘坤一暂且投闲。越年，直隶总督李鸿章丁母忧，命张树声署理督篆。适值朝鲜内乱，张署督闻风调将，遣提督吴长庆、丁汝昌等，赴朝鲜。

原来朝鲜国王李熙，以支派入承大统，本生父大院君李昰应素揽大权。后来国王娶了一个闵妃，才貌超群，国王很是爱她。一人有福，带着千人上屋，因此闵氏子弟陆续登用，把大院君的权势渐渐夺去。大院君原是怀恨，大院君的党羽尤为失望。巧值兵士索饷致变，乱兵怨吏，集作一堆，举大院君为主，攻进京城，扬言入清君侧，逢人即剁。不管什么闵不闵，统赏他一刀两段；就是香肌玉骨的闵妃，也被砍作肉泥，并将国王禁入密室。当下杀得兴起，又四出焚掠，毁坏日本使馆，杀了日本人数名。日本发兵到朝鲜，偏被清将走了先着——将大院君诱入营内，执送天津，并将他党人杀掉一百多个。至日兵入朝京，京内已烟消雾解。那时日人不好妄动，只要朝鲜赔偿人命，筑还使馆；清将掳了大院君，已是喜出望外，管什么朝、日交涉！朝鲜自与日本讲和，偿金开埠，定约而去。朝鲜为我属国，如何令它自由立约。大院君解到天津，张树声着人飞奏，请旨发落。朝议纷纷不一。独西太后恩威并用，特沛纶音，命将李昰应安置保定，好生看待；又令提督吴长庆，暂时驻兵朝鲜。日本闻清兵驻扎，哪里还肯放手，自然也遣兵代成，与清兵势成犄角，两不相下，免不得日后生事了。预伏下文。

中外承平，万机无阙。台官等没有事情，只探听贪官污吏消息，讦奏了好几本：户部堂官景廉、王文韶，均以失察被谴。侍郎宝廷典试福建，路过江心，巧碰着一个民女——芙蓉为面，杨柳为腰，他竟恋恋不舍，仗着自己财势，娶为侧室。名为清流，实同浊流。御史风闻此事，又上一本弹章。宝廷忙自请处分，已是下旨革职。其时慷慨敢言、笔锋犀利的人物，要算清流党魁张佩纶。西太后嘉他忠直，立擢为都察院左副都御史。劝人不劝己，乐得做点好名声。佩纶上疏固辞，优旨不许。为中、法开战张本。荤毂以下，又家诵口祝，说甚么主圣臣直，国泰民安。西太后闻这颂辞，欣慰的了不得，竟把张佩纶作为盛朝柱石，圣世良臣，格外青眼看待。

会越南事起，法人攻越，杀得越人大败亏输，丧师失地。不得已与法定约，认为法人保护国。又是朝鲜之续。清廷以越南为我藩属，法人不得擅夺，遂由总理衙门出面，与法使交涉。适李鸿章起复原职，保奏张佩纶具外交才，不妨重任。西太后览奏合意，遂命佩纶在总理衙门行走，准备着唇枪舌剑，吓倒法人。谁意法人仗着实力，一些儿不去怕他，任你笔舌交乘，简直是我行我事，毫不理会。景廷广十万横磨剑，有何用处？一日又一日，已是光绪十年。是年冬季，为西太后五旬寿辰。元旦降旨，已命礼部衙门，敬谨筹备庆祝事宜。过了数日，左宗棠因病开缺，朝旨调曾国荃署督两江。又命彭玉麟往粤，会同云南巡抚唐炯、广西巡抚徐延旭，办理海防，筹划越南事务。军机处与总理衙门，因中、法交涉日棘，议和议战，正在仓皇的时候，忽降谕内阁，道：

> 朕奉慈禧端佑康颐昭豫庄诚皇太后懿旨，现值国家元气未充，时艰犹巨，政多丛脞，民未敉安，内外事务，必须得人而理。而军机处实为内外用人行政之枢纽。恭亲王奕䜣，始尚小心匡弼，继则委蛇保荣，近年爵禄日崇，因循日甚，每于朝廷振作求治之意，谬执成见，不肯实力奉行；屡经言者论列，或目为壅蔽，或劾其委靡，或谓簠簋不饬，或谓昧于知人。本朝家法綦严，若谓其如前代之窃权乱政，不惟居心所不敢，亦实法律所不容。只以上数端，贻误已非浅鲜，若仍不改图，专务姑息，何以仰副列圣之伟业贻谋；将来皇上亲政，又安能臻诸上理。言念及此，良用恻然！

> 恭亲王奕䜣、大学士宝鋆，入直最久，责备宜严。姑念一系多病，一系年老，兹特录其前劳，全其末路。奕䜣着加恩仍留世袭罔替亲王，赏食亲王全俸，开去一切差使，并撤去恩加双俸，家居养疾；宝鋆着原品休致。协办大学士、吏部尚书李鸿藻，内廷当差有年，只为囿于才识，遂致办事竭蹶；兵部尚书景廉，只能循分供职，经济非其所长，均着开去一切差使，降二级调用；工部尚书翁同龢，甫直枢廷，适当多事，惟既别无建白，亦有应得之咎，着加恩革职留任，仍在毓庆宫行走，以示区别。

> 朝廷于该王大臣之居心行事，默察已久，知其决难振作，诚恐贻误愈重，是以曲示矜全，从轻予谴。初不因寻常一眚之微，小臣一疏之劾，遽将亲藩大臣投闲降级也。嗣后内外臣工，务当痛戒因循，各抒忠悃。建言者秉公献替，务期远大，朝廷但察其心，不责无迹，苟于国事有补，无不虚衷嘉纳；倘有门户之弊，标榜之风，假公济私，倾轧攻讦，甚至品行卑鄙，为人驱使，就中受贿，必当立抉其隐，按法惩治不贷。将此通谕知之。钦此！

王大臣等瞧着此谕，无不惊讶，都说现在外交吃紧，国务倥偬，如何有此特旨？别人革职降级，还是没甚要紧；如恭王爷谙练老成，如何令他退闲？况恭王并未多病，谕旨从何处得来，这真出人意外。有几个与恭王莫逆的大臣，赴恭邸慰问。恭王微笑道："我早知有今日了。东太后崩后，我已防有此着。忽忽间已隔三年，还算慈恩高厚。谕旨责我委蛇保荣，我也承认。我若不是这般做法，恐怕阅三月就要发作，哪里能延到三年哩！惟近今时事多艰，交涉日亟，还望诸位竭忠报国。我虽退闲，也很感激呢！"语有含蓄，然忠心恰还未泯。诸人俱称遵命。又慰藉了数语，告别去了。恭王遂退出政界，反乐得优游卒岁，遵养晦时。小子恰有一诗道：

> 自古功高易受嫌，何如归去效陶潜！
> 懿亲且尔遭他问，为嘱群臣口早箝。

恭王退职，朝政如何处置，容俟下回交代。

东太后与恭亲王，西太后之所深嫉也。诈称割臂，密嘱进鸩，舆议几同一律，并非作者无端臆造。观此可知，西太后为人阴险实甚。"世间最毒妇人心"，岂虚语哉！东太后崩，西太后捽去恭王，易如反掌。其所以隐忍不发者，一则自顾怀惭，既死东宫，不应遽斥亲王，以致反唇相讥；一则国际清时，无词可借，姑待变故发生，方可论罪予谴也。至中、法之交涉起，借力图振作为名，可以罢斥恭王，并其党而尽去之。其处心积虑，可谓深矣。《春秋》以诛心为主，是书亦取法《春秋》也。

第十八回　奉慈命爵帅主和议
　　　　　　　随醇王总监阅兵操

　　却说西太后既罢斥恭王，并将宝鋆、李鸿藻等亦降罚有差。随命礼亲王世铎，户部尚书额勒和布、阎敬铭，刑部尚书张之万，入直军机；工部侍郎孙毓汶，在军机大臣上学习行走。并命有紧要事件，与醇亲王奕譞商办。奕譞本是个拘执不化的人，闻了此旨，即入宫见西太后，磕了无数的头，坚请收回成命。西太后道："你以为迹涉嫌疑，不便与闻国政么？须知皇上尚未亲政，诸事由我作主，你不妨会议要事。等到皇上亲政，自当再降懿旨。你去好好儿办吧！"奕譞不便力辞，只得唯唯趋出。越日，即有左庶子盛昱、右庶子锡钧、御史赵尔巽奏折，次第呈入。奏中所说，三人一律，无非说是"醇王入直内廷，皇上容有未安，若令枢臣就邸会商，国体亦有未协"等语。盛昱且引嘉庆帝谕旨，有"本朝自设立军机以来，向无诸王在军机处行走。良以亲王爵秩较崇，功无可赏，过不便罚，因有此谕。近如恭亲王参赞军机，不过暂时权宜；醇王又非恭王可比，伏恳收回成命"云云。西太后不允，降谕如下：

　　　　本日据盛昱、锡钧、赵尔巽等奏陈醇亲王不宜参预军机事务各一折，并据盛昱奏称仁宗睿皇帝圣训，有诸王向无在军机行走等因。圣谟深远，允宜永遵。惟自垂帘以来，揆度时势，不能不用亲藩进参机务。此不得已之深衷，当为在廷诸臣所共谅。本月十四日，谕令醇亲王奕譞与诸军机会商事件，本为军机处办理紧要事件而言，并非寻常诸事概令与闻，亦断不能另派差遣。醇亲王奕譞再四推辞，碰头恳请，当经曲加奖励，并谕俟皇帝亲政，再降懿旨，始暂时奉命。此中委曲，尔诸臣岂能尽知耶？至军机处政事，委任枢臣，不准推诿，希图卸肩，以专责一成。经此次剀切晓谕，在廷诸臣，自当仰体上意，毋得多渎。盛昱等所奏，应毋庸议。钦此！

　　自这谕下后，廷臣知慈意已定，不便多讲，又弄得哑口无言。西太后复选出一个懿亲来，叫他管理总理各国事务衙门事务。看官道是谁人？就是将来权势熏灼，与清俱亡的庆亲王奕劻。下笔起劲，不特著外交失败之始，并且示清社覆灭之机。并命许庚身、阎敬铭，均在总署行走。

西太后总道任用得人，好将法、越交涉容易了结。不料中、法交界的镇南关外，已与法人开战，连战连败，徐延旭、唐炯等均退入关来。小子前回于法、越交涉，尚未交代明白，至此只好补叙。

越南亦称安南，乾隆时国王阮光平入觐，受清册封。传子光缵，为广南王阮福映所灭，仍认中国为宗主国，照常入贡。福映得国时，尝借法人帮助，约割地

镇南关（今友谊关）清军布防图

为谢，且许法人自由通商。后来越南不尽如约，法国屡次攻进。越南情愿践盟，法人反不肯允，得步进步，要求无厌。弄得越南无法可施，和不肯和，战无可战，国王阮福时及阮福升先后愤死。立了一个幼主福膺，年仅十二，有何能力？只得听法人调排，愿认为法人保护国，并割让好几处疆域。等到清廷闻知，木已成舟，挽回无及。徐延旭、唐炯奉命出关，俱被败退。西太后把他两人革职拿问，另命湖南巡抚潘鼎新接办。

适有粤海关司美人德璀琳，愿任调停。乃派直督李鸿章，与法国水师总兵福禄诺，开议和约，由德璀琳作居间人。议订五款，大略为不侵犯中国南界，撤还北圻各防营，不索赔兵费，不妨碍中国体面。鸿章奏闻，西太后本恶劳喜逸，总教面子过得去，不妨将就承认，遂令鸿章画押。只福禄诺临行时，与鸿章说明，要派队巡查越境。鸿章模棱两可，法人就认作默许，自由行动。中国外交之失败，往往由此。被台官得了消息，奏劾鸿章匿不上闻，有欺君误国的大罪。西太后虽下旨申饬，暗中却着实袒护。时潘鼎新出驻谅山，与法兵相遇，两下龃龉。法兵以遵约巡边为名，偏偏鼎新要阻他自由，说不明白，自然动起蛮来。

打了一仗，法兵败北。法遂遣巴德诺到上海，责清廷背约，并请续议。诏授江督曾国荃为全权大臣，与巴德诺会商。国荃议给抚恤银五十万两，又被言官攻斥，和议无效。法提督孤拔竟率兵舰东来；驻京法使谢满禄，下旗出京。于是清

中法战争图——刘永福率黑旗军、岑毓英率云南军抵御法军

廷不得已下旨宣战，命曾国荃督办江防，内阁学士陈宝琛为会办；起左宗棠为钦差大臣，赴福建督办海防，翰林院侍读学士张佩纶为会办；饬云贵总督岑毓英，督同巡抚潘鼎新，准备前敌；又特赏刘永福提督衔，令他冲锋效力。这刘永福本是太平天国余党，以黑旗为标识，时人叫他黑旗长毛。他因太平天国灭亡，窜入越境。越南王见他膂力过人，封为三宣副都督，令他防堵法人。至法兵入境，越南没人敢当，只刘永福率死士，与法兵连战，几次杀死几员法将。清廷也闻他威名，因此逾格加赏，邀作臂助。复恐各师出关，粤中空虚，特授彭玉麟为兵部尚书，给钦差大臣关防，驰驿防粤；并因台湾孤悬海外，首当敌冲，立赏刘铭传巡抚衔，督防台湾军务，嗣复授为闽抚，暂驻台南。

一班中兴名臣及后起将士，逐队南下。受牙璋以起众，誓扫妖氛；挥猛士以图功，期铭铜柱。笔大如椽。不意左宗棠方才到闽，张佩纶业已丧师，马江兵舰被法将孤拔几烧得一只不留。可见空言不足御敌。法兵乘势扰台湾，等到刘铭传至台，基隆已失守了。越年正月，谅山又陷，提督杨玉科阵亡，潘鼎新退入镇南关。警报陆续到京，西太后不禁大怒，把张佩纶革职充戍，潘鼎新亦坐罪夺官；别遣提督苏元春督办广西军务，冯子材为帮办。

正在黜陟并行的时候，忽报朝鲜又乱。忙饬直督李鸿章注意朝事，令北洋会办吴大澂赴朝查办。寇深矣，可奈何！朝鲜自前次乱后，曾遣大使朴泳孝，及副使洪英植、金玉均，至日本谢罪。三人见日本维新，归谋变法，组成东学党，兢劝朝鲜国王，取法东瀛。奈有守旧党人闵泳骏，系椒房贵戚，前时侥幸漏网，至此又执政权，与东学党反对。日本以有机可乘，联结东学党，嗾他独立。东学党信以为真，遂仗日本作靠山，变法固可，恃人则不可。召日兵入宫，杀死闵泳骏，胁迫国王更新，组织新内阁。朴咏孝做了总理，金玉均做左相，洪英植做右相，用日兵严守宫阙。是谓养虎自卫。

　　此时，清提督吴长庆已调回辽东督防，继任的提督乃是吴兆有，照会驻朝日使竹添进一郎，请协力镇乱。日使不理，兆有正无计可施，巧有一位足智多能的营务帮办，代他画策：分兵三路，去袭朝宫。得机得势，杀了洪英植，逐去朴咏孝、金玉均，又将日本兵一概驱出。日使竹添进一郎料知不是对手，将使馆自行焚去，潜避至仁川的济物浦去了。看官欲问帮办营务的姓名，就是后来民国大总统袁世凯。与奕劻遥遥相应，笔不嫌复。

　　朝王李熙被这一吓，又遁至北门关帝庙中，蒲伏存身。屠王可怜。后被清兵觅着，由袁世凯护送入宫。正在替他料理，钦使吴大澂方到。世凯回营，迎接钦使，免不得置酒欢宴。忽闻日本遣使井上馨，与朝鲜直接开议，要朝王偿金谢罪。吴大澂忙去探问。井上馨尚说条约未定，谁知暗渡陈仓，竟与朝王自行订约。气得袁世凯火星透顶，忙请大澂出去力争，双方相抗，几致决裂。突接北洋大臣李鸿章来电，略说"日本已遣使伊藤博文、西乡从道，渡海东来，当与开议，不必在朝鲜相持"等语。于是吴、袁两人方才罢手。寻天津订约，分为三款：第一条是中日仍归和好；第二条是把中日驻朝鲜兵各尽撤归；第三条是将来两国派兵朝鲜，须互先行文咨照。条约既定，吴兆有等撤兵归国。朝王李熙赔偿日本损失银洋十一万元，算作了案。自毁使馆，也要朝鲜认赔，真正晦气。自是朝鲜国的宗主权，已一半失去。

　　西太后因朝日一案了结的这般迅速，颇悔前此中法交战的失策。暗中示意李鸿章，仍要劳他三寸舌，与法人议和息战。为合肥分谤。朝旨方有意息争，清兵却异常愤激，苏元春、冯子材等仗着一股勇气，战胜法兵，夺回谅山；岑毓英亦亲督大军，鼓行前进，攻克临洮，进捣河内。法将孤拔虽攻陷澎湖，嗣闻越南败耗，潜袭浙海，被浙江提督欧阳利侦悉，遣兵严守海口。孤拔一到，由守兵连开大炮，"扑通、扑通"几声响，把法舰击伤，孤拔连忙起碇，已是受伤毙命。这边各处战将正兴高采烈，拟乘胜规复全越。谁料到直督李鸿章已与法使巴持纳在天津讲和，飞檄停战。作者谓为西太后授意，并非锻炼之词，不然李亦中兴名臣，胡一馁至此！众将士统是不服，钦差大臣彭玉麟尤愤愤不平，痛词奏阻，说有五不可和。驻英使臣曾纪泽又电奏："法国内阁迭更，宗旨未定；若与他议和，定要还我越南宗主权。"偏偏朝旨严下，如期撤兵，不得违误。秦缪丑（桧）主和定议，岳少保（飞）奉诏班师，差不多有这般景象。中法和议告成，结果是：中国承认法越条约，法兵不得过北圻与中国边界，中国亦不派兵至北圻，所有留据基隆、澎湖的法兵，一律撤退；中国允于云南边徼开商埠二处，与法人互市。

这一番交涉，中国虽不偿一金、不割一地，然越南终为法有了。李肃毅伯鸿章负了卖国求和的恶名，连一向交好的彭、左诸公，也未免退有后言。其实统是西太后授意，上文已经叙过。但西太后素好体面，如何可战不战？这却也有一段原因。前回说过，光绪十年乃是西太后五旬万寿期，西太后本要铺张扬厉，比四旬万寿还想夸张数倍。事不凑巧，偏值法、日两国统来开衅，草草的行了庆祝礼，慈衷很觉懊恼。所以决意主和，但求境内无事，便好安安稳稳的颐养过去。为缴足前回"万寿"二字，所以有此补笔。

无如中国退一步，外人进一步，法得越南，英人遂进图缅甸。缅甸当乾隆年间，国王孟云亦尝受过清廷册封。至道光时，英并印度，与缅境相接，就乘势蚕食，先把它南境的秘古地方占夺了去。至此乘中国多事，竟发兵直入缅京，废去缅王，设官监辖。至滇督岑毓英奏闻，方命驻英使臣曾纪泽，与英外部会商。初思索还缅甸，英人不允；继议立君存祀，英又不允；争到唇焦舌敝，才允"替缅入贡"。这四字也是有名无实，总算顾着曾使面上，方有此说。

当时李鸿章因外势日渐，奏请大治水师，增拓船厂。西太后勉从所请，一面命鸿章赶紧筹划，一面命醇王奕𫍽总理海军事务，并饬奕劻、善庆、曾纪泽会同办理，随设海军衙门于京师。看官，你想奕𫍽生长天潢，深居简出，连海上都未曾经历，识什么海军不海军？奕劻、善庆与奕𫍽差不多，只有曾袭侯纪泽航海出使，有些见闻，然是个专对才，不是个专阃才；就中筹备海军的人物，还要算是老成练达的李鸿章。当下公同商酌，先从北洋开手，择定奉天省的旅顺口、山东

海军衙门总理大臣奕𫍽（中）、帮办大臣善庆（左）、北洋大臣李鸿昌（右）

省的威海卫,作为军港;向外洋定造了几艘军舰,招募兵勇,拣选将弁督练,作为第一支海军。

天下事非钱不行,况这一番创办的军政,最少也要好几百万两银子。鸿章请拨巨款,西太后常留中不发;迨至奏请再三,才由户部勉强筹拨。鸿章要十万两,户部只拨三四万两;鸿章要二十万两,户部只拨六七万两。鸿章诘问户部,无非说是"国帑支绌,力不从心"等语。自光绪十一年办起,至十二年春季,勉勉强强的凑集几艘军舰。西太后忽令醇王奕谭赴津巡阅,并嘱李总管莲英随往。要他去何意?诸君试掩卷一猜。

北洋海军提督署址(今山东威海市刘公岛)

鸿章得此消息,暗想:"李监随来,定有缘故。"便札委干员,准备行辕,并谆嘱:"行辕里面,须布置两个房间,一个房是住醇王爷,一个房是住李总管。醇王爷的房间,但教规模阔大,装潢好看一点便可了事;李总管的房间,须要格外精雅,宁密毋疏。"干员遵命去办,约数日办妥,回禀督辕。李鸿章自去检点,到醇王所住的房,不过大略一瞧;转入李总管住处,恰一样一样的挑剔,着干员立即撤换。干员也莫名其妙,只好奉令而行。待至安排妥当,方派干员静待码头,专等醇王等到来。

约数日,醇王、李监一同来津,鸿章忙率属员亲去迎迓,请过圣安,谒过醇王,再与李总管握手谈心,殷勤道问。极写莲英声势。既入行辕,鸿章与醇王谈了一回,无非说是整备海军的现象。谈毕,复至李总管住房,面询宫闱情形。李总管道:"太后有密旨,要咱们传谕伯爷,伯爷须要遵照办理。"鸿章会意,屏去侍从,与李总管密谈良久,方才辞出。看官,你道是什么密旨?乃是西太后有意归政,要把清漪园旧址建筑一园,作为娱老场所,苦于经费无出,想把办理海军的经费腾挪一半，移去造园。这时李鸿章闻到此旨，明知掩耳盗铃，实非良策，且此事定系莲英怂恿出来——阉人误国，一至于此！奈西太后既已深信，势不能不照办，只得唯命是从。逢迎之咎，李伯爷亦无可辞！

翌日，醇王即校阅海军，由鸿章下令会操：把所有的舰队，纵横分合演了一番，惹得醇王眼花缭乱，也不知是好是歹，只谬奖了数语。确是谬奖。李莲英随着醇王，心中只想着金钱，连兵舰也不辨几艘。混帐！又越日，鸿章复导着醇王，巡视北洋海口，何处可设炮台，何处可泊军舰，统由鸿章详告。醇王不置可否，仿佛是皮里阳秋。事毕回京，空费了许多银两。李总管不肯虚行，总要沾点利益，统共在海军里报销。

嗣是，鸿章有所陈请，无不准行。并令各省疆吏岁拨定款，不得短少，但十成中挪移五六成，却去筑清漪园。顿时大兴土木，限期完工，把"清漪"二字易作"颐和"。是年适直水灾，有个昏头磕脑的御史，奏请遇灾修省，并以"李监随醇王巡阅，恐蹈唐代监军覆辙"等语。恼了西太后性子，降旨呵斥，并将他降补主事。正是：

多言毕竟遭时忌，落职还应感主恩。

欲知此人是谁，容待下回叙明。

中法之役，清廷犹可一战。老成尚在，宿将未凋，因此战事骤开，先败后胜。李鸿章独主和议，卒使越南轻丧，缅甸随亡。岂中外大臣诸苦言，果不敌李爵帅之权力耶！著书人归咎西太后，信是独具只眼。至于海军创设，以醇王奕𫍽为总办，实属用非其人。前此参赞军机，廷臣已议其不便，况兵戎大事耶！迨奉旨巡阅，乃令阉人同往，暗示秘旨，为一己娱养之图。误清之咎犹小，误中国之害实大。鸿章逢迎为悦，亦失大臣以道事君之义。书法不隐，可作后起董狐。

第十九回　幸名园嘉谕权阉
拟归政指婚懿戚

却说西太后怒及直言，把忠谏的言官，降为主事。其人乃是御史朱一新。一新落职，李莲英越发宠荣。当下募工筑建颐和园，由莲英监督工程，自不消说。是时光绪帝年已十六，西太后意欲归政，娱养园中。遂谕自本年冬至大祀圜丘为始，皇帝亲诣行礼，并于明年正月，举行亲政大典。这谕一下，醇亲王奕譞、礼亲王世铎，率领满汉王公大臣，均奏请皇帝亲政后，太后再行训政数年。当蒙西太后俞允。想是园未筑成。

光绪十三年正月，举行皇帝亲政典礼。适值雨雪潇潇，各王大臣等上殿朝贺，统是拖泥带水的一班人物。天意如此，人事可知。筵宴了好几天，总算亲政礼成。临朝时，光绪帝虽居正座，恰与傀儡相似；一切主张，仍惟西太后是命。嗣时办津沽铁路，丌漠河金矿，颁行出洋游历章程，把新政又创行几条。只西太后深思熟虑，默念皇帝亲政，他日未免系念本生，父以子贵，容易揽权；倘成第二个大院君，不但朝政可虑，就是自己退闲后，恐皇上也间断孝思，不能享这清闲岁月。因此，对着醇王等人，常有些郁郁不乐的情状。醇王暗暗揣摩，料知西太后阴蓄疑团，索性乞病告假。西太后还疑他是假病，借视疾为名，挈着皇上，亲至醇邸问疾。雄猜之意可见。醇王恰也有些小恙，遇西太后驾至时，只着福晋迎迓，自己只在寝门外候驾，拜跪之余，不免作喘吁状。西太后慰劳备至，然心中还是未释，托词问病，至再至三。

越年二月，颐和园工程告竣。由李总管复旨，西太后嘉他迅速，谕于四月内临幸。日月如梭，倏已孟夏。光绪帝恭奉西太后，幸颐和园。是日天气晴明，惠风和畅，銮仪卫排着銮驾，扈跸出城，各王大臣等一律拥护。既入园，但见琼楼玉宇，复道琳宫，金碧辉煌，青葱掩护，阿房不足比其丽，骊宫不足肖其宏。正是聚天下之大观，权人间之胜境。总叙数语，已是富丽无比。

西太后与光绪帝先至外殿小憩，殿额名曰"仁寿"，金蟠龙篆，彩焕螭头，结构谨严，经营缜密。李总管随着西太后，便跪奏道："这是将来召见王公大臣的外殿。"西太后点着头，且道："现在尚是临幸，你有奏陈，不妨立禀，加恩免礼。"李总管碰头谢恩，起立后，侍西太后出殿。向东数步，又是一座殿宇：规模比仁寿殿略为逼狭，形式却也壮丽。入殿门，仰视匾额颜曰"玉澜堂"。李总管又启奏道："是处拟为万岁爷驻跸之所。"西太后道："也好！"复从殿左穿入旁门，恰有深院七间，垂帘绕砌，萦砌盘阶，别有一种幽雅气象。西太后道："这数间似一院落，曾拟名否？"李莲英对道："前奉懿旨，着奴才与翰苑诸公谨拟殿阁楼台名目，奴才复旨时，已呈绘园中各处形景，并所有拟名，仰蒙慈鉴，此处拟名'宜芸馆'，拟为将来皇后住室。"补入数语，园中所拟各名，方有着落。且因太后自殿左穿出来，及睹门外匾额，故借问对中叙明。西太后欢颜道："亏你想得周到。但只有七间，恐不敷用呢！"李总管道："外面尚有东西二殿，以便将来皇后受觐。"西太后闻言出来，果见东西两旁，分列数楹。东殿匾额有四字，乃是"藻绘呈瑞"；西殿匾额亦有四字，乃是"恩风扇长"。西太后又道："玉澜堂有无西殿？"李莲英道："有。"西太后就令李监引还，仍从玉澜堂左门趋入。

至玉澜堂西殿，殿外有沼，波光涵翠，隐露荷钱。西太后仰了殿额，名"藕香榭"，随道："将来藕花盛开，定饶香气，好算名副其实呢！"再从殿后穿出，行过复道数条，只见崇阁巍峨，层楼高耸，白玉饰梁，黄金镂槛，规制异常，弘敞雕刻，很是玲珑。两阶列着长春草、不老林，从葱茏蓊蔚中，筑着这座殿宇，华而不俗，显而寓幽。殿额上龙翔凤翥中，题着"乐寿堂"三字。西太后徐步上阶，历过数十级，方由阶入殿。殿中所有陈设，已整备得停停当当，与别处大不

乐寿堂（慈禧太后六十寿辰后移居于此）

相同。西太后道："这处想是我的住所了！"李总管对道："正是圣母颐养的正殿。"西太后复自外至内，细细查阅。到了殿后，有一所阔大的院落，泉石拥翠，林木郁茂。正中摆着一块玲珑剔透的巨石，高可逾丈，厚约数尺，石上刻有"青芝岫"三字，四围都摹名人诗字，雕刻极精。西太后走近石旁，摩娑谛视了一回，便向李总管道："这石由来已久，闻是高宗纯皇帝南巡时，出狩得此。确是世间罕有的奇石。"李总管应声称"是"。西太后道："当时纯庙爱着此石，由某巨家愿任载运，报效国家。石至中道，某家财产已罄，嗣经地方官拨款续运，方得到京。这石的运费，却是很大哩！"李总管只连称"是"字。

慈禧与太监、后妃在颐和园乐寿堂前合影

　　说着已随步出院，又行数步，望见一亭，翼然有致，名曰"含新"。左右统围着芳草，蘼芜成绿，苔藓涵青。西太后入亭小坐，向西眺望，即见层峦映翠，飞阁流丹，差不多如仙山相似。猛然忆起幼年梦景，不觉目眙神驰。应第二回。李总管瞧着慈颜，料知别有会意，只一时猜测不着，你也有猜不着的时候。便奏道："万寿山上还有许多点缀，只日将晌午，请圣母回幸殿中，用过午膳，再行登山未迟。"西太后被他一奏，方觉得身在亭中。就襟上瞧着金表，已是十一句钟有奇，随道："我们且回殿吧。"

　　既返乐寿堂，自鸣钟上尚是十一点二刻。西太后乐而忘疲，便问李总管道："戏台造在何处？"念兹在兹。李总管对道："在颐乐殿，便在这殿右侧。"西太后道："你且随我来。午膳尚未，我先去逛一会子。"于是复出乐寿堂，到了颐乐殿。殿左有一圆门，颜曰"德和"。入了门，就见一个极高极大的戏台，分上、中、下三层，造得异样精致。上层题额，系"庆演昌辰"四字，中层题额系"承平豫泰"四字，下层题额系"欢胪荣曝"四字。西太后喜慰道："这个戏台，比宫中的戏台高大的多，四面又是红墙回护，若叫谭鑫培、汪桂芬等名优，从此处唱起戏来，定可悦耳的了。"说罢，便至颐乐殿。这殿外低内高，亦作三层筑造，与戏台恰恰相对。太后瞧了，很是合意，且语李总管道："归政后，我与你在园中终夕听戏，何如？"李总管忙称"圣母鸿恩，奴才感谢不尽"。

西太后又逛了一周，方回乐寿堂午膳。膳后小憩片时，即从殿后登万寿山。这山在京城西郊，亦名西山，向为燕都胜景。西太后率着大众，从含新亭历级上去，李总管请乘辇，西太后偏愿步行。约过了一个小坡，便见有一大旷地，筑着清厦十余间。中为"养云轩"，左为"随香殿"，右为"含绿殿"。丛林成障，秀石堆阶，不落富丽俗套。轩后有厅，额署"意迟云在"四字。西太后道："好一个'意迟云在'，颇合此间情景。"出了厅，行过了钟式门，门上有石刻篆文。仔细辨认，乃是"川泳云飞"。西太后回首俯瞩下面，正是昆明湖，湖中亦有许多建筑，就波光潋带中，映出雕甍朱槛、雀舫虹桥，便语李总管道："这湖名是乾隆年间改定，从前叫作瓮山湖。得此点染，湖山生色了。"西太后留心掌故，从此处写出。又上行数十步，复见一轩，轩名为"无尽意"三字。东有"瞰碧台"，巍然高耸；南有"圆朗斋"，雅静宜人。西太后略一逛视，又盘上石磴。两旁统有曲折栏杆，扶栏而上，有亭曰"寻云"，有轩曰"写秋"，均别饶风致。再上为"排云殿"，青松拂檐，绿槐绕砌，与山下各殿宇气象不同。西院有"介寿堂"。西太后步入堂中，李总管奏道："此间可以少安，请圣母暂憩。"西太后道："不必，且至山顶休息。"慈躬强健，于此可见。随即出堂，寻径再登。仰望有一牌楼，南面书"众香界"，北面书"祇树林"。从牌楼越将过去，老树参天，浓阴蔽日，中露一座佛香阁：四檐飞筑，上矗云霄。西太后行入阁内，觅梯登楼。楼上供白玉如来佛三尊，宝光夺目。当由西太后瞻谒毕，即向疏櫺外，恣意眺览。远望则全京形势，了如指掌；近瞩则满园景色，尽在目前。山顶有一水泓然，清可鉴影，绕阁旁流成一大涧，仿佛与湖相似。西太后问李总管道："这水可曾拟名否？"李总管对道："已拟名'智慧海'。"西太后点头称善。

复伫望了一会，方才下楼。那时侍从已呈进御点等物，由西太后拣着可口的，吃了数色；又命皇上也食了数枚，其余赐与李总管等。各王大臣等另有便点，毋庸细表。随饮茗毕，便道："我们下去逛湖吧！"

李总管领旨，随着出了阁，过了牌楼，另从西路下来，即有敞厅在前，颜曰"湖山真意"。西太后不遑入玩，自厅旁行过，下了数级，从日光斜映处透出一殿，梁瓦窗户均用铜制，金光闪闪，炫人眼目，匾上突现"宝云阁"三大黑字。铜殿照着日光，确有此景。殿下复有数十阶级，循阶下去，旁有一谷，垣墙门壁，天然生成，蘡蔓牵丝，松萝成幄，顿时触动西太后奇癖，入谷游览，幽雅无匹。返观谷口，石上凿有三字，曰"松云巢"。西太后喜道："巢居穴处，好作葛天无怀氏了。"既而过借秋楼、绿畦亭，到了邵窝。小屋三椽，筑在山坳里面，

颐和园中的石舫

尘氛不到，风味独饶。再下越秋水亭、寄澜亭，已至山麓。迤东有"听鹂馆"，馆中亦筑戏台，虽不及颐乐殿的华美，到也旷敞异常。又过了对鸥舫、鱼藻轩，便是昆明湖畔。筑有船坞，叠石而成，高三层，名曰"石舫"，亦名"宝莲航"。坞中泊有灯船数只。李总管拣选了最大的一艘，请西太后及光绪帝坐着，余外由大众分乘。

　　这时候已是夕阳将下，清风徐来，画舫轻飏，绿波微动。西太后道："可惜天色已将晚了。这湖颇觉广阔，今日料不能遍游，只好拣着最清雅处，略逛一逛，便好回宫。"李总管道："荇桥、玉带桥两处，最擅胜景，先请临幸便是。"西太后道："先至荇桥，后至玉带桥。"李总管传旨出去，舟子奉命前往。好一歇，尚未见到，西太后不觉焦急起来，便道："这种船实属笨滞，须改换轮船方好。"李总管忙称"遵旨"，一面催舟子速驶。舟子奋力驶去，又历半小时，方到荇桥。李总管扶西太后登岸。岸下有东西两牌楼。东牌楼东面，题"蔚翠"两字，西面题"霏香"两字；西牌楼东面曰"烟屿"，西面曰"云岩"；正中为穿堂殿。西太后上了殿阶，环望一周，四围皆湖水环抱，有小荷微露水面，嫩翠生姿。西太后道："这与藕香榭相似，到荷花盛开时，方得佳趣。随笔映带。现已暮色凝烟，不应久恋，我们下船到玉带桥去吧！"李总管即随着下船，立传启碇。不一时，已至玉带桥。红霞相映，仿佛如一道长虹，桥有十七孔，无不高敞。西太后道："这桥很是高大，将来若用轮船，倒也来往自如。"李总管道："两岸有好几处佛殿，慈驾欲临幸否？"西太后道："日已下山，转瞬昏暮，不如归去，将来总常好来逛哩。"于是返棹回来，直至乐寿堂登岸。

园中一带，已是灯火齐明，荧荧烨烨。西太后道："这灯尚未尽明亮，若改用电灯，才与白昼相似了。"有灯船要用轮船，有悬灯要用电灯，极写西太后奢侈。李总管道："奴才已想到这层，拟于园内东南隅，设一电气房，专管园中电灯。现正与洋人商办，大约下月就可告成了。"西太后辗然道："从前筑造圆明园，差不多要数十年。现在这园兴筑不过年余，虽然规模阔大不逮圆明，也要算一个胜境。非你监督工程，哪里有这般迅速哩！"李总管立跪地谢奖，西太后传谕起立。复侍西太后在堂中晚膳，膳毕，始启銮回宫。从逛园至此，成一大段落，极言建筑阂丽，为西太后好奢写照。且太后目中只有李莲英一人，问对时不参旁议，可见李监之专宠。书法不曰莲英，恰称总管，非誉之也，实以扬为抑耳。西太后很觉畅快，便一心一意的归政皇上，自己好去园中驻跸。复命李莲英督办园中陈设，择日驻园。李莲英自然效力，采集古玩珍品，陈列整齐，饬船政局制造轮舟二艘，运泊船坞，命电工师装好电灯，派人专管。布置井井，秩然不紊，真不愧为慈闱宠眷，灵囿功臣。

是时西太后的胞弟桂祥，浒任至副都统，生下一女，年龄与光绪帝相当。西太后暗想："本不欲立那崇女为同治皇后，只因东太后与恭王奕䜣主张册立，不得已从了他们，后来终成恶果；此番嗣皇立后，好由自己作主，旁人不得干涉。最好是亲上加亲，把胞弟的女儿配了皇帝，姑侄作为婆媳，定然不似那不孝的崇女。"顾虑也算周到。主见已定，便宣召副都统桂祥，说明婚约。看官，你想桂祥是个庸庸碌碌的人物，只因是同、光两朝的帝舅，椒房贵戚，平白地做到副都统，位居极品，何等荣耀！此时西太后复与女儿指婚，选为国母，做了现成国丈，锦上添花，重重喜气，还有什么不欢跃呢？当下奉旨谢恩，出宫回邸，述与妻女闻知，阖家欣悦。他女儿更不消说得——国风迨吉，方期琴瑟之谐；天语传音，竟冠竿珈之选——一片芳心，其乐陶陶了。谁知后来竟不终局。

到了六月，西太后特降懿旨，略谓"前时皇帝甫经亲政，决疑定策，不能不遇事提撕，勉允臣工之请，训政两年。近来皇帝几余典学，益臻精进，于军国大小事务，均能随时剖决，措置合宜，深宫甚为欣慰。明年正月大婚礼后，应即亲裁大政，以慰天下臣民之望"云云。王大臣等闻到这谕，既要筹办大婚吉礼，又要谨备归政大典，真是忙个不了。独西太后已移驻园中，所有大小政务，统在园中裁夺施行。内阁军机处以下各机关，也都迁入园内办理，与一班梨园子弟，混迹同居。直把官场作戏场。

转瞬间已是小春，由颐和园传出懿旨：以副都统桂祥女叶赫那拉氏为皇后，侍郎长叙女他他拉氏为瑾嫔，次女为珍嫔，于翌年正月举行。小子于首回中，曾叙过碑文谶语，有"灭建州者叶赫"六字。西太后系叶赫后裔，光绪皇后又是叶赫那拉氏，一之已甚，乃至于再。近人曾有宫词道：

纳兰一部首歼诛，婚媾仇雠篚脱弧。
二百年来成倚伏，两朝妃后俱从姑。

欲知光绪帝大婚情事，且至卜回再表。

筑圆明园，至数十年而成；筑颐和园，不过一二载，李莲英之督办工程，信所谓迅速矣！然亦思雍、乾两朝，国势全盛，必限期告葳，亦岂难事？其所由迟迟告成者，度其时，雍、乾二主犹惜物力，不忍以娱乐之场，迫之立就也。凹太后劳民伤财，顾私误国，反以经营之速，嘉谕莲英，蛊惑实甚！本回逐叙园中情景，及一切问答，穷形尽相，已见细评。至于册后一节，不脱私见，文中亦已表明，不赘述焉。

幸亿园嘉谕权阉　拟归政指婚懿戚

第二十回　神机营赴园供校阅
祈年殿失火酿奇灾

却说光绪十五年正月光绪帝大婚，册立叶赫那拉氏为皇后，一切典礼，与同治帝立后相同，西太后加倍喜欢。副都统桂祥照例封承恩公；诸王大臣以下文武各官，亦赏赉有差；又各国驻京使臣、封疆将帅诸臣、前办军务诸臣、亲贵诸臣、大婚执事诸臣、蒙古诸王公、内廷行走执事诸臣，俱蒙特赏；并赐祭已故诸臣，及从前满汉殉难阵亡诸臣。皇恩浩荡，偏及寰区。叙光绪帝大婚，与上文十三回不同，又是一种叙法。大礼告成，即上西太后徽号，加入"寿恭"二字，又册立瑾、珍二嫔。

瑾嫔年十六，珍嫔年十四，娥英毓秀，并入深宫，也是一番盛遇。且两嫔幼时，皆读书家中，聘江西文廷式为师。廷式学问优长，有江左才子之誉。名师手下出高徒，所以瑾、珍二嫔均通文史。珍嫔姿禀尤聪，貌甚秀美，入宫后即得专宠。其师廷式，即于是年四月殿试，以第二人及第。其后大考翰詹，所有与试各卷，呈入御览。光绪帝瞧到廷式卷子，见他写作俱佳，很是嘉许，立授阅卷大臣，拔置第一，擢侍读学士，充日讲官。都下人士统称江左才子，应邀知遇，其实也由珍嫔暗中关说，因此得蒙主眷。有才亦须有势。这且慢题。

单说西太后因大婚礼毕，即于二月间归政。自然又有一番典礼，较诸前次撤帘，尤加隆重，并增上"钦献"二字徽号，是为"慈禧端佑康颐昭豫庄诚寿恭钦献皇太后"。既归政，即日赴颐和园，并命帝后随至园中。临行前一日，忽降一道懿旨，命王公大臣，率神机营赴园会操。是时醇亲王病愈销假，与礼亲王世铎，接到此旨，都是惊诧起来。只因慈命难违，即饬神机营整顿军械，于西太后启跸后，带领营兵，到园听令。约一小时，便见这位雍容华美的圣母，亲御仁寿殿，旁坐的为光绪帝，也是戎服打扮，冠冕堂皇。诸王大臣等入殿行礼，叩头毕，站立两阶。

当由西太后下旨，饬掌管神机营亲王，传宣军令。霎时间，步队、马队，长

光绪帝大婚图之十四——迎回皇后的喜轿进入天安门

枪队、短刀队，强弩队、藤牌队，还有新设的洋枪队，依次序立，从殿下起一直
排列，差不多要接至园门。军士向上行过军礼，嵩祝三呼，随后吹起画角，逐队
分操。旌旗灿烂，甲仗鲜明，纵横排荡，无不从心，坐作进退，亦皆有法。阅操
耶？看戏耶？我谓实一戏耳！乐得西太后心花怒开，怡颜嘉奖。既而，陆操竣
事，复命至昆明湖水操，各队军士卷云而去。西太后与光绪帝退殿少憩，未几复
率帝至昆明湖畔。闻轮舟上的汽笛，已呜呜有声，及见辇驾将临，即命停吹。西
太后降舆乘轮，才开放汽笛，轮叶随飞。片刻间即到穿堂殿。西太后道："到底
是轮船快便，前时乘着灯船，令人闷极了！"后来为何反对洋人？光绪帝应声称
"是"。此时李莲英何故不答？轮舟泊岸，西太后登陆入殿，皇帝以下尽行随入。
既御座，王大臣等行礼如初。旋命水操。各军士都乘着湖舶，飞驶过来。樯上统
悬着龙旗，舟内都排着武器。一班雄赳赳、气昂昂的武夫，都是耀武扬威，异常
奋力。一声钲鼓，万棹争趋，或分或合，或止或行。映入西太后眼帘，只觉得错
综变化，如火如荼。西太后虽号聪明，究竟武事不比文艺。文艺可索书，而得武
事，非经验不办。张佩纶狱，不堪一战，何怪西太后？

　　阅操已毕，又问醇王奕譞道："海军办到怎么样了？"醇王奏道："北洋海军
已算告成，早饬丁汝昌认真训练了。"西太后道："共有多少战船？"醇王道："第
一次向德国船厂购来镇远、定远两铁甲，济远一快船；第二次又从英、德两国船
厂购到致远、靖远、经远、来远，及超勇、扬威六艘快船。总计有铁甲轮船两
艘，快船七只了。"西太后道："已够么？"兵备多多益善，无如经费已移筑颐和
园，奈何！醇王道："铁甲快船已足充数。现由督臣李鸿章再向英国购制鱼雷快
船，拟与铁甲快船相辅而行。想不日就可到来。"西太后道："丁汝昌曾留学外

129

洋，前已授为北洋海军提督，究系有军事知识否？"请问太后有无军事知识，如何要阅水陆军操？醇王道："丁汝昌颇知武备，且有林泰、刘步蟾两总兵为辅，想总还靠得往的。"恐怕未必。西太后道："还有一个英国水师兵官，叫作什么名字？我一时失记了。"醇王道："叫作琅威理，现由他作总教习。"西太后道："非我族类，其心必异，恐终是靠不住哩！"后文袒拳排外，即本此意酿成。醇王道："现在创办海军，一时尚无人才。俟将来海军学生练习有效，就可不用外人了。"西太后点头，随命犒赏兵士，令退出颐和园。兵士俱谢恩退去。自率光绪帝及王大臣等，出殿下轮，回到乐寿堂，舍舟入殿。令王大臣等各去退息，挈帝进内去了。叙入海军一段，既补前文之未备，且为下回伏线。

次日，忽由河道总督吴大澂赍呈奏折，由军机处转达光绪帝，乃是请饬议尊崇醇亲王典礼。光绪帝瞧了又瞧，不好率行批答，遂入奏西太后，并将原折呈上。西太后览毕，便道："醇王前日已有豫杜妄论的奏折，今吴大澂果有此请，探试上意，此后更不得了呢！"立宣军机大臣入内，令他拟旨申斥，即日颁发。其文云：

> 本日据吴大澂奏请饬议尊崇醇亲王典礼一折。皇帝入继文宗显皇帝，寅承大统。醇亲王奕譞，谦卑谨慎，翼翼小心，十余年来，深宫派办事宜，靡不殚竭心力，恪恭尽职。每遇优加异数，皆再四涕泣恳辞。前赏杏黄轿，至今不敢乘坐。其秉心忠赤，严畏殊常，非徒深宫知之最深，实天下臣民所共谅。自光绪元年正月初八日，醇亲王即有豫杜妄论一称。内称："历代继统之君，推崇本生父母者，以宋孝宗不改子称秀王之封，为至当。虑皇帝亲政后，金壬幸进，援引治平嘉靖之说，肆其奸邪，故豫具封章。请俟亲政时，宣示天下，俾千秋万岁，勿再更张。"其披沥之忱，自古纯臣居心，何以过此！此深宫不能不嘉许感叹，勉从所请者也！
>
> 兹当归政伊始，吴大澂果有此奏，若不将醇亲王原奏，及时宣示，则后此邪说竞进，妄希议礼梯荣，其患何堪设想！用特明白晓谕，并将醇亲王原奏发抄。俾中外臣民，咸知我朝隆轨，超越古今；即贤王心事，亦从此可以共白。嗣后阔名希宠之徒，更何所容其觊觎乎？将此通谕中外知之。钦此！

自此旨下后，醇王奕譞越加惶惧，仍然用了老计策，乞病请假。西太后知他胆怯，竟允所请，索性由他安养邸中。

只西太后素性喜动，虽然退居颐和园，仍是留心朝政。光绪帝由园返宫，每日视朝，遇着军国重事，亦即禀报慈闱。是时如左宗棠、岑毓英等，先后谢世，云贵总督简了王文韶，湖广总督任了张之洞，两广总督用了李瀚章。还幸内外无事。惟张之洞创议，自北京芦沟桥起，经河南至湖北，达汉口镇，筑造铁路，以便交通。奏入，光绪帝以事关重要，往禀西太后。西太后命海军衙门详细复奏，铁路与海军无涉，如何令他复奏！海军衙门复称应办。乃派直督李鸿章、鄂督张之洞，会同海军衙门，妥筹开筑。中国大干路实始于此。

流光易驶，又过中秋。西太后因秋高气爽，每日晨起，必登佛香阁游览，借拓心胸。到八月二十四日，天色甫明，正拟起床梳洗，忽闻霹雳一声，自东而西。西太后向来胆壮，也出一大惊。忙披衣起床，唤李莲英道："怪得很，雷声如何有这般响？你去开轩四视，怕有物击坏哩。"莲英时已起来，奉西太后旨，到外边检察一周，回奏道："园内没有动静，只闻有一股火药气味。"西太后道："恐怕雷殛不远哩。"说着，侍女已捧进香汤。莲英侍太后盥漱毕，即替西太后梳髻。俄听雨声滴沥，响彻梧桐，西太后道："秋已深了，这雨声很是萧瑟哩！"国运亦作如是观。随又语莲英道："我今年已五十五岁了，鬓发幸还未白。亏你得了一个大何首乌，俾我蒸服，有此效果。但人生终如朝露，转瞬年已周甲，总不免要归尘土呢！"李莲英道："圣母福如东海，寿似南山，将来总在百龄以上。"西太后微笑道："偌大的何首乌，未必有此奇效。昨日偶阅药书，须要千年何首乌，九蒸九晒服之，乃可延年。前服何首乌时，蒸制不如法，融化类粥糜，我并汁啜饮。倘令我早见此书，便知服法，算来还是可惜呢！"李莲英道："他日再有此物，可以照服了。"莲英献何首乌事，也从此处叙入。西太后道："这是希世之物，不容易得的。"

说着，发已梳成。外面有宫监进来，奏称："祈年殿额被雷击坏了。"西太后道："祈年殿在天坛，何故为雷所击？"言下有觥然状。少顷，由宫女呈进御点，西太后略略拣食，便命撤去。随向李莲英道："今日天大雷雨，佛香阁不去了，不如写字消遣为是。"李莲英遵旨，便呈进笔墨，摊纸桌上。西太后握

天坛祈年殿

笔蘸墨，运动灵腕，书就了好几幅，或一"龙"字，或一"虎"字，或"松鹤"两字。随后用一幅库腊笺，横书"大圆宝镜"四字，墨沈淋漓，颇臻神妙。西太后自觉得意，便道："这好作殿内的匾额。"李莲英奉了旨，待墨迹已干，即折叠收藏。

休息一时，便进午膳。膳毕，忽报东方有红光烛天。西太后忙出殿遥望，只见光焰飞腾，忽升忽降，恍似赤虹一条，不禁惊异道："祝融氏又肆威了，现在天气少霁，可上千步廊凭眺，便可了明失火的地方。"原来这千步廊在佛香阁下，直达玉澜堂，廊尽便是万寿山冈。补前回未述之阙。西太后蹑廊登山，李莲英自后随着。到了山上，向东回顾，火光熊熊，势若燎原。西太后惊道："失火处又是天坛上面，不然何以有这般猛烈呢？"言至此，火势愈烈，连爆烈的声音都传递过来，西太后益惊叹不已。俄见有一宫监飞步上来，奏报道："祈年殿又失火了。"西太后道："我说是天坛上面，为什么晨遭雷击，刻遇火灾，一日之间，两遭奇变？"李莲英道："上年万岁爷祀天，奴才亦尝随去。曾见祈年殿高约十丈，共八十一楹，建筑很是坚固，上盖金顶，瓦均蓝色琉璃，并没什么引火等物。就使偶然失慎，也容易扑灭哩！"西太后道："去年腊月贞度门、太和门均不戒于火，几乎延烧库房，经大臣们带着侍卫，竭力救熄。那时尚没有这般火光。天有不测风云，人有旦夕祸福，便是此意。"连年被灾，何为不自修省？言已，仍眼睁睁望着。火势越烧越猛，还有凉飙助威，直至天晚未熄。李莲英道："慈躬不应过劳，还是下山休养罢！"西太后闻言，方循廊下来。至晚膳后，殿东檐角尚映着一片红光，西太后还抱着忧虑。坐至夜半，瞭见火势少衰，方才归寝。

翌晨起床，即见李莲英入奏：祈年殿毁去一半，火已早熄了。莲英所言，无非迎合。西太后稍觉放心。已牌将近，由礼亲王世铎，入奏祈年殿被灾详情，西太后道："这殿系太常寺典守，为何失火，延烧许多时候？"礼王奏道："据太常寺奏称，未尝失慎。"西太后不待说毕，便道："难道是天灾么？"礼王复道："典守者亦不能辞责。"西太后又道："天坛是宽旷的地方，就使失慎，也应立刻扑灭哩！"礼王道："昨日风助火威，各员统去扑救，无奈火盛难熄，亏得五城救火水会绅董，一齐赴援，方于黎明扑灭了。"可见李莲英早熄之言，未尽确凿。西太后道："你去与皇上说，叫他寅畏天灾，君臣交儆。所有应惩应奖，一任酌定便是。"君臣统应交儆，自己恰不必儆惧，想是与天同寿的。礼王唯唯趋出。越日即颁诏惩太常寺各官，及坛户有典守之责者；嘉奖五城救火水会绅董；并以寅畏天灾、君臣交儆之意，宣示内外。这也不在话下。

且说光绪十六年，为皇帝二旬万寿。即于十五年冬季，饬礼部筹备典礼。届期，光绪帝先至颐和园，朝贺西太后。俟返跸，方御殿受庆祝礼。礼成赐宴，并加恩奖叙懿亲及中外大臣有差。越二月，户部右侍郎曾纪泽卒。又越月，前兵部尚书彭玉麟卒。又越五月，前陕甘总督杨岳斌卒。又越二月，两江总督曾国荃复卒。想是同时下凡，因此同时去世。朝廷历赐祭葬，并皆予谥——曾谥"惠敏"，彭谥"刚直"，杨谥"勇悫"，江督曾则谥"忠襄"。西太后系念功臣，恰也未免悲切；转思祈年殿被灾，或即应在此数人身上，亦未可知；只勋旧凋零，继起乏材，很觉可惜。

正叹息间，忽报醇亲王奕譞病笃。亟传懿旨，命皇帝视疾。光绪帝依旨遵行，自不必说。过了数日，醇亲王竟尔病终。太后闻知，堕了几点珠泪，自叹道："今年迭丧功臣，又亡懿戚，国运要算不幸了！"免你怀疑，何必强颜。遂令光绪帝速诣醇邸，成服行礼，且降懿旨，极称醇工管理水陆军，恪恭尽职，丧葬一切格外从优；并着王大臣等，会议醇王称号及谥法，并皇帝服制、嗣子承袭等事。嗣经复奏，定醇王称号曰"皇帝本生考"，谥曰"贤"；皇

祈年殿内景

帝持服期年；醇王子载沣袭承王爵，载洵晋封不入八分镇国公，载涛晋封不入八分辅国公。西太后一一照允。醇王奕譞，不可谓非生荣死哀了。

自十六年至十九年，国势承平，中外恬静。只热河教匪、贵州苗民、云南僳夷、台湾生番、粤东三合会稍稍滋事，统是未久即平。至若国际交涉，不过两三件。一件是英藏交涉：英人踞西藏南藩哲孟雄部，藏境大震。达赖、班禅以下屡思规复，至哲部隆吐地方，设立卡房。英人恃强得很，把卡房毁去，且进占藏南要隘。清廷忙令驻藏大臣升泰，与英国总理印度大臣兰士丹，会议了好几次，定藏印条约八款，承认哲为英属，英兵退出藏境，开藏南的亚东地为商埠等，才得和平了结。还有葱岭以西的帕米尔高原，英、俄两国都思染指。中国本有卡伦建设，卒为所逐。经出使大臣洪钧、许竹筼先后会议，结果是英、俄得了便宜，中国只以葱岭为界，葱岭以外尽行弃去。清廷以地属荒徼，尤关得失，毫不在意。都是此念所误。至光绪廿年冬季，颁发上谕，命筹办甲午年皇太后六旬万寿典礼，任礼亲王世铎为总办，会同各部办理。相距二年即命筹办，好侈可知，无怪皇天不容！正是：

　　慈寿周龄逢大庆，隆仪预备仗皇亲。

欲知万寿庆典如何举办，且看下回分解。

神机营赴园供校阅　祈年殿失火酿奇灾

133

西太后于垂帘时，未闻亲自阅操。至归政后，反于颐和园中，率帝校阅神机营。是明示以大权犹在，非皇上所得专也。御殿以著慈威，颁赏以固军心，他日之推翻新政，禁帝瀛台，束缚驰骤如犬马然，何莫非预伏于此？若吴大澂之请崇醇王典礼，立加申饬，无非本此心之所推暨耳！贞度门、太和门灾，祈年殿又灾，天象示警，虽非尽可凭，然第使君臣交儆，而于己若无与！增筑颐和园，筹备六旬万寿期，唯恐不尽，曾亦闻炎炎者灭，隆隆者绝乎？况功臣凋谢，懿戚沦亡，此而不自修省，日以逸豫夸张为务，无憾乎清室之中衰也。故此回实为西太后忧乐之关键，亦即为清室衰微之朕兆。

第二十一回　祝慈嘏先期备盛典
闻败报降旨罢隆仪

却说西太后六旬万寿，乃是光绪二十年十月十日。当光绪十九年冬季，已奉旨筹备典礼。一过新年，即加恩封赏宗室外藩王公，及中外文武大臣。至宫内妃嫔人等，亦一律晋封——瑾嫔晋封瑾妃，珍嫔晋封珍妃；此外照例递升，毋庸细说。又命各省将军督抚，酌派二三员来京，庆祝太后万寿，着于十月初一日以前到京。各省陆续复旨，共计四十一人。只西安将军荣禄愿亲自来京祝嘏；奉旨俞允，并令即日起程。小子于前册中，曾叙过荣禄受谴，驱逐回籍，如何此刻却外授西安将军？原来荣禄本西太后功臣，西太后把他撵出，也是一时愤怒，不便姑息。嗣因与东太后有嫌，疑他无辜受害，统见第十六回。遂于东太后崩逝后，起任西安将军。荣禄感恩图报，奉到派员祝嘏的谕旨，即自请入都庆祝。西太后记念前功，立即宣召。

至荣禄到京，适值内务府筹集经费，因库款支绌，授意内外各员，捐俸效诚。各大臣正在集议，或拟提出十分之一，或拟提出十分之二。荣禄一到，请增至十分之三。各员虽有意巴结，无如一年俸银，十成中骤去三成，未免有些顾惜，不能一律应允。嗣经大众公酌，定了百分之二十五。荣禄尚嫌未足，只因不好违众，于捐俸二成五之外，更费了好几万银子，购得许多金银珍宝，先行奉献，赴园谒西太后时，即将礼单呈奉。西太后慈颜大悦，即命赏收，吾闻有毁家纾难者，未闻有毁家祝寿也。且饬复步军统领原职。小往大来。

过了数日，荣禄奉懿旨赴热河。看官你道何故？原来颐和园告成后，经李莲英督办供奉，陈设整齐。西太后因万寿期近，还想格外铺张，回忆热河行宫宝藏甚多，特命荣禄前去检选，运载入京。荣禄星夜前往，不到一月，已将宝藏载到，统计一百八十巨车，珍奇古玩共二万数千具。小子未尝亲睹，只据宫眷相传说，有几种品物，乃是罕世奇珍：有一碧桃高逾丈，根柯统用宝石，叶皆翠玉，枝上百余桃累累下垂，尽红嘏色，每桃约重四五两；又有玉制的明皇坠马图，大

慈禧太后像

越数尺，须发袍靴俱备，形容毕肖，而且袍角掀起，丹里略露，仿佛斜坠状；还有一件春宫秘戏，人物统用玉琢成，暗藏机械，用手按之，肢体自动，眉目如生。这真是巧夺天工的玩具。宫中需此何为。当下将各种珍品，匀设各殿，顿时五光六色，眩目夺神。又传内务府督领工役，从颐和园至紫禁城，相距数十里间，统要搭盖灯栅，建设经坛；并预制各色花灯，务期玲珑精巧，华采翕皇。再令乐工演习灯舞，以熟能生巧为佳。向例：元宵及万寿节，令乐工衣五色衣，各执五色灯，分行成字，凡数十变，有"太平万岁"、"万寿无疆"等字。此次预饬练习，精益求精。还要在颐和园内建一所极大的牌楼，作为圣母万寿纪念。更饬喇嘛僧带领僧众，于十月朔日起，虔诚赴坛，捧诵寿生真经。内而宫禁，外而颐和园，长幼、男女，贵贱、主仆，统令报明衣服尺寸，叫织造府赶制新衣。种种忙乱，笔难尽述。极写奢华，反衬下文。

西太后恰无所事事，凭着心思灵巧，增订一幅列仙庆寿图，预为万寿期间的玩意儿。什么叫作"列仙庆寿图"？把列仙传人物选出几个，先用骰子掷点，某点为某仙，由入局者分认，大意与升官图相同。从前乾隆年间，高宗纯皇帝创制此图，每当新年庆贺期内，与后妃人等，掷骰消闲。图中有贝阙、瀛洲、蓬岛、瑶池诸类，不一而足。西太后易以实名，将中国地图作为标记，以颐和园为万寿宫，从各省起马，先到万寿宫者，列席大贺。下手之法：用牙签作筹，对径约寸半，厚约二分半，上镌仙名，每人各执一筹，掷骰认点，点多者进行最捷，点少者逗留不得前，逗留数次，例须流配，出局注销。入局的人愈多愈佳，最少用八人，即以八仙为记号。居然自命为王母。若不得已只有四人，则每人执两筹，当作八人之数。西太后改制既成，便与宫眷试博，颇觉便利。

这时候，最得慈宠的宫眷，一个系荣寿公主，就是恭亲王的女儿。见第十三回。她从前曾嫁额驸志端。志端早卒，只有一子麟光，承袭先代世爵。公主青年守孀，本为太后养女，至是越加怜惜，令她侍直园中。较前尤详。一个系醇王福晋，便是西太后的亲妹子。自光绪帝嗣立，醇王福晋，尝出入宫禁，西太后赐坐杏黄轿，她却秉性谦冲，仍不敢用。受教醇王久矣。西太后退养颐和园，福晋也常去问安，所以时依左右。一个系步军统领荣禄的妻室。荣禄入京，重得慈眷，其妻亦奉召入园,随时承值。一个系将来大阿哥溥儁之母,即端郡王载漪的福晋。她本是阿拉善王的女儿,雅善词令,能伺西太后意旨,太后至佛香阁拜佛,她尝亲为扶舆。为后文伏笔。一个系李总监莲英的妹子,芳年二八,姿色可人,因莲英得宠,乘机随入,聪明狡黠,不亚乃兄,以此得太后欢心,尝呼为"大姑娘"而不名。自有这数人希旨承颜,乐得西太后意恬神适,西太后遂自加徽号,令承直人等统称她作"老佛爷",或称她作"老祖宗"。这也不在话下。

颐和园庆寿图

只是西太后性好繁华,满拟万寿届期,做一场旷古未有的盛事。从新年起,筹备到四五月间,已是大致楚楚。四境到也帖然。独英人得缅甸后,侵入云南西徼,占去边境数百里。亏得驻英使臣薛福成,风娴应对,向英外部抗议数回,争回滇边龙川江中的大洲,及蛮募土司与野人山的昔马地,又收还孟连、江洪两土司的上邦权,立滇缅条约二十款,还算是亡羊补牢的良策。不没薛使。随后驻美使臣杨儒,因美人限制华工,与美政府订约六条:在美之华工,不得虐待;未至美之华工,自行禁止——也算和平了结。此外如湖南会匪邓世恩等,窜入江西,永北厅匪丁洪溃等,滋扰川滇边境,都是幺麼小丑,不值一战。当由江西巡抚德馨、云贵总督王文韶调遣官兵数千名,一鼓荡平,先后奏捷。直隶总督李鸿章又奏称校阅海军,业已蒇事,技艺如何纯熟,行阵如何整齐,炮台船坞各工如何坚固,说得洋洋洒洒,简直是威若虎虎,巩如金汤。处处为下文反照。

西太后在颐和园,闻了这种佳音,自然欣慰。暗想五旬寿辰,为了越南交涉,与法宣战,弄得内外慌乱,无心祝嘏,草草成礼,便算了事;今已太平了八九年，净洗甲兵长不用，安排典礼庆无疆，想再不至有什么意外了。慢着。谁料世变无常，安危俄顷，一刹那间，东海波涛突然卷到直隶湾内，把一场万寿盛举，化作烟消雾散。中外人士反说：遇着西太后寿期，定要闹出极大的战衅来。气得这位老佛爷满腹懊恼，无处可诉。这也是造化小儿，巧于播弄了。谐中寓庄。

　　说来话长，看小子撮要叙明。

　　自李鸿章与日使订约天津，中日各兵，都退出朝鲜，朝鲜算数年无事，应十八回。大院君亦蒙释回国。光绪二十年五月，朝鲜全罗道古阜县，忽有东学党作乱。党首叫作崔时亨，就是从前金玉均、洪英植的余党。不过崔时亨的宗旨，比金、洪二人尤为下乘。他是剽窃佛老余说，自称能呼风唤雨、驱神役鬼，借着妖言惑众的伎俩，胁从数万，平白地揭起竿来。为拳匪写影。朝鲜国王李熙忙授洪启勋为招讨使，率兵征剿。到了全州，与东学党开了几仗，起初侥幸获胜，后被党人诱入山中，四面围住，把洪启勋手下将士杀得七零八落，等到溃围而出，已丧亡了一大半。洪启勋连忙逃归，党人遂陷全州，声言将直捣京。朝鲜大震，李熙急得没法，忙与中国驻朝委员商量，乞飞电求救。这驻朝委员，不是别人，便是前日帮办营务的袁世凯。当下为朝王发了急电，乞援北洋。北洋大臣直隶总督李鸿章，奏派提督叶志超、总兵聂士成等，率兵三营东援，屯驻牙山。一面电告驻日钦使汪凤藻，令他援照天津条约，通知日本政府。略说"朝鲜系中国藩属，现因被乱乞援，不得已派兵代剿"等语。日本外部陆奥宗光复书前来，不认朝鲜为中国藩服，且派大岛圭介率着重兵，陆续至朝鲜。

　　东学党闻中日两国派兵压境，自思螳臂挡车，成什么事？惊得四散奔逸。清军拟即撤回，约日本同时撤兵。偏日使大岛圭介要改革朝鲜内政，不肯即返。袁钦使世凯连电京师，略称"倭兵万人已入朝鲜，分守汉城四路要害，居心难测。现在叶军虽驻牙山，恐兵单不足御倭，请速派兵接济"等语。总理各国事务衙门接电后，还是慢腾腾的延挨。等到大岛圭介率兵入朝鲜宫，幽禁朝王，代理国政，宣告朝鲜自主，方咨照驻华日使小村寿太郎，请和平办理。小村仍说"朝鲜系自主国，累次扰乱，不得不代为改革。若中国不肯照允，是无意息事，嗣后倘有不测，日本政府不任其责"——语意甚为决绝。那时总署只好电商李鸿章，令筹战备。鸿章老成持重，明知北洋海军，只可虚壮观瞻，若要实行开战，恐不济事。当下电复总署，仍然主和。无奈日人已占先着，把朝鲜各处要隘统守得密密层层，连华侨出入也要由他搜索。因此华民大骇，纷纷内渡。袁使又电北洋，请即回国，决与日本开战。袁公亦以为海军可恃耶。李鸿章还想与日人磋议，日人索偿军费三百万两，再议和平条约。于是鸿章不便擅允。盈廷王大臣等，十人中九人主战，统说"区区日本，怕他何为"？光绪帝少年好胜，也道是大可敌小，催促李鸿章调兵东援，并召袁世凯归国。鸿章无可奈何，才令济远、威远、广乙三兵舰，及爱仁、飞鲸两商轮，运兵东渡。又租英商高升轮船，续载兵械，随赴朝鲜。

不料日人煞是利害，料知清舰东来，定要驶过丰岛，他早安排炮舰，预先等着；遥望清舰果到，便测准炮线，轰轰隆隆的放将过来。清舰猝不及防，被他一阵乱击，广乙舰受伤先逃；济远舰铁甲较坚，尚未被伤，管带方柏谦很是胆小，一闻炮声，吓得魂飞魄散，忙向铁甲最厚处躲将进去，各兵见管带惶怯，哪个还敢对敌，自然转轮逃回。猛听得扑喇一响，舵遭毁裂，方管带索性乱抖，忙叫军士道："快……快……快悬白旗。"军士奉命，亟将白旗高悬，方得逃回威海卫。出手就献丑。各舰见济远已逃，自然分头四逸。独高升船触着鱼雷，竟致沉没，船内的兵械，统被龙王收去。方柏谦既庆生还，反捏造虚词，禀报督署，只说途遇日舰，广乙伤，高升沉，经卑职舍命炮击，才却退日兵，把各舰救回。李鸿章信为真话，转电京师。王大臣以日本伤我运船，其曲在彼，遂请明诏宣战。光绪帝立即颁谕，宣示中外。谕甫下，牙山的败报又至。

先是叶志超屯兵牙山，因战衅未开，毫不防备。至是海道已梗，孤露无援，日人步步进逼，乃用聂士成言，自率兵把守公州，令聂士成守成欢驿。士成至成欢，日兵已至，两下开仗，不分胜负。忽日兵漫山遍野而来，势不可当。士成不得已，弃了成欢，收兵徐退。回全公州，无一清兵。不觉叹息道："公州背山面江，可以固守，如何叶军门弃此而去？"正怅怅间，有探马来报："叶军门已回平壤去了。"士成道："公州不能守，平壤难道可守么？"探马道："平壤已有四路大兵会集驻守，所以叶军门到那边去的。"士成道："有四路大兵到平壤么？"探马道："盛京副都统丰伸阿、高州镇总兵左宝贵，各统奉军从奉天出发；提督马玉昆统毅军，从旅顺出发；大同镇总兵卫汝贵统盛军，从天津出发——四路兵齐到平壤，差不多有数十营哩。"士成道："我军只有五营，看来此处不能长驻，只好

中日甲午战争中的威海卫海战图

也退平壤去了。"当时各将弁中还算聂士成，所以笔下有恕词。遂传令本部人马，向僻径行走。迂回曲折，数日方达。志超接着，问起接战情形，士成约略说明。志超即奏称"成欢战争，杀敌过当，因虑孤军无援，所以退至平壤"等语。清廷还道他老成胜算，论功行赏，命志超为各路兵马总统，所有驻朝各军，统归节制。

志超奉此恩命，置酒高会，把出兵打仗的要事，撇在脑后。且顾眼前。一过数日，军探报称"日兵来了"，志超方有些着急，严戒诸军，为守城计：命马玉昆率所部毅军四营，驻守大同江东岸；卫汝贵、丰伸阿二军十八营，驻守平壤城西南隅；左宝贵六营，守城北山顶及玄武门；别命总兵聂桂林，策应东南两营；自己居中调度，高坐城中，静听消息。

起初两三日，各军来报，互有杀伤。至中秋这一夕，志超还凭城望月，态度徘徊。越日黎明，但闻西面炮声隆隆，不禁魂胆飞扬，忙遣军探四侦战状。约到巳牌，有军探来报：倭兵猛攻大同江军营，马军门拒战甚力，卫镇台渡江协御，鏖战多时，倭兵已败退了。志超道："还好，还好！"未几午餐。餐毕撤看，又有军探来报：城北山顶被倭兵占去，左镇台退守玄武门。志超惊道："倭兵已败，为何又来？"军探道："他是四路进兵。那边虽已败去，这边恰被攻入。"志超正没法摆布，忽有军弁跑入，乃系左宝贵遣来乞援。由志超问明，方说道："各兵俱已调出，只我手下一营亲兵，如何援他？实是老命要紧。不……不如叫他回城，再作计较。"军弁奉令驰去，不一时军探飞报：左镇台中炮阵亡。志超道："怎么好？怎么好？四"好"字互应成趣。快与我召回马、卫各军。"军探去讫。俄报：倭兵炮击玄武门。志超惊的了不得，忙传大令：速悬白旗。方柏谦流亚。顿时白旗满布城上，日兵瞧见，果然停炮不攻。适值马、卫各军回城，见城上白旗四张，亟来谒见志超。志超语诸将道："左总兵已经阵亡，眼见此城难守，三十六着，走为上着，我等不若回去吧！"众人听了帅令，统是垂头丧气。只马玉昆还有些志气，愿即背城一战；志超不允。遂于是夜潜遁，途次遇伏，又伤亡了三千余人，方得挣命走脱。

陆军已败，海战又逼。李鸿章自知海军难恃，主守不主战，只命提督丁汝昌，巡弋洋面，虚示声威。不意日本军舰十二艘，冲波逐浪，竟来窥伺辽东。此时清舰尚运兵赴平壤，至大东沟，正与日舰相值。日舰上悬旗开炮，先声夺人。汝昌被逼不过，只得分战舰为五队，列着椅角鱼贯阵，准备迎敌。战舰共十二艘，镇远、定远两铁甲为第一队，致远、靖远为第二队，经远、来远为第三队，济远、广甲为第四队，超勇、扬威为第五队，汝昌自坐定远舰督战。遥望日舰作一字阵扑来，恐它直攻中坚，令改椅角鱼贯阵为椅角雁行阵。阵尚未整，敌舰麇至。扬威、超勇两舰，相继中弹；未几，超勇沉没。致远、经远、济远三舰被敌舰冲断，抛出圈外。致远管带邓世昌，与日舰吉野对轰。药弹殆尽，船亦受伤。世昌拼着性命，开足汽机，拟撞击吉野，与之俱尽。吉野驶避，致远奋追，突然触着鱼雷，遂致炸沉。经远管带林永升，炮击日本赤城舰，赤城受伤遁去，永升

致远舰的部分官员

饬令追袭，也被鱼雷炸没，邓、林两管带同时死绥。济远管带方柏谦忙饬舵工飞逸，不意与扬威相撞。他也不管什么，自行逃去，扬威竟被撞沉。广甲亦逃，搁浅沉没。靖远、来远诸舰，又受重伤，突围出走。只定远、镇远两铁甲，还与日舰奋击，轰沉日本西京丸一艘，并击伤日本松岛舰。奈因众寡不敌，定远又中着五六炮，只得冲出战线，逃回旅顺。眼见得海军又败绩了。奈何，奈何！

警报飞达清廷，光绪帝大愤，把叶志超、丁汝昌等褫革有差，方柏谦正法。迟了。并因李鸿章备战无方，拔去二眼花翎，褫去黄马褂。另命四川提督宋庆，帮办北洋军务。又令御前侍卫公桂祥，统带马步各营，至山海关驻守。所用仍是非人。军报日紧一日。西太后此时，已加上"崇熙"二字徽号，接着这信，懊丧异常，只好降旨罢除庆贺。用皇帝名，颁一上谕道：

朕钦奉慈禧端佑康颐昭豫庄诚寿恭钦献崇熙皇太后懿旨："本年十月，予六旬寿辰，率土胪欢，同深忭祝。届时，皇帝率中外臣工，诣万寿山行庆贺礼。白大内至颐和园，沿途跸路所经，臣民报效，点缀景物，建设经坛。予因康熙、乾隆年间，历届盛典崇隆，垂为成宪；又值民康物阜，海宇乂安，不能过为矫情，特允皇帝之请，在颐和园受贺。讵意自六月后，倭人肇衅，侵我藩封，寻复毁我舟船，不得已兴师致讨。刻下干戈未戢，征调频仍，两国生灵，均罹锋镝，每一念及，悯悼何穷?! 前因念士卒临阵之苦，特颁内帑三百万金，俾资饱腾。兹者庆辰将届，予亦何心侈耳目之观，受台莱之祝耶? 所有庆辰典礼，着仍在宫中举行，其颐和园受贺事宜，即行停办。"朕仰承懿旨，孺怀实有未安，再三吁请，未蒙慈允，敬维盛德所关，不敢不仰遵慈意。为此特谕。

光阴易过，万寿届期，西太后仅在园内排云殿受贺，比五旬万寿时还要扫兴。后人有诗叹道：

别殿排云进寿觥，慈怀日夕轸边情。

诸州点景皆停罢，馈饷频闻发大盈。

欲知万寿后如何情形，容待下回再叙。

先圣有言，与其奢也宁俭。此实齐家治国之至言。以西太后之六旬万寿，必欲仿康乾故例，筹备隆仪。试思：康乾为何如时？西太后为何如时耶？国帑支绌，公私交困，甚至经费无着，乃责诸官吏之捐俸！禄以代耕，古有明训。为祝寿故，令之减禄，官吏宁无身家思想？输款于上，必胺削于下，是不啻导之剥民也。况以海军经费，移筑颐和园，卒至中日一战，全军皆墨。不得已罢除庆贺，节省礼仪，易奢为俭，已无及矣。人咎合肥，我咎西太后。本回上半极写奢华，下半备述败状，一反一正，足为后来殷鉴。

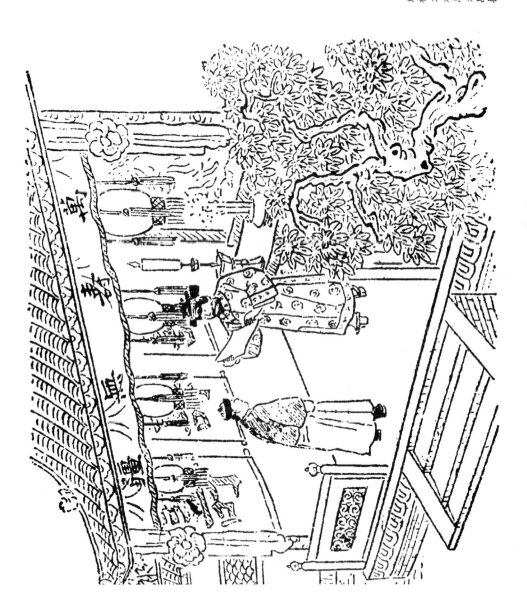

第二十二回　姊妹花遭谗被谪
骨鲠臣强谏充边

却说清廷连接败耗，命提督宋庆，帮办北洋军务；再令提督刘盛休出兵大连湾，将军依克唐阿出兵黑龙江，均赴东边九连城，扼守辽东要口。平壤败军亦陆续到来，共约七十余营。兵亦不可谓不多。朝旨命宋庆总统各军，除依克唐阿一军外，统秉宋庆节度。九连城南倚鸭绿江，东濒叆河，河东有虎口，为险塞，令聂士成驻守。再东为安平河口及长旬各隘，令依克唐阿驻守。西为安东县，再西为大东沟，令丰伸阿、聂桂林驻守。日兵甫渡安平河口，依军望风先遁，至日兵逼近叆河，诸军皆溃。剩了一个老宋，亟忙遣军来争。哪里抵挡得住，没奈何弃了九连城，退保凤凰城。日兵既踞九连，别遣支队入安东，丰伸阿、聂桂林等，早已不知去向。一班逃将军！老宋到了凤凰城，默思孤掌难鸣，索性远走数十里。日兵如入无人之境，占住凤凰城。复分作三路：一路出西北，陷连山关；一路出东北，陷岫岩州；一路出东南，陷金州大连湾。

宋庆此时已退至盖平，奉旨命援旅顺。宋庆乃令聂士成守摩天岭，阻截连山关的日兵，自率军徐徐南下。"徐徐"二字妙。摩天岭本是天险，日兵屡次进扑，都被聂军杀退。凑巧依克唐阿亦率败兵到来，聂士成与他相约，规复连山关。依克唐阿倒也败后思奋，毅然应允。两军南北趋集，呐一声喊，蜂拥至关。日兵出关抵敌，大杀一场，还是聂、依两军利害，只好退入关去。两军乘胜攻扑，枪声炮声昼夜不绝。守关统领乃是日本一员中尉，恼得性起，再开关出战，不一时被弹子击中要害，白丧了一条性命。蛇无头不行，顿时日兵四散，聂、依两军，安安稳稳的走入连山关。兵以气动，若能阵阵如此，何至一败涂地。等到凤凰城日兵来援，又被聂、依两军杀退。因此凤凰城东北一带，兀自守住。只东北、东南两处，毫无转机。岫岩既失，日兵分道西犯。丰伸阿、聂桂林等，连战连败，逃入海城；迨日兵踵至，又把海城弃去。辽西大震，同时旅顺复报失守。

旅顺是北洋海军第一良港，内阔外狭，重峦环抱，若得一个良将居守，端的是不易以入。偏这丁汝昌认作绝地，托词战舰待修，避入威海卫，一切防守要务，委任了一位龚总办照玙。照玙庸弱得很，做个船坞总办，也不知是什么钻营，得充是任。他自汝昌去后，先在海曲备好渔船，准备逃走；到了日兵进攻，伴饬守兵抵御，自己早下舟潜遁。都是这等好脚色！守兵没了主帅，纷纷自乱，一闻炮弹声响，大家都走了他娘，管什么旅顺不旅顺，军港不军港。日兵全不费力，唾手得了旅顺口，大家庆贺起来。

这时候，辽东西的警报似雪片一般，飞达清廷。光绪帝急的要不得，只得令王大臣等奏陈方略。日讲官文廷式感上知遇，联络各大臣会衔，奏请起恭王主军国事。光绪帝心为之动，正令军机拟旨，命恭王入值军机。

忽报太后驾到，光绪帝更衣不及，即着便服出迎。西太后入宫降舆，光绪帝匍匐跪接。西太后也不理他，一直入宫。光绪帝只好起身，随了进来，又跪下请安。碰了几个响头，方奉慈命道："你且起来。谁要你主战？"光绪帝勉强起立，又听得一声呼喝道："谁要你主战，弄到一败涂地？"声如狮吼。光绪帝战栗道："盈廷王大臣，统统说是可战的。"西太后厉声道："你何不叫他去

光绪帝像

临阵呢？我从前听政时，为了越南交涉，与法宣战。那时左、彭、岑、冯诸宿将都尚在世，开战以后，有败有胜，我还是得休便休。你靠了谁人，竟与日本开战呢？"光绪帝答道："日本欺我太甚，所以不得不战。"西太后道："好，好！目今战状如何？由你这般瞎闹，恐怕列祖列宗的江山，要在你手送掉了。你要开战，也应到园内禀明一声，待我出了主意，定议未迟。你为什么并未报闻？直到宣战下谕以后，方遣世铎禀报。我道你总有能耐，擅敢宣战，谁料你遣将用兵，多是一班饭桶。事到如今，看你如何了局？所以我特来问你。"

光绪帝听到这番严谕，又只得碰头谢罪。西太后道："你谢罪也是无益，我只问你如何了局？"光绪帝才答道："今日廷臣联衔，奏请起恭王奕䜣办理军务。"西太后哼了一声道："奕䜣么！你起来，把奏牍取来我阅。"言下大不满意。光绪帝遵着起身近案，将奏折检出，双手呈上。西太后瞧毕，不觉怒容较甚，便道："文廷式是新进小臣，也敢列衔会奏？我知道了。"回顾李莲英在旁，即道："你去叫瑾、珍二妃来。"莲英奉命出去，光绪帝摸不着头脑，只呆呆的垂手侍立。我为阅者亦摸不着头脑。

　　片晌间，就见瑾、珍二妃随着李莲英冉冉进来，到太后前双跪请安。西太后厉声道："你这两个狐媚子，日日陪着皇上调笑取乐，尚嫌不足，还想干预外政么？"劈头乱敲。二妃莫名其妙，只得双双磕头道："婢子怎敢？"西太后道："还说不敢么？莲英与我取杖来。"光绪帝闻到一个"杖"字，惊得魂飞天外，不由的屈膝道："圣母慈鉴，她两人有罪，敬请圣母训责；只求圣母示明原委，方好使她伏罪。"西太后道："你道我无风生浪么？我只问她一语，便足令她心服。"光绪帝道："敢乞圣母明谕。"西太后道："文廷式与她两人，是否有师生谊？"光绪帝惴惴道："这却未知……"西太后又勃然道："你尚敢为她隐饰么？"这语甫毕，珍妃恰忍耐不住，竟朗声答道："婢子幼时，曾由文廷式教授过的。"西太后指光绪帝道："可是么！文廷式入选翰苑，不过数年，为何有这权力？不是她两个狐媚子暗中关说，你为何这般宠他？"原来为此。光绪帝又嗫嚅道："她两人未敢如此。"西太后复嗤着鼻道："她两个狐媚子，仗着花容月貌，蛊惑左右，怪不得你言听计从。就是与倭人开衅，也闻得由她怂恿。你何不叫她去退敌呢？"又回顾李莲英道："快去取杖来，每人杖她百下，儆戒她后来逞刁。"光绪帝呜咽道："请圣母开恩，饶她一次。"

　　西太后不允，只催莲英取杖，吓得瑾妃抖个不住；独珍妃性颇偏激，竟启奏道："婢子入宫以来，并不敢与闻外事。就使与文廷式有师生谊，也未尝暗通一信。仰求慈鉴。"西太后大怒道："你敢与我斗嘴。难道我冤诬你么？"简直是不准她辩。光绪帝忙阻住珍妃道："你也太倔强了……圣母前只好乞恩，如何还要答辩。"西太后又喝莲英取杖。莲英看不过去，也只得跪请慈恩。此时莲英尚未与帝有隙。西太后才道："你等既代她求宥，我姑免她杖责。只她两人不配为妃，须降她几级方好。"光绪帝道："遵旨降她为嫔。"西太后道："不够。"光绪帝又请降为贵人，西太后道："还要将她两人羁禁三月，休得召幸，以儆将来。"太后言已，即命莲英起立，牵去两妃，交代宫中总监，幽禁别室。两妃只得含泪谢恩，起随莲英去讫。

　　西太后见案旁纸笔俱备，便提笔书纸道："瑾、珍二妃，近来习尚浮华，屡有乞请，实属有违阃范。着即降为贵人。特谕。"书毕，指向光绪帝道："这谕立应颁发，不得迟延。"光绪帝唯唯听命。西太后又道："奕䜣究应起用否？"光绪帝道："奕䜣前直军机，办事尚称勤敏。现在疆事日亟，应用与否，请圣母酌夺。"西太后踌躇一会，方道："这且由你。只文廷式须要革逐，免得他外结亲王，内恃妖妃。"光绪帝不敢不应命。西太后又道："步军统领荣禄忠诚有余，才识他还过得去，可叫他在总署当差。看来战事是支持不住了，为社稷计，不如忍辱议和，还可将就了事。"语至此，叹息数声。时李莲英已来复命，西太后便道："我们去吧。"光绪帝起至门外，又复跪送。不怕膝痛么？西太后又回嘱道："现在嘱咐一切，你须照行，否则我是不依的。此后须要小心，休被这种狐媚子再行蒙蔽。"光绪帝连声称"是"。

　　等到太后上舆远去，光绪帝方敢起身入内，暗暗自忖：这是何人谗构，致触

光绪帝与珍妃

慈怒？想了一回，不禁失声道："总是她！总是她！"言毕，便步至坤宁宫。宫监入报，那拉后即出来迎驾。光绪帝踱将进去，后亦随入。坐甫定，光绪帝语那拉后道："你做得好事！"那拉后不解，惊问何故。光绪帝道："你含酸吃醋，妒着瑾、珍二妃，所以到太后前播弄是非，令太后前来责朕，并将二妃严遣。你真是好计哩！"那拉后道："没有这事，休要见疑！"光绪帝冷笑道："好一座大靠山！你只管去献殷勤，陷害好人。但俗语说得好：'有势不可行尽。'你也须留点余地哩！"那拉后闻此，忍不住两眶珠泪，带哭带话的辩了数句。光绪帝听得不耐烦，抽身出去。原来那拉后的才貌，不及瑾、珍二妃，光绪帝本不甚宠爱，独西太后以姑侄关系，向多回护，那拉后又常往来园中，以此光绪帝疑她怀妒，特地进谗。究竟是真是假，小子也不好妄断。只为此一事，帝后间渐渐生嫌了。为下文伏笔。

光绪帝既出坤宁宫，想去探望瑾、珍二妃。问明宫监，方知已被羁三所去了。心中愈加不乐，索性忍气吞声，拣个僻静的宫室，睡了一觉。是夕无话。次日，把西太后所嘱的事情，一一照办：瑾、珍二妃降为贵人，恭王奕䜣起为军机大臣；荣禄命在总理各国事务衙门行走；文廷式开去日讲官。又越日，恭王入朝，光绪帝遂与商量和议，选定侍郎张荫桓、邵友濂，出使日本请和。恭王恐日本不允，复去拜会美国公使，托他居间，并聘美员福世德同往。

张、邵等甫出发，忽由御史安维峻呈上奏折，由光绪帝披阅道：

奏为疆臣跋扈，戏侮朝廷，请明正典刑，以尊主权而平众怒事。窃北洋大臣李鸿章，平日挟北洋以自重。当倭贼犯顺，自恐寄顿倭国之私财付诸东流，其不欲战，固系隐情。及诏旨严切，一意主战，大拂李鸿章之心。于是倒行逆施，接济倭贼煤米军火，日夜望倭贼之来，以实其言；而于我军前敌粮饷火器，故意勒掯之，有言战者，动遭呵斥，闻败则喜，闻胜则怒。淮军将领，望风希旨，未见贼，先退避，偶遇贼，即惊溃。李鸿章之丧心病狂，九卿科道亦屡言之，臣不复赘陈。惟叶志超、卫汝贵，均系革职拿问之人，藏匿天津，以督署为逋逃薮，人言啧啧，恐非无因。而于拿问之丁汝昌，竟敢代为乞恩，并谓"美国人有能作雾气者，必须丁汝昌驾驭"。此等怪诞不经之说，竟敢陈于君父之前，是以朝廷为儿戏也。而枢臣中竟无人敢与争论者，良由枢臣暮气已深，过劳则神昏，如在云雾之中，雾气之说，入而俱化，故不觉其非耳。张荫桓、邵友濂为全权大臣，尚未明奉谕旨。在枢臣亦明知和议之举不可对人言，（彼）既不能以生死争，复不能以利害争，只得为掩耳盗铃之事——而不知通国之人，早已皆知也——倭贼与邵友濂有隙，竟敢索派李鸿章之子李经方为全权大臣，尚复成何国体？李经方乃倭逆之婿，以张邦昌自命，臣前已劾之。若令此等悖逆之人前往，适中倭之计。倭贼之议和，诱我也。彼既外强中干，我不能激励将士，决计一战，而乃俯首听命于倭贼？！

然则此举非议和也，直纳款耳，不但误国，而且卖国。中外臣民无不切齿痛恨，欲食李鸿章之肉。而又谓和议出自皇太后，太监李莲英实左右之。此等市井之谈，臣未敢深信。何者？皇太后既归政皇上，若仍遇事牵制，将何以上对祖宗，下对天下臣民？至李莲英是何人斯？敢干政事乎？如果属实，律以祖宗法制，李莲英岂复可容？惟是朝廷受李鸿章恫吓，不及详审，而枢臣中或其私党，甘心左袒；或恐李鸿章反叛，姑事调停。而不知李鸿章久有不臣之心，非不敢反，直不能反。彼之淮军将领，类皆贪利小人，绝无伎俩；其士卒横被克扣，皆已离心离德。曹克忠天津新募之卒，制李鸿章有余，此其不能反之实在情形也；若能反，则早反矣。既不能反，而犹事事挟制朝廷，抗违谕旨。彼其心目中，不复知有我皇上，并不复知有我皇太后，故敢以雾气之说戏侮之也。臣实耻之。惟冀皇上赫然震怒，明正李鸿章跋扈之罪，布告天下。如是而将士有不奋兴，倭贼有不破灭者，即请斩臣，以正其妄言之罪。祖宗鉴临，臣实不惧，用是披肝胆、冒斧锧，痛哭直陈。不胜迫切待命之至。谨奏。此奏有关系西太后语，故备录之。

这篇奏折，其中多捕风捉影之谈，不足为据。只云皇太后遇事牵制，何以对祖宗、天下，并劾李莲英左右和议，确是有些道着。但光绪帝览了此奏，不得不严谕痛斥，说他肆口妄言，着即革职，发往军台效力。当时都下人士，争为安御史呼冤，还是你一折、我一本的上奏，大半是还要主战。有一个满御史，请起用檀道济为大将；一个满京堂，奏称日本东北有两个大国：一是缅甸，一是交趾，请遣使约它夹攻，必可得胜。光绪帝瞧不胜瞧，都付诸高阁。后由军机瞧见二满员奏折，统统哄堂大笑。只是缅甸、交趾尚有这两处地名，不过以小作大，指西为东，虽是大误，还算有一点影子。独檀道济系刘宋时人，相距一二千年，如何奏请起用？见者多茫然不解。嗣经一御史说起，拟任用董福祥，借檀道济为比拟，他即问明"檀道济"三字的写法，竟尔录奏。用此等人作御史，如何不亡！这且休提。

单说张、邵二使出发后，日兵又西陷盖平，南踞荣城，并占威海卫。至光绪二十一年正月，复将刘公岛夺去。北洋败残军舰，悉数被掳；岛内将士悬白旗乞降，海军提督丁汝昌，及总兵刘步蟾、张文宣，均服毒自尽。数载经营，一旦扫灭。京中人士方不敢言战，相率望和。无奈张、邵二使到了日本，被日员伊藤博文、陆奥宗光拒回，说非全权大臣，不便会议；并通告美使，谓须派位望崇隆的大员，畀以全权，方可来议和款。光绪帝不得已，乃命北洋大臣李鸿章为全权大臣，全日本乞和。鸿章不好违拗，只得硬着头皮，航海东去。正是：

> 失算竟遭全局躓，匀和又遣老臣行。

毕竟李鸿章如何议和，且看下回分解。

中国之败，败于任用之非人及军费之不足。当时预知宿弊，无意主战者，惟一李鸿章。若以常情推测，则中国大而日本小，谁谓不可一战者？廷臣之多半主战，尚不足咎。瑾、珍二妃深居宫禁，其劝帝宣战与否，我不敢知；即果有此事，亦人情所同然耳。至于师徒挠败，海陆失利，文廷式奏请起用恭王，不为无见。满廷亲贵，如奕䜣犹为佼佼者。西太后不思移款筑园之误国，徒以丧师咎光绪帝，且怒及二妃，斥其干预外政，试问自为妃子时，其行状果何如乎？甚至以文廷式之奏请，亦疑二妃主使。原其怀疑之由来，犹是衔恨恭王之凤见。满腔私意，到处迁怒。安维峻谓其遇事牵制，不得为诬。或谓中国之弱，自日本一战始，曩令光绪帝先事慎重，当不致情见势绌若此！不知天下事非实力不办，羊质虎皮，总有暴露之一日，讵能长此掩饰耶？本回叙二妃之被谪，及安御史之充戍，皆隐寓悯惜之意。悯二妃、惜安御史，西太后可无庸再论矣！

第二十三回　命和日宣示苦衷
主联俄遣订密约

　　却说光绪帝遣使李鸿章，曾至西太后处禀明，西太后立即应允。她因安维峻参劾李鸿章，奏中连及自己，不禁愤愤，自己不肯认错，所以把老李一方面也极力袒护；并嘱光绪帝道："他初意固不欲战，你早从他意见，也不至败到这般。目今非他不能议和。好好授他全权，叫他去吧！"无非因移款筑园的好处。

　　鸿章奉命东渡，先电商各国驻华公使，请他臂助。各使复词，多半模棱；独俄使喀希尼力任调停，并言：日人如多方要求，有敝国在，愿代拒日本，保全中国疆土。这样好人，普天下难得的！鸿章得复，喜出望外，才航海东行。

　　不数日到了马关。日本已派专使伊藤博文、陆奥宗光，在埠头等侯。鸿章登岸，由伊藤两人邀入春帆楼。伊藤博文掀须道："好几年不见李伯相了。前时在天津议约，伯相勋高望重，一呼百诺，令人犹觉心悸。今日屈尊来到敝国，在此相叙，也是意想不到的事情。"鸿章闻言，不禁又忿又惭，老脸上面突突的热起来了。看官阅过前文，谅记得天津和约也为了朝、日的事，那时李伯爷摆着全副仪仗，去迓日使伊藤，所以伊藤有此谑词。补十八回之所未及。鸿章到这时光，只好任他奚落；奈心上总有些觉着，哪得不面红耳热？勉强耐着性子，支吾了一会。

　　至两下开议，鸿章先请停战。伊藤道："欲要停战，非把贵国的天津、大沽、山海关三处为质不可。"鸿章不允。陆奥道："李伯相休要坚持，敝国兵力虽弱，夺这三处地方，恰似探囊取物哩！"鸿章道："多年和好，为了朝鲜，遂致开衅。贵国亦应原谅一点，方好议款。"伊藤道："朝鲜与敝国定约，明说是自主之邦，贵国硬要认作藩属，这是贵国第一着错误。目今战衅已开，和议一无眉目，如何就要停战？"鸿章道："既如此说，请贵国停攻大沽、山海关、天津三处，先行议和。"伊藤仍然不从。鸿章道："今日初到贵国，心绪尚乱，且至明日再议。"

　　当下辞别春帆楼，自至客寓暂宿。购阅日本新闻纸，知营口、澎湖均被日兵

中日谈判签订《马关条约》

占住，不免失惊道："北失营口，南失澎湖，海道统要中梗，连输运都不便了。可恨倭人这般利害，战不肯停，和又不许。奈何！"连岁整缮兵防，如何到这地步。越宿，又赴春帆楼会议。说得唇焦舌敝，仍是一些没效。没奈何悯悯归寓，途次忽遇刺客，突发手枪，骨碌碌一粒弹子，击中鸿章左颧。鸿章痛甚，忙唤日警捉拿刺客，自已掩面急归。一病数天，警问遍达欧美。那时各国舆论统说日人无理，代鸣不平。日皇因众论难违，一面令日医赶紧调治，一面令伊藤、陆奥均往道歉，并说："刺客小山丰太郎，已由警察擒获，按律治罪。"鸿章叹道："为了国家重事，到此议款，不期被刺客所击，一身负痛不足惜，只教贵国肯示通融，虽死亦无憾了。"伊藤、陆奥至此才自觉不情，允即议和。鸿章便要缔约停战，伊藤等允约而去。舍了一点颧血，还算值得。

越一星期，鸿章颧病略愈，更申和议。伊藤、陆奥提出条款：一要朝鲜自主；二要奉天南境及台湾澎湖各岛；三要赔偿兵费三百兆两；此外还有添开口岸、减轻税则，并机器进口、改造土货等款。限四日答复。鸿章允割安东、宽甸、凤凰城、岫岩州及澎湖列岛，并偿银一百兆两，通商权利仍照各国成约。伊藤、陆奥又强硬起来，不肯照允。再四磋商，割地内减去宽甸，赔款减至二百兆，进口货税仍照旧例。鸿章还想辩驳，伊藤愤然道："照这约稿，敝国已让至极点，贵国允与不允，两言决耳，不必多议！"何等斩截，外人之办交涉也如是。鸿章不便再辩，只得惟命是从，互签约稿，定于烟台互换正约，方返归天津。

这约一传，京内外诸大臣又纷纷地奏阻款议。两江总督张之洞、河南道监察御史易顺鼎，各抗疏数万言，异常愤激。想是停战好几日，又有些胆壮起来。光绪帝踌躇难决，不得已请命西太后。西太后道："算了！连日警报纷乘，我被它闹得昏了！倘再迟疑过去，京畿也要戒严。你自主张开战，倒也无悔，我年已花甲，不愿担此惊忧哩！况署直督王文韶，曾奏称海啸成灾。天时、人事都未顺遂，此时忍着些儿苦痛，与他议和，或者恐惧修省，还可默迓天麻。"海啸事从太后口中叙出，可见太后此时已遍阅章奏。西太后说一句，光绪帝应一声"是"，至西太后说毕，方跪谢而出。遂决定和议，宣示全国，略云：

近日和约定议，廷臣交章论奏，谓地不可割，费不可偿，仍行废约决战，以冀维系人心，支撑危局。其言固出于忠愤，而于朕办理此事，熟筹审处，万不获已之苦衷，有未深悉者。自去岁仓猝开衅，征兵调饷，不遗余力。而将非宿选，兵非素练，纷纷召集，不殊乌合。以致水陆交馁，战无一胜。近日关内外事情更迫：北则近逼辽藩，西则直犯畿疆，皆眼前意中之事。况二十年来，慈闱颐养，备极尊崇，设使畿辅有惊，则藐躬何堪自问？用是宵旰旁皇，临朝痛哭，一和一战，两害兼权，而后幡然定计，其万分为难情事。言者章奏所未及详，而天下臣民所当共谅者也。无非为了西太后。兹批准定约，特将先后办理缘由，明白宣示。嗣后我君臣上下，惟期坚苦一心，痛除积弊，以收自强之效。为此通谕中外知之。

和议告成，准备换约。李鸿章回到天津，乞病请假。俄使喀希尼密函慰问，并愿联结德、法两国，代清廷索还辽东。鸿章复词感谢。俄使遂与德、法两使商定，电达本国，请速用公文，致日本外部抗议，并请飞调兵舰，游弋辽海。俄、德、法三国政府，料知有利可图，即日照办。日本闻警，颇觉为难：他虽战胜中国，总不免劳师縻饷，俄、德、法三大国要与他抗争，哪里还有余勇，好与这三国开仗？只是平白地归还辽东，心实不甘。遂复书俄、德、法三国：辽东可还，兵费须要增偿二百兆。毕竟不肯落空。俄、德、法三使各接本国电命，出来与中日调停：增偿兵费三千万两。日人勉强允从，议乃定。遂由中日两国，各派使换约。

台湾人民因割台成议，统向清廷奏阻。清廷置诸不理。主事邱逢甲倡言自主，推署理台湾巡抚唐景崧为总统，拒绝日人，居然开议院，设内部、外部、军部等机关，悬起蓝色黄虎文国旗。部署未定，日兵已由基隆登岸。台北城中兵勇，自相哗噪，纵火焚抚署。唐总统仓皇失措，只好推位让国，微服内渡。台北遂亡。尚有台南一带，系由总兵刘永福驻守，先时曾奉清廷命，帮办台湾军机。台南士绅闻台北已失，上总统印于永福。永福不受，仍称帮办，集民为团，力抗日兵。自夏至冬，大小数十战，互有杀伤，卒因饷械告竭，不能持久，永福独力难支，弃了台南，乘德国商船内渡。于是全台尽隶日本。

相传光绪帝曾得梦兆，屡见一老人问道："几时还我旧物？"光绪帝不能答。嗣后奏闻西太后，太后道："如再梦见，可说驴儿年还你。"光绪帝记忆在胸。果然后来又梦见老人，彼问此答，仓猝致误，竟说作"马儿年还你"，醒后追悔不及。中日开战，岁次甲午，午年肖马，时人谓为割台预兆，妖梦是践，定数难逃。这也不必絮说。梦兆未必真践，否则台湾本属郑氏子孙，何为割畀日本？

单说中日议和以后，廷议多归咎李鸿章。有旨召他入阁办事，置诸闲散，别命翁同龢、李鸿藻入直总署。翁系江苏人，是光绪帝师傅；李系直隶人，是同治帝师傅，当时已有南北派之目。翁主维新，李主守旧，政见又是不同。光绪帝因忍辱乞和，大为拂意，决计变法图强，挽回国势。巧值翁师傅与他意合，遂专心倚任。翁又纠合一班同志，如侍郎张荫桓，詹事府右中允黄思永，尚书李端棻，侍郎徐致靖，御史宋伯鲁、杨深秀，湖广总督张之洞，湖南巡抚陈宝箴等，讲求新政。今朝你上若干条陈，明朝我上若干条陈，无非是练兵、兴学、开矿、筑路、创办邮政、仿行印花税，统说得天花乱坠，立可富强。皮之不存，毛将安附？李鸿藻也结连几个守旧人物，若礼亲王世铎，若军机大臣徐桐、荣禄，若御史杨崇、伊文悌，若福州将军裕禄、甘肃提督董福祥等，与维新党反对。他恐推不倒维新党，索性贿托那李总管莲英，去请出有权有势的老太后

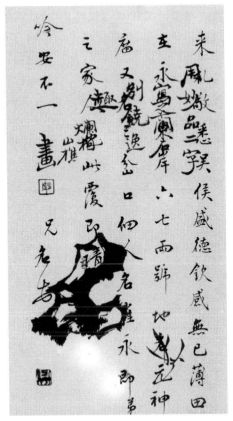

翁同龢书法作品

来，暗中监督。西太后为了中日战事，埋怨光绪帝，正要设法钳制，遂命这守旧党人，遇着内外大臣奏对，无论大小，统须密报。有两个不新不旧的侍郎，一名汪鸣銮，一名长麟，召对时抑扬吞吐，略略说到乾纲独断的话头，被西太后闻知，责他信口妄言，迹近离间，硬迫光绪帝将他革职，永不叙用。两侍郎只好奉命回籍。开了头刀。

会俄皇加冕，朝议以侍郎王之春曾出使俄国，至是复拟令往贺。偏偏俄使喀希尼，以王之春资望太浅，不宜遣往，改请另派大员。翁同龢闻得此信，拟充当此差，聊避守旧党的嫉妒。究竟敌不过太后党。奈喀希尼指定李鸿章；已寓深意。西太后亦以鸿章老成，不如令他一行。光绪帝不好有违，便派鸿章为头等正使，命往俄国。临行时，西太后特别召见。由鸿章密陈联俄拒日的计策，深得西太后赞成。前门拒虎，后门进狼，同一失策。

鸿章至俄，俄皇特遣大藏大臣微德，要求代索辽东的酬劳。鸿章依违两可。微德道："堂堂中国，被日本打败，非但贵国有意报复，即敝国亦代抱不平。若贵国与敝国协力御日，任他日人如何强悍，也要打它一个落花流水哩！"鸿章道："贵国如此照拂，还有何说？"微德遂袖出草约数条，递与鸿章道："贵国如肯照允，情愿协御日本，决不食言。"鸿章取过一瞧，乃是东三省铁路，要归俄人专

造，并租借胶州湾为军港，暨训练满州军，及兴办东三省矿务，统要由俄国派员理值。简直是要东三省。鸿章不禁瞠目道："这……这恐不便。敝国即愿允贵国，他国援例要求，如何对待？"微德道："敝国大皇帝亦为贵国防这一着，所以不遣外部，特遣我与伯爷密议。但教彼此守了秘密，他国何从得知？"鸿章还是迟疑。微德道："敝国并不要你东三省土地。只因日人很想着辽东，前时不得已归还，他日安保不再来占夺？若由敝国代筑铁路，代练满军，代兴矿务，并备了军港一处，那时行军迅速，饷需有着，屯驻亦便。日本倘要开衅，教贵国数句电文，千军万马可以立至，偌大日本畏他什么？"言下掀须大笑。寻又语鸿章道："这全为贵国着想，并非敝国硬要沾利。"承情，承情！鸿章明知词不尽实，但默思中日一役，扫尽自己威风，这时不如将计就计，得它借助臂力，压倒日本，中国也出点闷气。错了。当下便一口应承。微德欣然辞去。

不数日，加冕期到，各国使臣照例入贺，鸿章也去列席，颇承俄皇优待。是约款买出来的。礼毕后，鸿章别了俄都，一时不即回国，托词游历外洋，往欧洲各国去了。巧于趋避。只俄使喀希尼，已奉本国命令，将鸿章所订草约，递交中国总理衙门，限期钤印御宝。总理衙门人员，未识此中曲折，多是相顾惊叹。及进呈御览，光绪帝不觉愤愤道："糊涂！混帐！怪不得人人说他卖国贼。如何不奉朕命，擅与俄国订定这张草约？"遂搁过一边。俄使喀希尼常到总理衙门，三日一催，五日一逼，到了后来竟说要下旗回国，与中国宣战。

看官你想，扶桑三岛尚是战它不过，屡次败北，况俄罗斯素称大国，幅员比中国要大，兵力比中国强逾数倍，若要与它打仗，总是有败无胜。为这一番恫吓，吓得总署诸公，心胆几乎碎裂；又不好直奏光绪帝，只得禀报西太后。西太后却不惊慌，淡淡的答道："知道了！"早蒙台洽。次日即驾至大内，迫光绪帝画押。光绪帝回奏道："东三省是祖宗发祥地。若照李鸿章所订草约，盖了国宝，岂非是将东三省送与俄人？祖宗有知，亦要隐疼哩！"西太后冷笑道："你今日方知有祖宗？你不想，前日议和，早已将辽东割让日本。亏得

翁同龢山水画

俄使相助，索还辽东。今日俄国不过造条铁路，借个军港，比那年陵庙震惊，安危相隔，不啻倍蓰。你恰这般作难！你今日方知有祖宗么？"重一笔更凶。骂得光绪帝泪下涔涔，一声儿不敢出口。西太后又道："快些盖印！倭人尚不敢与战，俄人更不好惹的。"光绪帝无可奈何，含泪盖印。弱国如是，孱主如是。西太后见印已盖就，便着李莲英交与军机，转递俄使，自己仍返颐和园去了。俄国既得了重酬，法国亦不肯放过，要求滇边陆路，及广西镇南关至龙州铁路权，并辟河口、思茅为商埠。清廷不好不允，续与法使订了专约。只有德国向隅，德使也不来提及。清廷王大臣还道是德人好义，不愿索酬，竟安心过去。客气碰着老实。

独光绪帝迭遭激刺，越思奋发有为。是时京城里面，有一个主事康有为，立起强学会，招集士人，编书设局，昌言变法。维新党人很是欢迎，守旧党人大为不悦。御史杨崇伊是守旧党中健将，遂奏请禁止强学书局。不料同寅中有个胡孚宸，反奏请将强学书局改归官办。朝旨竟准胡拒杨。崇伊怏怏不乐，日向维新党中伺瑕寻隙。巧值翰林院侍读学士文廷式，议论时政，他易忧为喜道："这遭奏参，不怕不邀准了。"于是立上弹章，劾他遇事生风，广集同类，妄议朝政，并有与太监文海结为兄弟情事。小子有诗叹道：

康有为像

　　党派相争意气嚣，倾排谁复顾同僚。
　　东林覆辙留明史，志士何为祸复招。
诗意似责备维新党人，暗中恰深斥守旧党。

欲知光绪帝是否准奏，且待下回表明。

　　中东一役，战无一胜，势不得不乞和。是书独谓由太后意，恐阅者疑为虚构，故录述宣示全国之上谕：一则曰慈闱颐养，备极尊崇，再则曰万分为难情事，言者章奏所未及详。可见光绪帝犹不愿乞和，主和者为西太后无疑也。至李鸿章遣贺加冕，与俄订约，光绪帝不肯钤印，由西太后胁迫而成，见诸梁任公之清议报，可以复按。天下未有恃人不恃己，而可以立国者。拒日不足，转思联俄，是皆行险侥幸之谬想。鸿章名为老成，胡竟堕人术中耶！光绪帝锐意维新，而廷臣复分党派，互相倾轧，互相争胜；复有左袒之西太后，把持其间，清至此已无可为矣。阅此回，为之一叹！

第二十四回　康主事连疏请变法
　　　　　　　　光绪帝百日促维新

　　却说杨崇伊参劾文廷式，奏发，竟批准下来，并降旨将廷式革职，永不叙用，驱逐回籍。守旧党相率欢跃，崇伊也自夸道："我早料这本奏折，必定邀准。前时太后早要将他革逐，当今为二妃情面，纵容至今；经我再去劾奏，就使铜铸铁钉，也要保不牢了。"不言守旧党得意。

　　且说光绪帝革去文廷式，原是碍于慈命，心中益滋不悦。偏西太后又来懿旨，命将荣禄浮擢，又只好依着，授荣禄协办大学士。正在抑郁无聊的时候，忽报醇王福晋，染了重疾。光绪帝笃念本生，自然禀过太后，亲至醇邸问疾。醇王福晋也不便多言，只嘱帝以"谨慎小心"四字。醇王夫妇始终保全荣名，得诀在此四字。帝为之泪下。驾返后，过了数日，醇王福晋即薨逝。光绪帝临丧大恸——一则因本生父母先后去世，身为人子，乌能不哀？一则因醇王福晋为西太后胞妹，西太后与帝未协，还仗她暗中调停，自遭此变，密护无人，自然越想越痛。光绪帝孤矣。

　　及丧葬既毕，事过境迁，俄国要援约建筑辽东铁路。乃命出使俄国大臣许景澄，与华俄道胜银行订立东省铁路公司合同凡十二条。嗣后督办军务处王大臣，复与俄国驻京公使订定新约，与前东省铁路合同大略相似。只前为路事交涉，后为国际交涉，相同中又是不同。惟鸿章返国，西太后因他联俄有效，命入总署行走。光绪帝虽奉命照办，暗中很不相信。鸿章也乐得韬晦，暂且随俗浮沉。

　　至光绪二十三年，英人又有责言：以前与英国订定缅甸界约，内有江洪一地，归还中国，何故转赠法人？总督诸公方记得是作法国谢礼，无奈不便表明，只得续订中英缅甸界约，改划界线，把工隆全地划与英国，并以那希喀相近三角地一段，永为英国租借，又添开梧州等口岸三处。真是日蹙百里了。光绪帝求治心切，恨不得立刻维新，争光海隅。巧值协办大学士李鸿藻逝世，去了一个守旧党魁，遂命户部尚书翁同龢，入为协办大学士。维新党势焰骤张。

北京强学会遗址

　　会山东曹州府钜野县，出了一桩教案，戕杀德国教士二人。德国与俄、法代索辽东，未得酬劳，正在人人怨望，一旦爆裂，师出有名，遂自由行动，派兵入据胶州湾炮台。总理衙门忙去问德国驻京公使海靖，海靖提出六条要约，大致是：将胶州湾四周百里租借一百年，由胶州至济南的铁路归德国建筑，路旁百里内的矿山也要归德国开采。总署不肯如约，恳他情让一点。他说："租期一百年中，让掉一年，总算九十九年；别事万难减轻。否则，立要占夺东三省了。"总署知无可理喻，只好允准了，与他订约。不料俄使又来诘问，提起从前密约，曾把胶州湾租借俄人，为何无端给德？总署复大吃一惊，情愿将旅顺代胶州湾。俄使不允，定要遵照原约。那时总署没法，仍请出原定密约的李伯爷前去说情。李伯爷见着俄使，苦口商量，俄使才有些转意。只一旅顺不够如数，还要索添一处，李伯爷便把大连湾加入，只租期恳他从短。俄使总算有情，议定二十五年；惟须准他建筑炮台，并将东省路线通至旅顺。李伯爷不好不从。

　　这一边方才定约，那一边又有一个强国来索租地。恃人不恃己的结果。请中国人听着！弄得总署应接不暇，又请老李与他交涉。李鸿章问明原委，才知是英使照会，援利益均沾的旧约，索租威海卫，并展拓九龙租界。鸿章以九龙司远在粤东，前已租与英国，此次展拓界址，尚属无妨；独威海卫是北洋第二军港，不便照允。因将此意面达英使，英使愤然道："德租胶州湾，俄租旅顺、大连湾，贵国统是依顺，如何独拒绝敝国？"鸿章答以九龙拓界，未尝不依。英使坚执如故，辩到后来，竟拍案道："德、俄二国如肯废约，敝国何敢索请？否则莫谓敝国无情，半语不从，就请备战！"一蟹不如一蟹。弄到鸿章无词可答，结果是愿从尊命：威海卫租期，如俄租旅、大同；九龙拓界期限，如德租胶、澳同。这才是光绪二十四年的事情。至二十五年冬季，法国兵官过广州，为土匪所戕。法兵突踞广州湾，索租九十九年，也与中国定约。事在戊戌变法以后，这是后话。连类叙及，仍标明年限。

先是胶警方起，工部主事康有为上书请变法。略称：四邻交逼，胶警复乘，万国报馆竞议瓜分中国。及时变法，犹可补牢。最要的计策有三：一请采俄、法、日以定国是，二请大集群才以谋变政，三请听任疆臣各自变法。每条都申说理由，差不多有数千言。越年春，又请开制度局，详定宪法。以下分设十二局，什么法律局，什么度支局，什么学校局，什么农局、工局、商局，什么铁路局、邮政局，什么矿务局、游会局、陆军局、海军局。还要广选亲王游历外洋，大译西书灌输新识，造纸币、立银行，遍设文艺、武备学堂，急练民兵数十万，以资富强。

这两疏的激昂慷慨，清史中得未曾有。光绪帝瞧了又瞧，也不禁击节叹赏，当将原折发下部议。各部大臣有说是可行的，有说是不可行的。各争党见。只新党中人，默窥皇上有志维新，纷纷上折奏陈：或请开设经济特科，或请颁发昭信股票，或请先立京师学堂，或请文科改试策论，武科改试枪炮。光绪帝言言采纳，事事听从，变法各诏，次第下颁。

只军机领袖恭亲王奕䜣，自起任国政以来，诸多慎重，平时无左右偏袒，对于皇上变法图强的意旨，未尝不赞同；又素重翁同龢的学问，隐加护持，就使西太后问及，也时为解脱，褒多贬少；惟主渐进，不主躁急，尚和平，不尚激烈。以此军机、总署各机关，新旧并进，虽然各挟党见，还亏他双方调和，不致闹出巨衅来。老成人尚有典型。可奈天不祚清，老成罹疾，始则肺病缠绵，继且加以心悸。光绪帝奉着西太后，三次探问，迭见沉重。首夏三月，竟尔薨逝。遗折劝皇上澄清仕途，整练陆军，遇着军国重事，须禀准太后，方可施行。恭王已知两宫成隙，故有此遗疏。西太后临邸奠酹，赐谥曰"忠"，命恭王孙溥伟袭爵。这也不在话下。

只是恭王一逝，维新、守旧两党嫉视尤甚。光绪帝毅行新法，下诏定国是，宣示中外。先是西太后闻知帝意，召帝垂询。帝以变法图强对，太后道："新法非不可行，但须不背祖宗大法，无损满洲权势，才可酌办。"及帝将行，又谕道："目前最可靠的大臣，荣禄外要算刚毅。若翁同龢，是不应亲信的。他自诩通才，看满人不在眼中。若叫他秉揽政权，有汉无满，定要搅乱社稷。你须注意！"光绪帝口虽答应，意中不以为然；奈面奉慈嘱，只好半从半违：擢荣禄为大学士，刚毅为协办大学士。

荣禄历史，已见前文；刚毅为何如人？他是一个卑鄙龌龊的满员，仗着钻营手段，居然做到刑部尚书。相传西太后六旬寿辰，王大臣等馈献甚多，大都为玉如意等物，数见不鲜。万寿节中，王大臣督抚等例进如意，以现任为限，开缺不能。独刚毅制铁花屏风十二面，入献园中；并贿通李总管莲英，托他置御道两旁。迨慈驾出入，瞧着这铁花屏风，雕镂精工，颇为奇特，便问李莲英道："这是何人所献？"莲英答是"刚毅进奉"。西太后命移入寝宫；未几，即令光绪帝授以重任，擢为刑部尚书。他既长刑部，尝自命为皋陶复出。"陶"应读如"遥"，他仍读本音，已足一噱；又称"皋陶为舜王驾前刑部尚书"，越发令人喷饭；又遇着案牍中"瘐毙"字样，必改"瘐"为"瘦"字。有愚直的司员，禀称"瘐"字无讹，他恰怒叱道："什么叫作'瘐毙'？有罪系狱，瘦死是常有的。误为'瘐毙'，还说无讹么？"司员为他解释字义，说明出处，他总不信。这等顽固人物，叫他入直枢机，真是清廷晦气。诚哉是言。这且休表。

且说光绪帝诏定国是，并命内外臣工，保举人才。翰林院侍读李士、徐致靖应旨荐贤，第一个就是工部主事康有为；此外，还有湖南监法道黄遵宪，江苏候补知府谭嗣同，刑部主事张元济，广东举人梁启超。启超系康主事高弟。光绪帝瞧奏，便去问那翁协揆同龢，同龢道："康才胜臣十倍。"这一语说得光绪帝心花怒开，随即召见。康有为本是能言，入见时剀切直陈，说如何方能救敝，说如何便能起衰。光绪帝自亲政后，从没有见过这般敢言人士，这番遇着康主事，仿佛如昭烈遇孔明，苻坚遇王猛。两下问对，足足有两小时，方命退出，当日命在总署行走。

看官你想，总署中这班官员，多是资格很老，胡须很长，死多活少的人物，偏偏轧进一位康主事来，英棱轩露，词采逼人，哪个不要动气？守旧党越加侧目，集众私议道："小小一个主事，得蒙召见，是本朝闻所未闻。且居然厕入总署，傲然自大，目无前辈。若令他长此邀宠，我辈都可回去哩！"御史文悌道："我等合力参他一本，便好将他驱逐。"杨崇伊道："他是翁老头儿举荐。古语有道：'擒贼先擒王。'扳倒这翁老头儿，康有为自无能为了。"文悌道："翁老头儿方得主眷，怕不容易扳倒哩！"崇伊微笑道："我自有驱魔的妙法，你且看着。"无非去求观世音。过了数日，竟有上谕颁下道：

> 协办大学士户部尚书翁同龢，近来办事都未允洽，以致众情不服，屡经有人参奏。且每于召对时，咨询之事，任意可否，喜怒无常，词色渐露，实属狂妄任性，断难胜枢机之任。本应查明究办，予以重惩。姑念其在毓庆宫行走有年，不加严谴。翁同龢着即开缺回籍，以示保全。特谕。

看官阅这上谕，便知是意出慈闱，光绪帝被她胁迫，不得已，才有此谕旨的。掣肘太多，如何变法。这户部尚书一缺，调直隶总督王文韶入代，直督缺恰简放荣禄，协办大学士任用了孙家鼐。孙、王两人唯唯诺诺，全凭着资格两字，挨到此职。只荣禄是西太后心腹，偏调任直督，这是何意？看官不必着急，待阅下文自知。故意含蓄。

那时康有为未悉内情，还是絮絮的呈请三事：要统筹全局以图变法；要御门誓众以定国是；要开局亲临以定制度。意在尊重主权，力杜牵掣。可奈光绪帝的权力远不及西太后。西太后又创出一条新例：凡二品以上大臣谢恩陛见，并须诣皇太后前谢恩；外官也一体奏谢。这明是有心夺权，想把那京内外的官员，统罩在自己腕下，免得帮助光绪帝。守旧党统趋承太后，仗老佛爷庇护，浑名为"老母班"，呼维新党为"小孩班"。小不敌老，惹得光绪帝异常懊恼。又经康有为一激，遂想大整乾纲，显出些威柄来。适值满御史文悌，奏劾"康有为诬罔，御史宋伯鲁、杨深秀党庇，请立加严谴"等语。光绪帝愤然批斥，责其受人唆使，不胜御史之任，命回原衙门行走。文悌碰了这钉子，便去密报西太后。西太后尚不欲发作，只想把军机里面多用几个满员，便好增长势力，省得光绪帝胆大妄为。于是又降一道懿旨，命裕禄入军机。

宣传西学和变法的书刊

光绪帝明知太后掣肘，但已决定变法，索性尽力做去：今日饬各省府厅州县设立学校，明日谕各省士民著书制器，暨捐办学堂者，给予奖励；又越日，命改定文科新章；又越日，命变通武科新章；又越一两日，命删改各衙门则例。闹得这班办事人员，有的编查，有的抄写，有的校阅，不但日无暇晷，几乎夜不得安。光绪帝尚嫌迟慢，一谕才下，一谕又来。神机营改习洋操，各直省实行保甲，开办中国通商银行，设矿务总局、铁路总局并农工商总局于京师。申谕变法不得已之苦衷，命群臣精白乃心，力除壅蔽。你说你的话，我有我的心，单靠一个皇帝，如何能使群臣洗心。顿时京内大哗，谣诼纷起。盛说：康有为是投洋教，曾向洋教士处买了一颗红丸，献与皇上。皇上服了丸药，迷住本性，因此康有为这么奏，皇上便这么办。从此过去，恐怕中国四万万人，统要去作洋奴哩。想总是做满奴好！

康有为闻这谣言，深抱不安，遇着召对时，直陈无隐，并愿辞出总署。光绪帝点头会意。可巧协办大学士孙家鼐，奏请改时务报为官报。时务报本康、梁二人发起，馆设沪上。光绪帝览奏后，当即批准，谕派康有为督办。康谢恩时，又蒙光绪帝特别召见，密谈许久乃退。随降谕旨，命裁汰京内外各官。想总由康有为奏请。京内裁撤詹事府、通政司、光禄寺、鸿胪寺、太仆寺、大理寺各衙门，京外裁撤湖北、广东、云南三省巡抚，并东河总督缺。还有不办运务的粮道，向无盐场的盐道，亦在裁汰之例。又令官民一律应诏言事，内外大臣不得阻抑，应自陈者自陈，应代奏者代奏。

适直隶总督荣禄赍折上陈，请皇上奉太后至天津阅兵。光绪帝禀明西太后，西太后以京津铁路早已告成，乘此出坐火车，也是第一次消遣，便欣然照允。光绪帝即下谕准奏，择于季秋举行。守旧党人以事出非常，相率惊诧。偏礼部主事王照又有一篇条陈，呈请堂官代奏。这时礼部堂官，满尚书是怀塔布，汉尚书是许应骙；满侍郎是坤岫、溥颋，汉侍郎是徐会沣、曾广汉，多是守旧人物。先把王照的条陈展览一遍，内有请剪发、易服一条，不禁大惊道："辫发都可剪去么？这真是丧心病狂了！辫子重于性命，所以到今还有辫子将军。还有一条，是请皇帝奉太后游历日本，各哗然道："日本国是我仇敌，要太后、皇帝同去游历，简直是要他性命。两宫落了人手，便好将中国让送日本。汉奸，汉奸！具何肺肠？"随后有一条是斥逐太监，大家恰不加评论，只说这等怪诞的话头，如何代奏，便将原折掷入字篓中。不意御史宋伯鲁、杨深秀等，竟将此事奏闻。言官奏折，例可直递，当由光绪帝遣派左右，至礼部索取王照原折。怀塔布等不能不从字篓中检出，交来人携去。为这一事，光绪帝立降严旨，将礼部堂官六人一概革职，并赏王照三品顶戴，以四品京堂候补。过了一日，又命内阁候补侍郎杨锐，刑部候补主事刘光第，内阁候补中书林旭，江苏候补知府谭嗣同，均赏加四品卿衔，着在军机章京上行走。又过数日，复以李鸿章、敬信两人，筹办新政不力，竟将他撤出总署。一面复宣谕中外道：

> 　　国家振兴庶政，兼采西法，牧民之政，中外所同，而西人考究较勤，故可补我所未及。今士大夫囿于成见者，谓彼中全无条教。不知西国政令教学，千端万绪，主于为民开其智慧，裕其身家。朕夙夜孜孜，改图新法，岂为崇尚新奇？乃眷怀赤子，皆上天之所畀，祖宗之所贻，非悉令其康乐和亲，朕躬未为尽职。加以各国交迫，尤非取人之所长，不能全我之所有。
> 　　朕用心甚苦，而黎庶犹有未知，咎在不肖官吏与守旧士夫，不能广宣朕意，乃至胥动浮言，使小民摇惑惊恐，山陬海澨之民，有不获闻新政者，朕实为叹恨。今将改行新法之意布告天下，使百姓咸喻朕意，共知其法之可恃，上下同心，以成新政，以强中国。朕不胜厚望！着查照四月二十三日以后，所有关乎新政之谕旨，各省督抚均迅速照录，刊刻誊黄，切实开导，着各省州县教官，详切宣讲，务令家喻户晓为要。此次谕旨，并着悬挂各省督抚衙门大堂，俾众共观，以袪壅隔之弊。钦此！

这道上谕，乃是光绪二十四年，岁次戊戌七月二十七日颁发。回溯四月二十三日，共三个月有奇，差不多有一百日了。点醒眉目。

至八月初一日，直隶按察使袁世凯入觐。适光绪帝在颐和园，召见袁于仁寿殿，所言皆关新政。袁极陈可行，且奏称练兵尤为要着。光绪帝大为嘉允，次日即谕，擢世凯为侍郎，令他专办练兵事务。在光绪帝的意思，原是不次超擢，冀他感恩图报，为主效力。谁知人心难料，奇祸猝乘，一着走错，满盘失败。有分教：

　　雷厉风行百日尽，冰消瓦解一旦空。

　　欲知光绪帝如何遭祸，且至下回续表。

　　本回大旨，为传光绪帝乎？曰非也，传西太后耳。何谓为传西太后？曰：光绪帝之锐意变法，操之太骤，至同日斥革礼部六人，皆西太后有以激成之也。夫外患迭起，四邻交逼，非变法何以图存？但必须母子同心，上下协力，循序渐进，乃可奏效。乃维新者挟皇帝以自逞，守旧者仗太后以自尊，皇帝用一人，太后亦用一人，皇帝斥一人，太后亦斥一人，互相箝制，互相牵掣，新旧杂沓，阻力横生，欲其有成，得乎？至礼部六人被黜，新进四人入军机，乃由光绪帝愤懑已极，迫而出此。水性至柔，激而行之，可使在山。光绪帝少年使气，何怪其操切至此也！然则谓非西太后之激成，谁其信之？故观戊戌变法之未成，令人不能无嗛于慈闱云！

暗昧旧见党争

第二十五回 泄秘谋三次临朝 反旧政六人毙命

却说袁世凯入觐后，奉旨擢任侍郎，专办京畿练兵事宜。因侍郎官居从二品，例应至西太后处谢恩。西太后立即召见，问及皇帝召对时有何嘱咐，袁以整顿陆军对。西太后道："整顿陆军，极是应办。但近观皇帝所为，太觉躁急，我疑别有深意。你须遵我命令方好。"世凯遵旨而出。

西太后因帝在园中，便召之入内。先淡淡的问他几句，随即带着厉声道："什么王照，教你剪发易服？你道剪去辫发，易了服式，便能自强么？怀塔布、许应骙等人，老成硕望，你偏将他一律革职，反宠用那狂妄的贼臣。他教你剪发，你便剪发，他教你易服，你便易服，他教你割去头颅，你亦依他割去么？"光绪帝道："从前赵武灵王易服习骑射，卒以致强……"西太后不待说完，便喝道："你算晓得几句史事，到我面前卖弄。有人说你吃了康有为蛊药，以致心性糊涂，看来恰不是虚言哩！"光绪帝答说："并无此事。"西太后道："无论有无此事，这康有为实是败类。他在外面倡言无忌，统派我的不是。你何不叫他来管束我呢？"这句话吓得光绪帝连忙跪下。西太后道："你也不用这般做作，你目中尚有我么？若是有我，也不致斥退旧臣，录用匪类；就是这胆大妄言的康逆，你也早早拿办了。"可见守旧党早已进谗。光绪帝不便开口，只好磕头。旁边侍着这位李总管，也是眼中有棱，恨不将光绪帝训斥一番。难道是光绪帝的阿爹！西太后又语帝道："我今天还没暇同你算账，你且退去，小心等着便了！"光绪帝诺诺连声，起身退出。越宿回宫，心中很不自在，暗想：太后训责，尚有可说；只李莲英形容凶悍，很觉可恨。

看官！前日降谪二妃时，李莲英尚乞免杖责，如何此时顿改初心？应二十二回。原来莲英有一妹子，小子前曾提及。应二十一回。莲英想乘二妃被谪，将妹子补入这缺；他妹子也怀着这想法，尝乘光绪帝入园请安时，有心挑逗，故弄风骚。可奈美人有意，天子无情，任她如何卖俏，总是有施无报。光绪帝真是呆鸟！急得莲英没法，竟直禀西太后。西太后本怜爱这李大姑娘，也愿替她说合。偏光绪帝抬出祖制，说是满汉不得通婚，因此西太后不好强逼。莲英大失所望，未免生了嫌隙。一层。还有一件。西太后入园后，莲英势力愈大，作出一条新例：不论皇亲国戚，入见太后，必需门费；就是皇帝也要照例。光绪帝很是不悦，虽不好直禀西太后，当面总不免诘责。又多了一种芥蒂。二层。而且王照条陈，请斥太监，明明是指着李莲英。光绪帝反奖他敢言，擢为京卿，莲英得知，如何不恼？由是恨上加恨。三层。

一班守旧党人，揣摩迎合，要想趋奉西太后，不得不巴结李莲英。总教莲英在西太后前，添了一两句好话，就使千金万两，也没甚可惜。横直是民脂民膏，乐得使用。莲英一举两得，便与旧党中人，时常密议。旧党浼他设法，尽逐维新党。莲英道："太后最相信的是荣中堂。前日简放直督，就令他镇定军心，免为煽动。前回疑案至此现。乘此内外沟通，再请太后出来训政，不但这等小孩班毫不中用，就是他的主子，要他这样便这样，要他那样便那样。"主子是别人的，何妨把他掉去。说至此，伸手一握，狞然微笑。形容尽致。御史杨崇伊道："这是第一个妙策，明日就去见荣中堂罢！"议毕，彼此分手而散。

越宿，杨崇伊即赴天津去了。又越宿，乃是八月初五日，天将明，光绪帝御乾清宫，召见袁世凯。袁正要请训出京，闻命趋入。光绪帝单独垂询，问他："肯忠事朕否？"世凯自然照答："愿效微忱！"光绪帝道："好，好！朕有一道密

乾清宫内景

旨，你快去照行，不负朕心。"随从袖中取出一小柬，递与世凯。世凯双手接奉，复请光绪帝明训。光绪帝道："都在这密旨内，赶即出去照办便是。"世凯遂谢恩退出。正要出殿，突见殿外有人影一闪，险些儿要叫出来，连忙忍住了，匆匆回寓，把密旨展开，内藏小箭一支，取箭览旨，不觉伸舌。他本是心性灵敏，忙将密旨及小箭藏入怀中，即带着随人，出了京城，竟乘火车赴津去讫。不即叙密旨内容，笔法深沉。

到八句钟，西太后自园入宫亲祀蚕神，光绪帝出瀛秀门跪迓。慈舆入宫祀神毕，暂居西苑。午膳已过，转瞬薄暮，西太后正在西苑游览，陡见一人踉跄奔入，到西太后前，连忙跪下碰头。西太后惊讶道："你是何人，不奉宣召，擅来谒见？"荣禄道："奴才系荣禄，求老佛爷救命。"西太后道："你为直督，何得擅自离任，违禁入宫？且有什么事，要我救命？这里也不是你避难地方，你敢是病狂么？"荣禄碰头道："奴才并不病狂。现有紧要密陈，乞太后俯谅愚忱，好使奴才详奏。"西太后会意，便命内监退出，只留李莲英在侧。荣禄取出光绪帝密旨，呈与太后。太后瞧毕，不由的心中大怒，面上却故示从容道："这事可真么？"荣禄道："这是袁世凯交与奴才的。他是晌午到津，奴才不敢不来。乞老佛爷救命。"西太后道："你去传召几个王大臣，到此会议。"荣禄忙起身去讫。

看官到此，定要究问密旨内容，小子正好乘隙一叙。这密旨所说，乃遣袁世凯速往天津，袭杀荣禄，夺了兵权，代任直督；随带兵星夜入都，扫清旧党等事。计是好的，可惜所托非人，且行之亦觉太骤。西太后食了晚膳，不一时，礼王世铎，协办大学士刚毅，军机大臣裕禄，已革礼部尚书怀塔布、许应骙等，都随荣禄入西苑，最后还有一个杨崇伊，想是随荣禄同来。统向西太后叩头。太后把密旨略述，各大臣都请太后速出训政，毋蹈危机。西太后点头，复语荣禄道："你有无亲兵带来？"荣禄道："奴才来京时，已与袁世凯商定，令他夜开专车，派兵千名到京，大约翌晨可到。"西太后道："这却很好。但目下且守秘密，俟来兵入京，把侍卫调出，方好行事。你明日仍回天津，截住逆党，休令逃脱。"荣禄遵旨。议定后，一律退出。

这时有一个孙太监，略得会议风声，忙去奏报光绪帝。光绪帝知凶多吉少，急自草一谕，令孙监密递康有为，命他速往上海，毋再迁延观望。康主事见夤夜递谕，情急可知，也不及通报同志，连胞弟广仁在京，都无暇顾及；候到黎明，只带些细软物件，挨出京城，乘火车至天津，复搭轮直往上海。荣禄在京待至兵到，调入禁城，方才乘车赴津，那时康有为已乘轮南下了。光绪帝怀疑未定，夜间不能成寐，闻鸡即起。用过茶点，入中和殿，阅礼部奏折，是预备秋祭典礼，倒也不放在心上，只批"知道了"三字，便算了结。此外也没甚要件，便即出殿。

忽有一西苑宫监，传宣懿旨，召帝立刻入见。光绪帝吓了一大跳，好似晴空中起了霹雳，不由的胆战心惊。无奈宫监催促，只好随至西苑。一入苑门，赫赫威灵的李总管，已带领阉党，在门内等候。见了光绪帝，也不请安，便昂然道：

"老佛爷有旨，命万岁爷至瀛台召对。"这语一传，那阉党即上来拥护，翼着光绪帝前行。约半里，过了小桥，即至瀛台。里面阒寂无人，光绪帝问"太后来未"，莲英厉色道："慈驾就到。"不一时，西太后乘舆至，后面随着皇后，连瑾、珍二妃也都带来。光绪帝莫名其妙。

只见西太后下舆，怒容满面，由光绪帝跪迎入室。西太后坐下，举指向帝道："你过来！你何故忘我大恩，胆敢谋我性命？"光绪帝忙跪叩道："子臣怎敢！"西太后道："你说不敢，你为何叫人带兵围颐和园？"光绪帝闻此，不觉发抖道："没……没有此事。"西太后道："你也不必抵赖。你入宫时，年只五岁。立你为帝，抚养成人，以至归政，我待你也算不薄了。你要变法维新，我也不来阻你，为什么丧尽天良，要加害我身呢？"光绪帝只是磕头，不敢再言。可怜！可叹！西太后道："你是命薄，没福做皇帝，听人唆使，好像一个傀儡。我也命苦，满望归政以后，好享几年清福，谁知闹出这般祸祟来。现在亲贵重臣，又要请我训政。你试想想，我是六十多岁的人了，这副重担如何还要我挑？像你方值壮年，正好励精图治，为何王大臣们没有一人向你？就使有几个汉奸，似乎助你，其实要搅坏我的清室江山。祖宗辛苦经营，难道由他断送么？"言至此，眼眦莹莹，似乎要坠下泪来，遂取襟下细巾，拭了凤目，复道："像你也不配做皇帝。除非换一个诚孝的人，还好缵承祖武呢！"复顾皇后道："我道你是我侄女儿，也好替我劝着皇帝，竭尽孝思。不料你也这般没用。"皇后也跪下谢罪。西太后道："你也没有甚么大罪。不过你失于监察，听他这个枭獍，设计谋我，所以我要责你。从今日始，你须监视他的举动，日日报告。如或替他隐饰，哼哼！我先要将你处治呢！"究竟是姑母侄女，比待同治后，大不相同。皇后唯唯遵命。

忽见珍妃跪下道："皇上一时愚昧，听信匪人，还求圣母宽恕。"西太后怒道："都是你等狐媚子蛊惑皇上。正要将你等处治，你还敢来多嘴么？"珍妃本是胆大，索性昂头道："皇上乃一国共主，圣母也不便任意废黜。"语未说完，面上已着了一掌。但听西太后大喝道："快将这贱人牵出去。她前时囚禁三所，不盈百日，得蒙释放。想她这副贱骨头，总不配居住宫内，罚她一个永禁三所，还是格外加恩哩！"光绪帝与珍妃，福气原是淡薄，哪能及你老佛爷！当由内监过来，将珍妃撵出门外，引至三所去了。这三所究在何处？小子于二十二回中，未曾表明，不得不补笔叙清。三所在景连门外，系三间密室，凡宫眷有罪，统要罚禁在此。屋式与女狱相等，重门局镐，仅通饮食。

当珍妃出去的时候，光绪帝偷眼相看，只见她愁眉半蹙，泪眼双垂，绯红如泛水桃花，坠粉如带雨海棠，已至门外还是回顾；光绪帝有恋恋不舍情状。我见犹怜，忍哉西后！此时的光绪帝好似万箭穿胸，无奈自身尚且难保，哪能顾及妃子。瑾妃虽关怀手足，碍难乞情，只好眼睁睁的由她牵出；就是怀着兔死狐悲的痛泪，也惟有暗落柔肠。西太后复语皇后道："留你在此，你须记着我语。我要到大内去，缓缓儿同他算账。"又语李莲英道："你去选几名妥当的太监，服侍皇后。前时皇上所用的内监们，统用不着。你去细细审问，有罪的处死，没有罪的

中和殿内景

逐出宫外。"莲英应了几个"是"字，西太后即抽身出去。瑾妃以下，一律随出。西太后上舆过桥，复命莲英道："你去饬遣侍役，将桥板拆去。此后往来瀛台，有舟可通，无须此桥。"可谓严防。原来瀛台在西苑湖中，四面环水，只有一桥通陆。西太后命拆去此桥，是不许旁人出入的意思。莲英奉命，俟侍从过完，当场督役拆桥。追桥板拆去，慈舆已去远了。莲英忙出西苑，飞至大内。"忙"字、"飞"字，写得尽情。

宫中的人已黑压压的挤满一堆。有两个军机大臣，援笔拟旨，一道是矫称帝诏，说：朕躬遇疾，再请太后训政，暂在便殿办事，至本月初八日，朕率王公大臣，在勤政殿行礼，着礼部衙门敬备典仪；一道是饬步军统领速拿康党，略说：康有为大逆不道，谋围颐和园，劫制皇太后。其党张荫桓、徐致靖、杨深秀、杨锐、林旭、谭嗣同、刘光第、梁启超、康广仁等，一并革职逮捕治罪。

两谕颁发出去，西太后方命办事诸员，退出休息。莲英谒过太后，复去将光绪帝旧用宫监十二名，一一传讯。不管他有罪没罪，但教素来有点情谊，或立献巨金，即说他无过，出宫了事；否则任情杖责，血肉横飞，好几个毙于杖下，侥幸不死的，发往充军。自残同类。是夕，步军统领即来复旨，命捕诸人多已拿到，只逃了首逆康有为及梁启超。西太后忙命军机飞电各省，严缉康梁。

康有为逃至上海，将要进吴淞口，舟忽停住，来了一个洋人，挨舱搜索，见了有为，似曾相识，便操着华语道："康先生，你好大胆，敢来此地！"有为瞧着，乃是海关上办事洋员，向与有一面交，忙起与行礼，问着何事。西人就把京电缉拿，略述一遍。有为不得已乞救，西人道："本意是来代缉，如今反为代纵。好在你是政治犯，快来，随我同去。"有为即跟他出舱。见西人另有小轮，便舍了原舟，趋入小轮而去。

看官！你道政治犯是什么解释？为国家政治上犯罪，叫作政治犯。乃是公犯，与私犯不同。西国律例：凡他国政治犯逃至本国，不得交还。所以，西人好带着远飏。有为所乘的轮船，本外国商人开办，海关人员见了，自然奉命维谨。有为随西人到关上，改乘英国威海司军舰，竟往香港去了。鸿飞冥冥，弋人何篡。梁启超命不该绝，这日正有事赴津，闻荣禄发兵入京，料知宫禁有变，急投日本兵舰，逃往横滨。自此师弟两人出亡在外，组保皇会，办清议报，直至宣统革命，党禁撤销，方得东归。这且按下不提。

且说西太后二次训政，八面威风；各位顽固老臣，统是喜气洋洋，非常得意。独这颓然失势的光绪帝，形容惨淡，步入勤政殿中，对着这位华服雍容的西太后，行过三跪九叩礼，然后各王大臣统排着位次，跪伏殿阶。殿中肃静无哗，只有一种蓬蓬勃勃的声音，响应方砖。看官道是何声？乃是王大臣的碰头声。笔下有力，刻画尽致。行礼已毕，未几还朝，光绪帝仍返禁瀛台。次日即用帝名降谕道：

> 朝廷筹办新政，冀为国家图富强，为吾民筹生计，并非好为变法，弃旧如遗。此朕不得已之苦衷，当为天下臣民所共谅。乃体察旧日民情，颇觉惶惑，总缘有司奉行不善，以致无识之徒，妄相揣测，议论纷腾。即如裁并官缺一事，本为淘汰冗员，而外间不察，遂有以大更制度为请者。举此类推，将以讹传讹，伊于胡底？若不开诚宣示，诚恐胥动浮言，民气因之不靖，殊失朕力图自强之本意。所有现行新政中裁撤之詹事府等衙门，原议将应办之事，分别归并，以省繁冗。现在详察情形，此减彼增，转多周折，不若悉仍其旧。着将詹事府、通政司、大理寺、光禄寺、太仆寺、鸿胪寺等衙门，照常设立，毋庸裁并。其各省应行裁并局、所冗员，仍着各该督抚认真裁汰。至开办时务官报，及准令士民上书，原以寓明目达聪之用。惟现在朝廷广开言路，内外臣工条陈时政者，言苟可采，无不立见施行。而疏章竞进，辄多摭拾浮词，雷同附和，甚至语涉荒诞，殊多庞杂。嗣后凡有言责之员，自当各抒谠论，以达民隐而宣国是。其余不应奏事人员，概不准擅递封章，以符定制。时务官报，无裨治体，徒惑人心，并着即行裁撤。大学堂为培植人才之地，除京师及各省会业已次第兴办外，其各府州县议设之小学堂，着该地方官察酌情形，听民自便。其各省祠庙，不在祀典者，苟非淫祀，一仍其旧，毋庸改为学堂。此外业经议行及现在交议各事，如通商、惠工、重农、育材，以及修武备、浚利源，实系有关国计民生者，亟当切实次第举行。其无裨时政而有碍治体者，均毋庸置议。着六部及总理各国事务衙门，详加核

戊戌六君子图

议，据实奏明，分别办理，以副朝廷励精图治、不厌求详之至意。将此通谕知之。

自有此谕，已将新政根本全盘推翻。随后复命各项考试，仍用制艺，停办经济特科，禁止报馆，撤销农商总局，不准士民结社集会。举光绪帝半生心血，百日精神，都化作过眼烟云，消灭无遗了。

西太后复下严厉手段，令将杨深秀、谭嗣同、林旭、杨锐、刘光第、康广仁六人，即行正法，毋庸刑部讯鞫。六人临刑，神色不变。嗣同尚谈笑自若，宣言道："中国数千余年来，未闻有为国变法，以致流血，此番算是第一遭了。人谁不死，死后扬名，怕不是碧血千秋么？"六人同时遇害，时人呼为"六君子"。又将张荫桓发配新疆，严加管束，徐致靖永远监禁，李端棻革职充戍，陈宝箴革去巡抚职，永不叙用。复夺翁同龢原官，交地方官看管。一面命荣禄为军机大臣，节制北洋诸军；特任裕禄为直隶总督，许应骙为闽浙总督。"老母班"一概起复，"小孩班"一概诛逐。然后再作几篇官样文章，作为上谕。如融党见，杜攻讦，清理讼狱，训练兵勇，惩戒盗贼，勤课水利、农桑，饬办积谷、保甲、团练等事。守旧党人盛称西太后功德，仿佛是个女中尧舜。小子有诗咏道：

拨翻新政见雌威，率土臣民莫敢违。

尽说女中有尧舜，如何清室竟衰微？

欲知后来情状，看官试阅下回。

光绪帝之急于图强，与维新党之侈言变法，皆蹈欲速不达之弊，不能尽为无咎。然如西太后手段之辣，心思之悍，诚吕、武以来所未有。我不敢谓维新党之足以兴国，我却敢谓西太后之必致丧邦。满廷老朽，谋构有余，加以阉竖李莲英，势倾内外，能无沦胥以亡乎？古人谓"牝鸡司晨，惟家之索"，观是书而益信矣。

第二十六回　大阿哥入嗣宗祧　义和团旁延畿辅

　　却说西太后诛逐新党，力反旧政，已是不遗余力。又因总署缺人，特命徐用仪、许景澄、袁昶、桂春、赵舒翘、联元、启秀、裕庚等人，先后入直。并将天津阅操的成命，一律收回。且下诏遍求名医，入视帝疾。略称"自四月以来，朕即觉违和，一病至今，尚未轻减"云云。四月中下诏变法，大有精神，如何说是有病？可见全是谎语。于是各省皆征名医入都，连西医都色夫，籍隶法国，也至西苑诊视。小子生长南方，只闻江苏名医陈莲舫，被征北上，到京后，由军机处带领入殿。陈医照例跪叩毕，屈膝如故。暗窥西太后与光绪帝对坐，中置矮桌，光绪帝面白无色，似有倦容，形容瘦弱，鼻如鹰钩；独西太后威仪严整，奕奕逼人。向例医官不能问皇帝病状，因此帝病由太后代述，光绪帝随时颔首，或略说一二字，证实病状。至西太后命诊帝脉，光绪帝方伸手置矮桌上。陈医跪按帝脉，模模糊糊的诊了一番，也不识他是什么病源。实是愁病。西太后又接述病情，略说舌苔如何，口中、喉中生疮如何。陈医又不便仰视，姑妄听之而已。西太后语毕，陈医即退出，拟就一个不死不活的方剂，呈上军机，恳他转奏。自思药不对症，未能见效，不如赶紧出都。当时江苏巡抚曾送赆仪六千两，他即将这银贿托要路，方得回南。白跑了一次，还亏没有意外，乃是不幸中的幸事。

　　话休叙烦。且说西太后既幽禁光绪帝，有意废立，因恐中外反对，不好径行；暂时且托称帝疾，敷衍了一年。暗中时作废立的思想，拟厚集兵力，抵制中外，方好把光绪帝摔去。因是命荣禄节制北军，教他认真训练。荣禄遂奏设前、后、左、右、中五军：前军把守北洋门户，驻扎北塘、大沽一带，即以聂士成所统武毅军编制；为下文死事张本。后军驻扎蓟州，兼顾通州，即以董福祥所统甘军编制；左军驻扎山海关内外，专防东路，即以宋庆所统武毅军编制；令袁世凯募建陆军，驻扎小站，扼津郡西南要道，称为右军；革命后，袁得任总统，便是小站练兵的效果。自己另招亲兵万名，作为中军，驻扎南苑，保卫京师。五军同时筹备，满望将京畿四面，布置得密密层层，与铜墙铁壁相似。可奈国帑空虚，有兵无饷。遂命协办大学士刚毅，启节南下，先到江南，继到广东，两处搜括了几百万银子，才赋言旋。不知他中饱若干？西太后尚嫌不足，复命各省将军、督抚，着力整顿关税、厘金、盐课等项，凡商民输纳的款子，统要和盘托出，不得隐匿。其如官吏不从何！并令轮船招商局、电报局及开平矿务局，盈余利息，酌提归公，作练兵的寻常经费。

计划已定，便提议废立问题。其时端郡王载漪的福晋，入侍太后已有数年，应二十一回。西太后颇加宠爱。遂命端郡王载漪，督练虎神营。这叫作妻荣夫贵。载

大阿哥溥儁像

漪顽劣无能，何知兵事？不过用了几个文牍员，上了几本虚张声势的奏折，西太后遂说他训练有效，从优奖叙。他有一子，名叫溥儁，年方十四，尝随母入宫。他有一种小聪明，无论什么玩具，叫他一学，数日即能。兼且善能唱戏，所有汪大头、谭叫天的腔调，都能心领神会，随口摹仿。因此，太后异常爱他。好入戏迷传。他是道光帝曾孙，与同治、光绪二帝为犹子行。但支派已经疏远，论理不应入嗣。西太后注意择贤不论亲疏，总教是自己中意，便好将他立为储贰。所谓溺爱不明。

可巧承恩公崇绮，废居私邸，闲散多年，得着这个消息，暗生觊幸，嘉顺皇后的遗恨，难道已忘却么？密与大学士徐桐、尚书启秀往来筹议，想乘此定策禁中，得邀殊宠。可奈朝廷大权，统在荣禄掌中，若要阴谋废立，必须荣禄预奏太后，方可有成。当下同造荣第，先探荣禄意思。荣禄依违两可，三人告别归来，夜间即由崇绮密具疏草，引经援史，做了一篇煌煌大文。不愧殿撰才！徐、启二人瞧着，大加褒赏。崇绮道："这篇奏折，大致颇中时要。但必须荣中堂联衔，较为有力。"徐桐道："那个自然。启兄与荣中堂莫逆，明日请先为通意。"启秀应允。

次日朝罢，启秀随荣禄退归，便与密商署折事。荣禄道："这事恐不易办到的。你不闻南方督抚，早有违言吗？"启秀问是何人作梗，荣禄道："太后早有此意，我兄弟未敢赞成。前曾发了密电，去问南方各督抚，江督刘坤一复电到来，首先梗议。照此看来，这事只好缓图。"启秀道："公不闻伊霍之事么？古语有云：'欲立非常之功，必待非常之人。'如我公功德崇隆，一举手间，便可成事。

173

端郡王载漪像

伊霍不能专美于前，宁畏一外省疆臣么？"谏中寓激，措词真巧。荣禄道："一个江督原不足畏；但外国驻京公使也常来问帝病状，一旦事出非常，安保不来诘责？"启秀闻到这语，颇也踌躇起来，寻又答道："慈寿已高，将来复要归政，为之奈何？"愓之以利害，又进一层。荣禄不禁嗟叹道："这也只好听天由命。"启秀复道："崇、徐二公，少顷当来拜会。晚生要拜别了。"荣禄也不挽留，送行时只谆嘱道："二公处为我致意，幸勿卤莽。"启秀唯唯，出了荣第，即至崇、徐处报闻。崇、徐复亲至荣第投刺，不料门上竟称"挡驾"。惹得崇、徐二人懊恼起来，竟大着胆，把三人联衔的奏章，浼了李总管，直达慈宁宫。

西太后览奏心动，是晚即召亲信王大臣密议。王大臣等多未接洽，奉了密旨，统是忐忑不定，陆续到宁寿宫。排班碰过了头，西太后即宣谕道："今上嗣统，国人多说次序未合。我因帝位已定，自幼抚养，直到今日。不料他毫不感恩，反而对我种种不孝，甚至与南方奸人同谋陷我。如此行为，还配做皇帝么？"王大臣们尚未答言，太后又说道："我意已决议废立，改择新帝。此事可于明年正月元旦举行。汝等今日可议：今上废后，应加何等封号？明朝景泰帝尝降封为王，古例也好援用么？"这旨一传，那大学士徐桐便碰头奏道："从前金封宋帝，曾有'昏德公'名号，或可照用。"引明不若引金，真好满奴。西太后略略点头，随又道："新帝已择定端王长子。端王秉性忠诚，汝等应亦共知。他子性亦聪敏，若立他为帝，可无后虑。"说至此，即旁顾载漪道："汝此后可常来宫中，监视新帝读书。"载漪闻言，几乎自顶至踵，无不爽快，忙即跪伏，磕了几个响头。

忽有一人启奏道："依臣愚见，事宜从缓。倘若速行，南方恐要有变。现在不如默选贤良，参酌列祖列宗成例，俟要嗣立，方可举行。"太后瞧将过去，谏阻的人乃是协办大学士孙家鼐，还是此人。不由的沉着脸道："这是我们一家人会议，兼召汝等汉大臣，不过顾着汝等体面。况此事曾告知皇帝，皇帝也没有什么异言。汝等明晨至勤政殿候着，我当饬召皇帝御殿定夺便了。"王大臣等闻命趋退。端王载漪怒目视孙，恨不得将他扑杀，只在西太后面前不便发作，怏怏趋出。独荣禄奉着懿旨，特别留住，又历一小时乃退。

翌晨，各王大臣至勤政殿，伫候了一句钟，但见西太后乘着慈舆，由数太监簇拥前来。大众在阶下跪接，俟太后下舆入殿，诸人齐起，至殿门外跪下。约数分钟，见李总管莲英导着帝驾，至殿门外下舆，登殿行跪叩礼。西太后道："起来！"帝谢恩而起，从旁坐下。太后又召诸王大臣入殿，王大臣等入殿下跪。只听西太后语帝道："你年已及壮了，尚无后嗣，更且多疾。我意拟选立储君，你意以为然否？"光绪帝不敢多言，只答了一个"是"字。苦呵！西太后即谕王大臣道："帝意亦是如此，汝等谅各听见了。"王大臣等齐称"遵旨"。西太后复谕荣禄道："你去饬军机拟旨吧。"随即退朝。

又越日，大集群臣于仪銮殿，凡近支亲王贝勒、御前大臣、内务府大臣、各部尚书、南上两书房翰林，齐集殿阶。太后及光绪帝尚未到殿，大众各附耳密谈，争说今日有废立情事。内廷承值的苏拉，清宫太监名。且昌言道："今日要换皇上了！"不一时，两宫驾到。俟大众跪叩后，即命荣禄颁发谕旨。其文云：

> 朕以冲龄，入承大统，仰承皇太后垂帘训政，殷勤教诲，巨细无遗。迨亲政后，正际时艰，亟思振奋图治，敬报慈恩，即以仰副穆宗毅皇帝付托之重。乃自上年以来，气体违和，庶政殷繁，时虞丛脞。惟念宗社至重，前已叮恳皇太后训政。一年有余，朕躬总未康复，郊坛宗庙诸大祀，不克亲行。值兹时事艰难，仰见深宫宵旰忧劳，不遑眠逸，抚躬循省，寝食难安。敬溯祖宗缔造之艰难，深恐勿克负荷。且入继之初，曾奉皇太后懿旨，俟朕生有皇子，即承继穆宗毅皇帝为嗣。统系所关，至为重大，忧思及此，无地自容，诸病何能望愈。用再叩恳圣慈，就近于宗室中慎简贤良，为穆宗毅皇帝立嗣，以为将来大统之畀。再四恳求，始蒙俯允，以多罗端郡王载漪之子溥儁，继承穆宗毅皇帝为子。钦承懿旨，欣幸莫名，谨敬仰遵慈训，封载漪之子为皇子。将此通谕知之。

看官记着，这道谕旨乃是光绪帝二十五年十二月二十四日颁发。当时土大臣等起初疑是废立的懿旨；及看到此谕，方知是选立储君。颁谕后，王大臣等退朝，还是啧啧私议，预料明年元旦，嗣皇总要登基。谁知元旦这一日，寂无影响，反下了一道恩诏：因光绪帝三旬寿辰，赏赉王公大臣有差。这正是莫名其妙了。后来细细探查，乃知西太后本拟废立，嗣因大臣会议，被孙家鼐谏阻，未免动疑起来；随即留住荣禄，详询可否。荣禄婉言奏道："圣母懿旨，谁敢抗议？但今上过失未曾表明，外国公使如来干涉，倒是一桩难事。"西太后道："木将成舟，如何是好？"荣禄道："这却无妨。皇上已值壮年，尚无皇子。为穆宗毅皇帝大统计，应早立储。今立端王子为大阿哥，承继穆宗，

直隶总督荣禄像

抚育宫中，慢慢儿的瞧着机会立为嗣皇帝。那时名正言顺，不怕外人梗议了"。荣禄未尝维护光绪帝，不过慎重一点。西太后默思良久，方道："汝言亦甚有理。"随命退息。因此荣禄独迟迟出来。

只这位协办大学士孙家鼐，一时迫于忠愤，直言谏阻；继思得罪端王，定多不便，遂乞了病假，安然回籍。恰是明哲保身。他的遗缺由王文韶补入。王协揆随处圆到，京中号他"玻璃蛋"，光滑的了不得，所以始终不遭险难。当时还有沪商经元善，联络义士，拍了一个长电，力争废立事情。西太后大为愤怒，立饬军机，电达江督，严拿元善。电文才发，东洋又来了一电，辱骂西太后，并说义师云集，指日来京问罪。气得西太后浑身发抖，又命军机电饬沿海疆吏，悬赏十万金，捉拿康梁。毕竟大海捞针，无从搜捕。不但康梁远飏，连经元善也不知去向了。

立储既定，溥儁即入居宫中，仍辟弘德殿教他读书，阖宫称他大阿哥。命崇绮为师傅，徐桐为监管。大阿哥性好游狎，要他静心读书，好像牛鼻上穿绳，哪里情愿？亏得崇、徐两公，统是好好先生，不去严行监督，所以大阿哥尚觉自由。他生平最喜欢的有两只洋狗，一入宫就带了进去。别人还道他读书，谁知他一味弄狗。一班狐群狗党，何分人畜。乃父端王，得了这个机会，权势越大。除崇绮、徐桐外，如刚毅、启秀、赵舒翘、英年等人，没一个不去趋奉。荣禄虽势力相埒，究竟位在彼下，也只得略献殷勤。还有载澜、载勋、载瀛、载濂、载滢等，统是他兄弟行，巴不得他父子发迹，好做现成的皇叔。

凑巧山东巡抚毓贤，密报端邸，说"有一种义和拳民，刀箭不入，枪炮不受，确是有些神技。想系上天有眼，赐佐新君"等语。乱拍马屁。端王载漪闻这消息，不觉欢跃异常，暗想：废立的事情，不即举行，无非为了洋人干涉，防他兴兵挟制。若得这班义民，驱逐洋人，那时便好废立，自己好做太上皇帝，连西太后也可摔去了。人有千算，天叫一算，奈何！忙进见西太后，奏称山东有义和拳，如何能干，可以试用。西太后道："这等都是邪术惑人，有什么用处？"初见甚明。端王撞了一鼻子灰，惘然趋出。次日奉谕"山东有义和拳会，以仇教为名，到处滋扰，并及直隶南境一带。此种匪徒，私立会名，聚众滋事，恐无知愚民，被其煽惑，酿成巨案，迨至用兵剿办，所伤实多。朝廷不忍不教而诛，着直隶、山东督抚严谕禁止"等语。

端王看到此谕，懊恼的了不得。只暗中密复毓贤，叫他竭力保护，毋庸遵旨。这毓贤本端邸走狗，这是中国狗，不是西洋狗。端邸的说话，胜如懿旨，自然惟命是从。当下出示张贴，令改义和拳为义和团，认真训练。这班拳民见了此示，越加欣跃。于是毁教堂，掠教民，无所不为，居然张起"毓"字黄旗，与洋人为难。各国驻京公使行文总署，请派兵速剿拳匪，并将东抚毓贤撤任。总署接这照会，奏闻西太后。太后命将毓贤调京，换了一个袁世凯。袁到任，一意主剿，派兵数千名，分头截击。那班义和团倒也耀武扬威，出来接仗，战了一场，被官兵杀得七颠八倒，连首领朱红灯，也由官兵拿去，枭首示众。神技如何不用？剩了好几百败残团民，抱头鼠窜，都逃入直隶南境。直督裕禄与端王向来要好，早接端王密函，有心招集团民，来一个、收一个，来百个、收百个，三五成群，四五结党，自然越来越多。

究竟这义和团，是民是匪？作书人不得不追究来源。这义和拳，就是八卦教的遗孽。有乾字拳、坎字拳、震字拳、坤字拳诸名目，捏造符咒，练习拳棒，自称受玉皇大帝差遣，除灭洋人。他所持的咒语，约有数种，说将起来，统是喷饭。一种咒语是："快马一鞭，西山老君，一指天门动，一指地门开。要学武艺，请仙师来。"

袁世凯像

一种咒语是："天灵灵，地灵灵，奉请祖师来显灵。一请唐僧猪八戒，二请沙僧孙悟空，三请二郎来显圣，四请马超黄汉升，五请济颠我佛祖，六请江湖柳树精，七请飞镖黄三太，八请前朝冷于冰，九请华佗来治病，十请托塔李天王，金吒木吒哪吒三太子，带领天上十万神兵。"这两种咒语最是通行。还有什么天光老师、地光老师、日光老师、月光老师，及长棍老师、短棍老师等咒，述不胜述。练技时，设案焚香，叩头膜拜，拜后焚符念咒；念毕咒语，伏地不动，霎时间口吐白沫，跳跃而起，持刀飞舞，如疯如狂。或有用符佩带身上，说是可避炮火。符用黄纸一张，绘以朱砂，中有一像，非人非鬼，非神非妖，有头无足，面尖削，但有眉眼，顶上有四光环，当胸写小字一行，乃"我为冷云佛，火神在前，太上老君在后"十余字。此外又有菩萨、龙、虎等字。种种怪诞不值一辩。又有一种红灯照，统是妇女演习，穿着红衣红裤，右手持红灯，左手持红折扇，年长的梳高髻，年幼的挽双丫髻，在静室中先习数日，术成后，持扇自煽，据说能升高踏空，飞行自如，把灯掷下，便成烈焰。

先是，天津府北乡开掘支河，挖起一方残碑，上有二十字，模糊可认。其文道："这苦不算苦，二四加一五；满街红灯照，那时才算苦。"当时大家瞧着，无从索解。至拳匪闹事，联军入京，津民流离迁徙，备极惨状，遂有人解释碑文，谓：上两句指甲午事，下两句指庚子事。甲午年有中日之役，京畿戒严，百姓也恐慌得很，后来马关订和，民心乃定。庚子年便是光绪二十六年，拳匪扰乱，天津大扰，才算是真苦了。小子诗兴复发，又随笔凑成七绝道：

　　　　黄巾以后又红巾，邪教由来尽匪人。
　　　　怪底朝臣甘庇纵，竟教小丑扰京津。

欲知拳乱如何结果，试看下回便知。

　　妇人最多偏爱，亦最忌偏爱；偏爱则种种嫌隙因之以起，家不能齐，遑问治国？西太后名为英明，乃偏信端王载漪，竟立其子。试思光绪帝五龄入宫，自幼抚养，以至成人，尚有母子离心之患；岂十四岁之溥儁，必能毋违慈命，始终如一耶？崇绮、徐桐辈，利令智昏，尤不足道。甚至以荒诞支离之邪教，竟视作义民，妄思假彼术以排外。愚昧如此，实古今历史上之所罕觏者矣！故有古今罕觏之愚人，乃酿古今罕觏之奇祸。读是回，为之愤然。

第二十七回　祖拳匪误信邪术
　　　　　　　颁战谕开罪友邦

　　却说山东巡抚毓贤奉调入京，甫下车，即至端邸谒候。载漪问义和团形状，毓贤称神技足恃，可以驱灭洋人。坐实祸首。载漪道："果真靠得住么？"毓贤把团民技术极力夸张，说得天花乱坠，不由载漪不信。载漪随道："太后尚是怀疑，奈何？"毓贤道："太后未曾亲睹，难怪不信。先请王爷会集军机，详奏一本，俟太后见召晚生，再为证实，这位老祖宗也可相信了。"载漪依计，便邀集各位懿戚及徐桐、刚毅、启秀等，到邸密商，托大家怂恿太后，信用义和团扶清灭洋。大家齐声道："储君新定，百神效灵，所以降此义民来除妖孽。老佛爷近日也闻着义民忠勇，稍稍心动。总教各人协力，先后启奏，就可奉旨照行了。"统是做梦。载漪道："全仗！全仗！"大众退去。载漪又密饬裕禄，叫他"赶紧招练团民，准备与外人对仗；倘得成功，不吝重赏"等语。裕禄得了此信，格外效力，阳奉太后旨意，遣兵剿捕，暗中恰与将弁说明，与团民通同一气。所以直隶境内，随处设坛，几变成拳匪世界。

　　李伯相鸿章自西太后三出训政，命他巡阅黄河，此时已回京复命，寓居贤良寺。闻端王载漪等将召集拳匪，与洋人为难，料知京中不甚安靖，一旦乱起，未免玉石俱焚，遂去与李总管商议，乞放外任。可巧两广总督谭钟麟被御史参劾，说他老迈昏聩，有开缺的消息。李总管即面禀西太后，不如令老李代任。西太后照准，竟命李鸿章去代谭钟麟。老李闻命大喜，即日请训出京，乘轮南下了。此老毕竟狡猾。

　　转瞬间已是仲夏，拳匪猖獗天津，竟将京津铁路拆掉；并由红灯照女子，毁坏车站。驻京西使屡向总署诘责。西太后得此信息，尚有严拿首要的谕旨。会直隶副将杨福同，为了涞水闹教，出去弹压，被拳匪当场戕害。警报直达清廷，西太后便召端王以下王大臣密议半日，竟遣协办大学士刚毅，偕军机大臣赵舒翘，出京查办；西太后已渐受蛊惑了。一面召见毓贤，询及拳民。毓贤奏对称旨，特简任山西巡抚。他奉了慈命，走马上任去讫。过了数日，刚、赵二人回京复命，盛称拳民如何能耐、如何服从，把杨副将被戕事抹煞不言。杨副将死不瞑目。西太后信以为真，至此全信。即命载漪掌管总理衙门，启秀、溥兴、那桐，着在总署行走。眼见得朝政日非，酿成奇祸了。

　　刚毅到端邸道贺，正在接谈，忽来了一个侍卫，呈上一函。由载漪拆阅毕，递与刚毅。刚毅瞧着，内说"昨日有洋兵三百名，由津来京，保护使馆，请端王知照虎神营，勿阻洋兵入城，老佛爷亦已照允了"，下文署名乃是"奕劻"两字，便语载漪道："庆王爷何故袒护洋人？"载漪道："我也不懂他什么意思。"随即详询侍卫各事。侍卫道："庆王爷曾接直督来电，洋兵未带大炮，不妨令他入城。"载漪哼了一声，道："几百个洋鬼子，怕他什么？你去回报庆王爷，我已知道了。"侍卫去讫，刚毅又语载漪道："洋兵入京，无论多少，不可不防。"载漪道："汝说也是有理。但奈庆王等人，未肯与我同心；还有一个荣中堂，常说拳民不可轻用。这次洋兵到京，老佛爷照允，恐怕也是他奏闻的。"刚毅顿足道："扶清灭洋，在此一举，如何他们还要反对？我前时疑虑总在汉员身上，何故皇室懿亲，也糊涂若此？"自己发昏，还说人家糊涂。载漪道："总署归我掌管，我与洋人发难，也不怕他们中阻。可惜各位带兵的大员，不尽可靠。"刚毅道："董福祥很是忠勇。叫他带兵入京，围攻使馆，歼灭洋人。内应既除，不怕外合了。"载漪道："我已早有此想。明日召他来京便是。"刚毅乃起身辞去。

　　越宿，即由载漪禀白太后，召董福祥带兵入京。董军纯系甘勇，素乏纪律；福祥又是个回匪头目，由左宗棠招抚投诚，因平回有功，擢至提督。俗语有道："江山可改，本性难移。"福祥虽然效顺，总有些粗鲁鄙陋的性子，一闻朝命宣召，立刻率兵驰入。载漪就令他围攻使馆，并放拳匪入城，作董军的后劲。看官试想，甘勇本散漫无纪，加以这班如狂如痴的拳匪，跳跃六街，横行焚掠，这京城里面，除宫禁外，还有干净土么？京中百姓，实是晦气。

　　各国使署严诘总署，至再至三，不得答复，忙檄调洋兵进京保护。日本书记生杉山彬，闻本国兵到，至车站迎候。方出永定门，碰着一班甘勇，哗然叫道："这个东洋小鬼出城来做什么？"杉山彬不去理他，只管前行。甘勇又叫道："东洋小鬼擅敢出城，快快吃我一刀！"说时迟、那时快，杉山彬已被甘勇揪翻在地，手起刀落，毙于非命。难道是命该当绝么！日本驻使闻报大怒，请舆尸入城敛葬，一面电达本国。载漪等尚想隐瞒，偏荣禄先去奏明。西太后命军机拟旨，表示惋惜意思。载漪览谕，不觉愤怒道："杀一个东洋小鬼，惋惜什么！据我意思，在京中的洋鬼子，无论是东是西，统统杀尽，方出我气！"

　　言未已，刚毅又来拜会。载漪尚余怒未息，即与他复述前言。刚毅道："这事非运动李总管不可。"载漪道："我昨与李总管谈起，他亦赞同我意。只因荣中堂时常作梗，密奏老佛爷，不要围攻使馆，致碍万国公法，以此老佛爷为所煽惑，尚是迟疑未定。"刚毅道："他总常在老佛爷左右，随时可以进言，若托他竭力周旋，定生效力。"载漪点头。刚毅道："闻得毓贤到山西任上，杀了好几个教士，洋人也无可奈何。若外省督抚个个似他能耐，中国能有多少洋人，半月间好杀尽了。"个个似毓贤，恐怕中国百姓都要杀尽。载漪道："外省督抚，多半汉奸，只毓贤确是忠心。毓贤以外，还有一个李秉衡，颇肯为我效力。他现在巡阅长江水师，我已召他带兵来京，同灭洋人呢！"毓贤在山西情事，与李秉衡被召入京，俱从两人口中叙出，免得另费笔墨。刚毅道："如此很好。"

慈禧书法作品

言未已，忽接直督裕禄急电：洋人联络八国兵舰，齐集大沽口，硬索大沽炮台。刚毅起贺道："师出有名了。"载漪道："八国联军到来，恐怕也不易抵敌呢。"刚毅道："洋人所靠的是枪炮，现在义和团不怕此物，就使海外的洋鬼子倾国前来，也不碍事。"载漪道："你前日亲去查办拳民的神术，谅总试验过的。"刚毅道："这个自然。前到静海县属的独流镇，巧值拳首张德成设坛习拳。内有几个小孩子，能跃高丈余，长大的不消说了。及细问德成，据说所持符咒，很有效验。有一个闭火咒，念将起来，无论什么枪弹也放不出来。王爷你想，枪弹无灵，洋鬼子还能战胜我么？"载漪道："毓贤也这般说，你又亲眼瞧着，亲口问明，这真是天赐灭洋了！"天要灭你。

刚毅正思告别，门上又投进名刺，乃是启秀、那桐进见。载漪连忙迎入，分宾主坐定。启秀道："裕督专折到京，内言洋人索大沽炮台，请朝廷即与宣战。此折拟即呈递，特来禀明王爷。"刚毅在旁，不待载漪开口，忙道："早日宣战好一日。启兄何不速呈？"接连闻着载漪声音，说是"快呈进去"。那桐道："今日荣中堂至西苑，奏请送外使至天津，老佛爷已允他了。"刚毅勃然起立道："他如何专庇洋人？董军门曾对我说，五日以内可扫尽使馆，杀尽外使。只怕他暗中接济，拖延时日。大家总要参他一本，叫他出了军机才得成事。"启秀微笑道："刚协揆不要着急，荣中堂是扳不倒的。愚见倒有一策，十拿九稳，今日举行，明日定必宣战。"载漪道："启兄有何妙计？快令大家知道。"启秀附着载漪耳边，说了数语，载漪笑盈盈道："确是妙计！确是妙计！"妙计、妙计，要全家覆没了。刚毅忍不住要问，又由启秀与他密述一遍，刚毅也喜形于色。当下三人告别。

是晚，由宫中传出，立召军机大臣入宫会议。载漪、启秀、那桐、刚毅、荣禄等，俱入见。行礼毕，西太后盛气道："洋人索我大沽炮台，无理已甚。看来只好与他决裂了！"载漪道："衅自彼开，何妨宣战。且外使还有一个照会，今日缴到总署,所说很是狂悖,还请老佛爷慈鉴。"言毕,便从袖中取出照会,呈与太后。太后不瞧犹可,瞧过后,把一张丰颐广额的慈容,气得与温元帅相似,愤然道:"他们怎么敢干涉我大权?是可忍孰不可忍!"随将照会掷付荣禄,道:"你瞧外人这般无礼,你还说是不应宣战么?"荣禄取阅照会,内说"要太后归政皇上,废去大阿哥溥儁,并许洋兵一万入京"等语。阅至此,仰窥西太后颜色,生平未见这般盛怒,欲要劝解,一时难以措词。但见西太后对着道:"你愿意保全外使,你自去告诉他们,教他即日前往天津。但他们既有此妄言,我不能保他途中平安。我本不要他的命,前并允许洋人出城,保护使馆。我一人违拂众人的意思,压服义和团,都是为着他们。他们竟这样报我,我也顾不得什么,宁可拚死一战。"试问太后自己能战吗?又语载漪道:"你去饬知各王大臣,明晨在仪鸾殿会议。今日晚了,汝等且退。"大众奉命退出。

翌晨,西太后御仪鸾殿召见各军机大臣。礼亲王世铎以下,相率到殿。荣禄含泪跪奏道:"外人索我大沽炮台,昨晚来电,已将炮台占去。占去炮台,亦于奏中叙入。原是由彼启衅,非我无端挑动。但围攻使馆,决不可行。无论违背公法,危及宫廷;就使杀了外使数人,也与我国无益。吁请太后明鉴!"也算竭诚了。西太后怫然道:"我昨已同你说过,教你通知洋人,赶快出京。除这话外,没有别的好主意。你不必在此多说,可即退出!"荣禄叩头而退。启秀即呈上所拟宣战诏书。西太后道:"很好,就这样办。"一语丧邦。又问各军机大臣意见如何,大众统称"遵旨"。西太后命诸臣暂退,自己入宫早餐。

越两小时,又出御勤政殿,李莲英侍侧,大集廷臣会议。光绪帝亦到,谒过西太后,方才入座,但觉身颤不已。猛听西太后厉声道:"外人欺我太甚,我已忍无可忍了。我本意压服义和团,不欲开衅;他既占我大沽炮台,复照会总理衙门,要我归政。皇上尚在,自认不能执掌政柄,外国何得干预?照这样挠我主权,尚好和平解决么?"大众不敢多言,西太后又语汉大臣道:"本朝二百余年,深仁厚泽,无间南北。我执政后,谨守祖宗成宪,不敢虐待吾民。前此发捻构乱,朝廷指授方略,削平大难,重睹升平。今日外人又来欺侮,正我全国臣民合力报国的时候。果能奋勉杀敌,何难制胜夷人!从前圣祖仁皇帝许外人自由传教,未免宽仁太过,酿成今日祸胎。连康熙帝都不及你,你真是个母大虫。夷狄不知圣化,遇事多没道理,自恃兵力,肆无忌惮。回忆咸丰十年,英法联军入京,议和太速,他竟自由来往。那时若有一支得力军队,截他归路,不怕不转败为胜。你前时已去热河,不见京中情状,所以信口鸥张。今幸全国人心统已奋发,数十万义和团民起卫国家,从前仇恨,可从此报复了!"未必。随顾光绪帝道:"你意如何?"光绪帝迟疑半晌,方含糊道:"请圣母听荣禄言,勿攻使馆,安送外使至天津。"这语甫出,太后后面的李总管已是怒目注射,吓得光绪帝身子越抖,不由的改言道:"这是军国重事,不敢妄断。总求圣母主持。"

西太后尚未开言,赵舒翘忽启奏道:"内地洋人甚多,欲要开战,先请明降谕旨,令京内外扫除外人,免为内应方好。"西太后道:"你且退,命军机大臣斟酌奏闻。"赵退出，满员立山、联元，汉员徐用仪、许景澄、袁昶依次谏阻，大致说："寡不敌众，持重为是。"袁昶且谓：西人颇和平讲礼，未必有这干涉内政的照会。端王载漪不待袁昶语毕，即怒斥道："你们都是汉奸，老佛爷肯听信你么？"贼胆心虚。这句话声激而厉，西太后闻着也觉载漪过甚，便语载漪道："你也太觉暴躁了。"随命袁退。于是殿内寂然无声。西太后即命军机大臣宣布开战的谕旨，道：

> 我朝二百数十年，深仁厚泽，凡远人来中国者，列祖列宗，罔不待以怀柔。迨道光、咸丰年间，俯准彼等互市，并乞在我国传教，朝廷以其劝人为善，勉允所请。初亦就我范围，遵我约束。讵料三十年来，恃我国仁厚，一意拊循，乃益肆枭张，欺凌我国家，侵犯我土地，蹂躏我人民，勒索我财物。朝廷稍加迁就，彼等负其凶横，日甚一日，无所不至，小则欺压平民，大则侮慢神圣。我国赤子，仇怨郁结，人人欲得而甘心，此义勇焚烧教堂、屠杀教民所由来也。朝廷仍不开衅、如前保护者，恐伤我人民耳。故再降旨申禁，保卫使馆，加恤教民。前日有拳民、教民皆我赤子之谕，原为民、教解释宿嫌。朝廷柔服远人，至矣、尽矣！乃彼等不知感激，反肆要挟。近更索我大沽炮台，归伊看管，意在肆其猖獗，震动畿辅。平日交邻之道，我未尝失礼于彼。彼自称教化之国，乃无理横行，专恃兵坚器利，自取决裂如此乎？
>
> 朕临御将三十年，待百姓如子孙，百姓亦戴朕如天帝。况慈圣中兴宇宙，恩德所被，浃髓沦肌，祖宗凭依，神祇感格，旷代所无。朕今涕泣以告先庙，慷慨以誓师徒，与其苟且图存，贻羞万古，孰若大张挞伐，一决雌雄。**好大胆。**连日召见大小臣工，询谋金同。近畿及山东等省，义民同日不期而集者，不下数十万人，至于五尺童子，亦能执干戈以卫社稷。彼尚诈谋，我恃天理；彼凭悍力，我恃人心。无论我国忠信甲胄，礼义干橹，人人敢死。即土地广有二十余省，人民多至四百余兆，何难剪彼凶焰，张国之威。其有同仇敌忾，陷阵冲锋，抑或仗义捐资，助益饷项，朝廷不惜破格懋赏，奖励忠勋。苟其自外生成，临阵退缩，甘心从逆，竟作汉奸，即刻严诛，决无宽贷。尔普天臣庶，其各怀忠义之心，共泄神人之愤。朕有厚望焉。钦此！

这谕甫下，大众退朝。是晚，德国驻京公使克林德，带同翻译官，乘舆赴总理衙门，欲与诸王大臣辩论是非，并通知下旗回国；舆中备着手枪，为自卫计。谁意行至半途，误触枪机，竟将弹子放出。适值虎神营中兵队巡查过来，疑他有意放枪，还枪攒击。偌大一个德使，哪里禁得起许多弹子，霎时间死于舆中。端王等时在总署，闻知德使被戕，大呼道："杀得爽快！"庆王奕劻道："杀死外国公使，非同小可。从前咸丰年间，拘执英领事巴夏礼，还闹得不可收拾，况杀死公使哩！"刚毅道："杀一两个洋鬼子，有什么要紧。庆王爷！你看这数日内，要将各使馆灭尽了。"恐他来生都未必看见。

慈禧画作

礼王世铎以此事关系重大，只得据实奏闻。西太后急召荣禄入见。荣禄道："德使被戕，已由太常寺卿袁昶饬人棺殓。但两国相争、不斩来使，中国古法与西洋律例相同。这事不知闹到如何结果？奴才才疏胆小，乞老佛爷俯念愚忧，立赐革职，保全蚁命，不胜幸甚！"西太后才有些着急起来，便道："你不必这么说。快叫军机拟旨，命将戕害德使的人拿捕治罪。"荣禄才答应退出。

西太后稍觉愁烦，出门闲步。遥见大阿哥执刀旋舞，上下跳跃。旁立宫监数人，与他问答。大阿哥哗然道："我去杀洋鬼子徒弟哩。"宫监道："哪个是洋鬼子徒弟？"大阿哥道："便是当今的瘟皇帝。"西太后急走数步，随喝道："你在此说什么？"大阿哥闻着西太后声音，才掷刀于地，垂手立着。西太后道："随我来。"大阿哥只好跟着，回入室中。西太后怒叱道："你不用心读书，敢在此横行不法。快与我跪下！"大阿哥方跪伏地上，西太后命宫监道："你去取皮鞭来。"宫监便取呈皮鞭，由西太后亲自动手，狠狠的敲了二十鞭，打得大阿哥号啕大哭，如杀猪般相似。

该打。西太后随命宫监，速带大阿哥到弘德殿去，交代徐师傅，毋令狎游，否则老徐亦要任责。宫监奉命，领着大阿哥去讫。

西太后正愤闷间，忽报称端王求见。太后命召入。端王跪叩道："老佛爷大喜！津兵与义民大获胜仗，洋鬼子都驱逐出境了。"西太后不觉改怒为喜道："果有这等事么？"正是：

　　　　小胜即骄天夺魄，虚声入报后欢心。

究竟是否得胜，且待下回分解。

　　　　祖拳匪者，首毓贤，次刚毅，又次为载漪弟兄，及崇绮、徐桐、启秀、赵舒翘等人，又次为西太后。似西太后误国之咎，应从末减。然试问谁执政权，乃信任祖匪殃民之贼臣，开衅友邦，作孤注之一掷耶？总之天下人不应存一私见。毓贤、刚毅等为迎合而祖匪，载漪为觊觎而祖匪，西太后为仇视光绪帝而祖匪。赝鼎之照会忽来，宣战之诏书即下。不度德，不量力，妄思以一服八，可恨亦可笑也。

第二十八回　订特约江督保民
走制军津门失守

却说载漪入宫报捷，由西太后详细垂询。载漪道："顷得裕禄来电，详称天津大捷。洋鬼子首领叫作甚么西摩尔，是英国提督，带着各国鬼子兵，想绕出天津，来攻京师。到了杨村，被我军一阵击退，杀了无数鬼子。天津义和团，又出去截杀一阵。西摩尔闻声胆落，领着残兵，逃出大沽口去了。"语多鄙俚，确肖载漪口吻。西太后大喜道："谢天谢地谢祖宗！这遭战胜洋人，好泄我累年仇恨。"痴心妄想。载漪又道："京中义和团差不多有一万人，须派员督率方好。"西太后道："你看叫谁去？"载漪道："载勋已蒙老佛爷特旨，任为步军统领。若叫他统率团民，定不致误。再令刚毅、英年，帮他办理，保管有效。"西太后道："你兄弟载澜倒也可用，你去叫军机拟旨。载勋、刚毅统率义和团，英年、载澜会同办理便了。"载漪碰了好几个响头，起身出宫，一口气跑至军机处，传达西太后面谕，令军机章京拟就，立即发出。

载勋既带领义和团，遂令各处遍设神坛，无论王公大臣邸第，统有神坛设着。并出示悬赏：杀一男夷，赏银五十两；杀一女夷，赏银四十两；杀一小洋鬼子，赏银二十两。于是拳匪历乱都下，专寻二毛子，拿去领赏。"二毛子"的名目，便是拳匪称呼洋人的浑名。那时洋人多迁避使馆，前后左右都用洋兵护着。甘勇、拳匪攻了数日，尚不能动他分毫。各使馆尚不能攻掉，何况八国联军。他恐上司见责，把京中良善的百姓，指作教民，任情搜掠。稍稍与他辩论，刀剑立下，一班车夫、小工及近京流氓，都冒作拳匪，随入抢夺，连京官家属也不能免。可怜官、民两困，妇哭儿啼，都咒骂这端王载漪、庄王载勋，愿他速死。看到后来，拳匪的咒语，不及百姓咒骂的灵效。

那时端、庄两人正兴高采烈，日日奖励拳匪；并带了匪徒六七十人，于早晨六句钟时，闯入宫中，直至宁寿宫门，大呼："瘟皇帝出来，他是洋鬼子朋友，先把他杀掉方好哩！"此时太后及光绪帝，因西苑时闻枪声，不甚安稳，所以徙

185

入宫中。太后正起床饮茗，蓦闻宫门外一片哗声，即出立阶前。见载漪手舞足蹈，乐不可支，便大喝道："你自己道是皇帝么，敢这样胡闹！你要知道，只我一人有废立的权柄。现虽立汝子为大阿哥，顷刻就可废掉。你不要错想，快与我滚出去！非奉旨召见，不得擅自进来。"载漪大惧，忙跪下磕头，然后趋退。太后复命宫中侍卫，拿住为首的拳匪，锢入狱中，余匪都跟跄逸出。西太后既有此权力，纵匪殃民之咎，愈不可逃。西太后恨尚未息，又命将载漪罚俸一年，算作薄惩。

次日，御史徐道焜奏称"洪钧老祖遣五龙守大沽，夷船统当沉没"等语。还有御史陈嘉言，亦奏言："得关帝帛书，不日夷当尽灭。"此外如编修萧荣爵、郎中左绍佐、主事万秉鉴，陆续上书，统说义民可恃，汉奸宜诛。想都是载漪叫他入奏的。只太常寺卿袁昶，连上二疏，请"停攻使馆，立驱拳匪，并改战为和"等情。各折都留中不发。惟乱命迭下，忽令荣禄保护使馆，忽饬董福祥速攻使馆。福祥闻命，径造荣禄家，索武卫军中的大炮。候至一小时，荣禄始出见。福祥愤愤道："快借我大炮一用，今日要毁尽使馆了。"荣禄佯作瞌睡，置诸不理。福祥叱荣禄道："你是个国家柱石，为什么袒着洋鬼子？我问你借用大炮，你索性睡着。糊涂，糊涂！"荣禄方开眼冷笑道："你要大炮，只有一个法子。可奏明老佛爷，先杀我头，后取大炮。"福祥怒甚，转身出门，随走随语道："混帐！你道我不能面奏老佛爷么？"荣禄便抗声道："你即刻去见老佛爷吧！你是好汉，老佛爷又信用你，你去求见，没有不答应的。"

福祥被这一激，即往宁寿宫，大声吩咐太监，说是甘军统领求见。西太后正在宫中作画，颇觉闲暇。见太监进报，怒目道："叫他进来。"福祥入内跪下，西

八国联军攻打义和团的天津之战

太后道："你已将使馆攻下么？"福祥道："尚未。"西太后道："你来做什么？"福祥道："臣来求见，是参劾大学士荣禄。他所带武卫军中有大炮，若移攻使馆，立即扫成白地。臣向他索取，他不肯借用，还说是老佛爷有旨，也是枉然。"西太后怒喝道："不准多嘴！你是个强盗出身，朝廷用你，无非叫你将功赎罪。像你这狂妄的样子，仍然不脱强盗行径，想是活得不耐烦了。去吧！非奉旨不准擅入。"

福祥悻悻出宫，盛气跑至端邸，大叫道："端王爷！奸臣太多，看来此事是办不好了。我只好出京去。"活似强盗口吻。载漪道："怎么讲？怎么说？"福祥将借炮、入宫事，诉说一遍。载漪蹙额道："京内外多是汉奸，实是可恨。今日东南各督抚，竟联衔入奏，极力反对我们。且说与各国洋鬼子擅自订约，两不相犯。你道可恶不可恶么？"福祥愤愤道："罢了，罢了！我不要做统领了。"随将大帽除下，向案上一掷道："王爷！你与我缴还太后，我是要去了。"不如做强盗去。载漪道："这且不要如此性急。老佛爷并非曲庇洋人。如果能将鬼子杀尽，那时东南这班洋奴，我一一杀与你看。"言至此，便将大帽代他戴上，劝他去讫。

原来，两江总督刘坤一、湖广总督张之洞、两广总督李鸿章、山东巡抚袁世凯，公同发起奏阻宣战。当时联衔的人，如川督奎俊、闽督许应骙、福州将军善联、苏抚鹿传霖、鄂抚于荫霖、湘抚俞廉三、粤抚德寿，同列在内。还有巡阅长江的李秉衡，由各督抚邀他署名，他也直捷照允。各督抚总道人多势旺，可以挽回朝命，维持大局。不意奏折上去，好似石沉大海，一声儿没有回响。沪上一方面，洋人租界最多，统恐拳匪南下，多方戒备，并乞江督派兵保护。刘坤一夙怀忠愤，宁违朝命，毋害生灵，决计与洋人联络，互相保卫。当派商约大臣盛宣怀，及上海道余联沅，与各国领事申明各不相犯，订约八条：一是上海租界归各国公同保护，长江及苏杭内地，归各省督抚保护，以保全中外商民生命财产为宗旨；二是长江及苏杭内地，洋商及教士产业，由地方官一体保护，并禁止谣言，严拿匪徒；三是各口岸外国兵轮，仍照常停泊，惟约束水手人等不准上岸；四是各国以后如不待中国督抚商允，竟派兵轮驶入长江等处，以致百姓怀疑，伤害洋商教士生命产业，事后中国不认赔偿；五是吴淞及长江各炮台，各国兵轮不得近台停泊；六是上海制造局厂一带，各国兵船勿往游弋驻泊；七是内地如有各国洋教士及游历各洋人，不得自往僻地，致遭不测；八是租界内各种防护，须安静办理，切勿张皇，摇动人心。各国领事相率签押。自此，东南一带安若苞桑，中外人民盛称各督抚威德。后来停战议和，鸿章北上，也将这事援为话柄，与外人和平交涉，方将满清的宗社又保存了十多年。这也是东南人民尚有幸福。载漪还时颁矫诏，申谕各省督抚，杀逐洋人。各督抚绝不为动，只直督裕禄、晋抚毓贤遵照办理罢了。

且说各国联军既占了大沽炮台，由英提督西摩尔为统帅，带兵入京，为中国兵匪所阻，中道折还。直督裕禄接连奏捷，不是说击毙洋人，就是说轰沉洋舰。

朝旨再三褒奖，并颁内帑十万两，赏给兵团。独前军统领聂士成，素嫉拳匪，屡与裕禄商量，要把拳匪剿灭。这时裕禄正尊信拳匪，哪里还肯听从，反把他训斥一番。至大沽炮台失陷，守将罗荣光败走，裕禄劾知聂军门，说他匿兵不救，竟奉旨照准，把聂军门革职留任。裕禄又调聂扼守天津。聂到津门，遥见紫竹林租界火光烛天，不禁叹息道："百姓何辜，遭此荼毒哩！"旋入城。城内外统是拳匪，各持刀奔至，拟杀聂军门。聂驰入督署，拳匪从后赶入，请出裕制军，指名要杀聂士成。裕禄问为何事，拳匪道："他在落垡地方，杀死我们弟兄数百人，所以要他抵命。"裕禄道："他如何杀你们弟兄？"拳匪道："我等因郎坊铁轨为洋鬼子所造，正要拆毁，被他瞧着，硬行禁止。我等不从，他就令军士放枪。若非我等急忙避开，险些儿统丧性命。今朝狭路相逢，定然要他抵偿。"落垡等就此带出。裕禄道："聂军门是国家大臣，就是有罪，也要请旨施行。你等为国宣劳，总是公仇要紧，不要专记私仇哩！"拳匪还喧哗不已。裕禄道："我去请你大师兄来，自有处置。你们且出去吧。"拳匪方才出署。

看官，你道大师兄是何人？待小子报明姓名。他姓曹，名福田，直隶静海县人。本是个游勇，鸦片系他大瘾头。为了这瘾，弄得家无长物，只剩了一个光身。会闻张德成在独流镇设坛，遂去拜投了他。德成是白沟河人，向系操舟为业。自言得王老师父传授，精习神拳，并长符咒。别人问他师父姓名，他说叫作王德成。亦不知他是真是假，是一是二？嗣因福田入党，德成因他年长多智，将第一把交椅让与福田，推福田为大师兄，自称二师兄。

先是，德成称雄一镇，设坛集众，自称天下第一神坛。凡遇官民过境，即率众拦住，牵赴坛前，用黄纸作表文，焚香供表，纸灰上升者免死，不幸下降，便说他是教民，砍去脑袋。以此人人裹足，相戒不敢前。至战争已开，裕禄请他防守天津。他就带着党羽，并红灯照一班女子，聚集津城；自己乘了大舆，至督署拜会裕禄。裕禄饬巡捕传入，德成怒道："我不是他下属，如何传我入见。"一个舟子会说此话，想是由福田教他。巡捕回报，裕禄忙冠带出迎，直至仪门外迓入，以上宾之礼相待。肆筵设席，宾主尽欢。德成遂请饷二十万，愿灭尽洋人。裕禄一一照允，上书保荐，蒙赏头品顶戴。想是交死运了。天津本有各国租界，地名紫竹林。德成率众攻扑租界，屡被洋人击退。附近有教堂教民，洋人无暇兼管。由德成下令，用红灯照毁教堂，用匪众杀教民。日间纵情焚掠，夜间即择红灯照妇女，抱入室中取乐。

曹福田得这消息，也赶至天津。先令党羽至东南方，埋着火种，自登城楼，向着东南，口中念念有词。霎时间东南起火，烟焰上腾，他便向兵民道："那边最多二毛子，我已派天将去纵火了。"兵民因东南一带，近在租界，便信以为真。俟福田下城后，多跪地迎接。福田恰格外谦冲，叫他不要多礼。又禁拳匪在城焚掠，津民越加敬信。裕禄闻大师兄驾到，又去请他入署，仍然用着上宾礼，接待大师兄。裕制军可谓屈尊降贵！福田比不得德成粗鲁，举止谈吐，井井有条。以此裕禄越加敬重，凡与拳匪交涉事件，都托大师兄斡旋。所以聂军门入署，被拳匪所窘，仍请大师兄到署解围。

大师兄一到，裕禄竭诚尽礼，自不消说。且令聂军门，与他相见。福田道："聂大人何致通洋？奈我辈弟兄们，不识情由，易致误会。若聂大人肯至坛前，白明心迹，那弟兄们自然释嫌了。"聂士成见他烟容满脸，面目可憎，不由的发愤道："我不去！我不去！"裕禄见聂不允，只好替他缓颊，再与福田婉商。福田支吾了一会。忽有衙役入禀道："黄连圣母到了。"裕禄问福田道："黄连圣母是何人？"福田道："她是红灯照首领，有骊山老母附身，法术很大哩！大人须要恭迎。"裕禄即穿好朝服，出署迎入，虔请圣母上坐，向她行着参拜礼。圣母傲然自若，由他跪拜。不怕拜死么？还有三仙姑、九仙姑

义和团团民

等，统随圣母入署，与圣母都服道装。圣母年约三十许，两仙姑不过二十许人，妖冶轻盈，只面上恰搽着许多脂粉。仙姑还要搽脂抹粉，无怪脂粉价贵。与裕禄相见毕，裕禄留她饮酒，仙姑恰称持斋。果真不吃大荤，我却未信。当下辞出督署，各乘仙舆而去。津民各家户外统供着香烛，待她如神明一般。这且不必细表。

单说裕禄返入内厅，复与大师兄叙了数语，大师兄去讫；聂士成亦即出署，率军守紫竹林附近。仅一日，联军前队到来。士成率游击宋占标，奋力出战。两边枪林弹雨，恶狠狠的斗了数小时，联军退去。越日又战，两军复开枪轰击，自辰至午，仍然不分胜负，联军又退却。是晚，马提督玉昆奉调来津，协守津门。与士成相见，士成慨然道："国事至此，不必说了。只我内扼权臣，外困匪党，进无可进，退无可退，真不知死所哩！"玉昆也不胜叹息，自率军去守京津东站了。

越宿，炮声震地，旌旗蔽天，各国联军排墙而至。聂军门开营逆战，一当十，十当百，任他血肉横飞，只是相持不退。忽闻后面有哗噪声，忙回头一望，乃是兵匪联合，倒戈相向。这一惊非同小可，亟饬令收军，把前队改作后队，已被联军击倒无数。及退至八里台，检查起来，方知部下有新练军一营，通了拳匪，自相攻击。不觉流泪道："死期到了。"随即写了遗书，饬亲校专送寓所，立刻迁眷回籍。次日，洋兵又鼓勇杀来，聂军门一马飞出，首先突阵。部将知他拚

死，力挽马缰，不令前驰。军门用刀横掠，并语部将道："你们去吧，我今日殉国了！"一声河满子。部将泣谏不从，经突入联军阵内，身受七伤，肠裂而死。游击宋占标，同时阵亡。联军颇嘉聂忠勇，不忍戮尸，让他部将驰入，负尸归去。拳匪还想来抢夺，恰好洋兵赶上，纷纷四散，方得保全忠骸。拳匪可恨。裕禄闻报大惊，忙申奏朝廷。朝旨还责他督师有年，不堪一试，只照普通例赐恤。真是屈死忠魂了。

聂军已败，马军孤守车道，势已不支。各国联军节节攻入，玉昆倒也舍命相争。奈拳匪反来牵掣，胜不相让，败不相救，结果是一同败退，再至北仓下营。裕禄深居督署，一筹莫展，整日请曹、张二匪首商议。二匪首还一齐瞎说，捏称"城中无虑，已由关帝、周仓、二郎神、尉迟敬德、秦叔宝、常遇春、胡大海等阴灵，四面防护。今夕再当申表玉皇，求派天兵天将下凡，击退鬼子。到重九后，可一律肃清了"。裕禄半信半疑，至此方觉心疑，还算聪明。但到了此时，简直没法，就使匪首无灵，也只好求他出力。蓦闻城外炮声隆隆，料是联军进攻，急向曹、张两人打拱作揖，哀乞退敌。两匪首挺身自任，辞别出署。第一日还督率拳匪及红灯照妇女，上城守御，城中百姓尚约略见他形迹；第二日，城外枪炮声陆续不绝，两匪首统不知去向。一班红灯照妇女都脱去红衣，开城四逸，各拳匪也相率遁去。裕禄还静候捷音，至衙役来报"洋兵入城"，才仓皇失措，由亲兵拥出北门，逃往杨村去讫。

联军次第入城，搜索拳匪、红灯照，已是一个不留。后来黄莲圣母及三仙姑，被人缚送都统衙门，同日枭首，两道魂灵投入封神台去了。九仙姑投水死；想是水仙归位。其余一班妇女，或随了拳匪去作妻妾，或逃入妓馆去当婊子。倒是肉身说法。且不必说。张德成逃至王家口，还是大模大样，造谣惑众，被乡民一阵乱斫，作为肉泥。曹福田较为狡猾，远飏他方，至次年潜回故里。毕竟作恶太甚，难逃天网，家居未久，又由里人缚住送官，正法了案。小子又有诗道：

> 无端妖语惑苍生，左道由来有典刑。
> 可惜王纲遭浊乱，到头一死法犹轻。

天津失守，警报达京。未知西太后悔过与否，容俟下回说明。

北方开衅，东南督抚独与各国领事互订保护之约，或谓以一隅与八国战，无怪不胜，是不然。甲午之役，南北未尝相离，尚且屡战屡败；况八国联军相率而来，宁尚有幸免之理乎？东南人民，幸得江督之倡起，赖以少安。是知江督之为民造福，实非浅鲜，安得以专擅目之？至如聂士成之死于八里台，乃迫于地位使然，为国死绥，不得谓为非忠。若裕禄之轻信拳匪，竟以亡命无赖之徒，待为上宾，甚至参拜淫妪，目为神圣。愚昧至此，乃令其建铖京畿，宁有不偾事者？汇书之，以见疆臣之优劣，并志朝政之昏迷。

第二十九回　豹虎擅权燕市流血
鸳鸯折翼宫井埋魂

却说天津失守之日，正许、袁二公联衔奏谏之时。太常寺卿袁昶因两疏不报，复与吏部左侍郎许景澄联衔入奏，请将徐桐、刚毅、启秀、赵舒翘、裕禄、董福祥，先置重典；再将袒护拳匪的亲贵，亦一律治罪。说得非常痛切，语语涕零。西太后览奏毕，也为动容，随道："这两人可谓有胆。许景澄且不必说他。袁昶在戊戌年，曾奏康有为居心难恃，颇合古大臣直言无隐的大义。惟今日不应固执成见，扰乱我的心。朝廷自有权衡，不必他们越俎。"言罢，即命传旨申饬，勿得再行续奏，以扰圣衷。

旨甫下，荣禄入宫面奏，略言："前日外交团照会，实系捏造，请太后不要误信。"西太后道："照汝言，是何人捏造出来？"荣禄奏："系端王载漪及尚书启秀教军机章京连义冲所为，已由奴才查明，义冲直认不讳了。"西太后沉吟一会，又道："无论照会真假，但战争已开，一时不能停止，只好拚命做去。"实是不肯认错。荣禄道："倘使拳民战败，北京为洋人所破，将如何办法？"西太后道："《汉书·贾谊传》有三表五饵的计策，可以用得。""三表"者：以信谕，以爱谕，以好谕也；"五饵"者：文绣以坏其目，美食以坏其口，声乐以坏其耳，高堂邃宇以坏其腹，隆礼厚爱以坏其心是也。

荣禄退出，载漪复入宫奏道："天津被洋鬼子占去了。"西太后吃了一惊，便道："天津一失，北京恐也保不住。你前说义和团法力高强，为什么一败至此？"载漪道："这都是义和团不虔守戒律，所以打败。且闻各国洋鬼子，统用妇女秽物压住法术，就使天兵天将下来，也避秽回去。因此洋人所用枪炮仍得胜利。但北京很是坚固，鬼子决不敢来。"西太后道："都是你闯出来的祸祟。你假造外交团照会，迫我宣战。若洋兵入京，看你这头颅能保得牢么？"载漪忙跪称不敢捏造。西太后道："我今日知你的心了。你想儿子登基，你好摄政。我告诉你，我一日在世，一日没有你做的。你再不安分，立刻赶出，家产充公。你名叫载漪，确是相配，狗心狗肺，不枉你的狗名。"语可解颐。载漪捣头如蒜，才得奉旨告退。西太后复宣召荣禄入宫，令他备办西瓜、酒、蔬果、冰等物，送与各国使馆。并命庆王奕劻，前往慰问，转达懿旨。即用三表五饵之计。一面令军机拟旨，调李鸿章补授直督，令他兼程来京。

不意巡阅长江的李秉衡，竟惘惘入都。先入端邸密议，继至宁寿宫朝见太后。太后道："你来得正好！京津这么扰乱，东南各督抚并不闻带兵入援，你恰还有些忠心进来见我。只目下天津被陷，京师吃紧，究竟还要主战？抑是主和？"秉衡奏道："既战不能言和。且这班义和团，同仇敌忾，确是难得。机不可失，臣愿主战。"徒自送死。西太后道："团民入京，未免哗扰。前时说有法术，今亦被洋兵战败，失陷天津，恐是不可常恃的。"秉衡道："这是督率不善的缘故，并非团民没用。若用兵法部勒，仗他一股锐气，出去抵敌，不怕洋人不退。"请你一试何如？西太后道："你前时与东南督抚会衔奏阻战事，如何今日却来主战？"秉衡道："那是刘坤一、张之洞将臣加入的，并非臣的本意。前日原是不错，此时却受鬼迷。且东南督抚中亦非全然主和。如苏抚鹿传霖与臣晤谈，亦愿带兵前来。若果下诏勤王，总有数大员来京效力。"西太后道："我前已通饬各省，令一律杀逐洋人。他们并不加杀逐，反与外人订约保护。你想这等没良心的狗官，不奉朝旨，独行独断，还说肯来效力么？"秉衡道："前次屡奉诏旨，都是'保护'字样，并没有'杀逐'字样，所以东南一带，订约保护。"西太后诧道："有这样事么？"秉衡道："臣不敢欺。"西太后道："哪个敢擅改诏命，你快出去查明。"

秉衡退后，翌日与刚毅进见。西太后道，"昨事已查出否？"秉衡道："臣与协办大学士刚毅等，彻底查办，乃是袁昶、许景澄二人，擅改谕旨，把'杀逐'字样改作'保护'字样。"刚毅又接口奏道："他二人擅改谕旨，大逆不道，按律当处极刑。"确是做过刑部尚书的。西太后不觉大怒道："赵高指鹿为马，不意事见今日。若非将他正法，朝廷还有威信么？"西太后既熟谙史事，宁不见郭京六丁六甲耶！便命刚毅道："你去传谕，把袁昶、许景澄逮捕正法。"又命李秉衡道："你去传语军机，即日颁谕，令各省督抚带兵勤王。你暂时且帮办武卫军部勒兵团，出京阻敌。"两人碰头退出。

不一时，即下许、袁二人逮狱正法的谕旨，派载澜、徐承煜监斩。载澜系载漪弟，曾封辅国公；承煜乃徐桐子，官任刑部侍郎。两人威风凛凛，坐着大舆，带了兵役、刽子手，押着许、袁二公，赴菜市口。许、袁因未曾褫职，即遭重辟，仍旧戴着翎顶，衣冠楚楚，乘轿而来。两旁拳匪立着，不下数十人，拍掌称快。内有拳匪首领，问二公道："你两人何故仇视我们？"袁太常叱道："大臣谋议国事，尔等不得过问。"转瞬间已到法场，两公下舆。徐承煜喝令兵役，将犯官褫去衣冠。兵役等方拟动手，许侍郎道："你等是奉谕来么？谕旨有'正法'二字，没有'革职'二字。士可杀不可辱，如何褫我等衣冠？"未曾革职，即要正法，恐有清二百余年间未曾见过。袁太常道："我等有什么大罪，连刑部都未审讯，即刻处斩？"承煜道："你犯大不敬的罪名，还有何辩？"袁太常笑道："这刻时光,你们尚倚附权奸,逞凶作恶。恐怕过了数天,冰山难靠,天日复明,你父子也没有生理呢!"载澜拍案道:"误国奸臣,不许多言!"袁太常毫不畏惧,仍大言道:"我辈无罪,死且不朽。似汝辈昏狂愚妄,罪实当死,死后还有余臭哩!"转顾许侍郎道:"不久即相见地下。我们视死如归,怕他什么?"拳匪见他直言呵叱,统环绕过来,拔刀拟颈。袁太常怒目叱道:"朝廷自有国法,宁容汝等动手?"载澜愤极,几欲下来批颊。但听一声号炮,两公都已就义去了。

豺虎擅权燕市流血　鸳鸯折翼官井埋魂

　　载、徐二人复旨,并回报端王载漪。载漪道:"杀了一两个汉奸,也是不好算数。还有徐老头儿用仪,同着联元、立山,前日会议时,极力与我反对。我总要把他除灭,省得他人再来作梗。"载澜道:"就是这个洋鬼子的好朋友,也要杀掉方好哩。"居然想行弑逆。载漪道:"这也不难,我已摆布好了。"正私议间,杨村又来急报,内称:洋兵大举入攻,改推德国瓦德西为统帅;提督马玉昆军败溃,直督裕禄亦向蔡村逃去。载漪语承煜道:"快去请李鉴帅来,叫他前去抵挡,或可截住洋兵。"承煜匆匆去讫。

　　少顷,李秉衡到了端邸,由载漪接入,令他火速出兵。秉衡还是大言不惭,约定次日带兵出京。载漪俟秉衡出门,复召拳匪首领入邸,叫他带领匪徒,去拿徐用仪、联元、立山三人。匪首欢跃而去。不数时,将三人拥至刑部。刑部尚书赵舒翘,已由载漪着人接洽,便命把三人推出斩首。可怜徐尚书年已及耄,做官已四十多年,平白地遇此飞殃,竟至身首异处。临刑时也没有怨言,但说:"洋兵定要来京,我死于国法,不死在洋人手中,还算幸事。"联元本崇绮高弟,至是因反抗端王,亦遭奇祸。立山官内务府二十年,资财颇裕,尝与载澜争眠名妓绿柔,两下里很是吃醋;此番奏阻战事,载漪已经懊恼,载澜尤加忿恚,以此家资被拳匪抢光,自己亦身死燕市。叙三人死事,与袁、许二公略有分别,这是著书人阐微处。

　　话分两头。且说李秉衡率兵出京,带着部下张春发、陈泽霖、夏辛酉各军,浩浩荡荡,发往通州。前驱又有许多义和团,奇服异装,非鬼非怪,沿途纵跃过去,差不多如生龙活虎一般。想从李秉衡心目中看出。到通州后,复出至河西务,遥见前面败兵陆续奔来。秉衡勒马问明,乃是直督裕禄麾下的士卒,报称:连战三次,都被洋兵杀败,没奈何只好返奔。秉衡又问道:"裕制军在哪里?"败兵答道:"裕制军受伤颇重,闻已在蔡村自尽了。"秉衡不禁大叫道:"可惜!可惜!"可惜什么,你也要步他后尘了。随抚慰败兵道:"你等不要入京。我已来接应你们,明日随我接仗,定可转败为胜。"梦话。败兵多半未信,奈途中为他所阻,只得跟随了他,再作计较。

　　又行数里,见前面尘头大起,隐隐闻着枪炮声。料是洋兵前攻,忙饬各军扎营,准备对敌。令甫下,军中已鼓噪起来。秉衡惊问何事,但听得一片喧声道:"洋兵来了!洋兵来了!"秉衡道:"有我在,怕什么洋兵!"你不念念退兵咒。言未已,果然骨碌碌的弹子,在前面乱滚。前队一班团民,呐一声喊,都落荒逃走。何不用兵法部勒？秉衡大愤，令张春发、陈泽霖等下令军中：逃者立斩。张、陈二人回禀道："大敌当前，军心已变，看来是不便交战哩。"秉衡叱道："你等说甚么？养兵千日，用兵一时，如何临敌先怯哩？"陈、张二人道："有法术的义民未战先溃，况没有法术的军士，叫他如何敢战？"秉衡尚想再言，前面的枪弹来的愈紧。陈、张二将不待秉衡军令，竟带着部兵，回头就走。秉衡见不可支，也只得拍马转来，入通州城。各军四散，任你李鉴帅如何禁止，没一个去服从他。秉衡顿足道："罢了，罢了！早知如此，我也不北上了。"后悔已迟。随即服毒自杀。

秉衡一死，洋兵长驱直入，进逼京师。大学士荣禄忙入宫奏闻西太后。西太后到此，也脚忙手乱起来，便道："怎么好？"荣禄默然不答。西太后又道："我方寸已乱了，你替我想个法子才好哩！"荣禄道："奴才原不敢主战。那是端、刚等欺蒙太后，搅得这般样子，叫奴才如何设法？"西太后不禁垂泪道："除死无大难，我与皇帝一同殉国吧。"恐怕你的老命还不肯如此弃掉。荣禄也含泪道："现在奴才尚有一法。"西太后急问何策，荣禄道："速下旨将端、刚等正法，表明朝廷本心；再与各国公使商量停战。"西太后道："各国公使尚在么？吓昏了神。你快快派兵护送出京，也是阻住洋兵的一法。"荣禄道："恐他未必答应。"西太后道："你且去与各使商议，再作计较。"

荣禄出去，到了总署，载漪尚命董福祥等，速攻使馆，立刻踏平。荣禄冷笑道："等到使馆踏平，京城早化为乌有了。"载漪道："不是汉奸接济，几百个洋鬼子早已杀尽，何至今日？"荣禄也不去理他，只命军机写了照会，派总理章京舒文送往使馆。舒文奉命前去，甫到东交民巷，见载澜亲自督攻，兵匪摇旗呐喊，与发狂相似。东交民巷的使馆，并非铜墙铁壁，如何屡攻不入，恐怕外人倒有法术呢！舒文不禁好笑，谁知已被甘勇瞧着，抓住舒文，险些儿把他斩首。舒文忙取出照会，递与他瞧，方放他过去。舒文送入使馆，各使不待瞧毕，便即掷还，置诸不答。舒文只可回报荣禄。

荣禄复入宫复奏，西太后的老泪又一点一滴的垂将下来。你即哭死，亦是无益。荣禄道："太后慈寿已高，不宜再受惊吓。依奴才愚见，不如暂幸热河，聊避寇氛。"西太后迟疑良久，方道："热河在京师北方，也非安静之处。若要避难，不如出幸张家口。"荣禄道："但凭太后主裁。"西太后道："你去探听外边确音，再行定夺。"荣禄出去，西太后又召见载漪，大加训斥。载漪道："奴才前时曾奏闻老佛爷，请杀奕劻、荣禄、王文韶等人。若将这几个汉奸先行正法，洋鬼子断了接济，那时使馆早已荡平，还有哪个敢来呢？"西太后怒道："你闹到这般地步，还敢再来瞎说。限你今夕想好法子，阻住洋人入京，否则先割你的狗头！"载漪不禁伸舌，转身竟出。

是夕，各国联军已至京城外驻扎，用巨木作架，架上置着大炮，向城开放，隆隆不绝。城内流弹纷飞，房屋多被击坏，人民多受重伤，号哭声震动天地。西太后在宁寿宫，也隐隐闻着，心中很是不安。夜间就召见军机数次，大众面面相觑，不发一言。须臾天明，炮声愈紧，载澜匆匆入宫道："老佛爷，洋鬼子来了！"

西太后尚未及答，刚毅随入，报称：有回兵一大队，驻扎天坛附近，想是从甘肃来援，或可退得洋兵。西太后道："甘肃很远，难道会派勇入援么？"言未毕，荣禄又进来道："事已急了，请太后速决大计！"西太后道："刚毅说有回部入援，屯驻天坛。"荣禄不俟说完，忙道："那是俄国的哥萨克兵，如何认作回部？"西太后着急道："如何是好？"刚毅道："三十六计，走为上计。请老佛爷即刻出走；否则外国鬼子就要进来，那时走亦不及了。"何不叫义民拦截。西太后道："快去预备车辆要紧。"刚毅应声出去。西太后复语

珍妃像

荣禄道："京城内外统兵的大员，难道都逃去吗？"荣禄道："马玉昆从北仓败回，现令防守京城。"西太后道："你去传旨，叫他速选精兵千人，往颐和园候着，教他保护我们。"荣禄亦遵旨去讫。

太后复连召军机大臣，叮嘱京内一切事情。到了夜半，还要召见军机，等了许久，只有王文韶、赵舒翘、刚毅三人入宫。西太后道："他们到哪里去了？想都跑回家去了。丢下我娘儿不管，真好良心！"性命是人人要的，宁特你母子要命。说着时，泪珠又流个不尽。王文韶奏慰道："太后不必过悲，臣等尽愿随驾。"西太后道："好，好！无论有什么事，你们总要跟着我走。但你年纪也大了，我不忍叫你受这辛苦，你随后赶来吧。"又语刚毅道："车辆已备好么？"刚毅应声称"是"。西太后道："你与赵舒翘同会骑马，应该随着我走，沿路照顾，一刻不能离开。"两人统称"遵旨"。西太后道："你们出去，明晨进宫，愈早愈好！"三人同时去讫。

西太后令官监通知帝后及妃嫔等人，自己略略卧着。刚要朦胧睡去，忽听一声怪响，惊了一身冷汗。忙问侍女道："何处来的怪声，莫非洋兵已入禁城么？"侍女道："没有怪声，只有鸡声。"风声鹤唳，草木皆兵。西太后道："鸡声已唱，要天明了，快起来吧！"侍女们当即俱起，李莲英亦即入值。西太后起床盥洗毕，仍要莲英替他梳髻，并嘱道："你与我梳一汉髻吧，赶快要紧！"莲英忙与梳栉，挽就一个麻姑髻。西太后揽镜自照，含泪道："谁料今天到这样地步！"叫问你自己。复语李莲英道："时已不早了，快去叫皇帝来吧。"莲英匆匆出去。

不一时，光绪帝带着后妃人等统到宁寿宫，请过早安。西太后垂泪道："洋人就要进来了，我等逃命要紧，快快走吧！"光绪帝大哭道："子臣情愿殉国，请圣母暂时出幸！"西太后道："殉国有什么益处？白送掉性命。"光绪帝尚是狐疑，

西太后大声道："不必多想，随我走吧！"光绪帝道："宫眷很多，如何走法？"西太后道："我同你先至颐和园，那边有卫兵候着，叫宫眷们陆续出来，到园内会齐，就好动身。"光绪帝只好遵着，转顾瑾妃道："你的妹子在三所，奈何？"西太后闻言怒道："你尚记着这狐媚子么？"便嘱崔太监道："你速去引来见我。"崔监已去，西太后又嘱皇后道："你去将宫中金银财宝，统教宫监们搬到这里。埋在院子里面，较为妥当。"皇后挈着瑾妃，亦即出去。

珍妃井

此时崔阉已带着珍妃入宫。珍妃至西太后前，跪下请安。西太后道："洋兵来了，我本拟带你出宫，可奈拳众如蚁，土匪蜂起，你年纪尚轻，倘被掳遭污，怎么好哩？我看你不如去死，落得干净。"珍妃倒也不甚畏惧，反朗声道："婢子死不足惜，但皇上亦应留京才是。'西太后喝道："你说甚么？"便回顾崔监道："你快带她出去，推入井中。"光绪帝闻了此语，魂灵儿几飞入九霄，连忙跪下碰头乞恩。西太后大愤道："起来，你还要替她讲情么？自己性命都保不住，还要庇护这狐媚子。我偏要令她去死，好惩戒那不孝的孩子，并教那鸥枭看看，羽毛稍稍丰满，便要啄他娘的眼睛。"到此地步还凶悍至此，令人一读一恨。崔监本是内廷总管，仗着自己凶威，竟将珍妃牵去。

光绪帝目不忍睹，只听得一片娇啼，送入耳中，模模糊糊的听着"拜谢皇恩，来世再见"八字，我不忍闻。不觉哀痛异常，忍不住呜咽起来。崔监还洋洋自得，入宫复命，说已推入宁寿宫外的大井了。后人曾有宫词吊珍妃道：

> 赵家姊妹共承恩，娇小偏归永巷门。
> 宫井不波风露冷，哀蝉落叶夜招魂。

珍妃已殁。忽有二人奔入宫来，大声道："不好了！不好了！"毕竟二人为着何事，且至下回再叙。

袁、许二公之被杀，旨出西太后；徐用仪、联元、立山，则实由载漪杀之。载漪何人，乃敢擅戮大臣乎？吾谓西太后不杀袁、许，则载漪犹不敢擅杀三大臣，袁、许可杀，三大臣亦何尝不可杀乎！是杀袁、许二公者西太后，杀徐用仪、联元、立山三大臣者，亦未始非西太后，不过假手于载漪耳。不然，西太后岂竟聋瞽，绝无见闻乎？迨至联军入京，仓猝出走，犹必置珍妃于死地。恶之即欲其死，庸得谓非大惑者？荣禄屡请杀端、刚诸人，卒未邀准，可知庚子之乱，西太后实任其咎。著书人虽未明言，微旨已跃然纸上。

射虎擅权燕市流血　鸳鸯折翼官丹埋魂

清德宗
隆裕后
珍妃
端郡王

第三十回　失京师出奔慈驾
开和议惩治罪魁

却说二人入报西太后，太后瞧着，乃是贝子溥伦，及大阿哥溥儁，忙问何事，二人道："东直、齐化二门已被洋鬼子攻入了！"西太后忙道："外面有车辆来么？"言未已，刚毅已到，报称有三辆骡车到来。西太后道："很好！快走吧。"正要出宫，皇后及瑾妃亦到。西太后忙语皇后道："嘱咐你的事情，快快办好，我不及检点了。临走还要顾着财物，真是死要金钱。你等去改换汉装，随后就来。"皇后唯唯从命。

西太后挈着大阿哥，叫溥伦随着光绪帝，同出宫门。后妃以下，一律跪送，恭祝西太后万寿。西太后也不暇回答，只语李莲英道："我知你不惯骑马，你侍着皇后来吧。"又行数步，赵舒翘亦到，向前行礼。西太后道："不必，你与刚毅骑马，随着我走便是。"赵舒翘便让太后、皇帝等先行。车夫见两宫出来，便移近了车。西太后命溥伦道："你挂皇帝车沿，好招呼。我坐的那辆车，教溥儁挂沿。"当下统已坐定，西太后又命车夫道："快赶往颐和园去。若有洋鬼子拦阻，你不要说话，我会跟他说的。我们是乡下苦人，逃回家去。"车夫也不答应，尽力赶这骡子。出了神武门，天已启晓。看官记着，这日是光绪二十六年七月二十一日。是年正是庚子年，历史中叫作"庚子之变"。点明年月日，与上文笔法相同。

西太后等既出内城，复至德胜门。但见人山人海，拥挤得不可名状。车夫略略逗留，西太后不胜焦急。亏得刚毅、赵舒翘放马赶到，大众防马蹳踏，让开两旁，方得前行。沿途幸没有洋人阻挡，一直至颐和园。

满员恩铭正在园中值差，蓦见有骡车二辆，驰入园中，正思着人诘问，适溥伦、溥儁下了辕，至恩铭前相见。恩铭方惊道："何故坐着骡车？"溥儁忙答道："洋鬼子入京，老佛爷慌得走了。"活绘一个蠢童口吻。恩铭道："老佛爷在那里？"溥伦回顾道："那不是老佛爷么？"恩铭望将过去，只见一个汉装的老妪，穿着一件蓝布夏衣，如乡间农妇相似；后面随着一人，乃是黑纱衫、黑纱裤，不禁诧异起来；仔细一瞧，方知是西太后及光绪帝，两宫服饰，就恩铭眼中写出。忙抢前跪谒。西太后着急道："此刻不是行礼的时候，你快起来，饬侍从收拾园中珍宝，送往热河，免被洋鬼子劫去。"专顾珍宝，不顾人民。恩铭方才起立，西太后又道："昨日马玉昆带兵来否？"恩铭道："他于昨晚到此，大约有兵数百人，现在园右屯驻。只他未曾说明慈驾到来，所以奴才不先路逐。"西太后道："知道了，你去照办吧，不必在此侍着。"

恩铭奉命自去；刚毅、赵舒翘亦下马入园，陪着太后、皇帝等，至乐善堂少坐。园吏奉上茶点，西太后随饮随食。命光绪帝以下统共食毕，才见皇后、瑾妃及李莲英等到来。未几，又有端王载漪、庆王奕劻、肃王善耆暨贝子公爵数人同至。西太后便命动身。

当由马玉昆带着各兵，前护后拥，向西进发。途次统是旷野，人迹稀少，遍地荒凉。行了十余里，已是晌午，后面又有数大员赶到。西太后瞧着，乃是军机大臣溥兴、吴汝梅及各部堂官数人，便问："京中怎么样了？"溥兴答道："奴才出京时，闻正阳、永定两门统被洋兵占去；这时不知如何了。"西太后道："我们出走，洋鬼子尚是未知。倘若被他知道，不是要追来吗？"便命马玉昆道："你带着各兵缓缓随着，让我们先行一程。前面想无洋人，总教后面截住，便不妨了。"玉昆奉旨，勒兵暂停，让西太后等前去。

八国联军在乾清宫内

西太后等又行数十里，腹中辘轳不绝；各想买些食物，苦无购处。西太后顾李莲英道："我们迤逦行来，已不下数十里，如何茶店饭馆一家没有？现在口也渴了，腹也饥了，何处觅些茶点来？"莲英道："待奴才下去查觅，再行复命。"说罢饬舆夫停车，下舆径去。是时十余辆车子，均已停着。道旁近小村落，有几个农夫野老，前来问讯。西太后只以避难告，不敢说出真情，并问乡民道："此处系往来大道，何故无食物可买？"乡民道："此地近着长城，本来不甚闹热。现闻洋兵入京，恐他来此骚扰，所以当地大贾多走避一空，就使近地有几爿铺子，也都闭户去了。我们穷苦得很，没资迁徙，只得挨死居此。"西太后点头。有顷，李莲英方抱瓮转来，呈与太后道："村中没有食物，只有凉茶少许，请老佛爷一尝。"西太后取瓮一喝，也不管茶味好歹，饮了几口，遂递与光绪帝。光绪帝瞧着，这瓮口肮脏的很，且不必说瓮内的茶叶好似柴片，茶水又似驴溺，便摇着头交与莲英，道："你去还他。"究竟光绪帝系出天潢，比不得西太后幼时微贱，所以西太后还可饮得，光绪帝恰是不愿。莲英又入村还瓮。光绪帝微叹道："这统是拳匪的恩赐。"西太后忙截住道："休要多言。"

不莲英转来，复命开车。车夫多半喧嚷，统说腹饥无力。还是西太后好言抚慰，方才前行。至贯市，日已薄暮。又由莲英下车去觅食物，仍无购处。一时急得没法，只得向市民道："我等统是官眷，逃难至此，一日没有茶饭，求你们接济一点，不吝重酬。"市民闻言，方献上麦豆。大家争着掬食，俄顷即尽。比宫中食味何如？西太后道："时近黄昏，何处投宿？"市民道："此处有回回教堂，颇还宽敞，倒可借宿一宵。"西太后取出好几块银子，给与市民。市民很是欢跃，争至教堂先容，于是西太后等方得宿处。教堂中空空洞洞，只有一个砖炕，又无被褥等件。西太后上炕暂卧，光绪帝以下俱坐地打盹。一宵苦况不胜缕述。翌日早起，买了些粗麦、粉粟、蔬菜等物，又至向光峪驼行，赁了三乘驼轿，西太后自坐一乘，一乘给皇后，一乘给光绪帝及贝子溥伦，其余仍各乘骡车。大阿哥不得乘驼轿，已寓废储之意。

启行至居庸关，延庆州知州秦奎良迎驾。延庆本是个苦缺，所献食品，没甚可口，西太后倒也随缘。临行时，奎良想与西太后等换顶大轿，饬役购办。各处觅购，只有蓝呢轿一乘。没奈何，奏明太后；西太后道："也好。"遂自乘蓝轿，其余仍旧。奎良送驾去讫。一路行来，荒落如故。

至二十四日到怀来县，才觉有些喧闹。怀来县知县吴永，骤闻驾到，不及穿着官服，慌忙便服出迎，跪于大堂左首。县中百姓都拥入署内环视，吴永饬役驱逐。西太后降舆后，语吴永道："这等朴实的乡民，不妨令他来观，休去撵他。"吴永便请西太后等入室，家眷也来跪迓，西太后概称免礼。当下西太后住县太太房，皇后、瑾妃住少奶奶房，皇上住签押房。西太后至房中，拍着桌子语李莲英道："快教吴县官去备食物，我腹中已饿极哩！"莲英传旨出去，吴大令惊惶得很，忙令厨子先备点心，送入上房。西太后拿来就吃，稍稍果腹，就取了吴夫人的奁具，叫莲英替她梳栉，改了满髻。梳毕进膳，恰有燕窝鱼翅，虽不及宫中丰备，比那途次的食物，不啻天壤。西太后以下饱食一餐。吴大令又进呈衣服，西太后大喜道："好孩子，难为你办得周到，我很要超擢你了。"便叫李莲英传语光绪帝，速写朱谕，升吴永为道员。吴永谢了西太后恩，并出去向光绪帝谢恩。吴永恰是交运。

忽报军机大臣王文韶到来，忙由吴永接入，进见西太后。太后殷殷垂询，备问途中苦状。王文韶道："幸叨老佛爷福庇。"西太后道："我等已备尝艰苦，想你应亦如此。但不识京中究作何状？我很是担忧呢！"王文韶道："臣观洋兵入京，并非定要占夺京城。倘令亲贵回京议和，洋人当亦释嫌停战了。"西太后道："我也这么想。看来只好着奕劻前去。"随召庆王入内，嘱他回京，与各国联军议和。庆王不敢前往，奏称"奴才恐不胜任"。西太后道："从前咸丰年间，英法联军入都，有恭王奕䜣主持和议，方得转危为安。现今恭王去世，惟你能肩这重任。你只可勉为其难，毋得再辞。"何不遣得力军袭击洋兵？庆王尚是支吾，西太后的珠泪又扑簌簌的坠下。庆王方硬着头皮，口称"遵旨"，并请西太后下诏罪己。当在怀来县住了一宿，告别返京。

西太后复休息一天，于次日早起动身，才命陪驾各大臣，下了一道罪己诏。词旨似极恳切，实则将中外开衅的缘故，统推在亲贵及拳匪身上，只把自己蒙尘的苦况说了一番；且又是光绪帝的名义，于西太后似全无干涉的。哪个相信。西太后阅过诏旨，便命吴大令颁发各处，随即启行。阅三日，方到宣化府。府中供张较备，一直住了四日。又至大同府，也住了四日。决计西幸太原，遣干役赍谕赴京，命部院堂司各官，分班速赴行在。

正要登程西去，忽报甘肃布政使岑春煊，带兵到来，进见西太后，呈上鸡蛋及荷包带子等。西太后问道："你何故知我到此？"春煊道："臣奉勤王诏命，星夜前来，不意至此已接着慈驾，臣还觉迟慢，乞太后治罪。"西太后喜道："甘肃到此，路程甚远，怪不得你迟缓。各省大臣们如人人像你忠诚，我等也不必出走了。你来正好，今日即护我西行。"春煊奉旨，就扈了两宫西幸。西太后方得换坐绿呢大轿，行仗亦觉粗备。

越两日，至雁门关。负山为城，高可千仞，形势很是雄壮。西太后命暂停舆，浏览一带风景。忽语光绪帝道："此次出京，得观世界，也算有些乐趣。"黄连树下弹琴，苦中作乐。光绪帝道："人心当快乐时，自然如此。"岑春煊下马，采了一束黄花，献与西太后。西太后饶有喜容，即以乳酪一杯作为赏赐。逮至忻州，地方官进呈黄轿三乘，至是始符仪制。

过数日方到太原，巡抚毓贤在城外跪接。西太后命他近前，面谕道："你请训出京时，力言义和团可靠。可惜你错了，目下北京已破，我等蒙尘至此。看山西境内，确无洋人，你也好算奉旨了。但洋人报仇，必索祸魁，我将来不得不把你革职。但你不必因此伤感，为眼前计，无可奈何。你宜体贴我意方好。"观此语，可见拳匪之祸，实自西太后造成。毓贤九叩首答道："奴才捉拿洋人，如瓮中捉鳖，虽小洋鬼子及小洋狗，也不使他幸免。臣已预备革职受罪。义和团的打败，由他们不遵法律，扰乱治安，无论是教民与非教民，统加杀掠，以致如此。他拳首实是可靠的。"可谓至死不悟。西太后不去答他，遂命舆夫人城，寓居抚署。

不一日，庆王奕劻有电奏到来，果然洋人首索祸魁，指出好几个姓名，毓贤亦在其内，非加重辟，不能停战议和。西太后颇费踌躇。适湖南布政使锡良以勤王故赴行在，西太后遂命署山西巡抚，将毓贤开缺。一面电催李鸿章速赴京师，与庆王奕劻协力议和，准其便宜行事。时鸿章早交卸粤篆，北行至沪，闻联军已逼京都，料知直隶不便履任，便在沪上逗留；只电奏了一本，请将拳首正法，并罢斥端、刚诸人。那时西太后避难不暇，还有何心览奏。及驾至太原，又记起这位李伯爷，连忙电谕敦促。李伯相惯作居间人，此次恰亦非他不办。李鸿章老成更事，先电京问各外使有无允和的意思；各使复电候议，李伯爷方乘轮北上。识见固优，未免狡狯。既到京畿，复电奏行在，请派刘坤一、张之洞会商和议。西太后照准，并令荣禄亦会同议和。荣禄自京师失陷，与崇绮同逃出城，走至保定。崇绮投缳毕命，由荣禄代奏，请照例赐恤。嗣奉会同议和的上谕，意欲返京。不料驻京各外使，竟与奕劻晤谈，不愿接待荣禄。荣禄只得驰赴行在。

是时，江苏巡抚鹿传霖亦北上勤王，甫至近畿，闻两宫已往西走，遂绕道赴山西。西太后见他来到，很是喜慰，召见一次，即命在军机大臣上行走。旋闻荣禄亦到，立刻召入，垂询途次情形。荣禄奏称途中平安，只妻室在道病殁。西太后很为悲悼，是西太后的老朋友，无怪其然。命升荣妾刘氏为福晋，并问及善后

事宜。荣禄道："只有一条路：必须杀端王，及其他信用拳匪的王大臣。"西太后叹道："刚毅已在闻喜县死了。保全首领，大是幸事。此外且从缓议。你妻既死，不妨在此开吊。你且勉抑悲怀，助我办理各事。"荣禄遵旨谢恩。

会接庆、李两大臣电奏，略称：京城里面，虽由洋兵分段占据，却比拳匪在京时，安静许多。宫禁统归日本兵保护，妃嫔以下，一概无恙。只大学士徐桐自缢，前黑龙江将军延茂，祭

八国联军进入紫禁城

酒王懿荣、熙元，侍读宝丰、崇寿，翰林院庶吉士寿富等，亦均殉难。太后阅至此处，未免悲喜交集。看到后文，乃是和议入手：第一要严惩罪魁，第二要两宫回銮。若蒙照允，方得开议。

看官试想：这两件事是难不难呢？罪魁多是亲贵，一时如何惩治？况西太后有意纵使，若要加罪，难保他不反唇相讥。是第一件，已是难办。至于回銮一节，本可允准；但和议尚无头绪，一旦仓猝回京，四面统是洋兵，倘或翻起脸来，那时鸟人笼中，岂不由他播弄？这也是难以照准的。当下召集行在诸大臣，会议行止事宜。各大臣俱不敢措议，惟荣禄以两宫总应回京，略略奏对数语。西太后道："近日总不便回銮。惟此地亦非久驻的地方。"西太后此语盖恐毓贤结怨洋人，洋兵未免报复耳。随问岑春煊道："陕西如何？"春煊答道："陕西地势巩固，雄关天险，可无他虑。"西太后道："我等不如暂幸西安，俟和议成后，再行回銮。现令你为陕西巡抚，先赴西安，筹备行宫。我等即日可以动身。"春煊谢恩去讫。

西太后复酌定惩办罪魁一条，将庄王载勋、怡王溥静、贝勒载濂、载滢等革去爵职，端王载漪撤去一切差使，交宗人府严议，载澜、英年交该衙门严议，赵舒翘交都察院吏部议处。一面优恤被戕德使克林德及日本书记官杉山彬。两谕遣员赍京，自己带着帝后等人又复西去。

看官，你想西人所要求的两事，一件没有实行，空把那无关痛痒的诏书，赍交议和大臣，令他对付西人，那西人肯就此停战么？是年适有闰八月。各国联军复分兵占山海关，踞北塘炮台，复西出攻陷保定，杀直隶布政使廷雍；并声言将西追两宫，直入山、陕。正是：

> 出走仓皇犹庇匪，联军猖獗又追驰。

毕竟后来和局如何，且至下回再阅。

本回纯叙西太后蒙尘事，历历写来，备见苦况。可知福为祸倚，乐极悲生，古今以来，大都如此。若西太后以误信奸邪之故，至于仓皇出走，素衣豆粥，一饱难求，在别人处之，必有深悔前此之非，极力惩治罪魁，以谢天下；乃待外人之要请，犹流连不忍，徒欲以革职议处之薄谴，敷衍了事，何视臣民若土芥，而视权奸若干城耶？天下惟妇人处世，往往因小不忍之心，酿成大乱。故妇人不足与语家国事，西太后其殷鉴也。

第三十一回　定北京全权议款
寓西安下诏回銮

　　却说各国联军因中国不允所请，仍遣兵西进，陷了保定，直攻宣化。宣化知府惶急万分，亏得总兵何永鳌，保荐了一个塞上福星、朔方生佛，才得和平就绪。这人非别，乃是道员赵敦和。敦和前在江南，办理洋务，信孚中外。是时适在北方，即由何总兵禀请察哈尔都统，星夜檄调。逮敦和至，单骑驰敌军，请将城池保全，勿纵兵队扰害。往返商酌，洋兵素慕赵名，当即允议退兵。嗣敦和奉旨总办察哈尔、张家口洋务局，招练警察，保护商旅。人民大悦，因此推为塞上福星、朔方生佛。老佛不及小佛。

　　联军拟转攻他处，适又接到行在电谕，重惩罪魁：载漪革职，载勋、溥静、载滢同交宗人府圈禁，载濂革爵；载澜、英年降调，赵舒翘革职留任，毓贤充边，董福祥亦革职，回甘肃原籍。联军统帅瓦德西，以纵容拳匪诸臣无一正法，仍然未允。庆、李两全权大臣只得申奏行在，再请重惩首祸；一面运动了一位艳帜高张的尤物，令她暗中设法，转圜和议。

　　看官，你道这尤物是谁？乃是前出使大臣洪钧的簉室，前名傅彩云，后号赛金花。闻名久矣。她原籍本隶姑苏，依着姊氏，悬牌沪渎。生小已是倾城，及笄居然冠世，水上桃花为性格，湖中秋藕比聪明。翰林院修撰洪钧丁忧回乡，道出申江，作平康游，一睹芳容，爱同拱璧，遂出重金，购为簉室。后来携至都下，适奉朝旨超擢侍郎，出使英国。一对比翼鸳鸯，竟尔双航欧海。到英后，居然充做公使夫人，一般的觐见英皇。英皇维多利亚是全球中著名女杰，瞧着她风流细腻，也惊为极艳，称她为东方美人，时令她出入英宫，视同腻友。曾并坐摄影，作为纪念；欧洲各国得此照片，尝什袭珍藏。谁知归国以后，不二年洪侍郎病亡。赛金花不亚夏姬，洪殿撰偏逊巫臣。彩云寂寂寡欢，竟与她俊仆相奸，俨为夫妇。忽而升天，忽而入地。既而私蓄用尽，所欢亦殀，没奈何仍回沪上，再操卖笑生涯，改名赛金花。苏人把她撵逐，又返津门，再改名曹梦兰。

会联军到来，她不及避难，正在惊惶的时候，谁料德帅瓦德西竟折柬相招。霎时间落溷名花，又做了西帅宠眷。既入京，德兵愤驻使被戕，将虐待京中官民，复仇泄恨。礼部尚书怀塔布、侍郎李昭炜、御史陈壁等，或被遣拉车，或被迫运尸，或被召担粪负石，稍一违慢，立施鞭挞。因此达官贵人多半摆酒接风，请出自己的妻妾，侍宴承欢，只恐那碧眼骄儿，动气惹恼。可奈西兵素性，于淫掠一层，倒还少见，只戏弄华人，却无所不至。幸赛金花起了一片婆心，婉劝瓦帅，代为请命。有时怀中娇语，有时枕畔私谈，任你威震全球、权倾八国的大元帅，到此也俯首听从，严申军禁，保护京民。都中人士统悬着顺民旗，盛称瓦帅威德，

赛金花像

哪里晓得他都是受教美人呢！西太后对之，应有愧色。瓦德西命把仪銮殿做了联军统帅府，所有内房，即做了统帅藏娇室。日间管着无数军士，驱叱熊罴，夜间拥着半老娇娘，颠倒鸾凤，倒也非常忙碌。

李伯爷闻这消息，遂与庆王奕劻商议，通内线与赛金花，教她暗里调停。赛金花颇具爱国心肠，尝乘间怂恿瓦帅。瓦帅虽握着全权，究竟事关重大，须要七国统同应允，方好修和。他一面咨照庆、李两大臣，准即停战；一面与七国政府及驻京公使商酌，格外转圜：两宫回銮这一件不妨少缓；只严惩罪魁一条，总要狠狠的办一下子，才有议和可言。于是庆、李两大臣申奏，西太后也顾不得什么，只得再行加重，谕将载漪、载澜均发往新疆、永远监禁，载勋赐自尽，毓贤正法，英年、赵舒翘斩监候，刚毅追夺原官，徐桐、李秉衡撤消恤典，并一概革职。当由庆、李转致瓦德西。瓦德西又集众会议。大众尚嫌从轻，李鸿章允再申请，惟先请示和议大纲。瓦德西照允。

过了数日，方将和议约稿录出。内列十数款，由庆、李两大臣逐条研究，条条是不便遵行。无如彼直我曲，彼强我弱，彼众我寡，势难坚持到底，只得把最关利害的约文，驳了回去。看官试想，此时的紫髯公哪里还同你讲理！自然大言无忌，定要照原约施行。庆王资望本没有甚么，明知言不足重，竟把这副重担子推交与李伯爷。诸满员谓汉人不足恃，何故事到万难，仍要汉人办理？李伯爷逶无可逶，没奈何提起精神，与外人仔细交涉。谈论了好几月，听过若干讽刺，看

过若干脸面，才磋定议和大纲十二章。节录如后：

一、德国公使被戕，由中国派亲王专使谢罪，并于被害处树立纪念碑。

二、肇祸诸人由各公使指出，严惩无贷。其戕虐各国人民之各城镇，停止文武考试五年。

三、日本书记被戕，中国须用优荣之典，致谢日本政府。

四、各国人民坟墓，有被污渎发掘之处，由中国建立碣碑。

五、军火及专为制造军火材料，公禁入口二年。

六、中国允赔偿各国公私损失，计四百五十兆银两，分三十九年偿清。年息四厘，如期当本息两清。

七、划使馆附近地界，驻兵保卫，界内不许华人杂居。

八、大沽炮台削平。

九、由京师至海道，择要屯驻西兵。

十、华民此后如有肇乱情事，立罪该地方长官，不得借端开脱。并张帖永禁军民仇外之谕。

十一、修改通商行船条约。

十二、改总理各国事务衙门事权。

大纲已定，即由两全权大臣飞奏行在。西太后不能不允；且见条约中没有关系自己明文，心中也放宽一半，遂下旨照允，可见前次要求归政的照会，明是捏造。并命两全权磋商详细节目。

庆、李接旨后，即签复瓦德西，约期撤兵；瓦德西也是乐从。谁知仪鸾殿犯了秽禁，触怒九庙神灵，居然请祝融氏税驾，于夜半逞着火威，哔哔剥剥的爆裂起来。那时这位瓦大帅方在温柔乡中，寻那高唐好梦，蓦然惊醒，已是浓烟满室，无户可钻。举目四瞧，只有一线窗隙，尚是透光，他急不暇择，忙劈开窗门，转身挟住那娇娇滴滴的美人儿，一跃出窗，才得免祸。几乎杀身，险哉色也！只一座仪鸾宝殿，已被祝融一炬，付作劫灰。

西太后闻这灾耗，越加叹息。且因外人索办罪魁，指名载漪、载澜、载勋、毓贤、英年、赵舒翘、启秀、徐承煜等人，定要一一正法，没奈何再降谕旨：载漪、载澜斩监候，加恩贷死，永戍新疆，不复释回；载勋已赐自尽，赵舒翘、英年亦均赐死，毓贤正法；独启秀、徐承煜于联军入京时，已被日本军拘住，囚禁顺天府署，西太后命两全权大臣，索还二人，自正典刑。复昭雪徐用仪、许景澄、袁昶、立山、联元冤诬，开复原官。并命将五月二十四日以后、七月二十日以前谕旨汇呈，将矫擅妄传各旨，提出销除。然后用光绪帝名义，下一悔过维新的诏旨道：

本年夏间，拳匪构乱，开衅友邦，朕奉慈驾西巡，京师云扰。迭命庆亲王奕劻，大学士李鸿章，作为全权大臣，与各国议和，既有悔祸之极，宜颁自责之诏，朝廷一切委曲难言之苦衷，不能不为尔天下臣民明谕之。

奕劻像

此次拳教之祸，不知者咸疑国家纵庇匪徒，激成大变。殊不知五六月间，屡诏剿拳保教。而乱民悍族，迫人于无可如何，既苦禁谕之俱穷，复愤存亡之莫保。**哪个教你，弄到如此？**迨至七月二十一日之变，朕与皇太后誓欲同殉社稷，以上谢九庙之灵。乃当哀痛昏瞀之际，经王大臣等数人，勉强扶掖而出，于枪林炮雨中，仓皇西狩。是慈躬惊险，宗社阽危，阛阓成墟，衣冠填壑，莫非拳匪所致。及此，**始知为拳匪所致耶。**朝廷其尚庇护耶？**庇护久矣。**

夫拳匪之乱，与信拳匪者之作乱，均非无因而起。各国在中国传教，由来已久，民教争讼，地方官时有所偏，畏事者袒教虐民，沽名者庇民伤教。民教之怨，愈积愈深，拳匪乘机，浸成大衅。由平日办理不善，以致一朝猝发，不可遏抑。是则地方官之咎也。涞、涿拳匪，既焚堂毁路，急派直隶练军弹压。乃练军所至，漫无纪律，戕虐良民。而拳匪专恃仇教之说，不扰乡里，以致百姓皆畏兵而爱拳，拳势由此大炽，拳党亦愈聚愈多。此则将领之咎也。该匪妖言邪说，煽诱愚人。王公大臣中，或少年任性，或迂谬无知，平时嫉外洋之强，而不知自量，惑于妖妄，诧为神奇。于是各邸习拳矣，各街市习拳矣。或资拳以粮，或赠拳以械，三数人倡之于上，千万人和之于下。朕与皇太后方力持严拿首要，解散胁从之议，特命刚毅前往谕禁，乃竟不能解散。而数万乱民，胆敢红巾露刃，充斥都城，焚掠教堂，围攻使馆。**非太后主使，安敢如此？**我皇太后垂帘训政将四十年，朕躬仰承慈诲，凤昔睦邻保教，何等怀柔；而况天下断无杀人放火之义民，国家岂有倚匪败盟之政体？**既知如此，何必当初。**当此之时，首祸诸人叫嚣躁突，匪党纷扰，患在肘腋。朕奉慈圣，既有法不及众之忧，寖成尾大不掉之势。兴言及此，流涕何追？——此则首祸王大臣之罪也。**都是他人不好。**

然当使馆被围之际，屡次谕令总理衙门大臣，前往禁止攻击，并至各馆会晤慰问。乃因枪炮互施，竟至无人敢往，纷纭扰攘，莫可究诘。设使火轰水灌，岂能一律保全？所以不致竟成巨祸者，实由朝廷极力维持。是以酒果冰瓜，联翩致送，无非朕躬仰体慈怀。惟我与国，应识此衷。今兹议约，不侵我主权，不割我土地，念列邦之见谅，疾愚蒙之无知，事后追思，惭愤交集。惟各国既定和局，自不致强人所难。着奕劻、李鸿章于订立约章时，婉商力辩，持以理而感以情。各大国信义为重，当视我力之所能及，以期其议之可行。——此该全权大臣所当竭忠尽智者也！当京师扰乱之时，曾谕令各疆臣固守封圻，不令同时开衅。东南所以明订约章，极力保护者，悉由遵奉谕旨，不欲失和之意。故列邦商务，得以保全，而东南疆臣，亦借以自固。**数语恐为东南疆臣所窃笑。**惟各省平时，无不借自强为辞，究之临时张皇，一无可恃，又不悉朝廷事处两难，但执一偏之辞，责难君父。试思乘舆出走，风鹤惊心。昌平、宣化间，朕侍皇太后素衣将敝，豆粥难求，困苦饥寒，不如氓庶。不知为人臣者，亦尝念及忧辱之义否？

总之，臣民有罪，罪在朕躬。朕为此言，并非追既往之愆尤，实欲儆将来之玩泄。近二十年来，每有一次衅端，必申一番告诫。卧薪尝胆，徒托空言；理财自强，几成习套。事过之后，徇情面如故，用私人如故，敷衍公事如故，欺饰朝廷如故。大小臣工，清夜自思，即无拳匪之变，我中国能自强耶？夫无事且难支持，今又构此奇变，益贫益弱，不待智者而知。尔诸臣受国厚恩，当于屯险之中，竭其忠贞之力，综核财赋，固宜亟偿洋款，仍当深恤民艰；保荐人才，不当专取才华，而当内观心术。其大要无过去私心、破积习两言。大臣不存私心，则用人必公；破除积习，则办事着实。惟公与实，乃理财、治兵之根本，亦天心、国脉之转机。（中略）朕与皇太后有厚望焉！将此通谕知之。

这谕从西安颁发，庄王载勋、刑部尚书赵舒翘、都察院左都御史英年，也都在西安自尽。毓贤已遣戍新疆，行抵甘肃，方接到正法的上谕，由按察使何福坤监视行刑。启秀、徐承煜，由庆、李两全权索还，同杀于北京菜市口。启秀临刑时，尚问是谁人命令；监斩官谓奉西安谕旨，启秀道："这是太后旨意，不是洋人意思，我虽死无怨了。"只知有太后，不知有国家，死不足以蔽辜。

西太后默察时势，料知此后行政，不便拘泥旧制，于是再下谕变法。命京师设立督办政务处，派奕劻、李鸿章、荣禄、昆冈、王文韶、鹿传霖为督办政务大臣，刘坤一、张之洞遥为参预。京内外一班官吏，又复鼓唇弄舌，摇笔成文，谈几条变法章程，草几篇变法奏牍。这是中国人惯技。西太后也施行几种，先命销毁各部署案卷，裁汰书吏；又饬各省清厘例行文籍，裁革胥吏差役；并令复开经济特科，暨整顿翰林院；课编检以上各官政治之学；再寄谕出使大臣，访察游学生，咨送回华，听候考试录用。总算新政发轫了。一面履行和议条约，授醇亲王载沣为头等专使，往德国谢罪；侍郎那桐为专使大臣，赴日本谢罪；改总理各国事务衙门为外务部，班出六部上，即令庆王奕劻为总理，工文韶为会办大臣，瞿鸿玑为尚书，并授为会办大臣。各国联军见中国已如约施行，遂将条约十二款，附件十九则，一一签字。庆、李两全权，也随同画押。瓦德西即启程回国，因西例不能无端纳妾，只得把赛金花仍行撇下，怏怏而返。赛金花失了庇护，仍去做那老买卖；后来虐婢致死，被刑官批解回籍。这也不在话下。一场春梦。

且说西太后驻跸西安，借了陕甘总督的行辕，作为行在。一切布置略如北京仪式，饮食衣服都由岑抚供奉。可奈诸事草创，室居湫隘，行宫正殿，老旧不

《辛丑条约》的签订

用，旁殿召见人员。左首有一屋，为西太后起居所在。皇帝、皇后同居一小房，与太后卧室相通。西偏另有小房三间，居住大阿哥溥儁。李总管莲英住在太后所居的东偏，只有一间。西太后住了几月，常是闷闷不乐，想起颐和园情景，越加凄恻：那边是亭台殿阁，非常轩爽；这边是荒凉逼窄，备极萧条，未免有情，谁能遣此。而且度支很是拮据，岑抚又主张从俭，不使滥费。西太后每日膳费二百金，较之在京时，不过十分之一。西太后尝语岑抚道："现在我们俭省多了。"岑抚对道："圣母以俭德治天下，国用不难渐裕呢！"西太后不去驳他，只能得过且过。惟各省进贡物品及金银，西太后无不贮藏。又因南方所贡，多系燕窝、鱼翅等物，大加叹赏。每日必选择数种，作为肴馔；鸡鸭鱼肉等又复减味。曾回忆豆粥麦饭时否？独光绪帝所食菜蔬，与路上也差不多。太后下谕，每饭只准六肴，不得过多。自己喜食牛乳，于行在附近豢牛六只，每月喂养费需二百金，陕西传为异事。西太后尚不如意，嗣岑抚窥破慈意，奏请移居抚署。其实两处房屋大略相似，西太后迁了过去，懊怅依然。何从得颐和园。

万寿期届，岑抚欲举行庆典。贝勒溥侗反对，略言国势危急至此，宗庙、陵寝皆入洋兵手中，老佛何心更做万寿？满宗室中之佼佼者。西太后闻了此语，亦命停止祝典。幸山、陕颇有名伶，有时令他演剧，聊遣愁怀。一日，西太后正在听戏，忽闻座上有拍案声、怒骂声，不禁惊讶起来。急起视之，乃一肥胖少年，状类伧荒，戴一金边毡帽，内穿皮衣，外罩红色军服，如护标的棒师相似，对着台上戏子大声呵叱，说他鼓板参差，腔调浮滑，似有不共戴天的仇愤。仔细一瞧，并非别人，乃是大阿哥溥儁。忙语李莲英道："你去叫他过来。这个蠢儿，越发不像了。"莲英宣召溥儁至西太后前，由西太后训斥一番，令他侍着，不得再离。戏毕，西太后入内，令李莲英鞭责溥儁，甚至百下。溥儁哭个不住，反说出那不尴不尬的话语来，是何词耶？请看官自猜。气得西太后胸怀噎塞；李总管亦眉目奋张。随下令停闭戏园，又将酒馆、茶肆，亦封禁数家，免得大阿哥出去游荡。

转瞬间已是光绪二十七年，和议告成，庆、李两全权及各省疆吏，陆续请两宫回銮。西太后乃下谕：择于七月十九日，由河南、直隶一带回京。嗣因天气尚热，不便登途，又展期一月，改为八月二十四日启跸告归。惟西太后寓居陕西，已将一年，自思没甚恩意逮及陕民，似乎心中未快。可巧西安苦旱，西太后遂斋戒三日，特派大臣上太白山祷雨，恭代行礼。彼苍者天，竟默鉴西太后诚心，降了一日夜甘霖。天道果属有知也，是惠及陕民，非西太后所能幸致。随扈诸大臣，又是赓飏盛德，代作一篇御制申谢文，泐石山巅，把西太后徽号十六字全镌碑首。后人有诗咏道：

> 太白参天灵气钟，云碑丽藻竖层峰。
> 差同玉简投龙璧，不似金轮咏石淙。

欲知两宫回銮情形，容待下回再表。

西太后以一时之私愤，不惜举社稷生灵付诸一掷，至于北京残破，城下乞盟。和约十二款，不必一一推究；即以赔款而论，计银四百五十余兆，加以三十九年之利息，不下千兆。试问此巨款，为谁人所负担？殃民误国，竭我脂膏，尚欲以一纸虚文掩人耳目乎？清之亡，亡于西太后；即中国之弱，亦弱于西太后。端、刚诸人，虽曰首祸，微西太后之有心纵使，亦决不致此。至寓居西安，每日膳费二百金，犹云太俭；每月篆牛费亦二百金，尚嫌不足；长安祷雨，适得甘霖，乃即铺张扬厉，制文勒石，冠十六字徽号于碑首，谬以为至诚格天。吾谓荒妄至此，有益足令人齿冷者。叶赫，叶赫！那拉，那拉！千载而下，犹有遗憾存焉。

第三十二回 储君被废安辇入京
新政重行临朝布敕

　　却说光绪二十七年八月二十四日，两宫自西安启程，千乘万骑，同时东行。沿途所备的行宫，及其他供应一切，统是力求完美，较诸上年出走时光，几不啻天渊之隔了。前行为兵队及侍卫，后行为扈驾大臣及宫监等，中为西太后、光绪帝、那拉皇后、瑾妃数人。西太后寿近古稀，望去不过如四十许人，衣裳华丽，珠锦辉煌。皇后、瑾妃也装束如天仙一般，纷白黛绿，长袖轻裾，头上所戴的珠宝，统是光耀夺目，秀美绝伦。独光绪帝面带愁容，冠服亦都晦暗。潜龙勿用。道旁观者如堵，西太后有说有笑，毫不拘束；皇后以下，统是面带欢容；所难堪者，独一光绪帝耳。一路行来，已入河南。豫抚松寿早派员在边境迎接。西太后慰劳有加。就是沿途一带的地方官，敬谨迎送，也均蒙太后嘉奖。独李莲英以下诸阉寺，乘机勒索，借势呼叱，总叫餍他所欲，方无意外纠缠。地方官敢怒不敢言，没奈何把官囊私蓄尽行供奉。后来仍向百姓取偿，故国家大患，莫若阉人。

　　既到开封，由豫抚松寿迎入。请过圣安，并奏报全权大臣李鸿章出缺。西太后讶道："数日前尚有奏陈，谁知竟尔谢世。"松寿道："京电于今日始到。料知慈驾必来，所以入城面奏。"西太后流泪道："这次和议，也亏他竭力斡旋。目前大端虽定，细事未了。天何不假他一二年，令他办理就绪呢？"这却是平心之论。当下命随扈大臣，拟定谕旨，赠李鸿章为太傅，晋封一等侯爵，入祀贤良祠，子经述袭封。寻复予谥"文忠"，除各省曾经建功地方许立专祠外，并立专祠于京师。汉员邀此重典，也算是不多得了。了李一生。是时王文韶已早返京，京中资格，算他最老，便令他署理全权大臣。又因李鸿章生前曾保荐袁世凯才可大用，命署理直隶总督。

　　西太后即欲入京，独李莲英从旁劝阻，请老佛爷暂住数天，过了万寿祝期，方可启行。看官，你道这李莲英是何用心？他从前也庇护拳匪，与端、刚等同为罪魁，恐怕入京以后，又为洋人属目，指名索办，那时不能狡脱，自取灾殃，于

慈禧与光绪皇后隆裕（右一）及瑾妃（左一）

是劝止慈驾，静探京中消息，再定行止。小人真可畏哉！西太后就此暂憩。一日复一日，竟过了半月余。万寿期至，便在开封府受庆祝礼，筵宴数天。庆王奕劻派员代祝，并以密函致李莲英，叫他即日奉两宫回京，保他无事。莲英心才放宽，且思干些回天事业，令洋人永远勿疑。

京使去后，他即密奏太后道："老佛爷此次回京，对待洋人，用着何术？"西太后道："我前与荣禄说过，用五饵三表的法儿，款待外人，教他意思转过来，便可无虑。"莲英道："慈衷自有良策，但奴才恰有杞忧。"西太后问为何事，莲英道："祖庇拳匪的首祸，莫如端王载漪。他已贬为庶人，永锢新疆；他的儿了尚为人阿哥，能免外人后言么？"说得动听。西太后不觉皱眉道："我为此事已踌躇几次了。"莲英复道："大阿哥现为将来皇帝，他的老子势不能长留戍所。欲释回无以对外，不释回又无以对内。还请老佛爷三思。"一层紧一层。西太后道："我何惜一童呆。只前已正式立储，不便将他轻废哩。"莲英道："从前圣祖仁皇帝为了立储大事，改易至再，后来并没有什么异议；况大阿哥品行恶劣，老佛爷亦应有所闻。乘此废立，一来可想见慈明，二来可敦全友谊，真可谓一举两得了。"西太后道："这个蠢奴，却是没福，我的颜面都被他丢掉不少。前与宫女们都调笑起来，亏我防范素严，不致闹成笑话。据你说很是有理，看来只好废掉他吧。"锢光绪帝，废大阿哥，统是莲英暗中作祟，然亦由西太后不明之故。越日，即用帝名降谕道：

朕奉皇太后懿旨，已革端郡王载漪。其子溥儁前经降旨，立为大阿哥，承继穆宗毅皇帝为嗣，宣谕中外。概自上年拳匪之变，肇衅列邦，以至庙社震惊，乘舆播迁。推究变端，载漪实为首祸，得罪列祖列宗，既经严谴，其子岂宜膺储位之重？溥儁着撤去大阿哥名号，并即出宫。加恩赏给八分公衔

213

俸，毋庸当差。至承嗣一节，关系甚重，应俟选择元良，再降懿旨。将此通谕中外知之。

大阿哥溥儁览到这谕，恰也没有甚么介意，仍然嬉笑跳跃，顽劣如常。虎父犹生犬子，犬父安得虎儿？惟前此正位青宫，宫监们无不趋奉，一经废撤，宫中人统视同犬豚，相率奚落了。

十一月初四日，西太后自开封启銮。过黄河时，天气适逢晴明，太后率帝致祭河神，焚香行礼。地方官预备龙舟，太后及妃嫔等均乘舟渡河。由此北行，途次遇洋人来观，一律优待。既抵顺德府，已入直隶界，署督袁世凯亲来迎驾，即日登途。京城里面，派恭亲王溥伟等，出赴正定府礼迎。俟两宫驾到，已预备特别火车，奉两宫回京。

是日为二十四日，由西太后先行传旨，择于巳牌开车。皇后、妃嫔等于七句钟到车站，光绪帝于七句半钟亦到。待西太后到时，光绪帝率领余人跪接。西太后含笑点首，概令起立。随即监查诸办事员，及安排发货等事。此时行李包裹，堆积如山。所有文武各员，即于车台上觐见西太后。奉旨小心安排，毋致贻误。车站总管系比国人，名叫杰多第，亦由西太后召见，温词奖谕，并言宫廷行李紧要，须仔细照料为佳。杰多第退后，西太后徐步上车，帝后以下相率随入。西太后尚凭窗了望，直至行李等件一一装毕，方命开车。宗社可以轻掷，行李务要顾全——纯是妇女性质。

汽笛一声，车随轮动，先货车，次仆役车，又次为铁路办事人车，又次为王公大臣车，又次为皇上特别车，又次为军机大臣、内务大臣车，又次为西太后特别车，又次为皇后、妃嫔等特别车，又次为李总管莲英车，又次为侍从太监车，最后为杰多第事务车，共计二十一辆，风驰电掣而去。当时铁路总理为盛宣怀，相传办理此车，所费甚巨：太后、皇上、皇后车中，皆用黄缎围绕，又各有宝座、睡榻、军机厅等；各妃嫔车中，统备有厚重帘幕，蔽住外观。不过西太后已降懿旨，凡有中外人民观瞻，不必阻止他。因此沿路所经，除遇着风日外，一律开窗，任人浏览。后妃人等，又皆贪看景色，无不开窗凭眺。所设帘幕，只夜间应用而已。

钦天监赋闲已久，至此费了无数心力，拣了一个大吉日时，请两宫于二十八日到京。西太后颇为迷信，通知杰多第，务于吉日良时，到永定门。既到保定，两宫下车，至保定府署中，宿了一宵。杰多第与西太后约：须次日七点钟开车，方可不误时期。翌晨六句钟，西太后等已到车站。此时严霜沍冻，朔风扬尘，两旁兵队统执炬导着舆夫，陆续肩到车台。西太后降舆后，态度很是安适，并不觉有凛冽情形；且检点辎重，井井有条，仍照前例登车。小事了了，大未必佳。至十一点钟到丰台，乃是芦汉路线与京津路接轨的地方，车务总管乃是英人。杰多第至此交卸，遂至西太后处告辞。西太后慰劳备至，并出双龙宝星为赐。杰多第称谢而去。

未几开车，阅数小时即至北京前门。车站旁已设一极大篷帐，布置很是华美，中有金漆宝座，祭坛用品及各种贵重佳瓷，灿然陈列。京中大员，自庆王奕劻以下，统鹄立守候。另有一特别雅座，款待西人。排外之后，继以媚外，可见中国人心理。遥闻汽管呜呜，车声辘辘，二三十辆的列车飞行过来。渐近站旁，车中有一窗全启，露着西太后慈容，各大员皆跪地恭迓，惟西人兀立不动。内务府大臣继禄大呼西人脱帽，西人尚傲然自若，嗣见西太后向他微笑，方才脱帽鞠躬。西太后亦起立车中，略略举手答礼。车既停，李莲英首先下车，至此不怕洋人了。即往检点行李。既而光绪帝亦下，跪迓西太后下车。

西太后下车后，见各舆已预备停当，便令光绪帝先行。光绪帝起立，匆匆上舆而去。不许他出一言语，总是初心不改。庆王奕劻趋请圣安，王文韶后随，西太后亦慰劳数语。庆王请西太后登舆，西太后道："不忙！"左右回顾，约数分钟。总管李莲英呈上箱笼清单，由西太后细视一遍，复递与莲英。只管着这一件。署理直督袁世凯，带领铁路洋总管入见，西太后又温奖有加。洋总管退，西太后始上舆。舆旁有两太监随行，指点沿路景物，请西太后注视。忽有一洋人经过，太监大叫道："老佛爷，快看那个洋鬼子。"西太后也不加训责，只以目示意。过前门，直入内城。城旁有庙，供奉满洲保护的神祇。西太后下舆入庙，亲自拈香，有道士数人赞礼。不脱老婆子面目。礼毕，复出庙登舆。遥见正阳门城楼上面，站着西人甚多，遂表示一种慈柔态度，对西人瞧了数眼，才启舆入紫禁城，径回大内去了。皇后、妃嫔以及王公大臣，及随扈兵队，统行入城。不消细说。

西太后既入宫，自瑜皇贵妃以下，都来请安。西太后道："难为你们好意。我寓行在时，尚劳你们手制棉衣，饬役带来。只洋兵入京时，你们曾否受着惊

巍峨的正阳门

慌?"瑜皇贵妃答道:"叨太后福庇,宫中没甚惊扰。外来各兵颇守纪律,一人不入宫门,每日仍照例进膳。所以还安稳至今。"西太后道:"这是祖宗的呵护。你们且退,缓缓叙谈便了。"瑜皇贵妃等遵谕而退。原来瑜皇贵妃,是穆宗的妃子,曾饬各嫔御制就寒衣,赍送行在,所以西太后略略道谢。西太后既饬退先朝嫔御,忙挈皇后入宁寿宫,瞧视所藏金宝,一些儿没有失掉,不觉大喜过望。尊为太后,要此何用?小憩片刻,用过茶点,复至仪銮殿故址,阅视一周。但见颓垣败壁,犹是依稀可认,中间成了一堆瓦砾场,又不免感叹多时。回宫晚膳,是夕无话。

先是西太后将到京师,已于途次传旨,赏奕劻亲王双俸,荣禄、王文韶、刘坤一、张之洞、袁世凯等双眼花翎及宫衔有差。返京第二日,临朝召见各大臣,复极力奖励一番。又越日,追赠珍妃贵妃位号,并以随扈不及,殉难宫中,宣布中外。一面宣入留京崔总监,令他收拾行装,即日出宫。崔总管叩首乞恩,西太后道:"我去年临行时,不过恨着珍妃,说了一句气话,叫她自寻死路,并不是真要她死。你竟将她推入井中,你心可谓太忍。姑念你承值有年,此外尚无大过,所以命你好好出宫。你不如趁早走出,免令我见你寒心呢。"崔总监知难挽回,只得谢过了恩,即于次日出宫自去。此是西太后笼络人心,不要认她悔过。

十二月初旬,光绪帝御乾清宫,接见各国公使。西太后亦列坐殿上,凡有问答,仍是由太后应酬。其后又接见公使夫人等。由公使领袖夫人带领上殿,向西太后作祝辞,无非是"欢迎两宫回銮,及重敦交谊"等语,文词颇觉逊顺。西太后答辞亦极和蔼。又和颜悦色对着各公使夫人道:"上年拳匪闹事,宫中谣言很盛,我不能不走。但途中很惦念各国公使,及诸位公使夫人。犹幸乱事渐平,彼此无恙。所愿各国公使及诸位公使夫人,仍如往昔友谊,互敦和好,我与皇上亦感惠得多了。"各公使夫人均答道:"愿如尊意。"觐见毕,大众告辞。西太后于受觐时,起立离座,各与握手。临别时,亦亲送至殿门;又勤勤恳恳的教她暇时来宫,常可接谈。各公使夫人申谢出宫,个个满意,都说西太后雅度谦冲,得未曾有。想亦上她的当了。

自此次觐见后,国际情形一如曩昔。西太后乃日与政务处大臣商议新政,并下一剀切的上谕道:

世有万变不易之常经,无一成不变之治法。穷变通久,见于《大易》;损益可知,著于《论语》。盖不易者三纲五常,昭然如日星之照世;而可变者令甲令乙,不妨如琴瑟之改弦。伊古以来,代有兴革;当我朝列祖列宗,因时立制,屡有异同:入关以后,已殊沈阳之时;嘉庆、道光以来,渐变雍正、乾隆之旧。大抵法积则敝,法敝则更,惟归于强国利民而已。

自播迁以还,皇太后宵旰焦劳,朕尤痛自刻责。深念近数十年,积弊相仍,因循粉饰,以致酿成大变。现正议和,一切政事,尤须切实整顿,以期渐致富强。懿训以为,取外国之长,乃可去中国之短;惩前事之失,乃可作后事之师。自丁戊以还,伪辩纵横,妄分新旧,康逆之祸,殆更甚于红巾。

慈禧与外国公使夫人

迄今海外逋逃，尚以贵为富有等票，诱人谋逆，更借保皇、保种之奸谋，为离间宫廷之计。殊不知康逆之讲新法，乃乱法，非变法也。恐为维新党借口，故意剔清眉目。该逆等乘朕躬不豫，潜谋不轨。朕吁恳皇太后训政，乃得救朕于濒危，而锄奸于一旦。实则剪除叛逆，皇太后何尝不许更新；损益科条，朕何尝概行除旧。酌中以御，择善而从，母子一心，臣民共睹。

今者恭承慈命，一意振兴，严祛新旧之名，浑融中外之迹。中国之弱，在于习气太深，文法太密，庸俗之吏多，豪杰之士少。文法者，庸人借为藏身之固，而胥吏恃为牟利之符。公私以文牍相往来，而毫无实际；人才以资格相限制，而日见销磨。误国家者，在一"私"字；祸天下者，在一"例"字。晚近之学西法者，语言文字、制造器械而已。此西艺之皮毛，非西学之本源也。居上宽，临下简，言必信，行必果，服往圣之遗训，即西人富强之始基。中国不此之务，徒学其一言一语、一能一技，而佐以瞻徇情面、肥利身家之积习。舍其本源而不学，学其皮毛而又不精，天下安得富强耶？口是心非。总之法令不更，锢习不破，欲求振作，须议更张。着军机大臣、大学士、六部九卿、出使各国大臣、各省督抚，各就现在情弊，参酌中西政治，举凡朝章、国政、吏治、民生、学校、科学、军制、财政，当因当革，当兴当并，如何而国势始兴，如何而人才始盛，如何而度支始裕，如何而武备始精，各举所知，各抒所见。通限两个月内，悉条议以闻，再行上禀慈谟，斟酌尽善，切实施行。

特是有治法，尤贵有治人。苟无其法，敝政何从而补救？苟失其人，徒法不能以自行。使不分别人有百短，人有一长，以拘牵文义为守经，以奉行故事为合例，举宜兴宜革之事，皆潜废于无形；群旅进旅退之员，遂酿成不治之病。欲去此弊，慎始尤在慎终；欲竟其功，实心更宜实力。是又宜改弦更张，以祛积弊，简任贤能，上下交儆者也。朕与皇太后久蓄于中。物穷则变，转弱为强，全系于斯。倘再蹈因循敷衍之故辙，空言塞责，遇事偷安，宪典具在，决不宽贷。将此通谕知之。

自是准满汉通婚，命编纂中西律列，定学堂、选举，鼓励章程。派张百熙为管学大臣，吴汝纶为大学堂总教习；令王文韶充督办路矿大臣，瞿鸿玑充会办大臣；袁世凯充督办商务大臣，张之洞暨伍廷芳充会办大臣。各道上谕联翩而下。又命奕劻、王文韶，与驻京俄使雷萨尔商议，订交收东三省条约。为这一件事交涉，又惹起一大战衅来。小子有诗叹道：

> 国威荡尽已无余，慎尔邦交尚患疏。
> 怪底庸奴太不谅，谬伸螳斧欲挡车。

毕竟东三省交涉，为何而起，且看下回便知。

前半回详叙回銮情形，与上文出狩时，大不相同。安即忘危，乐不恤患，是欲其力惩前辙，一除宿弊，不待智者而已知其难矣。在西太后之意，以为外人可以利诱，可以色取，因思假五饵三表之术，为挽回友谊之计。不知西汉之世，朔方只有匈奴，汉室尚称全盛，贾长沙之五饵三表，言或可行，而当时犹有议其非计者。近则环球列国，犬牙相峙，方百出其谋以伺我，岂五饵三表所得而笼络之？是本原固已大误矣。至若维新之诏再下，所行犹是康梁之旧，而谕旨中必欲顾全体面，使国人知此次变法，与前日异趋。吾谁欺？欺人乎？欺己乎？要之西太后之心，一不肯认错而已。惟不肯认错，乃真成为大错。

争铁路蜀士遭囚

第三十三回　两全权与俄订约
　　　　　　二慧女随母入宫

　　却说东三省的交涉，也因拳匪而起。当拳匪四扰时，俄兵入黑龙江境，欲假道省会，直通至哈尔滨，保护满洲铁路。黑龙江将军寿山不许，厉兵秣马以待。俄人分道攻入，击毙副都统凤翔，并将中俄交界的屯驻旗人，统驱入黑龙江中，做了漂流之鬼。那时俄人声势越盛，直指黑龙江省城。寿山无计可施，服药自尽，妻子亦皆殉难。俄人又转入奉天，将军增祺哪里还敢阻挡，忙出城去迎俄兵。俄兵算不去难为他，只教他服从命令。俄政府闻关东得手，遂日夕运兵过来，不到几月，竟增至十八万人。已视同外府了。

　　至北京议和，俄使独提出东三省，谓与中国有特别关系，须由中俄自行订约。各国也莫名其妙，听他提出另议。他遂首倡撤兵，示好清廷；一面胁迫将军增祺，另订东三省条约，名系交还，暗实侵占。增祺咨照李鸿章，鸿章与驻京俄使交涉，俄使坚不肯让，硬要鸿章签押。鸿章此时已心殚力疲，染了重病，俄使尚日至榻前催促签字。不料字未签就，命已催归。好似一道催命符。因将此议搁起。后来江督刘坤一、鄂督张之洞，联集东南士绅，力争此事。日本也纠合英、美两国，从旁力阻。俄人恐众怒难犯，一时也未敢强逼。到光绪二十八年，方订了条约四款：（一）勘定疆界，（二）保护人民，（三）整顿防务，（四）兴办铁路；所有东三省的俄兵，分三期撤退，每期以六个月为限：第一期撤盛京西南段至辽河，第二期撤盛京东北段并吉林全省，第三期撤退黑龙江省。约既定，复将山海关的铁路交还中国，也由俄使雷萨尔与全权大臣奕劻、王文韶交接。

　　看官试想，这奕劻、王文韶两人，并不闻是外交能手，远不若仪、秦，近不逮曾、薛，如何虎狼强俄，竟被他折服呢？他两人因办事顺手，非常欢悦；就是这位老太后，还道是自己才具，把一片假殷勤，哄得外人心悦诚服，东三省如约撤兵，山海关立时交路，竟没有意外纠葛，从此可高枕无忧了。只顾目前，不顾日后。清廷王大臣又是歌舞承平，颂扬功德，一些儿没有防备。独东邻的扶桑三岛，很是注目。暗想俄人何故这般和平，莫非其中阴怀叵测？将来辽东属俄，于自己大有不利，遂隐隐的练兵筹饷，准备与俄人对垒。自己睡在鼓中，反要外人留意，煞是可愧。后来日俄一役，就从这里埋根。

两全权与俄订约　二慧女随母入宫

小子就时事编次，因清宫尚有遗闻，只好把俄事暂搁，先叙述一段清宫历史。

西太后回銮以后，宫中少了好几位心腹：醇王福晋已是早世，端王福晋同戍新疆，荣禄福晋又已病逝，莲英妹子也去嫁人，只有一位荣寿公主，尚出入禁闼，承值宫中。再回应二十一回。但公主素性秉正，平时力持大局，侃侃直谈。西太后虽视若养女，恰也有些顾忌。瑾、珍二妃与公主有姻娅谊，珍妃枉死，公主尝有后言。就是光绪帝被禁瀛台，中外喧传废立，公主亦曾密白太后，不应废帝，致遭物议；西太后意遂中沮。公主又力劝宫中撙节，勉济时艰，凡皇后以下，偶或滥费，即予匡正。会西太后制一锦衣，色料俱美，价值亦昂，心中很是欣慰，但密语近侍，不可使公主预闻。不料公主已曾察觉，某日入宫请安，从容向太后道："臣女于某处见锦衣一袭，材料、颜色，可称绝品，拟购制进御。无如我朝祖制，向崇俭德，圣母上承祖训，必不喜此华装艳服，所以作为罢论了。"西太后嘿然不答。待公主退后，语左右道："我曾与汝等言，勿使彼闻，如何复被她知晓？"左右答称："谨遵懿旨，不敢他泄。"西太后勃然道："如果你等没有多说，公主宁有此语么？"言下很是怏怏。所以面子上似爱着公主，意中恰有些芥蒂。

适驻法使臣裕庚归国，入宫朝见。西太后询及法国政治，裕庚据实奏陈。西太后又问道："闻你有两个女儿，生得甚是聪隽。现你又带往外洋，想于中外文字，总可通晓。明日可叫她入宫，我恰要赏识一面哩！"裕庚奏道："奴才原有二女，现在年龄尚稚，恐朝见太后，未娴礼节，还求慈躬，格外宽恕。"西太后道："我却不拘定一切礼仪。你若因女儿年轻，叫她妈带了进来便好。"裕庚才遵旨出宫。

翌晨，裕太太带着二女，入宫进见。那二女长名德菱，次名龙菱，妙年韶秀，才貌兼全。这次因懿旨特召，越打扮得花团锦簇，玉润珠明。惟秀媚中另具一种英采，与寻常一般宦家闺秀，文俗不同。究竟游历外洋，见多识广，不似那深闺坐守，专从调脂抹粉上着想，自掩丰韵，因此举止冲雅，自然落落大方。为有才有色的女子特别写照。既到宁寿宫，即有小太监前来迎迓，请她娘儿三人入门。门左有一耳房，即由小太监导入，小坐片刻。室中所列桌椅，统是红木紫檀，上铺红缎垫子，映入德菱姊妹眼帘，似乎未能免俗。小太监等先奉香茗，裕太太等略略沾唇，就从衣袋中取出银票一页，作为赏赐，小太监等欢颜道谢。旋又来了宫婢四名，执着牛奶、饽饽等物，交与裕太太等，说是奉太后特赐。裕太太挈着两女，谢过了恩，方敢领受。宫婢又道："老佛爷就要召见，太太们少待片时便了。"言毕自去。

221

慈禧佛装像

壁上钟声，正当当的敲了六下。过数分钟，又有宫监出来，请她三人入内，裕太太等方随了进去。绕过游廊，便是七大间深院。院门里面，立着两位宫眷，乃是礼王世铎及庆王奕劻的女儿。裕太太便上前请安，又命两女道："这两位统是郡主，你们须敬谨行礼。"两姊妹请过双安。二郡主笑对裕太太道："好一对粉妆玉琢的女娇娃。"裕太太正在鸣谦，又有两位半老佳人移步出来，为首的笑吟吟道："裕太太带女入朝，也算是一番佳话了。"裕太太忙趋前数步，跪将下去，两女亦随跪一旁。两人齐声道着"少礼"，并亲手搀扶她母女起来。裕太太又嘱咐两女，指着为首的道："这位是长公主。"又指着随后的道："这位是当今皇后。"两女竦然起敬，瞧着两人装束，大致相似，只皇后服饰较为华丽，头上戴着一枝金凤凰。皇后笑容可掬，道："难得你这个老人家，生成一对好女儿，这么俊，那么俏，怕不是仙子下凡么！"哪有许多仙子肯下凡尘！裕太太未及答言，忽来了李总管莲英。他戴着红顶孔雀翎，穿着一品公服，大着步行入院中，向着裕太太道："老佛爷要召见了，快随我到正殿去。"

裕太太领着两女，随着李总管再向里面进去。行过一座院落，才至殿门。皇后、公主及二郡主，也一同进来。先入殿中，站立两旁，俟太后出来。不一刻，那位雍容华贵的老佛爷出了殿，登上宝座。李莲英即带她母女入殿，行过三跪九叩礼。西太后宣旨平身，母女谢了恩，才敢起立。不意西太后已离座下来，裕太太也移步上迎。西太后道："教你两个女孩儿不要畏缩，我好仔细端详哩。"说着便走前一步，两手挽着两女，左顾右盼。好一歇，方笑语裕太太道："我瞧这两人模样，都是秀慧，但阿姊尤胜妹子。我此刻正少女侍，这两个好女儿，不如让给我吧。"裕太太又跪下道："圣母厚恩，赐与臣女，便是这二女孩有福了。"此时二女亦思跪下，西太后道："不必，不必！你两人肯晨夕侍我，比跪叩好得多了。"又顾裕太太道："你也不必多礼，你起来。我想母女情谊，不便相离，如叫你二女在宫，你为娘的能无挂念？此后你也好时常进来，一切礼节概从简便。况现在宫眷们统叫我作老祖宗，你们也以老祖宗呼我便了。"

言至此，光绪帝也蹩入殿中。西太后复引裕太太们，觐见光绪帝。裕太太及二女行过了礼。西太后道："时已不早了，我们临朝去吧。"李莲英跪称舆已备齐，请老佛上舆。西太后点首，挈了光绪帝，步出殿门，皇后以下皆跪送。西太后上舆时，复顾裕太太道："你们娘儿仨不要出去，我下朝后还要与你们细叙哩！"又语皇后等人道："你们领她随便游玩，不要去拘束她。"大家唯唯奉命。西太后乘舆前行，光绪帝及李莲英等后随，统至朝堂去讫。

皇后等起立后，遂邀同裕太太等入坤宁宫，分案列坐。皇后把外洋风俗人情略加研诘，由裕太太略述一遍。忽有一人问道："我闻外洋的风俗，与中国大是不同。凡遇筵宴，男女杂坐，不避嫌疑，还有什么跳舞会，并非自己眷属，乃一男一女，可以对舞，抱腰握手，非常媒亵。这样俗尚，还说是如何文明，我却很觉他野蛮呢！"裕太太道："外国礼教原是不及我国，不过他艺术优长，所以自号文明。"龙菱恰耐不住道："这也不可一例论的。他们筵宴的时光，虽是男女同坐，亦属左右分开。就是跳舞会中，男女对舞，亦不常见。就使有这种情状，也必有特别关系，并不是一味乱扯呢。从前我国出使大臣，到了欧美，往往闹成笑柄。一则因礼俗不同，一则因吾国人亦有短处。"说至此，裕太太忙出言截住道："你小小年纪，住欧洲只两三年，便唠唠叨叨的说个不休。我国礼教冠绝五洲，就如格格的冰清玉洁，也是服膺圣训，不屑逾闲的好处。小女孩懂得什么！"裕太太究竟老成，所以处处顾到。

看官，这裕太太所说的话，明明是有意斡旋。因评议西俗的宫眷，乃是庆王奕劻的女儿，排行第四，宫中称他四格格。"格格"乃是满语，即汉文所谓郡主。四格格青年守孀，裕太太素来知道，所以把龙菱的辩议，从中阻住，免致呕动四格格。龙菱被母亲训斥，弄得哑口无言，把粉颈垂了下去。四格格恰触起悲情，眼眶中含住了泪，几乎要坠下来。就是旁坐的荣寿公主，也未免叹息数声。当下四座无言。裕太太心中恐又未免自嫌唐突。皇后觉静寂无味，复向龙菱道："你说我国使臣，前时多闹成笑柄，何不讲几件故事，一消岑寂呢！"龙菱闻着，仍然红涨了脸，不发一语。到底不脱儿女常态。裕太太道："你前时横生议论，现在皇后要你讲谈，你为何变作反舌无声？"皇后嫣然一笑，大家倒也陪笑起来。德菱忙从旁接口道："种种传闻，也不知是真是假，不过外人作为笑谈。今承皇后下问，愿据所闻上陈。"措词甚婉，乃妹固不逮多矣。皇后道："你快讲来！"

德菱道："从前有一位驻美公使，避暑至法。适法国某公爵夫人开筵邀客，驻法钦使为他介绍入席。第一盘是汤，乃是西餐中常例。汤毕，厨役捧了一大盘鱼出来敬客，香味扑鼻。主人先演说这鱼出处如何难得，厨司烹调如何可口，座客咸思下尝。仆人指导厨役捧鱼，先敬驻美公使，以鱼首近手侧，令他取鱼。他还没有觉得，喉中适有痰壅，咳嗽一声，回首欲吐于地，孰意不偏不倚，正落在鱼盘中。顿时脚忙手乱，欲去掬痰。那厨役大声呼叱，竟捧盘而返。"说至此，大家都评论起来，说这个公使也太觉冒失了。德菱又道："他亦自觉莽撞，逃席竟去，连驻法钦使也很是怀惭哩！"

皇后道："此外有无新闻？"德菱道："还有一个驻法公使，初莅法国，包定火车头等厢房一间。到夜半时，公使忽患腹泻，不及登厕，弄得淋漓满裤。公使一时性急，竟用指甲剔去粪迹，随处乱弹，满房统是粪点。会参赞醒来，公使以告，参赞知西人好洁，忙自解下衣，令公使易去秽裤，掷出车外。又取他物，将各处粪点揩净，方免痕迹。两人忙乱了一宵，亏得包定一间厢房，不使外人闻知，否则外人要加呵逐了。"

荣寿公主道："中国人不爱洁净，恰是极大坏处。"德菱道："龌龊还是小事，外人还讥诮我国钦使要作盗贼呢！"荣寿公主道："是否崔国骃故事？"德菱道："他的家眷曾窃西国酒馆的手巾，被西人搜出，登报糟蹋，崔因此被谴。这是中外共闻的。他在英国时，他的夫人还为他全馆上下诸人洗衣，索取洗资。正是要钱的了不得。一日，使馆门前悬着几条白色长带，随风飘飏。英人还道使馆中有什么丧事，遣人来问。使馆中人答言"没有"，来人指门外白带道："何故悬此？"使馆中人方才觉得，忙将白带收入，只是不好实告，支吾对付便了。皇后道："白带何用？"我亦要问。德菱忍不住要笑，勉强熬着道："乃是他馆中妇女裹脚带。"一语甫毕，全座都哄堂起来。确是好笑。

德菱复道："即如跳舞会事，也闹过一场笑语。李钦差伯爷出使日本，有随员查益甫，素来放荡不羁。一日某处开跳舞会，查亦与座。见一西人送茶与西妇，他也贸然送给一盘。西妇与查素不相识，因见是中国官员，勉强接受。不意西妇伸手来接，查又缩手不与，西妇大笑而去。及跳舞时，查一人独自乱跳，西人相率捧腹，他还自鸣得意呢！还有横滨领事黎某，与学生监督林某，随着驻日钦使，同赴日皇宴会。他两人怕食西餐，只把水果吃了数枚。水果中柿子最多，两人信手乱剥，弄得狼藉不堪，惹人厌恨。宴毕逛园，因坐椅不多，惟妇女得有座位。有一妇方起身接物，二人即乘她后面，拖椅自坐。妇未及知，背身返座，竟致倾跌，险些儿闹出事来。"大家听到此语，又哄堂一笑。

皇后道："你父亲曾出使日本，所以东洋笑话，也听着几条。"补叙裕庚使日本事。德菱应声称"是"。荣寿公主道："使才原不易得，中国又是新近遣使。数年前盈廷王大臣，还目使臣为汉奸，大家都不愿出去，怪不得有此笑柄。"德菱道："如曾、薛二公，恰是中外倾慕的。"荣寿公主道："那是绝无仅有的了。就是你父亲使日、使法，也好算不辱君命呢！"德菱正待答言，忽有宫监入报，老佛爷退朝回宫了。皇后等陆续起身，均往宁寿宫请安。

适值西太后驾到，大家行过了礼，西太后便问裕太太道："你们曾否闲逛？"裕太太答云"未曾。"西太后道："差不多有三四小时，你们同在哪里？"皇后代奏道："在坤宁宫闲谈。"西太后道："好，好！你们也好腹饥了。"随命李莲英道："快饬宫监，去取茶点来。"须臾，由宫监进呈御点，西太后分赐诸人，大家饱啖一顿；又各喝过了茶。西太后随问二女道："你们通几国语言？"德菱道："略谙几句法文及几句英语。"西太后道："好极了！条约中多用法文，应酬中多用英语。既通这两国语言文字，可在我处充个翻译。明天我就叫你当这个差使哩！"德菱道："老祖宗恩典，赏婢子这个差使，哪有不思报效之理。但婢子年幼无知，倘一时办错，反致辜负慈恩，恳请老祖宗收回成命。"西太后道："你不必过谦，我自有定夺。今朝还没有委你这差，你且侍我吃过午膳，我同你娘儿三人，往颐和园听戏去。"德菱不敢再言，惟跪下谢赏听戏恩。裕太太率着龙菱，也一同跪着。西太后喜道："起来，起来！你们总要行这礼节，我也觉得厌烦呢！"又命李莲英道："你去取三个白玉戒指，赐她母女三人。"莲英入内检出，呈与西太后，由西太后亲手赏给。裕太太复又谢了恩。

又过一小时许，宫监进呈午膳。西太后端然上座，命裕太太母女伴食。清宫旧例：侍食太后前，只好立着，不能就座。裕太太懂这规矩，谢恩后，就率二女站着吃饭。饭毕，西太后饮过香茗，吸过香烟，即命李莲英道："我们往颐和园听戏去吧！"正是：

> 几经世变忘前辙，犹是承平谱乐声。

欲知以后情事，容待下回分解。

中国外交之棘手，莫若清季。虽有仪、秦之辨，随、陆之才，而无国力为之后盾，徒借三寸不烂之舌，欲折冲于樽俎间，盖亦难矣！况国际之大势未谙，专对之口才又绌，顾欲办理如意，无逆吾命，试思外人何爱于我，乃肯就我范围乎？言甘者心必苦，棘手可虑，顺手愈可虑。顾朝野上下，狃于目前，不复振作；西太后亦安乐如故，徒欲得内外舌人，为联络交谊之计。外交之道，宁在于此？本回复借德菱口中，叙及使臣笑谈，言有由来，事原确凿，不必果为德菱言，亦何妨借作德菱言。观此已可知当时外交之大概，不必深究利弊也。

第三十四回　中戏迷详究声歌
　　　　　　讲新学兼陈政法

　　却说西太后命赴颐和园，裕太太母女三人，原是遵旨随去；就是皇后以下诸宫眷，也一律随行。大小轿子依次出城，一路行去，约历三小时，才到园门。西太后乘舆径入，皇后以下统在门首降舆，鱼贯而进。园内承值的人，左右分站，肃静无哗。大家直入乐善堂，见西太后正在降舆，由众人簇拥进去。皇后等随步而入。俟西太后入座，请安行礼，各遵常例。嗣复由西太后赐给茶点，彼此饱德。西太后便道："我们去听戏吧。"李莲英请太后出乘露舆，西太后道："今日天色晴朗，颐乐殿又是很近，不妨步行。"于是西太后在前，大众在后，从殿右越将过去，不过数十步，就至德和门。应上文第十九回。耳边已听得鼓乐悠扬，笙簧杂遝。

　　一入了门，便见剧场在望，三层舞台，翼然高耸。其下层是演戏处，中一层是布景处，最上一层是扮戏处。台上正在开幕，西太后入殿就座。伶人亦上殿碰头，跪请点戏。西太后问道："今日谭老板来未？"伶人答道："老板过歇就到。"西太后道："好极，想来演压台戏了。"伶人道："今日闻老佛爷驾到，所以谭老板拟来供奉。"西太后道："难为他。此外尚有何等脚色？"伶人道："现如杨小楼、王楞仙、龚云甫、王瑶卿、陈德林、田桂凤、金秀山、德珺如、王长林、郎德山等，统已到齐。"西太后道："名伶毕集，定有可观。你去传我命令，叫各人自演拿手戏，不必由我特选。待谭老板来，我与他自行问话。"伶人叩首而去。

　　西太后顾德菱姊妹道："你两人未曾到此听戏，今日初次到来，即遇谭老板登台，也可谓有眼福了。"德菱姊妹同声道："谢老佛爷慈恩。"西太后复语道："你两人不妨旁坐。"两人口称"不敢"。西太后道："我叫你们旁坐，就坐不妨。"两人口称"谢恩"，仍然站着。西太后向后一顾，见皇后以下，统站在后面，便道："你们统就座吧，让她姐妹亦可坐得。"大众统遵旨谢恩，一律坐下。只德菱姊妹，未识谭伶如何名角，连太后都叫他老板，私自问他母亲。裕太太道："便是谭叫天。"德菱姊妹仍是莫名其妙，不意已被西太后闻知，便顾德菱姊妹道："他姓谭名鑫培，湖北人，是近日伶界中巨擘，都人称他为'伶界大王'呢！"名士不若名伶，又为清季一叹！德菱姊妹均应了一个"是"字。于是大众敛气屏息，统注意戏台歌舞。先演了杨小楼的《长板坡》，次演了德珺如的《岳家庄》，又次演了龚云甫的《钓金龟》。

谭鑫培像

三出戏已将下场，谭老板尚未见到。西太后道："谭老板的身价也太重了，天已薄暮，为什么他尚未来？"正说着，见有一戏子下台进来，年约五十许，面色黄瘦，皱纹很多，只颏下尚不留须，登了殿，向西太后跪叩。西太后大喜道："你来了。我望眼将穿呢！"那人跪禀道："午后才知老佛爷驾临，所以到此较迟。"西太后笑道："你无非具着烟霞癖，一时还没有过瘾罗！我也晓得你的脾气。你快起来，上台去演出《盗魂铃》，叫郎德山做你配角，扮演小猪。"说至此，旁指德菱姊妹道："这两个大姑娘，从外洋游历归来，还没有看过你的演戏。像你这等名角，演了一出好戏，俾她赏识，也不算是辱没你。"那人唯唯趋出。看官不必细问，便可知是谭老板叫天。

有顷，龚云甫下台，谭叫天扮着猪八戒，郎德山扮小猪，粉面登场。做工之妙，不消细说。中唱梆子腔一段，一字一唱，一唱一转，一转一音，词调激越，声韵苍凉。西太后非常称赏，按着戏中的板眼，用手拍案，作为过板。描摹逼真。等到老谭唱毕，方定了神，旁语德菱姊妹道："戏中情节，你可懂得么？"德菱答称："懂得。"西太后道："你虽知戏中情节，未必知戏中腔调。这戏内有二段梆子腔，不但唱着的戏子，要提足喉音，字字着实，就是拉弦、敲板的人，也须讲究五声六律，方能得心应手，按腔合拍。即如老谭上台，配角原是不肯苟且。就是台后的弦师鼓板，闻他也一一拣过。他前时曾对我说明，拉弦的叫作梅大锁，打板的叫作李五。必要他两人帮助，老谭才能唱好这梆子腔呢。"你是主持国事的太后，为何不研究政治，却研究戏调！随又语李莲英道："郎伶扮做小猪，为何他不作猪声，恰作羊声呢？"可见她处处留意。莲英一时不能回答，寻忽大悟道："老佛爷，他是信奉回教的。"西太后笑道："怪他不得。"

又过数分钟，天色昏黑，戏亦闭幕。西太后挈着众人，暂入休憩室，并宣召

谭鑫培、王瑶卿剧照

谭、郎两伶进见。等到谭、郎两人进来，太监等已呈上果点。西太后问太监道："尚有么？"太监答一"有"字。西太后道："你都去取了出来。今日演戏的伶人，多肯出力，我要一例赐食呢！"太监去讫。此时谭、郎二伶一同跪着。西太后道："你们起来。所有演戏诸名伶，由你们去召他进来。"两人奉命出去。不一刻，各伶人依次进见，黑压压的跪在一地，陆续碰头讫。太监数人搬进饽饽等物，罗列桌上。西太后嘱李莲英道："你去散给各伶，每人给饽饽五枚，叫他们就此食下。"莲英应旨分讫。各伶相率跪食，只郎德山受了饽饽，并不入口。西太后问道："你何故不食？"郎德山答道："腹痛忌荤。"西太后憬然道："我又失记了，饽饽内大约裹着猪肉。"随语太监道："下次去嘱庖厨，饽饽内可夹裹羊肉，免得他们忌口哩。"各伶食罢，谢恩去讫。

西太后道："我们要食晚膳了，果点可一律撤去。"语毕，便携着德菱手，并肩行走，返入乐寿堂。这是太后非常宠爱，特别赐恩；德菱亦格外起敬。返室后，西太后又语德菱道："我生平最爱看戏。古今来成败得失，及人世间悲欢离合，均可借戏中传出，很容易感动人情。只演戏的优伶，必须声容、台步，般般周到，色色完全，方可醒目。从前伶园名角，要推程长庚。程善唱老生，实则各项脚色无不擅长。他做三庆部班长时，与善演青衫的喜禄偶有口角，次日排青衫戏，喜禄故意托病不肯登台，程遂自扮青衫，登场演唱，不亚喜禄，由是声名益噪。今则长庚已逝，大名要算谭叫天。他的做工能独得神似，扮什么便似什么，所以喜怒哀乐，无不中节。他的唱工能把牙音、齿音、喉音，一一清晰，又能将平、上、去、入四声，字字咬清，妙在纯任自然，绝不牵强。昂首一鸣，声入云际，馨喉一控，万斛潮来，可高可低，可抑可扬，可狭可广，可急可缓，这正所谓神乎其技呢！"谭叫天固擅绝技，西太后亦算知音；但与国家政治毫无干涉，为之奈何？德菱只连声称"是"。未几晚膳，由西太后命她侍食，如午膳例。

膳毕，西太后语德菱道："今日已是黄昏，不及入城，你母女三人可在园中寓宿。明日你返了家，检点几套衣服，携带入园，便好来做宫眷。你妈、你妹也一同来此，免你冷静。此外如被铺等物，以及一切妆具，这里都有，不消另备了。"德菱母女免不得照例谢恩。西太后复起立道："这殿左首有三间静室，颇觉清雅，你母女三人住此最好。来、来，我引你们先去一瞧吧。"此时电灯四映，光同白昼，西太后带着她娘儿们，越过左厢，绕出重廊，即见有三间精舍，窗户都砌着玻璃，玲珑剔透，巧夺天工。

既入门，由西太后领视一周。床铺、桌椅，均已陈设整齐，四壁悬着书画，多是西太后御笔。西太后指示德菱道："这等统是我暇时亲笔，你道如何？"德菱道："老祖宗聪明天授，所以擅此神笔。"西太后道："生而知之的圣人，世上是罕有的。我也是学出来呢！我少时颇喜翰墨，入宫后所藏的书画帖，很是不少，我便闲中消遣，拣着笔气相像的，日夕摹仿，渐渐的也能书画。似你秀外慧中，若能留心学着，也容易成功哩！"德菱道："全仗老祖宗教训。"西太后道："师友也是要紧的。数年前，我归政皇上，整日在园，没有什么事情。我想与宫眷们讲谈书画，无如她们统不谙此道，仿佛对牛弹琴。我想中国很大，总有几个能书画的妇女。我便降旨令各省访求，可巧四川有个官眷缪氏，工绘能书，由川吏驿送来京。召见时当面试着，她绘的花鸟很是精工，楷法虽逊，恰亦楚楚可观。只她已是个孀妇，年亦将近五十。其夫仕蜀，死后宦囊萧涩，我怜她才妇薄命，畀她月俸二百金，免她跪拜。她与我平时谈话，颇得画中三昧，我恰得益不少。嗣闻她儿子已领乡荐，我复叫她捐个内阁中书。可惜她身弱多病，不便久住此间；我又因康梁构逆，再出听政，无心及此，便令她回籍去了。现在她的存没，我亦未令查闻，只她的笔墨，倒留着不少。有时还与我作代笔呢！"西太后是好胜的人，要缪氏作代笔，谅必技出己右。裕太太插嘴道："是否即缪太太？"西太后道："是她。你是否会见过的？"裕太太道："未曾会过。只她的手迹，恰看见过的，她款中曾署着'素筠'二字。"西太后点首。借此叙入缪素筠事，亦是一篇掌故。随又问道："这房间好住不好住？"裕太太等齐声称好。

西太后复引她出来，又至乐善堂，并另饬宫女道："那殿左三间的房屋，已令裕太太母女居住。房内尚缺妆具等物，应与她赶紧备齐。"宫女应声出去。西太后入寝室，裕太太等随了进去。又谈了数语，已是十句钟。西太后道："你们也好乏了，去睡吧！"裕太太等遵旨，请了晚安。当有宫女导着，出了寝宫，行往卧处，卸装就寝。一宵无话。

次日起身，至乐寿堂请过早安，便叩头告别。西太后吩咐道："你们赶快进来，早则两日，迟则三日，免我挂念。"裕太太等应着。西太后道："你们曾吃过早点么？"裕太太答称"尚未"，西太后道："既如此，你们在这里吃过早餐。此后进园，要什么吃，尽可着宫监、侍女到御厨中去携取。倘若她们迟误，告诉我知道好了。"裕太太连声"遵旨"。未几，侍着西太后早膳。膳罢，又歇了片刻，方起身告辞。西太后道："不要忙，这里有苏杭贡缎，赏你们几匹，好带回去做点衣服。"裕太太等跪下道："慈恩高厚，如何图报？只得永远感恩，长镌心版。"西太后不待说完，便道："我爱着你两个女孩子，赏她几件衣料，也不算什么厚恩。"便召进李莲英，命他取出贡缎六匹，由西太后亲自验过，随叫宫监三人捧着，送裕太太母女出园。

裕太太等碰过了头，就别了西太后，并至皇后及各宫眷处辞了行。皇后等俱有例赏，均着宫监携送出门。到了园门外，三乘大轿已经候着。各宫监们均将赐物交代。裕太太因赐物不便轻亵，复命舆夫另添一乘大轿，把赐物装在轿中。一面复取出银票数页，分给宫监。宫监们都道了谢，候三人上舆，欢天喜地的回去了。总教银子回话。裕太太令装载赐物的轿子当先抬行，娘儿三人的轿子随后，取道回家，由裕庚接着。裕太太等下了舆，先将赐物取出，交与裕庚。裕庚恭恭敬敬的捧入大厅，供在当中，自己也行三叩首礼。随取了银票，赏给舆夫。这舆夫本系园役，不能照外人开发，自然给资从优。舆夫亦欢谢去讫。

看官，你道裕太太母女们这次召见，及入园一宿，吃着、坐着、卧着，都蒙西太后特赐，她还花费了千百两银子。怪不得疆吏入觐，部中有费，殿中有费，宫中有费，园中有费；还有一班亲贵又要去孝敬他，一掷数万，才得出京。他们做官的人，哪里来许多家资？自然去刻剥百姓，一半入宦橐，一半作消费。所以到了清季，合京内外无数官员，没有一个清廉，都是棺材里伸手，死要金钱哩。慨乎言之。

闲文少表。且说裕庚资遣舆夫，入内与妻女叙谈。裕太太便把面承的懿旨述了一遍。裕庚道："老佛爷既爱怜两个女儿，你便带她过去。且懿旨也不好有违的。"裕太太道："老祖宗只限期两日。家中内务颇繁，我又不能不去，这便怎处？"裕庚道："不妨事的。我出使回来，一时总没有要差，在家时多，一切仆婢人等，我也会指挥的。"裕太太方才无言。休息一宵，次日即将应着的衣服，及应用的物品，检出数件，贮好箱笼，忙碌了一整日，才得收拾妥当。

次日，娘儿三人带着箱笼等件，又乘舆入园，叩见西太后。适值西太后亲览奏折，便问德菱道："你来得正好。你中国文字，想亦知道的？"德菱应声称"是"。西太后挽着德菱手，叫她站在左侧，把各奏折取与她瞧。德菱瞧着，多是关系学务的奏章。西太后复问道："外洋的学术究竟如何？"德菱是经过游历的人，识见颇是明达，想趁这机会，劝西太后力行新政，此女见识，颇高出满人。随即答道："近来外国文明，全仗这学术哩。"西太后道："有什么学术，比我国见长？"德菱道："农有农学，工有工学，商有商学，兵有兵学，此外如声学、光学、化学、电学，以及一切机械学、物质学、生理学、天文地舆学，无一不备，无一不精。就是法律学、政治学，也是日有发明。所以有此富强呢！"西太后道："近日京内外各奏折，都说要注重新学，资遣学生出洋。据你说来，这事也是要紧么？"德菱道："取他人的长处，补我国的短处，也是自强的基础。请老祖宗降旨施行。"西太后便提起笔来，就小笺中，写了一行，系命各省挑选学生，派往西洋各国，讲求专门学业。写毕，又语德菱道："你也是个满族女子，有此开通，总算难得。我记得数年前，大学士倭仁，力崇埋学，把西学批得一钱不值。目今看来，实太不通时务。我们皇族中人，今日还是迂拘的多，明通的少。我也想令亲贵子弟出洋留学，增点知识呢！"德菱道："老祖宗这么想着，确是皇族中的幸福了。"

中戏迷详究声歌　讲新学兼陈政法

西太后又道："庠序学校的制度，中国古时本是有的，想与欧美各学堂大致相似。后世始尚科举，传至明朝，复用八股取士。看来八股实是无用，我已降旨废去，改试策论。惟科举枳习，一时难返，只好慢慢儿革除吧。"说毕，便把写好的谕旨，交李莲英递将出去，令军机如旨颁发。寻复语德菱道："你说西国有法律学，究属如何？"德菱道："西国法律不止一端。即如刑律一门，比中国宽仁不少。他们最重刑律，莫如枪毙。此外如羁禁的犯人，也好好儿待他，不过罚他工役，所得工资，公私兼济，恰是情法两尽呢！"西太后道："现在王大臣章奏，也是这般说，要我参用西律，改定刑章。我想凌迟、枭首等刑，确是残酷。我朝入关，不过仿用明制，相沿未改，其实也非列祖列宗的本心。我已决计停废，此后用刑，以斩决为止，也算是宽仁的了。"德菱又道："外人不用刑讯。凡有审鞠等件，总教搜集证据，证据完全，便好判决。我国官吏往往不问曲直，妄用刑具，二木之下，何求不得？老祖宗很是仁慈，还恩停止刑讯，嘉惠民生，这也是浩荡的皇恩。"可见女子不可无学，满人中有德菱，可称翘楚。

西太后略略点首，随问裕太太道："你们有无物件带来？"裕太太道："有箱笼几件。"西太后道："交过宫监没有？"裕太太道："已交过了。"西太后道："你们前日来园，只听了一会子戏，园中景色，想没有逛过，我教宫眷们引去一逛如何？"裕太太道："正要去谒见皇后及公主郡主等。"西太后道："不必！我着人去召她来。"言下便有宫女应命。

不一时，皇后以下统冉冉进来，与裕太太母女们见过了礼。她们正拟奉旨逛园，不料李莲英回来奏报，说是江督刘坤一出缺了。西太后不禁怅怅道："这也可惜。"江督刘坤一有功人民，故载其逝世。小子有诗咏刘公道：

> 帝座倾危仗力争，东南保障又成城。
> 晚清疆吏多庸鄙，肝胆如公算竭诚。

未知刘坤一得邀赐恤否，且待下回续叙。

　　嗜戏亦常人恒情，惟西太后不宜嗜戏。西太后身握大权，日理万机且不暇，安得日夕听戏，置国政于不问耶？况以嗜戏故，宠遇名伶，受觐赐食，视名伶不啻王公。昔人谓羞与哙伍，屠狗英雄，名公卿犹耻与列，况伶人乎？至讲论政学一段，看似西太后究心新法，实则为德菱增一身分。著书人恶顽固，喜明通，故前于端、刚辈多恨词，而此于德菱女士多褒词。且借口发议，无一语无来历，不得仅仅以小说目之。

第三十五回　勃夫人入觐开盛宴
　　　　　　荣中堂弃世上遗言

　　却说西太后正惋惜江督,军机大臣亦即进见,呈上江督刘坤一遗折。西太后瞧毕,便道:"刘坤一平粤有功,其后历任疆圻,亦无大过,拳乱时保护东南,近年更参议国际交涉,好算一个社稷臣。你们去从优议恤,并一切封赠、予谥的典礼,拟定进呈,候我酌夺。"军机大臣遵旨退出。西太后又自叹道:"老成凋谢,也关系国家命脉。江督一缺,任大责重,看来只好调张之洞去。"言毕,见裕太太等尚站立一旁,便道:"你们何不去逛园?"又命两郡主道:"你引她去逛一会子。"裕太太及郡主等各遵旨去讫。过一小时,军机即拟定谕旨,呈入慈览。拟追封刘坤一为一等男,晋封太傅。谥法拟定数条,由西太后圈出"忠诚"二字。遗缺由张之洞调署。随即发出。转瞬间日已晌午,裕太太等回来。西太后问德菱道:"园中景色可好么?"德菱答称"很好"。西太后道:"现在将交冬季,草木已是凋零,比春夏时已减色了。现在将要午膳,你们回房休息。开饭时当由宫女送来,不要作客,随便好吃的。"裕太太等谢恩趋出。

　　是日傍晚,又由太后宣召德菱。德菱闻命即往。西太后道:"明日俄使夫人要来觐见,令你充个译员。"德菱道:"婢子不善俄语。"西太后道:"怎么好?"德菱道:"俄人多会讲法语。想俄使夫人应亦如此。"西太后笑道:"这叫作想当然呢,你明日便陪着她。"德菱道:"需要更衣。"西太后便接着道:"要换什么衣服?我与她们见过几次,并没有更衣。"德菱道:"老祖宗自然不用更换。若婢子去充招待,换了西服,似格外亲近一点。"此语应合西太后意,德菱亦善于措词。西太后道:"你西服有带来吗?我是不喜欢西服的。"德菱道:"愿遵老祖宗嘱咐。"西太后道:"我不过这么说。你有西服带来,尽可穿着,令她晓得我们宫内也有完全的译员。"总是爱顾体面。德菱口称遵旨。西太后又道:"我听得西洋各国,服饰华美要算法兰西,你寓法国有两三年,曾见有希世奇珍么?"德菱道:"外人最重金钢钻。所有时装服色多用着金钢钻呢!"西太后道:"金钢钻虽是贵品，不过光芒四闪，它无足奇。我国最好的玛瑙宝石，也差不多的宝光。最难得的，是大而且圆的珍珠呢！"说着，携德菱手入寝宫。

寝宫里面有珠宝室，四面陈着檀木方橱。西太后引德菱入内，取出一钥，令德菱开橱。德菱接匙去开，觑定锁心，开了半晌，不见动移。西太后道："这个聪明的女孩儿，也被我难倒了。"故令她开锁，以试之。这锁中藏着机械，钥匙套入后，须随锁心左转五次，便可开锁。多、少都是没效。"德菱依言，锁即脱下。开了橱门，见里面都排着锦盒，外标黄签。西太后检出一绣缎包裹、装潢最丽的盒子，启了盖，指示德菱道："这种珍珠恐怕外人也没有哩！"德菱瞧着，但见宝光透射，朗若明星，有大有小，有粗有细，没一颗不是精圆。有几粒最大的，差不多如龙眼相似。不禁称羡道："这真是无上奇珍！"西太后道："还有一粒好的，我取来你看。"说着，便另从妆台屉中，取出一个金镶玉嵌的小盒，揭去盒盖，内贮一粒大明珠，足足如鸡子形。便道："我入宫已数十年，只有这粒宝珠，乃是列代留传，遗与我的。我想配一成对，竟没处可采。这正是独一无二呢！"宝非所宝。德菱道："照这样珍珠，是古今中外罕见的奇宝。老祖宗洪福齐天，所以得此异品哩！"

西太后闻着，很是欢喜。无非喜谀。随在锦盒内取出两粒似豆的明珠，赐与德菱。德菱跪谢讫，西太后命她起来，将锦盒仍藏橱内，且令德菱扃了橱门。德菱掩门上锁，将钥匙右转五周，已经锁就。西太后赞她道："古人云'闻一知二'，与你说了左转，你便晓得右转。岂不是闻一知二么！"德菱又谢了奖，随西太后出来。西太后道："你在此做着宫眷，有事时你须站着，没事时不妨少憩。现我已没别话了，你且退去休息吧！"德菱方退出。晚间挈了妹子，同去值班，至十下钟回房。

次日早起，梳洗毕，姊妹又同入寝宫。西太后正在起床，德菱忙上前服侍。西太后道："你们起得颇早。夜间睡得安否？"德菱回奏"甚安"。俟西太后盥洗梳栉，一一就绪，才侍着人后早点。太后食罢，光绪帝及皇后也入内请安。西太后便把食余分给帝后，又赐与德菱姊妹，每人各数枚。西太后复语德菱姊妹道："你们两人去换了西装，我在此等着。再过二小时，俄使勃兰康夫人要来入觐哩！"德菱姊妹应着，即趋至自己寝室，卸去旗装，改服西衣；并将髻子亦改梳西式。自顶至踵，统行换着：带了一顶浅色外国帽，上面饰着翠羽；穿了一件淡红外国长衣，外绒里绸；系着一条外国花绒的长裙，上紧下宽；脚下着了皮鞋，仿着西妇行法。两姊妹并肩趋入，西太后望着道："两个洋鬼婆来了，看她怎么行礼？"这语已被德菱听着，将至乐寿堂，巧遇着荣寿公主，便向公主三鞠躬，请公主奏闻太后："身服西装，应行何礼？"公主入内奏明。西太后道："我晓得她为难了，免礼吧。"德菱姊妹便站立阶下，静待西太后出来。西太后瞧透她的意思，便出了乐寿堂，上了露舆。光绪帝在舆右随行，德菱姊妹俟露舆过后，随在后边，一直到仁寿殿。

西太后下舆，入殿升座，光绪帝坐在左侧，德菱、龙菱分站西太后两旁。西太后语德菱姊妹道："你去迎俄使夫人入殿吧。"两人趋出，少顷，即导俄使夫人

慈禧太后于仁寿殿前乘舆照（右为李莲英、左为崔玉贵）

登殿。俄使夫人行了三鞠躬礼。西太后起立，上前与俄使夫人握手。俄使夫人申祝辞，西太后致谢辞，俱由德菱辗转译出。好在俄使夫人很谙法语，两下里不嫌隔膜，彼此满意。这叫作无巧不成话。俄使夫人见左侧坐着光绪帝，也与他行礼；光绪帝忙起与握手，并问俄皇安好。德菱亦与代译。礼毕，西太后便引俄使夫人进乐寿堂，彼此统是走着。入堂后，令俄使夫人就座，并以自己常食的乳酪，赐夫人饮。随谈及中国牛乳与外国牛乳的异同，俄使夫人随答数语。西太后复把俄国风俗略加垂询，亦由俄使夫人粗陈大概。随后说到两国交谊，愿长此和好过去，彼此往来，不啻一家；俄使夫人亦深表赞同。西太后喜甚，便语德菱道："你导勃夫人去会晤皇后，以后夫人进来，也好随时叙谈。"

德菱遂引俄使夫人至宜芸馆，见了皇后。坐谈了两刻钟，俄使夫人告辞出馆。适遇宫监趋至，传着懿旨，命德菱陪夫人入餐室，留客午餐。德菱即用西语转述，俄使夫人恰也不辞。至餐室门，已由荣寿公主带着宫眷数人，肃客入室，龙菱亦在其列。两下分宾主列坐。只德菱姊妹能与俄使夫人直接谈话，此外有所问答，均须两姊妹翻译。西国语言文字，所以不可不学。因此荣寿公主以下，不过寒暄数语。以后只听她三人讲谈，有说有笑，咕噜了好多时，不知说些什么。仿佛是鸭听天雷。此时席间已列着茶点，当由荣寿公主周旋一番，未几进膳。仿着西餐式子，每人各有专肴。俄使夫人坐了客席，荣寿公主坐了主席。宾主言语不通，殊乏意趣，何不改命德菱。想是主人不可乱代的。欢宴既竟，俄使夫人吸完一枝雪茄烟，便与德菱说及，要面谢太后。德菱又引入乐寿堂，向西太后道谢。西太后已备好翡翠玉一方，嘱德菱至寝宫取出，赠与俄使夫人。俄使夫人领谢讫，即辞别去了。

德菱姊妹及荣寿公主等，俱送至外面甬道旁，至俄使夫人上了舆，方返乐寿堂复命。西太后问德菱道："俄使夫人曾说我否？"德菱道："她说老祖宗甚慈祥！"西太后道："怕不是么？"自己有心病。德菱道："似老祖宗这般和蔼，自然人人钦敬。"西太后道："恐她还记念拳乱的事情。"德菱道："她毫不提起。"西太后道："为了拳乱这桩事，外交上很是为难。外人统疑是我纵庇的，其实都是载漪、刚毅等闯出祸来。我也一时没了主意，致受外人唾骂。若要恢复名誉，总非自强不可。"德菱道："老祖宗实心图治，总有自强的一日。"西太后道："英皇维多利亚算是福寿兼全的女皇。目今她已去世，西人还歌颂不绝。我从前的历史，自谓不弱于她，不料三次垂帘，闹出这种乱事。这也是当今皇上害我，若他能任贤去邪，拨乱反正，我好安享承平，完名全节，怕不及一维多利亚么？"肚痛埋怨灶司，都是怨己责人。德菱从旁劝慰了一番。

过了数日，西太后亲谒东西陵，叫德菱姊妹亦随了她去。回銮时，至南苑驻跸数日。南苑在京师南，系元时南海子故址，一名飞放泊。乾隆时孝圣皇太后，道光时孝和皇太后，皆尝一幸南苑。西太后思绳祖武，所以到南苑时，也停留数天。苑南有晾鹰台，从前皇帝谒陵回跸，必于南苑观猎，御台校阅。道光后，已废此典。西太后登台浏览，慨然道："我朝以武功开国，入主中夏二百数十年，不意一蹶至此，反任那碧眼紫髯的洋鬼子横行中国，正是令人可恨！"仇视外人之心，毕竟未改。扈驾诸人统是默然。返京后，京内外没甚大事。

有话即长，无话即短。忽忽间已是光绪二十九年。元旦这一日，西太后在宁寿宫受朝贺。元宵这一日，西太后在颐和园受庆贺。仿佛是尧天舜日，景星庆云。冷语。过了上元，京内外各官员照例开印。又有几本半新半旧的章奏，呈入慈览。内有递减科举一折，乃是直督袁世凯及鄂督张之洞联衔奏请，略言"科举为学校大碍，请将各项考试逐科递减，即以减额移作学堂奖励。俟科举减尽，此后士子专以学堂为进身阶级，庶学堂不难普兴"等语。即月攘一鸡之故技，且仍以利禄提倡学堂，根本亦误。西太后随即允准。小子于本回起首，曾叙及刘坤一出缺，以张之洞调署。如何此处复变作鄂督？原来二十八年冬季，江督缺任了魏光焘，张之洞仍回原任，所以此处仍照书鄂督。这且休表。

且说春光易过，转眼间又是二月，宫中吃肉的时期又到。满洲风俗，向重祭神，连坤宁宫中均供奉神位，本应由皇后每日行礼。嗣后特设女官恭代，食三品俸，名叫萨满，俗讹称作撒麻太太，旧会典谓之赞祀女官。惟二月朔日，须由皇后亲自主祭，祭余之肉，帝后以下席地坐食，谓之吃肉。西太后也迷信鬼神，所以到了这日，亦必在佛前祈祷。是日在颐和园，早起即登万寿山，至佛香阁拈过了香，然后回到乐寿堂。也令宫眷们吃肉。裕太太母女三人均得列座。吃肉后，继以午餐。午后太后小睡一句钟，起来率宫眷泛湖。春风澹荡，绿水暄妍，到了

慈禧太后与德菱、龙菱

穿堂殿,登陆小憩,免不得吃些茶点。至兴尽归来,已是电灯荧荧了。

越数日,西太后复往祭西陵,返宿保定行宫。忽由宫监入报,庆王爷求见,西太后便叫他进来。庆王入见,请安毕,报称荣禄病殁了。西太后大惊道:"有这事么?他告假多日,我已派内侍慰问数次。他说近日尚安,谁知竟背我长逝了!"庆王道:"尚有遗折在此。"当即奉上黄盒,由西太后展盒披折。其文道:

军机大臣文华殿大学士奴才荣禄,备禄官衔,以示宠荣。为病处危笃,恐今生不能仰答天恩,谨跪上遗折,恭请圣鉴事:

窃奴才以驽下之才,受恩深重,原冀上天假以余年,力图报称。追思奴才起身侍卫,咸丰十年,国势岌岌,内则奸臣蓄谋不轨,外则英法联军占据京师,宗庙震惊,宫驾出狩,驻跸热河,奴才备位侍从。文宗显皇帝圣躬不豫,渐至弥留,奴才乘间进言于皇太后,发觉郑、怡二王之阴谋。原来也是他起头。及圣驾宾天,奸王僭称摄政,图谋不轨。皇太后身处危险之中,有非臣下所忍言者。幸上天佑助,皇太后沉机默运,宗社危而复安。自此之后,两宫太后垂帘听政,叛乱削除,升平复睹。奴才蒙恩,升任内务府大臣。当穆宗毅皇帝宾天之际,皇太后亲命奴才,迎请皇上入宫。以社稷重大之事付之奴才,受命惶悚,感激何可言喻!又是一种定策功。奴才虽竭尽心力,岂能仰报于万一耶?其后受任步军统领,触犯圣怒。曾尚记得宫妃否?七年之中,闭门思罪。皇上亲政,复蒙慈恩,出任西安都统,既而仍回原职。光绪二十四年,皇太后、皇上鉴于国势之弱,决意采行新法,以图自强。皇上召见奴才,蒙恩简任直隶总督,命以破除积习,励行新政。执意康有为借口变法，心怀逆谋，致为新政之阻。皇上误信奸人夸诞之辞，一时之间，偶亏孝道，亲笔书谕，言变法之事，为皇太后所阻；又谓皇太后干预国政，恐危国家。对于奴才，数动天威，几罹斧锧之诛。奴才密见皇太后，陈述康党逆谋。皇太后立允奴才等所请，再出垂帘，以迅雷之威，破灭奸党。这是最大的功劳。光绪二十六年，诸王大臣昏愚无识，尊信拳匪，蒙蔽朝廷。虽以皇太后之圣明，不免为其所动，竟以国家之重，轻徇妖术，直至宗庙沦陷，社稷阽危。奴才屡请皇太后睿识独断，不蒙信纳，数奉申斥，忧惧无术，四十日中，静候严罚。然皇太后仍时时召奴才垂询，虽圣意未能全回，而得稍事补救，各国公使不致全体遇害。故事过之后，时荷天语感谢。自西安回銮之初，即将肇祸之王公大臣，分别定罪，渐次改革庶政，不事急激，期臻实效。两年以来，改革已不少矣。圣驾回京，如日再中，东西各国亦均感皇太后之仁慈。

奴才自去年以来，旧病时发，勉强支撑。两月之间，请假开缺。蒙皇太后时派内侍慰问，赏赐人参，传谕安心调理，病痊即行销假，恩意叠沛。无奈奴才命数将尽，病久未痊。近复咳嗽喘逆，呼吸短促，至今已濒垂绝之候，一息尚存。惟愿皇太后、皇上励精图治，续行新政，使中国转弱为强，与东西各国并峙。奴才在军机之日，见朝廷用人，时有人地不宜者，此乃中国致弱之源。奴才以为改革之根本，尤在精选地方官吏，及顾恤民力、培养元气之两端。皇太后、皇上深居九重之中，间阎疾苦，难以尽知。拟请仿行康熙、乾隆两朝出巡之故事，巡行各省，周知民情。奴才方寸已乱，不能再有所陈。但冀我皇太后、皇上声名愈隆，乃达奴才宿愿，则虽死之日，犹生之年。

谨将此遗折，交奴才嗣子桂良，呈请代递。临死语多纰缪，伏乞圣鉴赦宥。奴才荣禄跪奏。

西太后览毕，垂泪道："他遗折上所奏的事情，语语出自真诚。就是拳乱时候，他亦尝屡次奏阻。外人反疑他庇护，待他不平。他前曾奏辞各项要差，我没有允他。他死，朝上大臣哪个还似他忠诚？"西太后心中原只一个荣禄。这句话，说得庆王都怀惭起来。西太后又道："你去叫军机拟奏，赏银三千两治丧；并赐他陀罗经被。所有封赠事宜，着即议奏。"次日奏上，拟赠太傅，追封一等男。西太后照允，并予谥"文忠"，入祀贤良祠，嗣子桂良袭爵。越日又命赐祭席，着恭王溥伟带领侍卫十员，前往祭奠。平生事迹，宣付国史馆立传。问例：未立战功及非皇室宗支，不能得此优典，西太后因他忠勤逾恒，所以开此特例。小子尝有诗咏荣禄道：

椒房宠泽已如春，死后承恩更绝伦。
莫怪此公邀异数，慈闱第一大功臣。

荣禄死后，那时仰承慈眷的亲贵，要算庆亲王奕劻了。欲知后事，请看下回。

款待外宾，未始非交际礼仪，但终不足服外人之心；外宾告别时，固极口称谢，然关于国际交涉，则仍要索多端，丝毫不让。可见卑礼、盛筵，全然无用。本回叙俄使夫人之入觐，不过借表德菱姊妹之才；若谓其有益国家，则非作者之本意。至下半回述荣禄谢世，系顺时叙事之笔。惟备录其遗折，乃因荣禄一生，为西太后忠诚之仆。西太后数次临朝，大半出荣禄之力。遗折一一详及，足以证本书之演述，信而有征。荣禄死，而西太后亦不久矣。是回殿以诗云"慈闱第一大功臣"，语近旨远，最足令人玩味。

第三十六回　万牲园太后临幸　海晏堂西女写真

却说西太后闻荣禄死耗，心甚怏怏，即令启跸回京。途次坐着火车。到京后，下车换舆，面色很是不豫。西太后弟桂祥至车站跪接。慈谕道："荣禄如何就死？"桂祥道："他嗽疾日甚，奴才曾荐医诊治，服药罔效，竟致不起。"西太后道："照你说来，是你害了荣禄，举荐了个没用的医生？"说毕，匆匆上舆而去。

自是，西太后连日不怿。宫眷们稍有不周，便遭她训斥；就是德菱姊妹，也不能免。德菱暗想：这老太后没有长性。自己入宫时，何等邀宠，以后就渐觉平淡。近日虽为着荣中堂事，不无郁闷，然也不至迁怒至此。意欲借词请假，出宫回去，又恐逢彼之怒，一时不便启齿，只好小心谨慎，延捱过去。西太后性情于此略见一斑。不意天公更会播弄，数月不雨，整日里燥尘飞扬，地土槁裂异常。想是刮干地皮。西太后愁上增愁，闷上添闷，懒与人交谈一切，有所禀报，动遭呵叱。嗣因旱魃未除，下旨斋戒三日，又日去祷佛两次。可奈茹素无效，祈佛无灵。西太后又命延长斋戒期，并饬光绪帝虔诚祷神。一直到了四月初旬，方见甘霖下降，淅沥了一昼夜。一班趋承迎合的满奴，又交颂太后感格神明。西太后才有些高兴起来。

一日，光绪帝入内请安。西太后道："万牲园不知怎么样？我拟亲去看视，明日你随我同往。"光绪帝自然遵命。越宿，光绪帝奉西太后幸万牲园，后妃宫眷们一同随驾。侍卫宫监差不多有数百名。

园在西直门外，旧名三贝子花园。嗣因各使臣任满回国，多采购奇禽异兽，入呈慈览，宫中无处喂养，便借这园内畜牲，所以叫作万牲园。园四周可十里，凡狮、象、虎、豹等类，多用铁栅为栏，把它羁住，朝夕令人喂饲。经费由内务府拨给。各大臣因太后好奇，逐年有所贡献，因此园中的禽兽越集越多。他如海马、文犀、怪鳄、大蟒、猕猴、鼹鼠等类，无不搜集。还有各种名花瑶草，亦一一移植。遂分作动物园、植物园。自新政举行后，注重实业，又将植物园改名作为农事试验场，招集官民子弟学习农事。并命商人亦得入园设肆。振兴农商，当从普及入手，仅有此园，乌足济事。平时除太后入园，禁止闲人外，一任民人游览。所以都中人士往来园中，倒也络绎不绝。园内亦有楼、台、亭、榭。最高楼约有数仞，名曰畅观楼，闻系西太后命名。畅观楼附近，有自在庄、豳风堂等。所有题额，亦由西太后御笔。各处建筑，虽不及颐和园中的富丽，规模却也宏敞，陈设很是精雅。又于园中凿成一河，设有画舫，可以代步。北人多乘舆，少乘舟，所以游人至此，辄喜乘舟泛棹，游行一周。

话休叙烦。单说西太后等到万牲园，即由管园的满员跪迎慈驾。既入门，西太后便命停舆，随即下舆步行。光绪帝亦即降舆，随着太后；所有宫眷人等已早于园门外下舆趋入。大众都拥着太后登堂。太后少坐，由园总管跪奉茶点。太后随意食罢，照常例散给，即起座道："我们先去动物园。"

当下令园总管导着，信步前进。猛听得一声奇吼，仿佛与雷声相似。西太后也为一惊，顾园总管道："这不是狮吼吗？"园总管应声称"是"。西太后道："我们先瞧狮子。"园总管即导至狮槛旁。但见狮威方发，大步往还，项中鬣竖作一团，张着大口，滴着馋涎。西太后回顾宫眷道："这个猛兽确是可怕，怪不得叫作兽王呢。"宫眷相率称"是"。西太后又道："从前中国画师所绘的狮子形，统是全身有毛。我观现在这狮，并不是这么样子。所以，百闻不如一见。"宫眷又都应着"是"字。信手叙来，无非学识。西太后见德菱在列，便问她道："你在法国时，有无看见狮子？"德菱道："也是少见。"西太后道："这狮子是非洲进来的。欧、亚二洲想是少有呢！"德菱道："非洲地近热带，所以猛兽最多。"西太后点首。

再向前行，有豹、有象。豹文驳杂，最为可观。象系灰色，鼻甚长，两牙外露，喜食瓜果。及看到虎栏，有大小二虎，蹲地睡着。西太后道："这虎很是瘦弱，莫非月粮不足么？"看守的人伏地奏道："虎喜食肉。每日饲它，不足一饱，所以形容瘦削哩。"西太后道："谁叫你克扣虎粮？"率兽食人，西太后独未闻么？看守的复奏道："并非克扣虎粮，乃是虎不足食。"西太后怒道："胡说！它不足食，何不增粮？"复语园总管道："这虎须要饱饲，休教它饿毙。若是死了，要看守吏偿命。"人不如虎，太草菅人命了！园总管连忙应旨。

又巡视过去，见有奇马两匹，一匹是项上多一足，叫作五足马；一匹是满身五色，形似柳条纹，叫作文马。西太后道："这两匹马煞是奇异。我一时失记，不知是哪里采来的？"便问园总管道："你可知两马来历否？"园总管跪伏于地，惶悚不能对。西太后笑道："你可谓得鱼忘筌，专顾物体，不知物名哩！"复转问看守吏，也是蠢然无知。西太后道："你们都与牛马相类，怪不得不懂动物学。"德菱闻言，恐遭问及，不便妄对，暗捏了一把汗。幸西太后只管前行，阅过了许多猴子，有蓝面的、有红面的、有黄面的。又有许多鼠子，形色也是不一。还有鳄鱼两尾，大蟒一条。鳄有水窖，蟒有铁笼，所以不能肆毒。其余如野熊、猩猩等类，统是世所罕睹。

迤逦过去，听得鸣声上下，音韵铿锵，有无数怪鸟聚集一处，四面用铁网罩住，形状个个不同。他若鹦哥、百舌等，或系诸架上，或置入笼中，彩羽蹁跹，翎翮修润。西太后目不胜赏，但说道："都非凡鸟，可惜没有凤凰。"*你也好算是人中凤了，可惜是野凤凰，不是真凤凰，鸣盛不足，鸣乱有余。*随语光绪帝道："我们到植物园去吧！"于是相率转趋出了动物园。李莲英奏请太后上舆，西太后道："不如步行为佳。"

当下移步前行，约数十步，即见奇花含蕊，琪草向荣，风吹百和之香，日映千重之锦，怡情悦色，豁目赏心。西太后老兴陡增，步履益健，大家统还跟得上；只李总管年已将老，精力衰疲，走一步、懒一步，随行数里，似乎呼吸俱促，痰喘交乘。*胡不喘死。*西太后回顾道："你年纪尚不及我，奈何这般没用？你缓缓走来，我们到畅观楼去。"李莲英口虽应命，究竟不好落后，只得撑着两足，踯躅随上。

既到畅观楼，西太后循梯而上，也不见什么吃力；独这位李总管，已喘作一团。西太后特旨赐坐，自己凭窗遥览，遥见葡萄满架，桑叶成荫，便回语园总管道："葡萄可以酿酒，很是有用的植物。若蚕桑，是中国绝大利源。此处种着桑叶，想系农事试验场有人指授蚕桑？今日试验场的生徒到哪里去了？"园总管道："今日适逢假期，又遇老佛爷驾临，他们未奉懿旨，不敢迎谒，所以多趋避呢！"西太后道："这也不必。蚕桑是最要紧的实业，大内亦有桑园，后妃等尝采桑饲蚕。我至今尝亲祀先蚕，不敢怠误。前年且命浙省抚臣，招选湖州蚕妇数人入宫，教习饲蚕的法子。并设立绮华馆，另募机匠，缫丝织绸，目前颇有成效。可见北地未必不宜桑，北人未必不宜蚕，所患在不肯学习呢。"*数语颇含至理。*园总管本没有什么才智，况是煌煌慈训，不啻圣经贤传，自然应声维谨。

西太后眺了一会，才在楼上用些茶点，复命皇帝以下，随便充饥。寻下了楼，全豳风堂小憩。见有商肆陈列，西太后亲问物价，肆商跪陈数目。西太后向李莲英道："这物价却很便宜，我们所用的物件从没有这样贱价哩！"李莲英复奏道："这是民间所用，货物低劣，比不得宫中贵品。"*明明浮冒，却说是货有优劣。*西太后不禁微笑。*也知他是诳言，无如难以割爱。*又见肆中有食物陈着，便道："他们的食物不知味道如何？"李莲英又奏道："他们的食物未必洁净。"西太后道："你们总是这般说。你不记得那年出走时么？"*果能时时记着，中国亦能自强，所恨只有五分钟！*随顾园总管道："午牌将近，我们在此午膳。你去向厨子说，园中颇有菜蔬，不妨取来烹调。菜根味长，比鱼肉好得多哩！"园总管即要出去，西太后道："我们至自在庄午餐。"

园总管应声去讫，西太后便出了豳风堂。李莲英又请太后乘舆，并言"老佛爷不宜过劳"。西太后道："我爱园中景色，所以来此一逛，聊解愁闷。如坐在舆中，究竟不能自由，算甚么闲逛哩？"复照前步行，逐路眺赏。

到了自在庄，日光将要晌午了。园总管已在庄中，指点厨役，摆设杯盘。西太后道："这里寓乡村风味，我们且作一会乡人。一切看樽，求洁不求丰，宜雅不宜俗，何如？"园总管遵嘱，每席不过八肴，只首席陈了十二肴。西太后瞧着道："很好！此地不比宫中，大家坐食不妨。"于是西太后上坐，帝后等分坐两旁，宫眷等统在别席分坐。

食过午膳，大家休息一小时，西太后命乘舟泛河。派坐了五只画舫，先后启行，在园中绕了一周。差不多有三四下钟了，西太后兴尽思归。登了岸，上舆返大内，帝后等随从入宫。不必细表。

次日西太后临朝，内务府呈上奏本，乃是海晏堂已经竣工。西太后搁过一边。复有广西巡抚岑春煊寄呈章奏，参劾巡抚王之春及提督苏元春纵匪养痈。西太后语庆王道："王之春这么无用，苏元春想是疲老，不合统军。现在练兵要紧，似这种麻木不仁的人物，须把他立即革职，方可儆戒别人。惟何人可以接替？"庆王道："奴才愚见，不如令柯逢时去任桂抚，提督一缺，还是叫冯子材接任，他是个老成宿将哩！"子材恰负盛名，柯公乃得抚缺，未免运动出来。西太后道："也好！就照此颁谕吧。"此外，尚有考取经济特科一折，西太后语庆王道："你去于近十日间，定个日子，并派员监试，及主试阅卷等。拟好了，候我裁夺便是。"当下退朝。

次日，便由庆王拟定试期及主试、监试、阅卷等员，奏呈御定。西太后瞧了一遍，也不加参换，便发下礼部，明白晓谕。一班应试士子届期入场，大众统想中榜，把生平所学的经济抒写成卷，出场后恭候揭晓。一等只取了九名，第一名乃是袁嘉谷。二等加倍，算取了十八名。后来袁嘉谷亦不见大用，徒然夺了锦标，落得一场空欢喜。想是不善钻营之故，但西太后变法之心，亦自此可见。

西太后注重兵政，又加意理财，遂增设一个商部。叫庆王的儿子载振，做了商部尚书。纨袴儿何知商务？将前时所立的路矿总局归并商部。并设立练兵处，命庆王奕劻为总理，下置军政、军令、军学三司。又颁布大小各学堂章程。总算是除旧布新的见端。

西太后复亲至海晏堂，阅视一周。全殿都仿西式筑造，殿内陈设的器具也都依着西式，心下倒也喜欢。恐怕未必。随回宫语德菱道："海晏堂已经筑就，照你所绘的图形，大致无讹。将来召见外宾，便在这堂受观，恰便当许多哩。"德菱称"是"。西太后道："我看这堂落成，便好宣召各使眷属，游宴一番。你仍替我们充着翻译，可好么？"德菱遵旨。西太后便命外务部关照各使馆，邀他眷属入宴。

于是，美公使康格夫人，美参赞韦廉夫人，西班牙公使佳瑟夫人，日本公使尤吉德夫人，葡萄牙代理公使阿尔密得夫人，法参赞勘利夫人，英参赞瑟生夫人，挈领一班随员妇女，联翩至海晏堂。只德公使杜扬，恰亲身自到。当由西太后率同光绪帝，登堂受观。德使杜扬带了各女宾进见。两下里各有译员，辗转通词，宾主统是快意。外务部总理奕劻也入堂陪宾，便邀各宾到旁室茶点。未几即陈酒肴，刀叉具备，杯盘杂陈。奕劻与荣寿公主作为男女陪宾，应酬一切，统由德菱译述。

酒阑后，各宾都至太后处申谢，西太后复一一接见。瞧着康格夫人后面，有一个青年女士，面目韶秀，身材更带着三分袅娜，恰与中国美人儿相似，不觉心爱起来。便指问康格夫人道："这是何人？"康格夫人说是"密司卡尔"。西太后不能解，转问德菱，乃知"密司"是西女统称，犹中国所谓"姑娘"；"卡尔"是西女名，译作中文，乃是一个"克"字。西太后问明后，康格夫人更令这密司卡尔行礼。西太后与她握手，又问她年龄几何，擅长何学。密司卡尔答了数语，俱由德菱译陈。西太后便道："姑娘精绘事么？恰是难得。"密司卡尔又答数语，复自德菱转译，系克姑娘要绘西太后慈容，送到圣路易博览会去。

西太后闻这一语，恰有些迟疑起来。德菱窥透慈意，便奏道："外国帝后统有肖像。每遇各处赛会，都把肖像陈列，使人瞻仰。克姑娘恳请临绘，倒也是一种好意。"奏陈很是中肯。西太后复沉吟一会，方道："我也破例一试。由我们择了吉日邀她来绘便了。"各女宾才一律辞出，西太后便旨饬钦天监，选吉绘容。这事是清代创例——满洲旧俗，必须帝后升遐，方绘遗容。此次临绘生前，钦天监格外慎重，特将西太后年命按时合日，拣了一个黄道良辰，令克女士在海晏堂开绘。后人有诗咏道：

朱丹绣闼大秦妆，缇幊人来海晏堂。

高坐璇宫亲赐宴，写真更召克姑娘。

欲知肖像绘成，曾否携入博览会，且看下回分解。

读司马长卿《上林赋》，知长卿用意在规谏汉武，非侈述草木禽兽，以自矜其美博也。本回述万牲园动植各物，并非捏造，著书人曾亲历其境。所陈各物，不过撮举大凡，已觉无奇不有，而寓意恰暗藏讽刺。国帑空虚，司农仰屋，民有饥色，野有饿莩，乃尚欲岁糜款项，以豢无用之禽兽，是亦可以已矣！且仪鸾殿被焚后，即改建海晏堂，备召见外宾之用。海晏未必果晏，而所费又不可胜计。试思清宫岁耗，何一非穷民膏血？禽兽可已而不已，土木可已而又不已，民脂有尽，上欲无穷，是犹欲挽贫返弱，亦何异南辕而北辙也！至夹入新政二三条，虽是依时穿插，亦皮里阳秋之笔。

第三十七回　划战域中立布条规
　　　　　　斥台官西巡辟妄语

却说克女士应召入绘，为西太后画油像，形容态度，很是相似。约数日即已告成，呈诸西太后。西太后道："亏她描摹，差不多是拍照呢。"原来西太后平日，已拍过数次照像，朝服、便衣，各式都备，或独自一人拍影，或挈着后妃等合照。就是德菱姊妹入宫，西太后亦同她照过。且有一张渔家装束，亦与后妃人等并拍，烟蓑雨笠，孤棹扁舟，颇脱尽宫闱习气，乃是在颐和园昆明湖中照的；西太后很是欣慰，晒印了好几页，随处悬挂。后来流传京外，各直省都仰慈容，这也不在话下。

单说西太后瞧了油像，重赏克女士。克姑娘谢过西太后，陛辞而去。西太后以所绘油像，送往博览会，应郑重将事，遂命外务部预备典仪。送一油像，都要预备盛仪，好奢甚矣！外务部无可援例，只好把西太后游幸的礼节，模糊参酌，定了一个非驴非马的礼节，"非驴非马"四字妙。呈入候核。西太后也不管什么，总教形式体面，局面堂皇，便好照准。惟拟定礼节中，用黄舆恭奉肖像，送至火车，西太后因用舆舁像，几如丧仪，爱将此条删去，改用外部人员双手恭奉，上用黄缎华盖作为翊蔽。临行时，皇帝以下相率跪送；经过城中，官民等亦须跪着；到了车站，王大臣等犹敬谨送行，如太后亲往一般。外人见了这种仪制，统讶为咄咄怪事；西太后恰快慰异常，还道是甚么荣誉了。可发一笑。

外务部办理既毕，忽接俄、日启衅消息，又吓得魂胆飞扬。看官，你道外部诸公，何故如此胆小么？原来此事是为着关东问题，与中国大有关系。小子于三十三回中，曾叙过中俄条约，俄允将东三省屯兵，分三期撤退，第一期只撤掉了几百名，第二期非但不撤，反运入无数兵马，驻扎吉林。外务部咨照俄使，俄使一味延宕，并无实言。在吉林的俄兵只管斩伐森林，兴筑兵房，为久屯计。并由俄国特派阿力克塞夫为远东总督，竟来管辖东三省。仿佛是英领印度。清廷急得没法，复电饬驻俄钦使胡维德，速与俄国外部交涉。不意过了数日，复电到来，说是东三省事宜，要与俄远东总督直接商办，俄外部不肯照理。那时清廷只好电命奉天将军增祺，去问俄督阿力克塞夫。阿力克塞夫答非所问，竟要将满洲地租，令增祺详细报告。增将军禀复清廷，清廷王大臣统是面面相觑，哪个敢来参议。就是聪明绝顶的西太后，要想再宴俄使并他眷属，他也推说有事无暇入宫。可见特别优待，全然无益。

山穷水尽疑无路，柳暗花明又一村。英、美、日三国驻使闻了这事，竟到外务部探听消息。庆王奕劻见风使帆，忙与他商议，邀他帮助一臂。日使建了一策，乃是开放满洲，作为各国通商场。英、美两使也是赞同。

慈禧对镜化妆照

奕劻依言，照会俄使。俄使模棱两可，只说要请命政府，方可作复。谁料他延搁多日，并无回音。那远东总督阿力克塞夫反得步进步，遣哥萨克兵六千名，直抵盛京，居然把盛京地方改了新名，令居民遇着俄国节庆，悉悬俄旗。日本因俄人占据辽东，与朝鲜逼近，有碍本国势力，遂仗义执言，自与俄国交涉，迫他遵约撤兵。前时俄代中国索还辽东，此次日本亦代中国收还关东，可谓循环报应。俄国方有些注意起来。日本驻俄公使栗野氏，与俄外部大臣蓝斯道夫会商；俄驻日本公使罗笙，也与日本外务省大臣小村氏协议，彼此辩论数次。日本的宗旨是要保全中国、朝鲜的主权；俄国的宗旨简直是先并关东，后吞朝鲜。嗣将朝鲜方面让与日本，独东三省要归俄国处置，与日本无涉。日本不肯照允。到第三次撤兵期，俄国不肯撤兵，毋庸细说，日本诘问愈亟。俄皇竟变起脸来，声言日本阳托协商，阴实挑战。日人闻言，大动公愤，一面征兵筹饷，预备决裂；一面命驻俄日使催俄外部限期明复。俄国逾期不答，日本遂暗遣军舰，直指辽东。

光绪二十九年十二月二十三日，俄驻旅顺口水师提督司塔氏，因家眷生辰，开筵宴客。属下武弁统至提督行辕祝贺。宾主酬酢，很是欢跃。到晚设跳舞会，兴致尤酣。大家正手舞足蹈，忽闻炮声雷震，弹丸雨飞，仿佛如天崩地塌、山鸣海啸一般。顿时人人惊诧，个个仓皇。忙令军士探报，回称：日本军舰已来攻旅顺口了。武弁等立即出辕，归船接仗。不意已有数兵舰被敌击沉，余舰虽早已戒严，究竟变起仓猝，一时不及对手。等到武弁回船，开始还击，已被日兵占了先着。亏得事前尚有预备，炮弹等均已配齐，还好勉强支持。否则全军覆没，旅顺口早已失陷了。若经清兵守着，便如所言。两下相持一小时，日舰竟退去。次日，日本巡洋舰三艘往来游弋，俄舰正要开炮轰击，日舰复驰还。过了一点钟，日舰如墙而至，列于黄金山下，开炮猛攻。俄舰里面的炮力不及日舰的剧烈，互击了一小时，俄舰沉没一艘，受伤六艘。日本只失去鱼雷船一只，余舰都安然退去了。忽来忽去，这是日人狡猾处。这番攻击已是宣战的开手。两国调兵遣将，起劲得很。只战线在辽东地方，本系中国土地，被两国鏖斗起来，劝无可劝，阻无可阻。辽东百姓又是晦气！

西太后闻得此信，愁闷万分，只得与庆王奕劻等朝夕商议。三个缝皮匠，比个诸葛亮，竟参照万国公法，拟出一条局外中立法来。什么叫作局外中立？他国宣战，此国作壁上观，无左右袒，便是局外中立的意旨。但日、俄交战，是在中国境内，比不得海外各国，宣告中立是堂堂正正的。所以法学家研究这事，乃是局部中立，若称为局外中立，还是掩耳盗铃的说话呢。语有根底。

清廷既拟定中立，便照会日、俄两国，略说"两国同为友邦，重以亲交，当依局外中立例处置。已通饬各省一体遵守，且严饬地方官保护商民、教徒。惟盛京及兴京，为陵寝、宫殿所在，应令该将军敬谨守护。所有东三省的城池、官衙、人命、财产，两国皆不得损犯。原驻中国军队，彼此各不相犯。各省及边境内、外蒙古，统照局外中立例办理，两国军队各不得侵越。若阑入境界，中国当出兵拦阻，不得以失和

日本舰队在旅顺港与俄军作战的情景

论。嗣后不论谁胜谁败，东三省的疆土权，仍归中国自主，不得占据"云云。一面饬南北洋张贴告示，晓谕兵民。共列十余条章程，无非是：禁止干预战事、接济军火、租卖舰只、借给款项、代探消息、帮运兵械、私售粮食等情。

嗣接到驻日杨钦使电文，报称我国虽守局外中立，据日本外部意见，边防总须筹备，请朝廷速即裁夺，以免贻误。西太后遂即降旨，命提督马玉昆带兵十营，驻守辽西；郭殿辅带兵四营，驻守张家口；另派直隶旗兵五营驻守锦州，淮军三营驻守新民厅，常备军六营驻守山海关；又调集各省劲旅，入卫神京。看似军容很盛，实皆是场中傀儡，摆一虚架而已！各军陆续到防，西太后心始少安。

忽又由驻日使臣电达日本外部照会，内称"日本军队当谨守交战法规，凡非敌国所有，不得无故损伤，贵国政府尽可无虑。惟战线在贵国领域，日本有所措置，一依军事上必需之件，非敢损贵国主权，实因地势所限，不得不然。所有关于贵国官民，果确守中立规则，即在战斗地域内，日本军队亦当竭力保护"等语。这一个照会，分明是指辽东为交战场。清廷不得已，与奉天将军酌定战地界限规则九条，通告日、俄，并颁示中外。小子因这几种规条，为局部中立的佐证，姑一一录后：

（一）日、俄二国倘在奉省地面开仗，拟即指定战地。两国开战及驻扎之军队，只能在战地限内，不得逾指定战地界限之外。

（二）西自盖平县所属之熊岳城，中间所历之黑岭、龙潭、洪家堡、老岭，一面山沙、里盉、双庙子以东，至安东县街止，由东至西，所历以上各地名，分为南北界限，限以南至海止，其中之金州、复州、熊岳三城，及安东县街为指定战地。抑或西至海岸起，东至鸭绿江岸止，南自海岸起，北行至五十里止，为指定战地。两国开战后，凡战地域内之村屯城镇，免遭兵祸。

（三）两国开衅，无论胜负，军队俱不得冲突窜入指定战地界限以外之地。如有侵及限外之地，杀伤人民，烧毁房屋，抢掠财物，以及一切损失，应由越限之国认赔。其战败之军队及受伤人等，无论行抵何处，我既守局外，一概不能收留。

（四）此次指定战地限内之地，但供两国战时之用。如胜负已分，军事已竣，所有指定战地两国兵队，均各随时退出，不得占据。

（五）两国宣战以后，所有指定战地限内，除日、俄两国外，其外无论何国兵队，不得任意阑入。并届时无论何国官民一切人等，如欲赴指定地方者，均应照章向华官请领护照，及沿途华官呈验，方准前往。其不应前往之人，仍由华官查禁。

（六）人民财产，不免冲突，倘有损失，照公法应由战败之国认赔。如有无故杀伤人民、烧毁房屋、抢掠财物，何国所行之事，应由何国认赔。两国开战，我既守局外，所有界限以北之城市，应由我自行派兵防守，两国军队不得冲突。其在界限以南，即指定战地限内，安东、复州、熊岳各屯，向有之巡捕队，仍照旧驻扎，两国不得阻拦，并不得收我军械。如两国定期开战，以上各巡捕队，均行调回各该城内驻扎。至省城外地面兵少，亦当酌调一二营弹压，以免惊扰。俄人亦不得阻拦，收我军械。

（七）两国征调军队，有必须由指定战地限外地方经过者，不得逗留久住。粮食、柴草一切日用之物，须该国军队自行备办携带，以符我守局外之例。

（八）我既守局外，两国开战以前、开战以后，均不得招募华民匪类，充当军队。

（九）如有匪徒窃发，在战地限外者，归华队剿捕；其在战地限内者，与何国兵队相近，即由何国剿捕。惟均不得越界，以免别滋事端。

（十）两国如已订定开战，须将日期及在何处开战，预先知照华官，出示晓谕，俾人民知避。

辽天荡荡，战鼓冬冬，华历除夕之辰，正日、俄两国正式宣战之日。辽东所有殷富商民，统迁出战线以外；只穷苦百姓，无资移徙，不得已耐着性，拼着死，缩着身子，听天由命。西太后恰也顾念民艰，不忍自娱，于光绪三十年元旦，停止庆贺礼。惟慈寿已届七旬，王大臣等援例陈请，预备万寿庆典。屈指尚有十月，那时应海晏河清，当即奉旨照准。体面是不可少的！

奈辽东战信，日紧一日。俄国派兵部大臣苦鲁巴金，专任辽东总督，指挥陆战事宜；又命海军提督马哈罗夫，到旅顺口指挥海战事宜。日本海、陆军队，煞是利害，一面扫逐仁川俄舰，专力堵住旅顺口，一面从朝鲜进兵。先与朝鲜定约，令作为日本保护国，所有外交、军政，归日本处置。看官曾记得马关条约么？马关条约第一条便是朝鲜自主。应二十三回。此次因日、俄交战，不费什么兵力，只借口假道，轻轻的将朝鲜主权篡取了去。朝鲜本亦宣告中立，至此骤然取消，朝人还道是日本卵翼，可以高枕无忧，哪知全国版图，已入日人掌握。日人就通道鸭绿江，仗着一股锐气，驱逐俄兵，并将九连、凤凰二城尽行占据。

俄海军提督马哈罗夫，闻俄兵陆战失利，懊恼的了不得。召集旅顺口各舰，麾令出口，大有灭此朝食的气势。巧值日将南泽安雄，带了水雷驱逐舰，分作甲乙二队来攻旅顺。两下相遇，于老铁山南，顿时炮对炮，枪对枪，弹对弹，扑通扑通的互击起来。那时从烟火迷漫之中，望见日、俄主舰，各已受伤。日将南泽安雄面上受创，鲜血淋漓，尚是挥旗力战。日舰见主帅受伤，蚁附而来，攻击愈猛。马哈罗夫自知不敌，遂收兵退还。这场海上的恶战，日兵又获胜利。南泽氏蒙赐金鹤章，各舰队亦邀赏赉。当下军心益奋，恨不得立下旅顺。过了数日，复整率舰队，再攻旅顺。被俄舰击沉福井丸一艘，船长广濑武夫死难，余舰才退。

又越数日，两军又接战于黄金山下。俄督马哈罗夫奋勇当先，直冲日阵，不意一声怪响，船竟破裂，海水涌入船中，霎时间竟致沉没。马哈罗夫无自逃遁，竟率领全船兵役，朝见海龙王去了。涉笔成趣。原来，日兵已暗埋鱼雷，俄督不及预防，遂致罹祸。俗语有道："蛇无头不行。"那时俄舰相率慌乱，日舰越加得势，眼见得日胜俄败。亏得俄舰中有亲王几利尔，忙下令收队，方得回港。几利尔也受了几弹，总算未中要害，性命还得保全。为此一战，俄舰已成余烬，不能再出堵截，只好死守旅顺，专待援兵。

这捷音传达清宫，西太后正自庆慰。日人得胜，何足自慰？忽庆王奕劻入宫求见，报称：俄兵阑入辽西，凡新民屯、沟帮子、白旗堡、梁家屯、广宁、双台、锦州等处，统有俄兵踪迹，擅夺粮食、马匹。现日使正来诘问，应请旨办理方好。西太后道："你为外务部总理，何不致电胡使，令他与俄国交涉？"奕劻道："奴才早电饬胡使。胡使复电谓：俄政府遇事推诿，要我国与他前敌大员自行协商。奴才再照会俄使，俄使置诸不理。这事未免棘手了。"西太后道："且电令增祺，与他远东总督交涉何如？"奕劻领旨而退。西太后自叹道："我前时原想定都西安，被中外逼我回銮，致受各种惊吓。如今后悔无及了！"

这句话也不过一时太息，偏宫中无知的太监竟传将出去，顿时一传十、十传百，都中谣言蜂起，争说西太后又要西幸。太后想是西司命，所以专事西顾。连各国驻华公使，也纷纷照会外务部，请两宫切勿西行，牵动大局；若俄、日破坏中立，我等亦当出阻。外务部复称："并无是事。"谁意御史汪凤池，还似睡梦未醒，上疏谏阻西巡事。当奉旨申饬道：

> 现在日、俄两国失和，并非与中国开衅，京师内外，照常安堵，何至有西幸之举？御史汪凤池以无据之辞，轻率奏陈，实属不明事理，着传旨申饬。嗣后如有妄造谣言、淆惑众听者，着步军统领衙门、顺天府、五城御史，一体严拿惩办，以靖人心。钦此！

这谕下后，又命奉天、吉林两将军，确守中立定约，毋庸瞻徇。这是仗着各使的言论。

孰意一波未平，一波又起，沪上黄浦滩头又有一俄舰出现。日使又来诘责外务部，正是：

> 强国有公法，弱国无公法。
> 交涉日益艰，何不一愤发？

毕竟外务部如何处置，容待下回说明。

日俄交战于辽东，中国仅守局部中立之例，坐视辽疆震动、辽民流离，不敢为之过问，可耻也！以我所固有之辽疆，我所久隶之辽民，不能直接安抚，反仰仗他人鼻息，归其保护，尤可耻也！俄胜则辽东危，日胜则辽东亦未始不危，乃沾沾于日人之胜，竟视为中国幸事，慷他人之慨，愈可耻也！日兵方战胜辽东，俄兵竟阑入辽西，西太后且悔回銮之失策。至于宫监泄言、中外共闻，劝阻之照会频来，规谏之奏章复上，虽曰以讹传讹，而西太后之轻视社稷，情可知矣。况日、俄战争仍为拳乱之结果，西太后不悔信邪任佞之非，反以羁身西安可免惊吓，曾亦思我能往，寇亦能往，岂关中果为天险，足杜戎马之足耶？视身太重，视国太轻，书中已隐露端倪，阅者可于夹缝中求之。

第三十八回　万寿届期力辞徽号
　　　　　　五臣归国特降纶音

却说外务部接到日使照会，正拟电达南洋，查明虚实。适南洋大臣来电，也是为着此事，请外务部速与交涉。外务部只得又照会俄使。俄使答词甚妙，据言为保护侨商起见。外务部竟无以应，转把俄使言通知日使。*好教我左右做人难。*日使坚持不允，竟电致本国，也派兵舰赴沪。沪上商民正因俄舰到来，非常惊骇；不意又来了日舰，同泊黄浦滩头，哪里还敢安枕。幸各国驻沪领事，以日、俄两舰寄泊一港，不无生衅，遂援照万国公法，迫俄舰卸去军装，归中立国看管。于是俄舰无可奈何，只得照允，日舰亦退了出去，才得无事。

惟辽西一带，俄兵尚是往来。奉天将军增祺去谒俄远东总督，他竟托病不见，增祺束手无策。犹幸是日兵连战得利，入金州，进营口，下牛庄，据析木城、海城等处，复西北攻辽阳，击败俄人，把辽阳城亦占据了去。并将南满洲铁路一律拆毁，杜绝俄军出入。俄人自是不敢南来。清廷王公又私相庆贺，西太后也稍稍放心。*丑！*

谁料西藏又生事端，达赖喇嘛被英兵迫走库伦。原来，西藏与印度毗连，藏印时有龃龉，曾由清廷特派专使，与英人订立藏印条约，先后凡两次。达赖不愿遵约，久未履行。英将荣赫鹏，遂带兵入藏。藏人不能拒，由他攻入拉萨。达赖只得弃藏北遁。荣赫鹏竟与藏人，私立条约十款，要将藏境属英保护。驻藏大臣有泰飞电清廷，清廷才得闻知。一面令有泰力阻画押，一面派侍郎唐绍仪由印度入藏查办。绍仪陛辞去讫。

西太后因交涉日繁，整日里住着宫中，连颐和园也无心游览。每当退朝余闲，向佛拜祷，默祈中外和平。*婆子气总未能免。*奈天心总未悔祸，西藏事尚远隔天涯，辽东事却近在眉睫。一天一天的愁闷过去，竟要到万寿诞辰了。王大臣等预备典礼，已早办妥，并联衔上折，请皇帝再上太后徽号。光绪帝此时如木偶一般，所上奏折都由西太后亲览。西太后瞧到此折，不禁叹息道："我命生得这么苦，除四旬寿辰外，五旬遭中法战争，六旬遭中日战争，今年七旬，我国并未与人开衅，偏偏日、俄两国失和宣战，竟将我国的辽东作为战场。看来万寿期届，大家又无心祝嘏，我也不愿受贺，还要加什么徽号。"随亲书朱谕道：

> 值此时事多艰，日、俄两国兵事未定，我东三省境内人民，方在流离颠沛之中；广西叛匪披猖，生灵屡遭荼毒；其余完善各省，亦复疲于捐派，民力难堪，满目疮痍，深宫无日不为引疚，岂尚忍以百姓之脂膏，供一人之逸豫？所有万寿典礼均应从省，及皇帝请加上徽号，亦毋庸举行。总之，皇帝当以图治安民为孝，诸臣当以匡时体国为忠。宵旰忧劳，正宜交相咨儆。内外臣工，其各修职业，各矢血诚。于筹饷练兵、兴学育才以及农、商、工艺诸要政，凡有裨于民生者，合力振兴，切实整顿，用以宏济艰难。俾天下苍生，咸乐升平而跻仁寿。是则予之所厚望也！特谕。

写毕，便召入庆王奕劻，将朱谕交他颁发。庆王还说是日、俄开战，与我国无涉，请太后不必鸣谦。西太后不允，奕劻才奉谕出走。到了内阁，便命办公人员添上"朕奉皇太后懿旨"等字样，照例发出。干大臣见了这谕，都道："似太后的温恭俭让，正是古今罕有的！"奕劻转入外务部，适有日本使馆送到照会一角，不由的吃了一惊。忙展开一瞧，乃是"俄国波罗的海舰队，远航东来，请中国沿海戒严"等语。还好还好。心中一想，幸还没有甚么交涉。不免禀报太后，请旨饬沿海各省，严守中立条规，毋使俄舰入境。旨下后，沿海疆吏自然严行防范。

过了数日，已届西太后寿期。宫廷内外统是高搭彩棚，悬灯结彩，满天都用黄缎遮蔽，就是那"普天同庆"、"万寿无疆"的字样，也多用贡缎组成，一切陈设无不精妙，花花色色，光怪陆离。祝嘏这日，一班王大臣统随着光绪帝，盛行庆祝礼，比甲申、甲午两年格外繁备，不胜弹述。这叫作无名有实。

小春一过，倏忽残冬。日本海陆两军前后围攻旅顺。俄国守将援绝粮尽，只好通款乞降。日军收了旅顺，至次年春间，又占了奉天省城，养精蓄锐，专待俄国波罗的海舰队到来，与他厮杀。

波罗的海在欧洲北部，乃是俄都圣彼得堡领海。此次发舰来援，须绕道大西洋，通到太平洋，沿途所经，都是中立国境界，无处寄泊。就使船身坚大，整日在大洋驶行，差不多似一叶芥舟。那日本国消息很灵，俄舰队到一处，日侦探即报一信。待航到中国海滨，已与日本海相近。日本仿坚壁清野的计策，将所有高大的舰队尽行藏伏，专用狭小的渔雷艇游弋海中，作为诱敌的疑兵。日人真乖。俄舰自数万里到来，一股锐气早已中衰，既入日本海，军威早铄，海道又是未熟，好像盲人瞎马，夜半深池，稍识兵法的旁人已晓得俄舰无幸了。确犯兵家之忌。

俄舰到了对马峡，乃是日本要口，天然险要，不敢偷越。日本海军看它惘惘进来，把诱敌各舰，收入峡中。俄舰守候两日，并无对仗的敌船，放出一阵大

251

慈
禧
演
义
·
第
三
十
八
回

慈禧弈棋图

炮，也没有还击的炮声。那时进退两难，只好冒着险，闯入峡口。孰意船甫入峡，四面八方的日舰霎时齐集，你一炮、我一炮，都望俄舰轰击。俄舰虽开炮还击，奈日舰多是狭小，往来甚捷，所射弹子，十丸中不着一丸。那俄舰却是很大，每被敌炮击着。仿佛是虎入犬丛，虎一犬百，百犬攒绕一虎，任你如何勇悍，也被群犬所欺。当下酣斗一场，俄舰弄得麻木不仁，铁甲半被洞穿，舰队又多受伤，战无可战，遁无可遁，没奈何束手归降，做了俘虏。俄国到此地步，已是不能再战。

恰好美国大统领罗斯福，出来调停，劝两国停战休兵。就借美地朴茨茅斯，为两国专使会议场，彼此开议。日使小村氏提出议案：一要俄国偿还战费，二要俄国承认朝鲜主权，三要俄国割让桦太岛，四要俄国让与旅顺、大连湾租借权，五要俄国撤退满洲兵，六要俄国承认保全清国领土及开放门户，七要俄国将哈尔滨南边的铁路让与日本，八要俄国将海参崴的干线作为非军事铁道，九要俄国窜入中立国军舰交与日本，十要限制东洋的俄国海军，十一是要俄国让与沿海州的渔业权。俄使槐脱便把十一款允了七款，只第一、第三、第九、第十共四条，坚持不允。嗣经美大统领代为磋磨，将桦太岛南半部让给日本，余三条一概取消。和议乃结。全约公布以后，东三省中的俄兵总算尽行撤去。无如前门拒虎，后门进狼，南满洲一带，统入日本势力圈，北满洲一带俄人尚横行无忌。从此中国的东三省不啻为俄、日平分，只表面上称作中国版图罢了。中国只顾全虚名，其余尽可慨让！

西太后闻俄、日修和，东三省土地归还中国，忙遣使致谢日本。且时常与德菱女士谈及，国势不在大小，总要兵力强盛，小亦可以敌大。日本国小，却能战胜绝大的俄国；我国如赶紧练兵，或亦能返弱为强，不畏外人。舍本逐末之言。德菱却奏称："兵不在多，在乎同心协力。日本宣战时，全国上下，无不视国如家。男子固荷械从军，女子亦脱簪助饷。所以得此胜仗。"西太后闻言，亦不加可否。嗣闻一时舆论，多说"日本因立宪而胜，俄国因专制而败。中国极应仿效日本，将君主专制政体，改作君主立宪政体，庶几可以图强"。西太后亦置诸不理。惟自日、俄战争以后，尝移居宫禁中，借示镇定。至此因时事和平，仍常驻颐和园，游玩消遣。

奈主张立宪的言论，日盛一日，起初不过都下闲谈，后来竟时形诸奏牍。西太后迫于众议，也只好勉力从新。于是废弓箭，停科举，考试出洋学生，赎回粤汉铁路合同。又遣载泽、戴鸿慈、徐世昌、端方、绍英五大臣，分赴东西洋各国，考求一切政治，作为维新标准。京内外人士喁喁望治，总道西太后自悔前非，更张旧辙，不知她如何刻励，如何勤劳。谁知西太后从容不迫，颐养自娱，想是能人不忙。登山泛湖，抹牌掷骰，午后、昏黄，且横陈一榻，把阿芙蓉膏作为延年益寿品。怪不得鸦片流毒屡禁不绝。

一日正在吸烟，蓦闻一声怪叫道："老佛爷，不好了！革命党来了！"西太后掷烟起床，忙问道："你说什么？"那人复道："正阳门外来了革命党，乱放炸弹，将考察政治的五大臣一一炸伤。"西太后惊道："这还了得?!"说着时，瞧那禀报的人，乃是一个值园的太监，随又道："你不要妄报。你去探听的确再来报闻。"太监自去。西太后叹道："康逆尚未拿获，孙逆又来闹事，真是可恨！"看官！这康逆是康有为，前文概已叙过，无庸细表；那孙逆恰是何人？不得不略略表明。

当时有一个排满兴汉、鼓吹革命的大首领，姓孙名文，字逸仙，号中山，籍隶广东香山县。幼时在教会学堂读书，便已领略那博爱、平等的训词。嗣又投广州博济医院，学习医术，转入香港推利士医院，学术大进。毕业后，他就借行医为名，暗中结识同志，阴图革命。后来立了一个兴中会，自己做了会长，竟凑集资本，向外洋去购枪械，拟夺广州为根据地。冤冤相凑，密谋竟泄，粤大吏严密缉拿。亏得孙文先行走避，航海去英。嗣后被驻英使臣龚照瑗诱入馆中，将他拘住。又由英人康德利，与孙有师生谊，替他设法救出。孙文虽经蹉跌，毫不胆怯，越发冒险进行。有为者亦若是。自是游历外洋，遇着侨居的华民，及留学的志士，每与他谈说满清的坏处，革命的要事。有几个相信的，便加入会中，愿效死力。还有几个富翁，慨允助饷。只因中国沿海，逻察很严，一时不便进来，只好与从前几个好友，暗地通信。粤人史坚如想去借粤督德寿的头颅，被德寿觉着，反把他的头颅借去。中国第一次革命流血，要算这位史烈士了。过了一年，湖南志士唐才常又想发难，机谋未密，死在张之洞手中。粤东三合会首领郑弼臣，在惠外府起事，复遭失败。嗣又有湖南人黄兴，邀了同志力福华，潜踪上海，刺杀故桂抚王之春，险被拿住正法。黄兴命不该绝，经问官查无实据，释狱东去。浙江人蔡元培、章炳麟，四川人邹容，组织会社，高谈革命，江督魏光焘饬上海道密捕，蔡走脱，章、邹被逮下狱。邹病死狱中，章后得释。

此次五大臣奉命出洋，受亲友的欢送，饯宴数日。方出京城，至正阳门车站，突遇炸弹爆裂，烟雾飞扬，五人中跌仆二人：一是载泽，一是绍英。经仆役挽起，幸喜没有陨命，不过受着一些儿微伤，慌忙抱头趋回。只那放弹的人，自已已烧得焦头烂额，倒毙车站。当由警察收检尸身，在袋中觅得名片，乃是姓吴名樾，字孟侠，皖北桐城人。看官不必细问，想总是个革命党了。直截了当。西太后闻宫监言，尚是虚实未明；旋由庆王奕劻入报，才知受伤只有二人。忙命奕劻拟谕，饬京城内外，严索党人。戒严了好几日，没有第二个革命党。

那时西太后再促五大臣出行，偏这徐世昌、绍英不愿奉命。没奈何，改派尚其亨、李盛铎，会同载泽、戴鸿慈、端方，择了一个吉日，往游外洋。途中颇幸安稳。亏得拣定吉日。从日本转赴美国，又到英、德，吸受了好些新闻。便从海外邮递一折，请西太后改行立宪，期以五年。西太后也似信非信，只降了一道懿旨，命政务处王大臣，妥筹立宪事宜。复设考察政治馆，延揽通才，悉心研究，慎择中外可行的政治，酌纂成书，随时进呈，候旨定夺。一面设巡警部，令徐世昌为尚书；设学部，令荣庆为尚书。徐世昌请将绿营改为巡警，荣庆请宣示教育宗旨，以忠君、学孔为纲，尚公、尚武、尚实为目，俱蒙西太后允行。只西太后注重兵政，特派袁世凯、铁良为秋操阅兵大臣，至河间阅操。自是垂为常例。

至三十二年，五大臣从外洋归国，各大臣多至车站欢迎。既入京，当由西太后召见，极陈立宪的好处，与不立宪的弊端。西太后无可无不可，再谕令政务处大臣，公同会议。大家叙论一番，决定筹备立宪。五大臣又分陈数折，政务处亦会陈一折，乃于七月十三日颁发预备立宪的诏旨。其词云：

> 朕钦奉慈禧端佑康颐昭豫庄诚寿恭钦献崇熙皇太后懿旨：我朝自开国以来，列圣相承，谟烈昭垂，无不因时损益，著为宪典。现在各国交通、政治法度，皆有彼此相因之势，而我国政令，日久相仍，日处险危，忧患迫切。非广求智识，更订法制，上无以承祖宗缔造之心，下无以慰臣庶治平之望。是以前简派大臣，分赴各国，考查政治。现载泽等回国陈奏，皆以国势不振，实由于上下相暌，内外隔阂，官不知所以保民，民不知所以护国。而各国之所以富强者，实由于实行宪法，取决公论；君民一体，呼吸相通，博采众长，明定权限；以及筹备财用，经画政府，无不公之于黎庶。又兼各国相师，变通尽利，政通民和，有由来矣。
>
> 时处今日，惟有及时详晰甄核，仿行宪政，大权统于朝廷，庶政公诸舆论，以立万年有道之基。但目前规制未备，民智未开，若操切从事，徒饰空文，何以对国民而昭大信？故廓清积弊，明定责成，必从官制入手。亟应先将官制分别议定，次第更张，并将各项法律详慎厘订，而又广兴教育，清理财政，整顿武备，普设巡警，使绅民明悉国政，以预备立宪基础。着内外臣工切实振兴，力求成效，俟数年后规模粗具，查看情形，参用各国成法，妥议立宪实行期限，再行宣布天下，视进步之迟速，定期限之远近。着各省将军督抚，晓谕士庶人等，发愤为学，各明忠君爱国之义，合群进化之理，勿以私见害公益，勿以小忿败大谋，尊崇秩序，保守和平，以预储立宪国民之资格，有厚望焉。将此通谕知之。钦此！

颁谕的第二日，即派镇国公载泽，大学士世续、那桐、荣庆，贝子载振，尚书葛宝华、徐世昌、陆润庠、寿耆、奎俊、铁良、张百熙、戴鸿慈，及直隶总督袁世凯，会同编纂官制，由奕劻、孙家鼐、瞿鸿玑总司核定。大家振刷精神，参酌中外，草创的草创，讨论的讨论，先将官制厘订起来。正是：

观政已归筹立宪，任贤未就且论官。

欲知厘订官制情形，且俟下回续叙。

自西太后垂帘听政后，每遇万寿周旬，辄有中外变故。当时有以慈寿为不利者，不知此正天之所以儆西太后，令知戒满防倾之理，勉其自抑也。西太后之辞上徽号，第出于一时之愤懑，而诚意未尝贯注。迨至日俄停战，即驻园自逸，颐养天年，其偷安苟且之心可见矣！至若派遣五大臣，出洋考察政治，凭数月之游历，即以为了明西政，可以吸取文明，天下事宁有若此易易者?! 且降旨筹备立宪，徒以厘订官制，为入手之方，犹是尸居余气之庸臣，易其官，不易其人，何足济事？是殆谚所谓'换汤不换药'者。总之西太后一生之误，误于鹜虚，误于崇华，又误了奸奢、忮退、矜才、使气，至老不悟，而清社即随之而亡矣。可胜慨哉！

万寿届期力辞徽号　五臣归国特降纶音

255

第三十九回　纳歌姬言路起风潮
防党人政府颁宪法

却说清廷王大臣等，奉旨厘定官制，忙碌了几十日，方把京中官制，拟就草案，呈与总核大臣核定。庆王奕劻暨瞿中堂鸿玑、孙中堂家鼐，彼此商酌，略加改削，然后会衔上奏。奏中大意是分立法、行政、司法为三部。立法部应属议院，因在筹备时候，议院未设，暂设资政院，以作立法机关。行政部专属内阁各部大臣，内阁设总理、各部尚书，分司部务，合参阁议。部有外务、民政、度支、吏、礼、学、法、陆军、农工商、邮传、理藩诸名目。民政部即系巡警改名；度支部即系户部改名；陆军部即系兵部改名；农工商部即系商部改名；邮传部即系工部改名；法部由刑部改设，司法事宜专属法部，另设大理院任审判，以法部总其成。此外有应增应减各员，均一一声明。共列清单二十四件，并呈慈览。迨至上谕颁发，竟把要紧的内阁问题作为罢论。宗旨先误。其余各员，除各部新名外，亦多有参改。朝臣虽未免诧异，究竟王言如纶，不便反抗，只好啧啧私议罢了。

京官已经定制，又奉谕厘订各省官制，免不得又有一番手续。起草各员，因此事关系各省疆吏，屡拍电文与商。各省疆臣互生了一回议论，结果是由京中解决。凡各省督抚，下设布政、提法、提学三司；交涉烦多的直省，增设交涉使；有盐的直省，留盐运使，或盐法道及盐茶道；所有分巡、分守各道员，一律裁汰。各府、州、县公牍直达督抚，不必由司道间接，以省转折，是为外省行政的大凡。每省各设审判厅，置审判官，受理诉讼案件，受成于提法使，是为外省司法的大凡。至若外省立法，俟选举议员、开设咨议局后，方有专责。议既定，照例申奏，奉诏允行。且命先由东三省开办，各省依次推行。

载泽等复将各随员日记，裒录成编，分门纂辑，共成书六十七种，都一百四十六册。又搜采东西文政治书籍，得四百三十四种。均咨送政法馆，借备采择。亚东的老大帝国几乎革故鼎新，大有振兴气象。貌似神非。政务处又奏定禁烟章程十条：限种罂粟，分给牌照，勒限戒瘾，禁开烟馆，清查烟肆，特制戒烟丸，广设戒烟会，责成绅董劝导，严禁官员吸食，商禁洋药进口。所有禁烟事宜，厘然并举。西太后且嗜吸鸦片，为禁令所不能及，奈何？

在朝的大员整日研究法治，期挽时艰；在野的革命党，偏声东击西，声西击东，越发来的利害。适值江西萍乡县闹荒，革命党伏处湖南浏阳县，闻这信息，遂暗中与萍乡通线，叫他起事。萍乡矿工居然发难，瞎闹了一会子，卒被官军击败。浏阳的革命党正拟到江西接应，一闻败耗，料知不能成功，也潜踪遁去。

西太后因党人时发，颇加忧愤，左思右想，定了一个计策。便召进庆王奕劻，拟升孔子为大祀。奕劻莫明其故，又不好细问，便应声出来。翌日，即降下一道谕旨，略称"孔子至圣，德配天地，万世师表，允宜升为大祀，以昭隆重"等语。看官试想！清廷正在取法外洋，筹备新政，为什么把至圣先师抬将出来，格外崇隆？这是西太后因孔圣微言，多主尊君；革命党辄怀无君主义。若举孔子去压革命党，庶几人心免致煽惑，革命党孤立无援，自然失败。这也是无策中的一策呢。孔子非全然尊君，《礼运•大同》之说可以取鉴，且仅仅升为大祀，宁即能变易人心耶？

流光如驶，忽又是光绪三十三年新春。正月间照例庆贺，粉饰承平，恰也无事可述。二月间亦无甚变故，只死了邮传部尚书张百熙，少了一位通达时务的大臣，恤典从优，予谥"文达"。毋庸细表。到三月间，改奉天将军为东三省总督，将民政部尚书徐世昌简放出去，命他实行新官制。奉天、吉林、黑龙江各设巡抚，奉抚特授唐绍仪，吉抚令朱家宝署理，黑抚令段芝贵署理。朝廷用人，自有微权，哪个敢去私测。就清廷谕旨作为词采，煞是得趣。

不意未及一月，竟由河南道监察御史赵启霖，奏参疆臣夤缘亲贵，引起一桩倚红偎翠的公案来。这被参的疆臣便是署黑龙江巡抚段芝贵。

芝贵本是直隶道员。相传庆王长儿振贝子，曾奉旨查办东三省事件。公毕回京，道出天津。少年公子性喜冶游，闻津沽素多歌妓，也思一去评赏。此时段道员正在天津，遂与振贝子同去听剧。游览了几个戏场，声色技艺，不过尔尔。振贝子拟起程回京，段道员恰雅意留宾，并陪至天仙园，再行看戏。起初演了几出，也属平常，后来见一花旦登场，唱了一声梆子腔，已是清脆绝伦；到了台前，身材儿很是娉婷，面庞儿更加齐整，花不足喻其艳，玉不足比其洁。这道神采射将过来，几乎把振贝子魂灵儿都摄将过去。人少慕少艾，吾于振贝子无怪焉。及看到俏眼传情、柔声作态的时候，不由的拍案道："颠不剌的见了万千，这般可喜娘罕曾见。"段道员闻了这语，料知振贝子已是中意，便道："这个便叫杨翠喜，乃是津门第一歌妓。"大名鼎鼎。振贝子道："果然名不虚传。"至翠喜下场，后来登台的女伶，就使有相像台步，恰没有相像歌喉；就使有相像歌喉，总没有相像美貌。振贝子又语段道员道："曾经沧海难为水，除却巫山不是云，我们去吧。"两人相偕趋出。路上犹想象杨翠喜丰神，仿佛国色天香，历历在目。既至段寓，就展衾高卧，一时竟

清光绪年间茶园演剧图

睡不着；到朦胧睡去，好似身在戏园中，领略美人颜色。*此谓之寤寐思服，辗转反侧。*正在高声喝采，猛闻一声鸡鸣，把睡魔儿驱逐，才觉得身在客邸，一榻孤眠。

俄而红日三竿，方慢腾腾起床，盥洗茗点，不劳细说。上午与段道员谈论杨妓籍贯，方知是直隶北通州人，家贫落溷，转鬻歌楼。那杨妓生就一副珠喉，更兼姿性敏慧，所有弹词、歌曲，一学即成。旋复娴习花旦，妖容媚态，冠绝一时。津人爱看花旦戏，其时有协盛茶园，迎合人情，遂怂恿杨妓登台，引吭一唱，靡靡动人，一班戏迷子弟，无不称赏。*不是戏迷，实是色迷。*杨妓因戏界趋重梆子腔，复随时变通，学成一口好梆子。天仙茶园班主遂重价聘请，月出包银八百金。一登龙门，声价十倍，那时"杨翠喜"三个大字，几已传遍津门，有目共知，有耳共闻了。下午又偕段道员同去听戏，越看越美，越听越娇，恨不得即日取来，贮以金屋。段道员瞧透情形，有心迎合，便向振贝子密谈数语，乐得振贝子欢动颜开，大加感激。翌日回京复旨，临行时，犹殷殷嘱托段道员；段道员满口应允，才登车返京。

嗣因官制新更，载振任农工商部尚书。父子弄权，声势赫耀，京内外人员，但教得他父子垂青，无不立跻显要。振贝子指挥如意，令出必行；只与段道员所结密约，尚无佳音，未免生了觖望。正拟致书诘责，适接到天津来电，照码译出，乃是段道员饬送杨翠喜来京，欢喜得不可名状。忙遣心腹订定某旅馆作为杨美人行辕，并饬至车站欢迎。是晚，杨美人已至京邸，振贝子早待行辕。一见了面，似曾相识，软语缠绵。当下摆酒接风，对坐小酌。一个是眉挑目语，卖弄风骚；一个是心醉神迷，竭情缱绻。酒酣添兴，耳鬓厮磨，就借行辕作为舞台，配演几出枕头戏。郎贪女爱，我我卿卿，为这一宵恩爱，方了这数月相思。一过数日，便纳入邸中。可巧庆王寿辰，段道员又送了一份厚礼，差不多有十万金。*此施彼报，礼尚往来。*顿时，恩旨下来，擢段道员为布政使，升署黑龙江巡抚。

偏这赵御史喜事生风，竟拜本奏参。奉旨将段署抚撤去职衔，派醇亲王载沣、大学士孙家鼐切实查明。载沣系庆王的侄儿，孙家鼐系庆王老友，哪有不庇护之理。两人联衔复奏，把杨翠喜当作王家使女，说他"捏词参劾，任意诬蔑"等语。于是抗直不阿的赵御史，竟挂吏谴，奉谕革职。赵御史也没有甚么怨词，言官却为他受屈，顿时大哗。庆王奕劻未免不安，乃令振贝子上书辞职。西太后初尚不允，经庆王入宫面恳，才将振贝子开去御前大臣、领侍卫内大臣及农工商部尚书等缺，默示通融。无如一班台官，还是你一本、我一折，请西太后曲恕直臣。西太后批驳下来，台官虽无可奈何，总不免喷有烦言。过了两月，方奉旨复赵御史职，慈恩总算高厚了。

独庆亲王奕劻，面子上虽似优待言官，心中却很是不悦。暗想大学士瞿鸿玑，与赵御史同籍湖南，赵御史敢来参劾，恐怕是老瞿授意。自古说道，"明枪易躲，暗箭难防"。瞿中堂全未提防，庆亲王已设陷阱。凑巧邮传部侍郎朱宝奎，被尚书岑春煊劾罢。宝奎是奕劻心腹，奕劻哪肯干休，竟哄动西太后，出春煊为两广总督。曾广铨谋接宝奎遗缺，运动老瞿，老瞿转向老庆关说，老庆不允；又荐为顺天府尹，也被老庆中阻。不顾贤否，专徇情弊，老庆固不足责，老瞿亦属不合。广铨恨甚，竟至中外报馆中登出一段新闻，尤非说老庆贪贿纳贿，卖官鬻爵。这消息传入老庆耳中，老庆如何不愤，一面上书奏恳，愿开去各项要差；一面阴嗾学士恽毓鼎，令劾瞿鸿玑授意言官、暗通报馆、阴结党援、分布党羽四大罪。西太后也知庆、瞿暗哄，只倚任老瞿，总不如倚任老庆，右满左汉，莫能为讳。遂下旨慰留庆王，并命孙家鼐、铁良查办老瞿事件。孙相素来见好庆王，自然把老瞿指摘一番，与铁良会衔复奏。西太后因平时眷注老瞿，至此亦不欲深究，只着令开缺回籍，了却一件公案。王文韶见老瞿被逐，未免存了兔死狐悲的思想，且由老病缠绵，即上奏乞休。得旨俞允，他却整装回杭，安享晚福去了。庸庸者多厚福。

不料皖江人起风潮，安徽巡抚恩铭，被候补道员徐锡麟刺毙。锡麟系浙江绍兴人，向与同志设光复会，共谋革命。他因无可下手，竟想了一法，醵资捐一道员，指发安徽。到省禀到，恩抚委他办陆军小学堂，嗣又令为警察总办。锡麟朝夕勤劬，很得恩抚器重。会值学堂将放暑假，有几个陆军学生，届期毕业，校中行毕业礼，由恩抚亲自验阅。甫就坐，枪机一发，弹洞恩胸，恩抚当即晕倒。左右护军忙将恩抚负出，顿时秩序大乱。锡麟率党人陈伯平、马宗汉，趋占军械所。官兵奉藩司冯煦命，统来围攻。彼此轰击多时，陈伯平中弹殒命，马宗汉受伤被擒，锡麟逃匿邻近，也被官兵搜获。至督练公所，审讯一堂，锡麟直认不讳。当由冯煦电达京师，请旨办理。西太后勃然大怒，立饬就地正法，并剖心致祭恩抚。凌迟、枭首等刑已经除去，如何还要剖心？马宗汉一同就戮。

那时浙江巡抚张曾敭迎合政府，忙饬绍兴府贵福，查抄徐氏家属。贵福格外巴结，不但将徐氏家产抄没入官，并查得女士秋瑾，与徐氏有中表亲，向亦通好锡麟，密谋革命，竟把她拿入府署，勒令实供。秋女士曾游学东洋，夙耽文墨，就讯时，书了"秋雨秋风愁煞人"七字，贵福便当作供据，电禀张抚，请就地处决。张抚复电准请。可怜这位秋女士，也被绑至绍城轩亭口，俯首就刑。

自恩抚被刺后，清廷亲贵，异常震悚；就是西太后也懊闷不已。没奈何，命内外各衙门，妥议化除满汉畛域。又令汪大燮、于式枚、达寿分赴英、德、日本，考察宪政，决计实行立宪，挽回人心。随派溥伦、孙家鼐为资政院总裁，沈家本、俞廉三、英端充修订法律大臣，与礼部汇订满汉通行礼制。沈家本系中外刑律专门名家，时论尚称得人。只溥伦是亲贵少年，年止二十余，骤长资政院，舆情多不满望。仍不脱右满宗旨。

会浙江为争路事，又起风潮。先是，沪杭甬铁路与英国订立草合同，归英人承修。苏、浙绅商不服，严拒外款，愿由本省筹款自办。经邮传部侍郎盛宣怀咨照英使，请废前时草约，英使不允。两省绅商益加义愤，各举代表到京，坚请政府拒绝外资。嗣经政府通融办法，分办路、借款为两事，路由本省人民自造，不足则再贷英金。争路事乃少息。

朝旨再命各省开办咨议局，设立调查局，各部院均置统计处，新政迭行。奈革命党气焰越张，排满的风声越盛。上不以诚示下，下谁以诚应上。广西边徼的镇南关，又被孙文、黄兴等合攻，夺去右辅山炮台三座，险些儿把关陷落。还亏官军闻风大集，一阵击退党人，才得保全雄关。革命党心终未死，仍向日本购运大批军火，阴图两粤。事被粤东水师提督李准闻知，立遣宝壁兵轮管带吴敬荣，在粤海逻察。吴管带留意侦查，到光绪三十四年春季，果见有日本船一艘，名叫二辰丸，停泊海口，起卸货物，形迹可疑。向他盘诘，该船主傲然不理。吴管带上船搜检，确有军火装载，又没有准单，便将他扣住，带回虎门。一面电告外务部，一面按照海关会审章程，请驻粤日领事前来会审，日领事不允。由外务部与日使交涉，日使越来得强硬，几致决裂。外务部力屈计穷，只好命释放二辰丸，谢罪惩官，并将扣留军火，备价购取，才得了结。弱国如此，可怜、可叹！革命党人黄兴复在云南起事，占据河口、南溪等处。终以军火不继，败投海外。

清廷防不胜防，专从立宪上着想特设宪政编查馆，编定宪法大纲，于筹备立宪事宜，分九年进行。又订就议院法、选举法，颁示中外。在下尚记得当时的谕旨道：

朕钦奉慈禧端佑康颐昭豫庄诚寿恭钦献崇熙皇太后懿旨：宪政编查馆、资政院王大臣奕劻、溥伦等会奏，进呈宪法、议院选举各纲要，暨议院未开以前逐年应行筹备事宜一折，现值国势积弱，事变纷乘，非朝野同心，不足以图存立；非纪纲整肃，不足以保治安；非官民交勉、互相匡正，不足以促进步而收实效。该王大臣等所拟宪法暨议院选举各纲要，条理详密，权限分明，兼采列邦之良规，无违中国之礼教。要不外乎前次迭降明谕"大权统于朝廷，庶政公诸舆论"之宗旨。将来编纂宪法暨议院选举各法，即以此作为准则。所有权限悉应固守，勿得稍有侵越。其宪法未颁、议院未开以前，悉遵现行制度，静候朝廷次第筹办，如期施行。至单开应行筹备事宜，均属立宪国应有之要政，必须秉公认真，次第推行。着该馆院将此项清单，附于此次所降谕旨之后，刊印誊黄，呈请盖用御宝，分发在京各衙门，在外各督抚府尹司道，敬谨悬挂堂上。即责成内外臣工，遵照单开各节，依限举办。每届六个月，将筹办成绩，胪列奏闻。并着该馆院王大臣，切实考核，在京言路诸臣，留心察访。倘有逾限不办，或阳奉阴违，或有名无实，均得指名据实纠参，定按溺职例议处。该王大臣等若敢扶同讳饰，贻误国事，朝廷亦决不宽假。

当此危急存亡之秋，内外臣工同受国恩，均当警觉沉迷，破除积习。如仍泄沓坐误，岂复尚有天良？**天良泯亡久矣！**该馆院王大臣休戚相关，任寄尤重，倘竟因循瞻庇，讵能无疚神明？**总教禄位稳固，金钱堆积，管什么负疚不负疚！**所有人民应行练习自治、教育各事宜，在京由该管衙门，在外由各督抚，督饬各属随时催办，勿任耽延。至开设议院，应以逐年筹备各事办理完竣为期。自本年起，务在第九年内，将各项筹备事宜一律办齐。届时即行颁布钦定宪法，并颁布召集议院之诏。凡我臣民皆应淬厉精神，赞成郅治。如有不靖之徒，附会名义，借端构煽，或躁妄生事，紊乱秩序，朝廷惟有执法惩儆，断不能任其妨害治安。总期国势日臻巩固，民生永保承平，上慰宗庙社稷之灵，下答薄海人民之望。将此通谕知之。钦此！

这谕下后，又命荫昌、端方巡阅江南、湖北的陆军会操，借示军威。文治、武备，一律举办，总道是变法维新，可以扶衰起弱。谁料人心已去，天意难回。是年七月二十一日，忽有大星从西北来，掠过殿角，其声若雷，尾长数十丈，光烁烁照庑楹，都下竞称为怪事。小子有诗咏道：

> 潜龙韬晦已多年，母悍妻骄孰我怜。
> 天上紫微星忽陨，孱皇劫尽促登仙。

毕竟星象主何应兆，俟小子下回叙明。

本回随事铺叙，宗旨在滥用亲贵，空谈宪政。庆王奕劻贪赃枉法，兴国不足，亡国有余。其子载振少年渔色，乃任以管辖部务，督办实业。彼一纨袴子弟耳，宁能知农工商各事者？以此而欲立宪，何异问道于盲。吾闻徐锡麟供词，谓越立宪的快，越革命的快。夫清廷果真心立宪，则为人任官，为官择人，开诚布公，选贤与能，天下不难治，革命党何自而起？徐烈士之言，尚系一偏之论。故吾谓清室之亡，亡于伪立宪，有伪立宪，乃有真革命。西太后造成此果，乃先时谢世，不及见清室之墟，老妪其犹为有福欤？！

纳歌姬言路起风朝　防党人政府颁宪法

261

第四十回　望龙髯瀛台留恨
　　　　　回鸾驭尘梦告终

　　却说大星陨落以后，都中人士喧传紫微星下坠，定主不祥。过了数日，果下诏征求名医，诊视帝病。应征医士，诊脉出来，都说帝病已剧，不易疗治。此番是成真病。其实光绪帝是因忧致疾，因疾成痨。看似每日起床，那龙体已逐渐尫瘵。秋风一起，病势益增，咯血、遗精诸症，杂沓而来，眼见是不可救药了。

　　可巧达赖喇嘛，自库伦至西宁，上表请入朝。他前时为英兵所逼，逃入库伦，经侍郎唐绍仪入藏，与英人改订藏印条约，藏境少宁。达赖感念清德，遂乘便赍表，愿觐天颜。西太后览表后，非常欢喜，立准入觐。独李莲英谏阻道："皇帝与活佛，不便同居一城，请老佛爷收回成命。"西太后惊问道："此说从何而来？"李莲英道："京中向有此说，若皇帝、活佛同城，必有一人不利。"莲英此言，似乎顾着光绪帝，吾意以为未然。西太后冷笑道："皇帝也病得长久了，多日不死，难道活佛一到，便死了不成？"只教自己长命延寿，管什么皇帝。莲英知难再阻，嘿然而退。西太后便命达赖入朝，沿途令地方官优礼接待。嗣闻达赖将到京师，又饬亲王大臣出城迎劳。各处供张，大约花费了数百万金。京内人民因活佛到来，咸去瞻仰。至瞧见后，也并没有甚么希罕，不过一个秃头和尚，穿着一件黄袈裟，戴着一顶毗卢帽，手携锡杖，乘舆而至。见橐驼言马肿背，中国人心大都如此。

　　既入京，赐居雍和宫。达赖所携贡品，恰也不少，即转托亲王进呈，满望西太后待以殊礼；谁知西太后援着成例，仍要达赖行磕头礼。达赖不允，两下里争辩多日。后来商定达赖入朝，叩头如旧；惟太后及皇帝，起立相答，并赐旁坐。于是择日陛见。达赖上殿，勉强跪叩。光绪帝时已病剧，没奈何欠身离座；西太后恰和颜悦色，极表欢迎。既命达赖坐定旁边藤榻，便略略慰问数语，即要达赖替祝长生。老而不死，有何益处。达赖应命而出。旋蒙特旨，赐达赖为诚顺赞化西天大善自在佛。且因西太后生日将到，令他虔诚唪经，暂留宫内。

京内渐起谣言，统说活佛留京，不是活佛有碍，定是帝座遭灾。从前康熙朝班禅入觐，出痘身亡；雍正朝达赖来朝，世宗驾崩；到嘉庆朝上皇宾天，正值班禅到京的时候。大家援古证今，好似持之有故，言之成理。想是李莲英授意。明眼人本不甚相信，偏这谣言发生之后，恰有奇验。这也是自古到今无可索解的事情。达赖在宫诵经，光绪帝的病势正日重一日。

到了十月初旬，西太后万寿期近，宫廷内外盛行庆祝礼；连都城街市，也装饰一新。宫内设一特别戏场，演戏五天，王公以下，概赐听戏。达赖亦蒙召与座。初十日黎明，文武百官齐集熏风门外，恭候叩祝。光绪帝也倚着宫监两肩，一步一欬，一欬一呻，自南海彳亍而来。至德昌门，门已微启。侍班官窥望帝踪，遥见光绪帝连声喘息，并以两足起落作势，自舒筋骨，为拜跪计。可怜。迨太后御殿，光绪帝正思进去，忽由李总管传出懿旨，略谓皇帝病体未愈，免率百官行礼，并命乘舆返南海。帝奉旨不禁泪落，随即上舆自去。王大臣等相率进谒，达赖亦随班祝嘏。礼毕，赐达赖及诸王公宴。

西太后很是高兴，到了下午，尚亲游南苑，泛舟湖中。此时德菱母女早乞假出宫，带过一笔，结束前文。只后妃福晋等人随着太后，容与波中。太后异想天开，命宫监取了古装服饰，选着几个年轻命妇，扮做龙女，最小的扮做善男童子，自己扮观音大士，着李莲英扮韦驮，从湖中拍一小影，留作纪念。不啻泡影。日暮归来，遥望残霞四散，斜日半昏，不觉嗟叹，顾着后妃人等道："今岁寿辰，犹得同汝等一游，明年今日，不知如何情景哩？"瑾妃起立道："老佛爷晚福正隆，将来寿享期颐，未可限量。婢子辈亦得叨庇无穷。"瑾妃不死，赖有词令。西太后微笑道："人生七十古来稀，我年已七旬有三了。艰难险阻，我已备尝，但得安然坐逝，我亦瞑目了。"汲汲顾景，宜乎不永。言下黯然。

返宫之夕，即染痢疾。想是酒食过量所致。翌晨起来，稍觉精神困顿。但平素本是好胜，且自恃身体坚强，却也不以为意，仍照常视事。过了两三天，痢疾如故。召医服药，并未见效。老年人最忌泻疾。本来鸦片亦可疗泻，偏西太后

慈禧扮观音

263

加倍服着，也是不灵。泻了一星期，丰容广额的老寿母，也变作瘦骨柴立的老病妇了。

一日晚间，不知听了谁人的逸言，大加震怒。宫眷们不敢过问，只李莲英默探消息，从旁解劝。恩眷未衰，只他一人。西太后愤愤道："那不孝的儿子闻我病痢，竟有喜色，这真是始终不变的逆肠。我虽病，当不致先他死，他休痴想！"莲英闻旨，料知是说着光绪帝，也觉嘿然。次日，西太后亦病倒了。

光绪帝久不视朝，西太后亦难御殿，王大臣等未免忧心。达赖独呈上佛像一尊，奏称"可镇压不祥，应速送至太后万年吉地，以冀慈寿日增"云云。西太后很是欣慰。为这一喜，病都减了数分。翌晨复出临朝，召见大臣如常。命庆王奕劻，速将佛像送往陵寝，敬谨安置。奕劻犹豫未决。西太后问他何故迟疑，奕劻直奏道："慈躬现值违和，皇上亦曾抱恙。如何是好？"西太后道："这几天内，我未必就会死。我现在已觉得好些了，无论怎样，你照我的话办理就是。"奕劻不便再言，才奉了佛像，即日往普陀峪，到西太后寿宫前去了。

又越日，直隶提学使傅增湘，陛辞请训。西太后召见于瀛台，光绪帝亦抱病临座。傅提学入内叩首，西太后谕道："你去视学，切戒学子浮嚣。近来一般学生好谈革命，风气大坏。你须极力劝导，挽救颓风才好。"傅提学遵旨退出。傅去后，复召医生四人，入诊帝病。彼此悉心参酌，拟定一方，不料饮将下去，病且加重。西太后也于是日夜间，泻了好几次。

越宿天明，王大臣等入朝，只见禁门里面添着兵卫，严查出入，伺察非常。大家不胜诧异。俄有数宫监出来，由王大臣等探问消息，据言出去净发。王大臣惊问道："宫中有甚么事情？"宫监悄语道："两宫病甚。皇上更不得了。今日是罢朝哩。"王大臣等将信将疑，姑入朝房静候消息。未几，果传旨辍朝。大众商议道："倘有意外变故，哪个敢担重任？看来不如电达庆王，请他速即返京，好决大计。"必需此老何为？议既定，立即拟定电码，饬人发电，大众始分道归去。候至次日，幸没有什么耗闻。至午牌时候，庆王奕劻已经赶到，王大臣等接着，便与他谈着宫中状况，不知吉凶究竟。庆王道："待我入宫，自有消息。"

庆王进去约一小时，即由内监传着懿旨，宣召醇王载沣暨军机大臣袁世凯、张之洞、鹿传霖、世续等入见。载沣以下奉命至宁寿宫，见西太后已出御宝座，庆王奕劻在侧。大家跪请慈安，西太后朗声道："我看皇帝的病已大渐了。现时只好照皇帝即位的上谕，为同治皇帝立嗣。我意中已是有人了，但想跟你们商量，看你们是否同意？"庆王跪奏道："溥伦年龄最长，且系宣宗成皇帝长支传下，理应嗣立。"西太后只是摇头。庆王复奏道："其次莫如恭王溥伟。"老庆此奏恰是合理。西太后仍摇首不答。载沣亦下跪道："庆王爷的奏语，请老祖宗采择。"西太后道："你不记得你丈人荣禄的功劳么？庚子一役，亏他保护使馆，极力维持，我所以将他女儿与你指婚。今幸生了二子，长子溥仪，应入为嗣君，报你丈人一生的忠悃。"载沣碰头道："溥仪年仅四龄，不足胜任。恳老祖宗另择亲贤。"西太后沉着脸道："我意已定，不必另择。"专立幼主，岂尚欲永久临朝耶！

复问军机大臣道:"你等以为是否?"袁世凯等唯唯遵旨。西太后复谕载沣道:"溥仪年幼,你可为监国摄政王。国初曾有摄政王仪制,不妨援行。"以摄政兴,以摄政亡,大造真巧于播弄。载沣不敢固辞,方碰头谢恩。西太后又顾庆王道:"你去述与皇上知道。"庆王奉命去讫。西太后又令军机大臣拟旨,立溥仪为大阿哥,醇王载沣监国,当日颁发。并命载滢送溥仪,奄夜入宫。大家叩头告退。

时庆王已至瀛台,由老太监导入,趋近御榻前。只见光绪帝沉沉睡着,面目黯淡无光,呼吸之间,只觉出气多、

末代皇帝溥仪同父亲载沣亲王和弟弟

进气少,寝侧也没有甚么妃嫔,连皇后也不曾侍着。庆王瞧这情形,也不禁凄然垂泪。看官听着!光绪帝与皇后,本是不甚和协。戊戌后因居瀛台,皇后且承西太后谆嘱,居了监察位置,督责皇帝,两下里益觉参商。某日帝后争论起来,闹动光绪帝性子,揪着皇后发髻,竟要下手动蛮。亏得宫监们从旁排解,方才罢休。惟皇后的玉簪儿已堕地敲碎。便是分离之兆。此簪系乾隆朝遗物,光彩莹莹,实是希世奇宝,无端敲断,皇后懊怅异常,竟奔至西太后前哭诉。西太后教她移居别室,免再淘气。自此帝后几同离异,就是光绪帝罹病,皇后也不甚顾着;况兼太后同时抱恙,自然陪着太后要紧。

庆王越看越悲,竟泣涕有声。不意光绪帝竟猛然惊醒,睁起双目,向庆王瞧着。庆王忙向前请安。光绪帝气喘吁吁道:"难得你来看我。我病已不起了。"说了两语,喉中已是哽噎,扑簌簌的流下泪来。庆王勉强劝慰。光绪帝喘住了气,又道:"年将四十,后嗣尚虚,意欲请太后另立嗣子,仰承宗祧。"庆王才述及立溥仪事。光绪帝道:"时事多艰,何不择立长君?但太后有命,不可少违。"言下非常酸楚。庆王道:"已命醇王载沣为摄政王。"光绪帝稍有喜色道:"这且很好。惟他何不进来一谈。半生手足,恐要长别了。"惨语更不忍闻。庆王道:"他正奉

265

召至慈宁宫。想奏对后，定当谒见皇上。"光绪帝道："你快去与他谈及，我命在旦夕，叫他进来，我有话说。"

庆王方应声退出，转至慈宁宫。正值载沣出来，遂把光绪帝所嘱，略述一遍。载沣忙趋至瀛台，途中遇着御医，即问帝状如何。御医言帝鼻煽动，胃中隆起，皆非佳象。载沣不待说毕，跟跄自去。既入帝寝室，药炉烟烬，御案尘封，侍奉左右，不过两三个老太监。睹此情形，忍不住心中凄楚。名为皇帝，不及庶民。迨揭帐，光绪帝正仰面卧着，形容已憔瘦不堪，鼻煽唇开，眼光也是散淡，只圆睁睁地望着。见了载沣，便道："你来了么？你子已选为嗣皇，我死亦足瞑目。惟我即位三十余年，受尽苦楚，你亦应有些知晓。我也自觉命苦，无所怨恨。所恨戊戌政变，有一人口是心非，坏我大事。你当国后，须念及你兄被欺，为我雪恨。我在泉下，也感念你了。"载沣应了几个"是"字。光绪帝道："你知道那人么？"载沣复应声称"是"。光绪帝又道："嗣子溥仪曾已入宫否？"载沣道："应即去送入。"光绪帝道："现在是什么时候？"载沣道："差不多要日暮哩。"光绪帝道："太后病状亦不知怎么样？皇后妃嫔也无暇顾我。总之为兄命薄，尚有何言？你年力正强，国家事赖你支持，所嘱托的言语，幸勿忘怀。你有事去吧！"

看官，你道光绪帝的嘱咐，为着何事？便是那年通报荣禄的袁世凯。他经西太后重用，擢任军机大臣。至两宫崩后，摄政王即令他开缺回籍，无非遵着遗嘱。不料日后的清室江山又丧掉老袁手中。这恐是命数使然呢！袁之不能成功，被逼而死，想亦因冥中受谴耳？

且说载沣既退出瀛台，又去奏报西太后，说是帝病甚剧。西太后即命去挈溥仪，自己带领后妃等人至瀛台视帝一次，自觉身体欠安，匆匆退出，就在西苑暂住。后妃等亦随驾出来。此时，载沣夫妇已送溥仪至西苑，命向太后前行礼。溥仪依着他娘腋下，不肯上前，促他跪叩，反嚎啕大哭。与光绪帝入宫时另一叙法，但总是不祥之兆。嗣经西太后赐与果饵等物，才有些转悲为喜。载沣教他磕头，乃匍匐叩首。继复叩见后妃。皇后扶起溥仪，将他抱入怀中。正在抚弄，忽有宫监奔入报称："皇帝不好了。"皇后急将溥仪放下，与瑾妃等趋至瀛台。一入寝宫，光绪帝已经宾天，目炯炯的挺着在龙床上，不由的放声大哭。瑾妃亦哭了一场。嗣有李莲英进来，皇后令他返奏太后。

太后闻皇帝驾崩，即召庆王奕劻等入内，恭拟遗诏。略称"朕躬气血素弱，自去秋不豫，医治罔效，阴阳俱亏，以致弥留。兹奉皇太后懿旨，以摄政王载沣子溥仪入承大统，为嗣皇帝"等语。拟定后，呈上慈览。西太后也不多言，随命颁发。独庆王奕劻跪奏道："嗣皇帝应继何人？"西太后道："这也何必絮问，自然是承继穆宗了。"奕劻复道："大行皇帝亦未有嗣子，例应由嗣皇帝兼祧。"西太后嘿然不答，面上带有怒容。奕劻又碰头道："今日士大夫中，难保不有第二个吴可读。若再上书渎奏，那时如何对付？"老庆此举总算对得住光绪帝。西太后沉吟一回，方道："由你吧，你去照此拟旨便是。"奕劻乃复令军机拟旨，以嗣皇帝溥仪承继穆宗毅皇帝为嗣，兼承大行皇帝之祧。这道懿旨拟定，即有人报知皇后。皇后很是感念。因此溥仪嗣统后，老庆权势愈隆。这是后话。

单说西太后既颁了各谕，复命李莲英往瀛台，准备吉轿，载帝尸回宫，自己方入寝室休息。莲英到瀛台后，天色渐明。是日已是十月二十二日。把吉轿扛入御寝，载好帝尸，出西苑门。皇后披发送丧，瑾妃等亦随着；李莲英领着太监，执香随后。凄凄切切的入西华门，直至乾清宫，日色迷濛，差不多是巳牌了。王大臣等统去哭临，礼臣赶备殓具。正拟办理殓祭仪制，有西苑侍监仓皇奔至，口称："老佛爷晕去了。"比报光绪帝病危时，尤为迫切。皇后听着，魂飞天外，慌忙趋出，一面走一面笼挽散发，皇后情形，亦与昨日不同。至西华门，才乘舆赴西苑。瑾妃等亦相率随去。

王大臣都出投西苑，单剩了一个帝尸，委卧殿中。李莲英亦起身欲行，转语小太监道："大行皇帝不便长此摆着，应先殓了吧。"莲英去讫，小太监就此动手，草草的将帝尸殓好，纳入梓宫。满清旧例，皇帝即位数年，便营寿域，独光绪帝的古壤，并未提起。后来急不暇择，便把西陵附近的绝龙峪，作为陵寝。"绝龙"名目不佳，拟改名"九龙"。又因清自世祖至光绪帝，历世凡九，几疑终数，又复改称"金龙"。其实国家兴亡，半由人命，半由人事，徒然改易名称，有何益处。扼要之言。

话休叙烦。且表西太后于二十二日卯刻，本已起床，早餐后，虽觉得头晕目眩，总还支撑得定，召见军机王大臣，谈论新帝登基的仪典，及庆祝尊号的礼制，并筹备监国授职礼。约商榷了两小时，才谕军机暂退，自返寝室休息。不料一阵昏晕，竟致仆地。慌得宫监搀扶不迭，忙向地上扛着慈体，移到床上，或捶摩，或呼叫，忙乱了好几刻，方见西太后苏醒转来。随命宫监，速召光绪皇后与摄政王载沣及军机王大臣等齐集。皇后踉跄先至，载沣等亦即趋到。西太后即语载沣道："所拟定的尊号已下谕否？"载沣奏称："尊太后为太皇太后，兼祧母后为皇太后，已有明谕颁发。"西太后道："我头晕得很，险些儿中风。现虽醒转，身子很是不宁。脱有不讳，一切国政统应交你理值；或遇事体重大，可禀询皇后。你亦可去拟谕才是。"光绪后从旁插口道："老祖宗须自保重，千万不要……"说到"要"字，竟呜呜咽咽的哭起来了。西太后道："我与你前为姑侄，今为姑妇，也极望管你数年。可奈天下无不散的筵席，人间无不死的金丹。我欲生存，天偏不允你。不看见寝门左右，已有人唤我么？"语带鬼气，性命休了。说着，把首摇了数摇，又晕厥过去。皇后等连忙呼着，不闻答应。

那时西太后的神魂，已出离躯壳，似乎随着一个古装侍女，趋出西苑。苑门以外，别有一天。约行了里许，即见有嫏嬛福地，仿佛曾经到过。既而步入仙阙，由侍女入内通报，户辟帘开，有数仙妹出来相迓，各吐着清声道："国母来了，尘世间的趣味如何？"西太后望将过去，多是面善得很，便答道："好几年不见了，诸位想统安好？"有两个丽姝嗤然道："我辈是静处幽乡，不及你尘寰享福，什么西苑，什么南海，什么万牲园，什么颐和园，由你随处游览。醉生梦死的五六十年，你的威风也算使尽了，你的荣华也好享足了，我辈惭愧得多哩。"西太后道："哪里说来，我的安乐虽是不少，我的患难恰也很多。"丽姝复笑道："区区患难，值得甚么。你是应着满清的数，要你去干一下子，好教覆清兴汉。现在清室已将亡了，你的功恰也不小。"说至此，举起纤手，拍西太后胸前道："你难道还尘梦未醒么？"

西太后猛叫一声，只听得众声嘈杂道："好了！好了！"恐怕未必。启目外视，方知此身尚在西苑；唾了一口痰，复回忆梦境，如在目前。以梦起，仍以梦结，首尾如率然相应。自知病必不起，遂命军机大臣草拟遗诏。军机奉旨属稿，不一时拟定上呈。西太后尚亲自过目，并谕以某处应改，某处应加入一二语。嘱咐毕，不觉痰壅气喘，又闭目静养了一歇。众人还道她从此归天，不意她复展目四瞧。见奕劻、载沣在旁，便谕道："我临朝三次，实是出于不得已。以后勿再使妇人预政，有违祖制。尤不得令太监擅权，明末覆辙，可为殷鉴。"西太后至此才觉悔悟了。语罢复瞑，未几鼻息沉寂，面色转变，一代威灵煊赫的老太后，竟尔西归。大众照例哭临，皇后、摄政王尤觉悲切，宫监中只有李莲英格外凄惨。是晚小殓，也由西苑移入禁中。当即颁发西太后遗诏道：

> 予以薄德，祗承文宗显皇帝册命，备位宫闱。迨穆宗孝皇帝冲年嗣统，适当寇乱未平、讨伐方殷之际，时则发捻交讧，回苗俶扰，海疆多故，民生凋瘵，满目疮痍。予与孝贞显皇后同心抚视，夙夜忧劳，秉承文宗显皇帝遗谟，策励内外臣工，暨各路统兵大臣，指授机宜，勤求治理，任贤纳谏，救灾恤民，遂得仰承天庥，削平大难，转危为安。及穆宗毅皇帝即世，今大行皇帝入嗣大统，时事愈艰，民生愈困，内忧外患，纷至沓来，不得不再行训政。前年宣布预备立宪诏书，本年颁示预备立宪年限，万几待理，心力俱殚，幸予气体素强，尚可支持。不期本年夏秋以来，时有不适，政务殷繁，无从静摄，眠食失宜，迁延日久，精力渐惫，尤未敢一日暇逸。本月二十一日，复遭大行皇帝之丧，悲从中来，不能自克，以致病势增剧，遂致弥留。
>
> 回念五十年来，忧患迭经，兢业之心，无时或释。今举行新政，渐有端倪。嗣皇帝方在冲龄，正资启迪，摄政王及内外诸臣，尚其协心翊赞，固我邦基。嗣皇帝以国事为重，尤宜勉节哀思，孜孜典学。他日光大前谟，有厚望焉。丧服二十七日而除。布告天下，咸使闻知。

越日，嗣皇帝溥仪即位，以明年为宣统元年。溥仪登极时，又是哭泣不休。王大臣称他孝思，都人士已识不祥。寻复上光绪帝庙号，叫作"德宗"，上太皇太后尊谥，叫作"孝钦"；光绪皇后的徽号，叫作"隆裕皇太后"。监国摄政王礼节，亦一一制定。一朝天子一朝臣，又另是一番气象了。

在下单述西太后事，便好就此收场。只宣统即位以后，仅仅三年，武昌革命，全国响应，好一座锦绣江山，完全退让。后人还记念西太后，说她老人家如

慈禧太后出殡

尚在世，定不至这么迅速。哪里晓得祸因恶果，已自西太后造成，叶赫亡清的谶语，偏偏应着。这个道理煞是难解。据心理学讲来，乃是暗示的作用，小子也不敢妄断。只好凑成两首歪诗，作为西太后演义的尾声。诗曰：

　　碑文未必尽荒唐，母后亡时清亦亡。
　　六十年来成一瞥，空凭遗感话沧桑。

已覆前车戒后车，妇人预政祸非虚。

写残秃笔留殷鉴，敢附稗官作郢书。

　　两宫之崩仅隔一日，世人多疑词。著书人就事论事，未尝以无稽之言，羼入简端。名曰小说，实同信史。是回前半叙帝崩事，多惨痛语；后半叙太后崩事，多讥讽语，借宾定主，彻始贯终。至若梦景迷离一段，并非无端附会，实是回顾首编，揭明作书之宗旨。西太后如是，非西太后亦何在不作如是观也！富贵如浮云，繁华等泡影，我敢援笔以纪其后曰：是可作历史小说、政治小说、社会小说及醒世小说读。